Zu diesem Buch

Nicholas Dyer wird nach dem großen Brand von London im frühen 18. Jahrhundert mit dem Neubau von sieben Kirchen beauftragt. Sie sollen das aufblühende Zeitalter der Vernunft, den Geist der Wissenschaft repräsentieren. Doch der geheimnisvolle Dyer fühlt sich älteren Idealen verpflichtet: Seine Kirchen stehen auf den Überresten vorchristlicher Kultstätten, ihr Bau folgt obskuren Gesetzmäßigkeiten der Schwarzen Magie. Und ihre Fertigstellung fordert schreckliche Blutopfer.

Zwei Jahrhunderte später: Nicholas Hawksmoor, Inspektor bei Scotland Yard, untersucht eine geradezu irrsinnige Serie von Morden an Kindern und Stadtstreichern. Ihr einziges gemeinsames Merkmal: Sie geschehen in unmittelbarer Nähe gewisser Kirchen aus dem 18. Jahrhundert. Logik hilft bei der Aufklärung ebensowenig weiter wie modernste kriminalistische Methoden. Eher scheint ein anonymer Brief mit seltsamen kabbalistischen Zeichen auf die richtige Spur zu weisen. Angesichts der Verbrechen zweifelt Inspektor Hawksmoor, wie Dyer, an der Kraft des aufgeklärten Verstandes. In schmutzigen Absteigen und Schenken der Londoner Slums geht er scheinbar albernen Gerüchten von einem fürchterlichen Geist aus der Vergangenheit nach, der gekommen sei, die Frevel der modernen Zivilisation zu rächen. Immer tiefer zieht es Hawksmoor in den Strudel einer horriblen magischen Unterwelt: Er hört gespenstische Stimmen, fühlt sich verfolgt und kann nicht mehr zwischen Traum und Wirklichkeit unterscheiden. Ist es möglich, daß Dyer noch lebt? Oder hat am Ende er selber in geistiger Umnachtung die Morde begangen?

«Ackroyds Jonglieren mit verschiedenen Sprach-, Zeit- und Handlungsebenen ist mehr als ein geschickt arrangiertes Verwirrspiel. Immerhin möchte er sein Buch wohl auch als Versuch verstanden wissen, den Glauben an die reine Vernunft und den Fortschritt zu erschüttern, um für das Unbewußte, Irrationale eine Lanze zu brechen. Wie auch immer man dazu stehen mag: eine spannende Lektüre ist sein ‹Fall› allemal.» («Die Presse», Wien)

Peter Ackroyd, geboren 1949 in London, studierte Literatur in Cambridge, war Reakteur, später Chefredakteur des «Spectator» und schreibt heute u. a. als Literaturkritiker für die «Sunday Times». Er hat zwei Lyrikbände sowie Biographien über Ezra Pound und T. S. Eliot veröffentlicht. Sein vorliegendes Debut als Romancier wurde von der englischen und amerikanischen Literaturkritik mit ausführlichen und begeisterten Rezensionen gewürdigt. 1990 erschien im Rowohlt Verlag sein Roman «Chatterton».

Peter Ackroyd

Der Fall des Baumeisters

Roman

Aus dem Englischen
von Hans Wolf

Rowohlt

Die Originalausgabe erschien 1985 unter dem Titel
«Hawksmoor» bei Hamish Hamilton, London
Redaktion Thomas Überhoff
Umschlaggestaltung Bernhard Kunkler
(Foto: Rüdiger Buhl)

Veröffentlicht im Rowohlt Taschenbuch Verlag GmbH,
Reinbek bei Hamburg, März 1991
Copyright © 1988 by Rowohlt Verlag GmbH,
Reinbek bei Hamburg
«Hawksmoor» Copyright © 1985 by Peter Ackroyd
Alle deutschen Rechte vorbehalten
Satz aus Baskerville
Gesamtherstellung Clausen & Bosse, Leck
Printed in Germany
1280 ISBN 3 499 12870 5

Für Giles Gordon

Anmerkung des Übersetzers:

Einige Begriffe oder historische Bezüge
bedürfen näherer Erläuterung.
Der interessierte Leser findet
am Schluß des Buches
ein diesbezügliches Glossar.
H. W.

So wurde denn *1711*, im neunten Regierungsjahr von Queen Anne, eine Parlamentsakte zur Errichtung von sieben neuen Pfarrkirchen in den Cities von London und Westminster verabschiedet; den Auftrag hierzu erhielt das Bauamt Ihrer Majestät im Scotland Yard. Und der Zeitpunkt rückte heran, da Nicholas Dyer, Architekt, ein Modell der ersten Kirche zu konstruieren begann. Seine Kollegen hätten die Erledigung einer solchen Aufgabe wohl einem erfahrenen Schreiner überantwortet, doch Dyer ging lieber eigenhändig zu Werke; im Kleinformat schnitzte er eckige Fenster und fertigte Stufen aus dem blanken Holz: jedes Element ließ sich entfernen oder zerlegen, so daß die Wißbegierigen in das Modell hineinschauen und die Anordnung seiner Bauteile erkennen konnten. Dyer ging maßstabsgetreu nach seinen bereits entworfenen Plänen vor, wobei er wie immer ein kleines Messer benutzte, dessen Elfenbeingriff mit einem ausgefransten Stück Schnur umwikkelt war. Drei Wochen lang arbeitete er an diesem Holzmodell, und so wie er schrittweise die Turmspitze montierte, dürfen wir uns das Emporwachsen der eigentlichen Kirche in Spitalfields vorstellen. Doch es waren noch weitere sechs Kirchen zu bauen, und wiederum nahm der Architekt seinen kurzen messingnen Zollstock zur Hand, seinen Zirkel sowie das dicke Papier, das er für seine Entwürfe verwandte. Dyer arbeitete rasch und nur in Gesellschaft seines Assistenten, Walter Pyne, während am anderen Ende der großen Stadt die Maurer einander zuriefen, indes sie die Vision des Architekten aus rohem Gestein herausmeißelten. Dies ist die Vision, die wir immerzu vor Augen haben; gleichwohl ertönt jetzt, da der Baumeister sich über seine Papiere beugt, einen Moment lang nur sein schweres Atmen und das Prasseln des Feuers; es flackert unvermittelt auf und wirft tiefe Schatten durch den Raum.

Erster Teil

I

Und somit wollen wir anfangen; und wenn das Gebäu vor Ihm Gestalt annimmt, so behalt Er beym Aufzeichnen immer die Structur gänzlich im Sinn. Zuvörderst muß Er die Grundfläche möglichst exacte ausmessen oder errechnen und darnach den Plan zeichnen und den Maaßstab festsetzen. Ich habe Ihm ja die Principien von Schrecken und Erhabenheit bereits beigebracht; dieselben muß Er nehmlich in der gehörigen Placirung der Bautheile und Ornamente darstellen, eben so in der Proportion der einzelnen Ordnungen: Er sieht, Walter, wie ich meine Feder halte? Und hier, auf einem andern Bogen, calculir Er die Positzionen und Einflüße der Himmelscörper und Gestirne, damit Er nicht schwankt, an welchem Tag Seine Arbeiten zu beginnen oder zu endigen seyen. Der Bauriß muß, mitsampt jeder einzelnen Scheidewand und Öffnung, mit Lineal und Zirckel gezeichnet werden: da das Gebäu im Emporwachsen seine Gestalt ändert, so muß Er zeigen, wie Seine Linien nothwendig aufeinander ausgerichtet sind, gleich dem Netz, das die Spinne im Abtritt webet; aber, Walter, mach Er das mit Bleistift und nicht mit Dinte – ich habe noch kein so großes Zutrauen zu Seiner Feder.

Hierauf hängt Walter Pyne murrisch den Kopf, gleichsam als hätte man ihn stäupen lassen, und ich konnte nicht umhin, in Gelächter auszubrechen. Walter gerieth leicht in eine morose und murrische Sinnesart, und dahero lehnte ich mich, ihn zu ermuntern, über den Tisch nach vorne und reichte ihm artig die Dinte – sieht Er, *sage ich*, was ich aufs Spiel setze, Ihn bey Laune zu halten? Und itzt sey Er nicht so verdrießlich und fahr Er bitte fort: skizzir Er den Aufriß dieses Gebäus in der

Facciade, oder vielmehr von vorn; dann das nehmliche Object, wie es sich über dem nehmlichen Grundriß und Mittelpuncte erhebet, in all seinen optischen Biegungen. Dieß muß Er scheiden von dem Profil, als welches durch Außenlinien und Contours bezeichnet wird, noch ohne jeglichen endgiltigen Schlußzierath: dergestalt ein Buch mit einem Frontispiz beginnt, dann der Widmung, und endlich dem Vorwort oder der Einleitung. Und nun kommen wir zu dem Hertzpunct unsers Risses: die Kunst der Schatten muß Er gut inne haben, Walter, und Er muß wissen, wie sie mit schicklicher Sorgfalt zu werfen sind. Nur die Dunkelheit kann unserm Werck die rechte Gestalt geben, und unserm Gebäu die rechte Perspectiv; es giebt nehmlich kein Licht ohne Dunkel und kein Ding ohne Schatten (und ich wende diesen Gedanken im Kopfe um: welches Leben stellt nicht einen Mantelsack voll Schatten und Schimaeren vor?). Ich baue bey Tage, um von der Nacht und der Sorge zu künden, *fuhr ich fort*, und darnach brach ich ab, Walter zu Gefallen: Ietzt nichts mehr davon, *sagte ich*, es ist blos ein Nebenbey. Aber Er mag so gut seyn, Walter, die Fronte fein exacte zu zeichnen, weil dieß dem Graveur zur Vorlage dient. Und geh Er getreulich nach meinem Entwurf vor: was tausend Jahre halten soll, darf man nicht übereilen.

Ich hatte gar heftig Hauptweh, und ob zwar in dem Cabinette nur ein kleines Feuer brannte, so war mir doch unnatürlich heiß, und ich gieng hinaus in den Scotland-Yard; ich wußte, daß andere Amtsbeschäftigte mich wohl anstarren mochten, weil ich ihnen ein Gegenstand des Spottes bin, und deßwegen beschleunigte ich meine Schritte gegen die Holzhöfe nächst der Werft, woselbst ich, da die Handwercker beym Mittagsmahl saßen, in der Stille und ungesehn spatzieren konnte. Indem es mitten im Winter war und ein kräftiger Wind aufblies, so stund der Fluß an dieser Stelle reichlich hoch, und zeitweis nahm sich das Wasser wie zu Anfang einer zweyten Sintflut, derweil am andern Ufer die Felder ganz verdunkelt lagen, als wie in einem Nebel. Und dann vernahm ich mit einmal Bruchstücke von Gesinge und verworrener Conversation; ich fuhr herum, denn ich vermochte keineswegs den Ursprung dieser Geräusche zu bestimmen – biß ich mich mit dem Gedanken beruhigte, daß es sich um das Fährschiff von Richmond handele, als welches mir denn auch ansichtig wurde. So folgten meine Wahrnehmungen einander, und doch drehte sich mein Dencken alleweile um meine sieben Kirchen und bewegte sich also in einer gänzlich anderen Zeit: gleich einem Seereiser, bin ich in meiner Cajüte eingesperret, unterdessen ich schon von meinem Reiseziele träume. Und dann, dieweil ich verharre und über den Fluß und die Felder schaue, verwische ich sie mit der Hand und nehme nur noch die Linien auf meinem Handteller wahr.

Ich gieng zurück zum Amt und dachte, Walter über dem Entwurf und Aufriß zu finden, allein ich sahe ihn auf seinem Stuhl bey der Kaminecke lummeln; er gaffte ins Feuer, wie wenn er in der Kohle wunderliche Visionen erblickte, und schaute dabey so melancholisch als eine Schälckinn auf einem Scheiterhaufe zu Smithfield. Ich trat leis an den Tisch und gewahrte einer einzigen Zeichnung, halb verfertiget mit Dinte und Bleistift. Ei, das kann Er in den Wind blasen, Er impertinenter Schelm, *sagte ich*, komm Er her und geb Er Achtung. Und Walter stund verstöret vom Feuer auf, indem er sich die Augen rieb, und er würde sich, so ers vermocht hätte, wahrscheinlich das Gesicht ausgerieben haben. Merk Er auf, Master Pyne, *fuhr ich fort*, ich mag keine ausladenden Säulen, nachdem ich Ihn unterwiesen, Pilaster dort anzubringen: und auch das Portal hier stehet bald drey Fuß vor. Ist Er denn so ein Holzkopf, daß ich Ihn noch Fuß und Zoll lehren muß? Walter schob die Hände in seine Kniebuxen und nuschelte etwas, so daß ich ihn nicht verstehen konnte. Und ist Er dermaaßen in Grübeleyen versunken, *hielt ich ihm vor*, daß Er mir nicht zu antworten vermag?

Ich habe eben auf meinem Stuhl gehockt, *sagt er*, und einer Sache nachgedacht.

Er soll sogleich Stuhl kriegen, Sir, wenn ich ihn nehmlich aus Seinem Arsch prügele. *Dann fuhr ich fort:* Und unterm Grübeln ist Er zu etwelchen Schlüßen gekommen?

Ich habe an Sir Christopher gedacht, und über unsre neue Kirche von Spittlefields gesinnet.

Und was hat ein Grünschnabel zu diesen Materien zu sagen? (*Ich gebe keinen Farz auf Sir Chris.*, spreche ich in geheym zu mir selbst.)

Meister, *versetzt Walter*, wir haben nahe an einer Grube gebaut, und dort giebt es so ungeheuer viel Leichname, daß die Bänke allezeit morsch und feucht seyn werden. Dieß ist der erste Punct. Der zweyte ist dieser: Sir Chris. verbietet iedwedes Begräbniß unter der Kirche oder gar im Kirchhof selber, maßen es die Fäulniß des Baues befördere und den dort Betenden ungesund und widrig sey. Darauf hin kratzte er sich im Gesicht und sahe hernieder auf seine staubichten Schuhe.

Das ist aber eine armseelige Kleinigkeit, darüber Contemplationen aufzunehmen, Walter, *entgegnete ich*. Doch er blickte zu mir auf und wollte sich nicht davon abbringen lassen, dahero *ich* über eine Pause *nachsetzte*: Ich weiß, daß Sir Chris. rundweg gegen Begräbniße ist, daß er sich ganz und gar dem Licht und der Leichtheit verschrieben hat und in Bestürzung geräth, so bald einmal Sterblichkeit und Finsterniß seine Bauten antasten. Es ist unverständig, wird er sagen, es ist unnatürlich. Jedoch, Walter, ich habe Ihn schon in vielem unterwiesen, und sonderlich darin – ich bin kein Sclave der geometrischen Schönheit, ich muß platterdings das Eindringlichste und Erschrecklichste bauen. Hienach verfiel ich in eine andre Manier: aus welchen Mitteln erbauen wir denn diese Kirchen, Walter?

Aus den Kohleabgaben.

Und ist die Kohle nicht das schwärtzeste Element, so mit ihrem Rauch die Sonne verdunkelt?

Iedenfalls unterhält sie die Feuer in dieser Stadt, *sagt er*.

Und wo bleibt da das Licht und die Leichtheit? Indem wir schon unsre Steuern aus der Unterwelt ziehen, was zeigt das also an, wenn wir auf dem Todten auch bauen?

In dem angränzenden Zimmer entstund ein Geräusch (es handlet sich eigentlich um zwey Zimmer, gefüget in eines, und somit hat es mehr von einem Echo), ein Geräusch, als von jemandes eiligen Schritten, und ich brach meine Rede ab, da Sir Chris. herein marchirete, gekleidet als die sausenden Zeitungsjungen – Hut unterm Arm, und athemlos, indeß trotz seinem Alter noch keineswegs corpulent. Walter fuhr erschrocken hoch und beschüttete seine Skitze mit Dinte (was kein großer Verlust war), allein Sir Chris. merkte es gar nicht und schritt auf mich zu, schnobend als ein alter Geißbock. Master Dyer, *sagt er*, die Commission erwartet Euern Bericht über die neuen Kirchen: wofern er nicht schon abgeschloßen, so bringt ihn nächstens zu Ende, man ist nehmlich in großer Eile –

– Eile ziemt den Narren, murmelte ich leis.

Und Eure Kirche zu Spittlefields, ist sie bald fertig?

Es fehlet blos noch das Blei auf dem Porticus.

Nun, so macht geschwind, es gleich zu kaufen, denn Blei steht unter 9 Sovereigns die Tonne, ist aber auf dem besten Wege, biß nächsten Monat anzusteigen. Darauf hin verharrte Sir Chris. und biss sich die Unterlippe, als ein klein Kind ohne Spielzeug, oder als ein Schalck am Fuße des Galgens. Und die andern Kirchen, *fragt er nach einer Pause*, geht es damit gut voran?

Ich habe mich für ihre Lage bestimmt, *versetzte ich*, und drey sind bereits in Bau befindlich.

Ich benöthige exacte Plane von den Gebäuden in ihrem itzigen Stand, *sagt er*, und Ihr müßt den Schreiner bedrängen, etliche Modelle anzufertigen –

– Die Modelle richte ich mir selber ein, Sir Christopher.

Wie Ihr wollt, Master Dyer, wie Ihr wollt. Und er wies mit unaussprechlichem Überdruss auf meine Skizzen, ehe er gieng und dabey den Muff von seiner Perruque zurück ließ. Als ich noch jung und starck war, und erstmals in seinen Diensten stund, da verfaßte ich einige Verslein auf Sir Chris.:

Zum Erdball hin dein rastlos Geist sich lenkt,
Auf eng're Gränzen er sich nicht beschränkt.
Dein Bildniß halt ich hoch: dein Blick zeigt an,
Daß *Wren* so farzen, als er lesen kann.
Wer diese Miene prüfet, der enthüllt,
Dein Haupt ist ganz mit Scheiße angefüllt.

Doch das war zu einer andern Zeit. Anjetzo rief ich nach Walter, der sich im Cabinette des Zahlmeisters aufhielt, biß Sir Chris. gegangen. Habe ich Ihm, *sage ich* bey seiner Rückkunft, schon die Histori von Nestor erzehlet? Und Walter schüttelte den Kopf. Nestor, *fuhr ich fort*, war der Entdecker der mechanischen Kraft, die itzt so im Geschrey ist, und einsmals entwarf er ein zierlich geformtes Gebäu, als welches indeß so fein geheckt war, daß es blos sein eigen Gewicht aushalten konnte. Und Walter nickte verständig hiezu. Es stürzte ein, Master Pyne, unter keiner andern Last, als daß ein gewißer *Wren* sich oben auf satzte. Und er stößt ein Lachen herfür, das so schroff endigt, als es angefangen, gleich einem Hundegeklaff.

Walter ist von zurückhaltender Disposition und spricht wenig, doch das verschlägt nichts, da es sich um eine Gemüthsart handlet, die der meinigen ähnlicht. Und man mag fürlieb nehmen mit folgender Skitze seiner Gestalt: Er trägt einen alten Leibrock mit absonderlichen Knöpfen so wie ein Paar Buxen, besetzt mit Lederflicken, so daß er als ein ausgemachter Pickelhäring anzusehn. Sein unziemliches Bezeigen und sein schnackischer Aufzug (als es im Amte genennet wird) machen ihn zu einem Gegenstand der Heiterkeit: Master Dyers Cammerherr, heißt man ihn. Doch das stellt einen zupaßenden Titul vor, denn so kann ich den Schelm formen wie der Bäkker den Teig, eh daß er ihn in den Ofen schiebet: Ich habe Walter bereits in einen anstelligen Schüler gewendet und war ihm ein sicherer Lotsmann zwischen den Büchern, die auf seinem Wege liegen. Ich machte ihn mit gewißen Stichen der egyptischen Obeliscen bekannt, und ermahnte ihn, sie wohl zu studieren und zu copieren; ich unterwies ihn in denen mir heiligen Schrifften – in des Aylet Sammes seiner *Britannia Antiqua Illustrata*, in Mr. Baxters Buch *Über die Gewißheit der Geisterwelt*, in Mr. Cotton Mathers seinen *Nachrichten von den Wundern der unsichtbaren Welt* und dergleichen vieles mehr, da dieß die rechte Lecture ist vor einen, so ein fertiger Meister zu werden wünscht. Die Lista meiner nothwendigen Unterweisungen ist zu lang, um sie hier in der Gänze mitzutheilen, allein es waren vier Dinge, auf die zu merken ich Walter lernte: 1) Es war Kain, der die erste Stadt erbaute. 2) Es giebt auf der Welt eine wahrhafte Wissenschaft, genennet *Scientia Umbrarum*, als welche, was ihr öffentliches Lehren angeht, seit je unterdrückt wurde, die aber der rechte Kunstwercker gleichwohl inne haben muß. 3) Die Architectura zielet auf die Ewigkeit und muß die ewigen Mächte in sich begreifen: nicht blos unsre Altare und Opfer, sondern auch die Form unsrer Tempel muß geheimnißvoll seyn. 4) Der obwaltende Jammer des Lebens und die Barbareyen der Menschheit, die uns alle betreffenden Schicksalsstreiche so wie die Gefahr, die wir aus unserm immerwehrenden Elend laufen, leiten den ächten Baumeister nicht zu Harmony oder sinnreicher Schönheit, sondern zu einem ganz andern Vorsatz. Ei, gelten uns nicht schon die Säuglinge vor die Erben der Hellen und Kinder des Teufels, so bald sie ans Licht der Welt kommen? Ich erkläre, daß ich meine Kirchen fest auf diesem Misthaufen Erde baue, und mit einem vollen Begriffe der entarteten Natur. Mir bleibt nur noch beyzufügen: es giebt einen toll-truncken Rundgesang,

Heißa! Der Teufel ist todt! Wofern das wahr wäre, so würde ich mich die Zeit meines Lebens mißleitet haben.

Doch um den Faden dieser Geschichte wieder aufzunehmen. Sir Chris. drängt uns hart auf den Fersen, *sage ich* zu Walter, und wir müssen einen Bericht an die Commission verfaßen: Ich will Ihm denselben ietzt in die Feder sagen, und Er muß ihn später schönschreiben. Und ich räusperte mich, das Blut im Munde schmeckend. An die Hochachtb. Commission zur Erbauung von Sieben Neuen Kirchen in denen Cities von London und Westminster. Datiret: den 13den Januarii 1712, von dem Bauamte, Scotland Yard. Sirs, Ihrem Auftrag gemäß, lege ich ergebenst meinen Bericht vor, nach gehabter Instruction durch Sir Xtofer Wren, BauInspector Ihrer Majestät, sothane Kirchen sämptlich in meine Verantwortung zu nehmen. Allermaßen das Wetter überaus günstig gewesen, so machte das Erstellen der Neuen Kirche zu Spittlefields einen großen Vorschritt. Das Mauerwerck an der Westseite ist nunmehr vollständig ausgeführet, und der Porticus soll alsobald mit Blei bedeckt werden. Der Putz ist ziemlich weit gediehen, und binnen Monatsfrist will ich Instructionen für die Empor und inwendige Zurüstung versenden. Der Thurm kömmt voran, und ward zeit meinem letzten Bericht schon gegen funfzehn Fuß höher getrieben. (Und mein persönlicher Beygedanke über diesen Gegenstand lautet wie folgt: *Ich will blos eine einzige Glocke, weil zu viel Läuten die Sinne verwirret.*) Zu den Kirchen, deren Bau mir ferner in Auftrag gegeben: die Neue Kirche zu Limehouse ist angemessen der Jahreszeit vorangerückt, und es wird dieser Arbeit zum Vortheil seyn, für den Augenblick einzuhalten. Diese Zeichnung stellt die halbe Außenseite des Gebäus dar – Er mag die Skitze beyschließen, Walter, ja? –, entworfen nach einem einfachen Verfahren, so zum mehrsten mit Quadersteinen auszuführen. Ich habe in den Wänden bereits schlanke Pilaster angebracht, die sich mit berapptem Backstein leicht fertigen lassen. Dem Dach habe ich die alte Form gegeben, als welche die

Erfahrung aller Epoquen vor die sicherste befunden, keiner andern ist ohne gedoppelte Mauerdicke zu trauen. So bald mir der Maurer seine Zeichnungen geschickt hat, will ich Ihnen eine umsichtige Schätzung der Kosten geben, und Ihnen die original Entwürfe wieder zurück senden, da sie in den Händen von Arbeitsleuten schnell so beschunden sind, daß sich daraus der Bau nicht mehr zum Beschluß treiben läßet. Dieß zu der Kirche in Limehouse. Das Fundament der Neuen Kirche zu Wapping ist hoch befördert biß an den Erdboden, und fertig zur Errichtung des Gebäus, gestaltsam ich Riße und Plane dafür beyschließe. Dieß zu der Kirche in Wapping. Wir erbitten, daß die achtbare Commission die Deckung dieser jeweiligen Gebäude anzuordnen geruhet und daß man den Boden darinnen mit einer Backsteinmauer versieht, um den Janhagel und eitel Pöbel am Eindringen zu verhindern, so wie an der Möglichkeit, continuirlich Schaden zu thun. Und dem füg Er noch dieses bey, Walter: Ihrem Auftrag gemäß, habe ich bereits vier weiter angezeigte Pfarren und Lagen vor Kirchen besehn; und die bemeldten Pfarren und Lagen werden ergebenst offeriret, wie folgt, *viz.* Und hier, Walter, bestimm Er peinlich die Plätze von St. Mary Woolnoth, der neuen Kirchen zu Bloomsbury und Greenwich, und der Kirche von Little St. Hugh in der Black Step Lane.

Diese stinckende Gasse nahe bey denen Moorfields?

Schreib Ers als Black Step Lane. Und dann komm Er wie folgt zum Beschluß: Als welches sämptlich ergebenst vorgeleget von Ihrem gehorsamsten Diener. Gezeichnet, Nicholas Dyer, stellevertretender Inspector an Ihrer Majestät Bauamt, Scotland Yard.

Und wann Er die schöne Abschrifft gemacht, Walter, so verschließ Er die Dinte, Er Grillenkopf. Darauf legte ich ihm die Hand an den Nacken, was ihn schüttern und zu mir hinschielen ließ. Kein Musique-Haus noch Tanz vor Ihn heut abend, *sage ich* scherzhaftig; und ergänzte bey mir diesen Ge-

danken: nein, und wohl auch nicht, so bald Er in meine Fuß-
tapfen tritt. Es gieng nunmehro ziemlich auf acht nach der
Uhr, und ein Nebel verdunkelte derart den Mond, daß der
Yard ganz in Roth getaucht lag, und ich verspürte Unruhe,
indeß ich dorthin hinausstarrte; und in Wahrheit bestürmten
mich so viele Einbildungen, daß sie mich bald würden zu Boden gezerrt haben. Allein ich nahm meinen Kersey-Rock, so
an einem Nagel im Eingang hieng, und rief Walter zu, Sey Er
hurtig mit diesem Brief, unser irdisch Wesen, als der Prediger
sagt, ist nehmlich so ungewiß. Und er ließ sein bellendes Lachen hören.

Ich hatte mich kaum auf die Whitehall begeben, so rief ich
nach einer Kutsche; selbige war von der altväterischen Sorte,
mit Schiebfenstern aus Blech, nicht aus Glas, gelöchert als der
Boden eines Siebs, auf daß die Luft durch die Lücken passiren
kann: Ich hielt meine Augen dagegen, um die Stadt im Vor-
beifahren zu besehn, und die Scene zertheilte sich dann in
Stücken, mit einem jaulnden Hund hier, und einem laufenden Kind dort. Doch die Lichter und das Rasseln machten
mir Behagen, so daß ich mich als einen Despoten meines eigen
Landes fantasierte. Meine Kirchen bleiben bestehn, sann ich,
indem ich dahin getragen ward, und was die Kohle erbauet,
soll nicht in Asche versinken. Ich habe nun lange genug vor
andere gelebt, gleich dem Hund in der Tretemühle, und jetzo
ist es so weit, vor mich selber anzufangen: Ich kann dieses
Ding, so man Zeit nennet, nicht ändern, aber ich kann die
Positzion darinnen wechseln, und wie Knaben einen Spiegel
gegen die Sonne wenden, so will ich euch alle verblenden.
Und dergestalt rasselten meine Gedanken dahin, gleichwie
die Kutsche, darinne sie befördert wurden, und diese Kutsche
war mein armer Leib.

Als wir in die Fenchurch-Street einlangten, war das Gedräng der Fuhrwercke so arg, daß ich mich genöthigt sahe, an
der Billiter Lane auszusteigen und mich zu Fuß längs der Lea-

den-Hall-Street unter den Pöbel zu mengen; allendlich gelang
es mir, durch eine Lücke zwischen zwey Kutschen zu witschen,
und gieng über die Straße, so nach der Grace-Church-Street
führte. Ich marchirete in die Lime Street, maßen ich nun meinen Weg kannte, und passirte durch viele Straßen und Quer-
straßen, biß ich die Moorfields erreichte; denn traf ich, gleich
hinter der Apothecke mit dem Widder-Schild, an die enge
Gasse, so duster als ein Grabgewölb, sie stanck von verrotteten
Sprotten, Piss und Kothhaufen. Und daselbst befand sich die
Thür mit dem Zeichen darauf, und ich klopfte sacht. Es war
Zeit, die Rechnung ins Gleiche zu bringen, und dann wird man
sehen, was vor treffliche Sachen ich vollbringe.

Denn wenn ich meine bißherigen Lebensjahre zurück ver-
folge, und sie in meiner Erinnerung versammele, so erkenne
ich, was vor ein buntschäckiges Naturwerck mein Leben immerzu vorstellte. Gesetzt, ich sollte nun meine eigen Histori
abschildern, benebst deren unvergleichbaren Erduldungen
und wunderlichen Affenteuern (als es die Buchhändler anzeigen dürften), so weiß ich, daß der groß Theil der Welt die
davon erzehlten Passagen ob ihrer Seltzamkeit nicht glauben
würde, allein ich kann dem Unglauben nicht abhelfen: und
wofern der Leser sie blos vor dunkle Fantasi achtet, so mag er
bey sich bedencken, daß der Mensch ganz außer dem Licht
lebet, und daß wir allesampt Geschöpfe der Finsterniß sind.

Ich kam plerrend zur Welt, im Jahre 1654. Mein Vater war
Bäkker von Schiffszwieback, und gebohrner Londoner Bürger, da sein Vater vordem einer gewesen, und meine Mutter
entstammte von biederen Aeltern. Ich wurde gebohren in der
Black-Eagle-Street, in dem Kirchspiel von Stepney, nahe bey
der Monmouth-Street und angränzend der Brick Lane, in
einem Holzhaus, als welches über die Maaßen wackelicht war
und ohne die große Menge beiderseitiger Holzbehausungen
würde eingerißen seyn. Etliche Leute befiel gleich mir das Fieber am Tag, da sie zur Welt kamen, und ich habe guten

Grund, jeden funften Decembris zu schwitzen, weil mein erstes Betreten der Bühne mit allen Symptomata des Todes einhergieng, als ob ich bereits empfindlich gewesen vor meine künftigen Wercke. Meine Mutter gebahr mich (oder *legte ihr Ei*, als man sagt), über und über blutig und pissfleckig, in der Stund vor dem Morgendämmer: Ich sahe die grauen Lichtstrahlen, wie sie sich zu mir erstreckten, und ich vernahm den Wind, der das Ende der Nacht anzeiget. In der Ecke der engen schnöden Cammer stund mein Vater mit geneigtem Haupt, maßen sein Weib daran schien, diese Welt augenblicks zu verlassen, nachdem sie unter während meiner Geburt viele peinvolle Stunden ausgehalten. Vor dem Haus gieng die Sonne auf: Ich sahe sie brennen, und vermerkte die Gestalt meines Vaters, wie sie davor auf und ab schritt, so daß er sich als ein blosser Schatten ausnahm. Ohnfehlbar war das ein Thränenthal, in das ich gerathen, und somit glich ich Adam, der, da er im Paradys die Stimme GOttes hörte, in ursprünglichem Schrecken weinte. Hätte die Natur mich bestimmt, nur einen unbedeutsamen und obscuren Winckel des Universums einzunehmen, so würde dieser Bericht blos eine ausgemachte Salbaderey vorstellen, doch die mein Werck erfassen, wollen gewiß mit meinem ersten Auftreten in der Welt bekannt seyn: es ist unzweifelbar, daß wir durch umständliche Beobachtung von Gemüthsart und Constitution des Kindes schon im Keime die Eigenschaften erkennen, die es hernachmals in aller Augen merkwürdig machen.

Meine Mutter kam gar rasch wieder auf, und erzog mich als ein muntres Jünglein, das sich so hurtig wenden konnte, als ein trocken Blatt im Wirbelwind; und doch war ich schon dazumal von seltzamen Einbildungen besessen: ob andre Knaben zwar gemeiniglich nach Schmetterlingen und Hummeln jagten, oder ihre Kreyseln mit der Peitzsche im Staub trieben, so stackte ich selbst voll Ängsten und Butzenmännern. Wo itzt in den Spittlefields meine Kirche ragt, da weinte ich, ohne nennbaren Grund. Allein ich will meine kindischen Jahre schweigend übergehen, und fort streben nach jenem Abschnitt, wo ich zum Lernen gebracht ward: Ich besuchte die Armenschule in St. Catherine's nahend dem Tower, doch aller Vorschritt, den ich unter Sarah Wire, John Ducket, Richard Bowly und einem ganzen Catalogue von Lehrern machte, bestund einzig darin, daß ich die Rudimenta meiner Muttersprache erlernte. Das waren lustige Tage, und dennoch mit nichten arglose: unter meinen Nebenschülern ließ ich mich wohl auf ein Spiel ein, wie blinde Kuh mit dem *Du bist nun gebunden, und ich muß dich zu dreyen Malen hinum drehen*, und es war uns Knaben bekannt, daß wir den Teufel rufen konnten, so bald wir das Vaterunser rückwärts sagten; doch ich selber habe das dazumal nie gethan. Wir hatten auch sonsten viele befremdliche Vorstellungen: daß ein Kuß uns eine Minute des Lebens benähme, und daß wir ein todtes Geschöpf bespucken und singen müßten

Es kehr zurück, woher es kam,
Und frag mich nicht nach meinem Nam'.

Wann nach der Schule das Licht allmählig dämmerlich wurde, so mochten einige kecke Sappermenter in den Kirchhof einschleichen und, wie sie sagten, die Schatten von Verstorbenen haschen (und selbige sind mir heut keine simplen Fantaseyen mehr). Allein dergleichen Kurzweil stund mir nicht an, und meisten Theils pflog ich mit mir selber Umgang: meine Studien waren mehr eingezogner Natur, und mein geringes Geld legte ich auf Bücher aus. Einer meiner Nebenschüler, Elias Biscow, lieh mir den *Doctor Faustus*, als welcher mir Plaisir machte, absonderlich da er die Luft durchreisete, die ganze Welt besehend, aber mich ängstigte sehr, so bald der Teufel ihn holen kam, und das Bedencken dieses erschrecklichen Endes gieng mir so in die Nieren, daß mich oftermals

darvon träumte. Alle Zeit, so ich außer der Schule hatte, an
Donnerstag Nachmittagen und Sonnabends, wandte ich auf
solcherley Lecture: demnächst gerieth ich an *Pater Baco*, und
darnach las ich den *Montelion, Ritter vom Oracul* und den *Ornatus*; ich borgte das Buch bey einem Nebenschüler, und wann
ich es gelesen, so verlieh ich es einem andern, der mir eines
von den seinigen gab, so daß, ob mir zwar auf der Schule Feder, Dinte und sonstiger Bedarf zu Zeiten mangelten, ich niemalen Bücher entbehrte.

War ich nicht am Lesen, so gieng ich zum öftern spatzieren.
Ich gebot über tausend fadenscheinige Ausflüchte, mein Abwesen von der Schule zu excusiren, denn ich schweiffte gerne
umher, und konnte nicht davon lassen: bey dem ersten Licht
streifte ich hurtig die Kniebuxen über die nackenden Beine,
wusch und kämmte mich, und schlich dann hinaus ins Freie.
Itzo erhebt sich meine Kirche ober einer bevolkten Verbindung von Gassen, Durchgängen und Passagen, Plätzen voller
armer Leute, doch in jenen Jahren vor dem Brand waren die
Wege bey Spittlefields schmutzicht und verlassen: derjenige
Theil, so nunmehr Spittlefields-Market oder Flesh-Market
heißt, stellte ein Grasfeld vor, mit Weidekühen darauf. Und
wo meine Kirche steht, wo drey Straßen aufeinander treffen,
viz. Mermaid Alley, Tabernacle Alley und Balls Alley, da lag
offner Grund, biß die Pest ihn in einen weiten Fäulniß-Haufen
wandelte. Die Brick Lane, so unterzwischen eine lange wohlgepflasterte Straße ist, war ein gar unfletiger Weg, viel befahren von Karren, die daselbst Backsteine von den auf den Feldern betriebenen Ziegeleyen nach Whitechappel verbrachten
(und deßhalber erhielt die Straße den Namen). Hier also
schweiffte ich als Knabe umher, und über dieses spatzierte ich
oftmalen nach auswärts, nach jener großen und ungeheueren
Häusermasse von London: und indem ich die Stadt unter den
Füßen verspürte, rollten mir insgemein Frasen im Kopf
herum, solcher Art als *Prophecey allhier, verzehrendes Feuer, Ge-*

waltsamkeit, was ich dann benebst andern curieusen Einfällen in mein alphabetisch Sackbuch einschrieb. Dergestalt mochte ich umhinstreiffen, doch am liebsten begab ich mich nach einem kleinen Plätzgen, dicht bey der Angell Alley und längs dem Neuen Quai. Daselbst pflog ich an einem alten zerfallenen Denkstein zu sitzen, und richtete mein Sinnen auf vergangene Zeiten und auf das Künftige. Vor mir befand sich ein steinern Piedestal, darauf eine alte rostige wagerechte Sonnenuhr befestigt war, mit kurz abgebrochnem Gnomon, und ich besahe dieß Zeit-Instrument mit unaussprechbarer Geruhlichkeit: es gedenkt mir so gut, als ob es gestern gewesen und nicht schon unter dem Gewicht der Jahre begraben wäre. (Und nun überlege ich: lebe ich zeithero in einem Traum?) Doch darvon mag ich am andern Ort wieder sprechen, und ich kehre unterdem zurück zu meiner Histori, dafür ich, gleich einem Staats-Historiker, die Gründe sowohl als die Thatsachen geben will. Zum Geschichtenerzählen hatte ich nie noch Geschicke, und eine solche wie die meinige wird von andern eher als ein schieres Wintermährchen verachtet, als daß sich dieselben zur Furcht vor einer fernern Welt bewegen lassen und sich denen gemeinen Schrecknißen ergeben, so sie vordem geringe schätzten; denn somit, um eine lange Präambul zu verkürzen, komme ich zu der erzgreulichen Geschichte von der Pest.

Ich bin überzeuget, daß meistens Lumpe der Welt ihren Lauf lassen: alles steht gut, Hans nimmt die Grete, jeder Topf findet seinen Deckel, *wie sie sagen*, und sie wandeln gleichsam ober dem Abgrund, ohne des gewaltigen Golffs und gräßlichen Schlunds der Dunkelheit unter ihnen zu gewahren; allein bey mir liegt der Casus gänzlich anders. Der kindische Verstand, als auch der werdende Leib, empfängt unverlöschliche Eindrücke, und schon als blosser Knabe wurde ich in das Extreme des Menschenstands versetzet: eben ietzt noch wirblet mir ein Wust von Gedanken durch das Gedächtniß, denn es geschahe in jenem schicksalsschweren Jahr der Pest, daß der mit Mehlthau besetzte Vorhang der Welt abseits gezogen ward, als wie vor einem Gemähl, und ich das wahre Gesicht des großen und furchtbaren GOttes ersahe.

Es begab sich in meinem eilften Jahre, daß meine Mutter das schädliche Übelseyn an sich zog; erstlich hatte sie schmale Beulen, so breit als ein kleiner Silber-Penny, die Anzeigen der Seuche, und zum zweyten die Schwellungen an ihrem Leib. Der Chirurgus kam, die Krankheitsmale zu beobachten, und darnach stellte er sich etwas beiseit; *Wohlan, was muß ich thun, wie wird das ausgehn?* begehrt mein Vater von ihm, und der Chirurgus drängte heftig, die Mutter nach dem Pesthaus neben denen Moorfields verbringen zu lassen, allermaßen die Symptomata vorgeblich keine Hoffnung erlaubten. Jedoch mein Vater ließ sich in keinerley Weis bereden: *Dann bind man sie an das Bette,* sagt der Chirurgus, und er gab meinem Vater etliche Bouteillen mit Hertzensstärker und Mineral-Elixir; *Ihr sitzet alle im selben Boot,* sagt er, *und müßt gemeinschaftlich untergehn oder schwimmen.* Hierauf rief meine Mutter nach mir *Nick! Nick!,* allein mein Vater wollte mich nicht zu ihr lassen; alsbald stunck sie gar sehr, und redete wirr in ihrem Krankengewand. Und da sie solchergestalten verfallen, wurde sie mir fürwahr ein Gegenstand des Eckels: hier konnte blos noch der Tod abhelfen, und es schierte mich nicht, wie rasch er eintreten mochte. Mein Vater ersuchte mich, in die Felder zu fliehen, ehe das Haus verschloßen und markiret wäre, doch ich bestimmte mich, zu bleiben: wo sollte ich auch hin, und wie hätte ich können in dieser erschrecklichen Welt mich davon machen? Mein Vater lebte ja noch, und vielleicht hielt ich mich vor der Ansteckung sicher: dieserley bedenckend, eben da das Wesen auf dem Bette stunck, war ich mit einem Mal von einem äußersten Frohsinn besessen, so daß ich um meiner Mutter Cörper hätte ein Schnaderhüpflein singen mögen (man ersieht, was vor ein Leben das meinige galt).

Indem ich also meine Freiheit noch nicht benöthigte, es sey denn in Ansehung der Zukunft, verbarg ich mich, als das Haus von einem Constabel verschloßen und *HErr erbarme Dich unser* dicht über das Creuz gesetzet wurde. Bey der Thür stellte man einen Wächter ab, und ob schon so viele Häuser in der Black-Eagle-Street visitiret worden, daß er deren Innwohner hätte schwerlich kennen können, so wünschte ich doch, unvermerkt zu bleiben, wofern es mir dringlich würde zu fliehn. Dann fieng mein Vater selber an mächtig zu schwitzen, und ein absonderlicher Geruch entkam ihm, gleichso wie Fleisch riecht, so bald man es ans Feuer bringt; er legte sich nieder an den Boden der Stube, worinnen sich seine Gemahlinn befand, doch ob er gleich nach mir rief, so wollte ich nicht zu ihm. Von der Thür her starrte ich ihm voll ins Gesicht, und er starrte zurück zu mir, und für einen Augenblick kreisten unsre Gedanken um einander: du bist verloren, *sage ich*, und mit hoch schlagendem Pulß ließ ich ihn liegen.

Ich provianthierte mich mit Bier, Brod und Käse, und um den Anblick meines Vaters zu meiden, verfügte ich mich nach einem kleinen beengten Cabinette ober der Stube, darinnen sie nun beide in ihrer äußersten Noth lagen: es glich einer Dachcammer, mit einem über und über spinnewebigen Fenster, und hierselbst wartete ich, biß sie in die Ewigkeit giengen. Durch das Glas der Erinnerung kann ich jetzt alles erkennen: die Schatten, wie sie sich über das Fenster und über mein Antlitz bewegen; die Uhr, wie sie die Stunde ansagt, biß sie gleichwie die Welt verstummte; die Geräusche von meinem Vater unter mir; das leise Gemurmel im nachbarlichen Haus. Ich schwitzte was weniges, trug indeß keine Anzeigen der Krankheit, und gleich einem Manne im Burgverlies, hatte ich Visionen von vielen weitläuftigen Wegen, kühlen Fontainen, schattigen Wandelgängen, erquickenden Gärten und Stätten des Labsals; doch dann mochte mein Sinnen gählings umschlagen, und ich ward entsetzt von Figuren des Todes, die

scheinbar in meiner eignen Gestalt einherkamen und er-
schreckliche Blicke um sich warfen; hienach wachte ich auf,
und alles war stille. Itzt keine Wehklagen mehr, *dachte ich*, sie
sind todt und kalt: darauf hin ebbten meine Ängste mit einem
Mal ab, und ich fühlte mich zufrieden; wie die Katze in der
Fabel, so lächelte ich in einem fort.

Das Haus war nunmehro so ruhig, daß der Wächter, der auf
Zurufung keinen Laut darinne vernommen, die Leichenfuhre
anforderte, und bey dem Geräusch seiner Stimme schrak ich
von meinen Träumereyen auf. Es bedeutete einen Hasard, mit
den Todten gefunden und darnach (wie gewöhnlich) eingesperret zu werden, und derohalben sahe ich um mich nach
einem Ausweg. Ob ich mich gleich drey Stock hoch befand, so
erstreckten sich doch große Schuppen vor dem Fenster (dieß
war im Hinterhaus, angränzend der Monmouth Street), und
blitzgeschwind ließ ich mich über dieselben hinab an die
Erde: ich hatte freilich nicht an Proviant gedacht und besaß
nicht einmal Stroh, darauf zu liegen. Nun stund ich da in dem
Koth und der Stille, und es gab keine Lichter außer denen, so
neben den Leichen aufgestellet, für die Todtenkarren. Und als
ich mich die Black-Eagle-Street hinauf wandte, da sahe ich
bey der flakkernden Laterne auch meine Aeltern liegen, wo der
Wächter sie placiret hatte, ihre Gesichter ganz schimmerig
und besudelt: es fehlte nicht viel, so hätte ich vor Schrecken
aufgeschrieen, biß ich mir ins Gedächtniß rief, daß ich noch
lebte, und diese todten Wesen mir keinerley Harm thun konnten; und indem ich mich fein unsichtbar machte (zumalen auf
so dunkeler Nacht ohnedem blos wenig zu sehen), wartete ich
den Karren ab, damit er seine grausame Fuhre besorge.

Die beiden Creaturen wurden auf einen Haufen von Cör-
pern geleget, welche ganz zerlumpert und gedunsen, gleich
einem Nest von Würmern, und der Glockenläuter führte benebenst zween Fakkelträgern den Karren die Black-Eagle-
Street hinunter, am Corbets Court vorbei und durch die

Brownes Lane: ich folgte ihnen dicht auf den Fersen, und konnte sie scherzen hören, mit ihrem *HErr erbarme Dich unser, keiner vermags außer Dir* und ihrem *Weh dir, mein Liebchen*; sie waren sternvoll bedüselt, und verschleuderten beinahe die Leichname in die Eingänge, so schwank gieng ihre Bahn. Doch demnächst gelangten sie hinaus auf die Spittlefields, und da ich vor lauter Verwunderniß oder Fieberwahn (ich bin mir darin nicht entschieden) nunmehr nebst ihnen lief, so vermerkte ich mit einem Mal eine gewaltige Grube, fast genau zu meinen Füßen; ich verhielt auf der Stelle, starrte hinein, und als ich dann ober dem Rand wankte, spürte ich plötzlich den Wunsch, mich hinunter zu werfen. Allein in diesem Momente traf der Karren an die Grubenkante, er wurde unter viel Gespaß herum gekehrt, und die Cörper in die Dunkelheit entladen. Dazumal konnte ich nicht weinen, doch ietzund vermag ich zu bauen, und an jener Stätte des Gedenckens will ich ein Labyrinth erstehen lassen, allwo die Todten noch einmal Laut geben dürfen.

Die ganze Nacht wanderte ich über die offnen Felder, indem ich zuweilen meiner Erregung durch lautes Singen Luft machte und ein ander Mal wieder in die allergräßlichsten Reflexionen verfiel: in was vor einem Schrein befand *ich* mich denn? Ich wußte mir gar keinen Rath, was zu thun, da ich mich nun in die weite Welt ausgesatzt sahe. Ich hatte nicht vor, wieder zu Hause zu kehren, und es erzeigte sich ohnedem als unmöglich: ich mittelte alsobald aus, daß es mit etlichen andern beneben eingerißen worden, so schädlich war die Luft darinnen; somit war ich genöthiget, nach auswärts zu gehen, und es wieder mit meiner alten Schweifflust zu halten. Doch nunmehr betrug ich mich fürsichtiger als ehedem: es hieß nehmlich (und ich entsinne mich dessen auch bey meinen Aeltern), daß vor der Pestilentz offentlich Dämone in Menschengestalt auftreten, als welche diejenigen schlagen, so ihnen in den Weg kommen, und die also Geschlagenen werden in kur-

zem von der Krankheit befallen; auch wer dergleichen Gespänste (Hohlmenschen benamst) nur ansichtig wird, erfährt
eine arge Veränderung. So jedenfalls gieng die gewöhnliche
Rede: unterdessen beduncken mich solche Hohlmenschen als
eine Wiederschöpffung aus den sämptlichen Ausdünstungen
und Dämpfen des menschlichen Blutes, wie sie von der Stadt
emporstiegen, gleich einem allgemeinen Seuftzer. Und man
darf sich darob nicht verwundern, daß die Straßen recht sehr
verlassen gewesen; allerorten lagen Cörper auf der Erde, von
denen ein solcher Geruch entkam, daß ich eilte, den Wind in
meine Nüstern zu kriegen, und auch die Lebendigen stellten
lauter wandelnde Leichname vor, indem sie bereits den Tod
athmeten und einander bangvoll anblickten. *Auch noch am Leben?* oder *Auch noch nicht todt?* so frugen sie dauernd einander,
wenn es gleich manche gab, die dermaßen erstumpfet einher
giengen, daß sie ihres Weges nicht weiter achteten, und andere hinwieder, die ein äffisch Gelerme her machten. Ferner
waren Kinder darunter, deren Wehklagen noch die Sterbenden zu erbarmen vermochten, und ihr Gedicht hallet nach wie
vor durch die Winckel und Ecken der Stadt:

Psch! Psch! Fein still!
Wir werden alle abgestürzt.

So ward ich denn durch mancherley Anzeigen belehret, daß
das menschliche Leben keinen sicheren Curs verfolgt: uns
lenkt Jemand, der gleich einem Knaben zuinnerst am Spinnengeweb rüttelt und es ohne Bedenken einreißt.

Ich würde den Leser mit einer Verweilung bey meinen verschiedenen Abenteuern als Straßenjunge ermüden, weßwegen ich gegenwertig nichts mehr davon mittheilen will. Ich
kehre unterzwischen zu meinen Reflexionen zurück, wie sie
mir aus diesen Begebenheiten aufkamen, so wie zu meinen
Erwägungen über Schwachheit und Unsinn des mensch-

lichen Lebens. Nachdem die Pest sich verzogen, so war der Pöbel wieder glücklich mit seinen Mummenschanzen, Kirchwehn, Morischgentänzen, Pfingstbieren, Wahrsagereyen, Gaukelpossen, Lotterieen, mittnächtigen Gelagen und schlüpferigen Balladen; bey mir jedoch verhielt es sich anders. Ich hatte um mich gesehn und die Geschehniße durchschauet, ohne sie als das Traumgesicht eines Kranken oder als planlose Scene passiren zu lassen. Ich erkannte, daß die gesammte Welt ein einziges ungeheures Programm der Sterblichkeit vorstellet, und daß Dämone die Straßen durchwandeln, eben da die Menschen (viele von ihnen an der Schwelle des Todes) sich zur Verderbniß verleiten: Ich sahe die Fliegen auf diesem Misthaufen Erde, und denn bedachte ich, wer wohl ihr Herr seyn möchte.

Doch ietzo entwirrt sich das Gewebe der Zeit, und die Nacht ist verwichen, und ich bin zurückgekehrt nach der Amtsstube, woselbst Walter Pyne neben mir steht und mit dem Schuh an den Boden klopfet. Wie lange sitze ich denn schon da, im Strudel meiner Erinnerung?

Ich habe dem Tod nachgedacht, *sagte ich* hastig, und darauf wandte Walter seine Miene von mir und suchte scheinbar nach seinem Zollstock; er hört mich nicht gern von solcherley Dingen parliren, und dahero wechselte ich, so bald er sich satzte, mein Thema: es ist hier so staubicht als auf dem Spind einer Schlumpe, *rief ich*, schau Er sich meinen Finger an!

Ich kanns nicht heben, *sagt er*, wann nehmlich der Staub fort gewischt ist, so kehrt er gerades Wegs wieder.

Nun jückte es mich, mit ihm einen Possen zu machen: Ist Staub denn unsterblich, *frug ich ihn*, so daß wir im Stand sind, ihn durch die Jahrhunderte wirblen zu sehn? Allein da Walter keine Antwort gab, scherzte ich fürder mit ihm, seiner melancholischen Laune zu steuern: Was ist Staub, Master Pyne?

Und er besann sich ein wenig: Gewißlich Partickeln von Materia.

Dann sind wir doch ganz und gar Staub, nicht wahr?

Und er murmelte mit verstellter Stimme: Denn Staub bist du, und sollst zu Staub wieder werden. Hierauf zog er ein saures Gesichte, aber blos um desto mehr zu lachen.

Ich trat zu ihm hin und legte ihm meine Hände auf die Schultern, was ihn ein bißchen zittern machte. Halt Er stille, *sagte ich*, ich bringe gute Zeitung.

Was denn vor eine?

Ich bin nunmehr mit Ihm überein, *versetzte ich*. Ich placire das Grabgewölb ein klein Stück abseits der Spittlefields-Kirche. Und Ihm zu Gefallen, Walter, nicht auf den Rath von Sir Chris., sondern allein Ihm zu Gefallen. Und überdem will ich Ihm ein Geheimniß entdecken (hierauf neigte er den Kopf): wir bauen es mehrsten Theils unter der Erde.

So hab ichs mir geträumet, *sagte er*. Er schwieg fort an, und wandte mir den Rücken, indeß er sich an seine Arbeit machte, wiewohl ich gar bald sein leises Pfeifen vernahm, als er sich über seine Blätter beugte.

Wir müssen uns spuden, *rief ich*, Feder und Dinte ergreifend, maßen die Kirche noch binnen dem Jahr fertig seyn muß.

Und die Jahre ziehn so geschwinde dahin, setzt Walter hinzu, und nun ist er entschwunden, und ich bin zurückgekehrt zu der unpäßlichen Zeit, da ich nach auswärts gieng, inmitten von lauter wandelnden, Gift schwitzenden Leichnamen. Erstlich schien ich durch widerwärtige Schicksalsbegebenheiten auf und nieder geworfen, und gab den Hansnarren des Zufalles ab, biß ich eines Abends im Labyrinthe meiner Beschwerlichkeiten den Faden fand. Es war die letzte Woche im July, gegen neune am Abend, und ich marchirete eben bey der Hutmacherey nahend der Three Tun Tavern vorüber, in der Redcross-Street. Es war eine mondhelle Nacht, allein da der Mond noch hinter den Häusern verblieb, so schien er von seitwärts, und schickte aus einer der schmalen Gassen einen

schwachen Lichtstrahl queer über die Straße. Ich machte
halt, dieses Licht kurz zu besichtigen, als aus der Gasse ein
großgewachsener und ziemlich dürrer Mann heraus trat, angekleidet mit einem sammeten Leibrock, einer Binde sowie
einem schwartzen Mantel; mit ihm schritten zwey
Frauenzimmer herfür, mit weißen Linnentücheln, so sie um
den untern Part ihrer Gesichter gewikkelt (um ihre Nüstern
vor dem Pestgeruch zu beschirmen). Der Mann hatte einen
geschwinden Gang, und seine Gefährtinnen mühten sich, mit
ihm gleichauf zu halten, und mit einem Mal wies er zu meinem unausdrückbaren Erstaunen auf mich (mit meinem zer-
lumpten Gewande und zertretenen Schuhn): Dort ist die
Hand, so offenbar sie nur seyn kann, *sagt er*, seht ihr sie deutlich ober seinem Kopfe? Er war in einem wunderlichen Grade
eleviret, und rief hinüber zu mir, Knabe! Knabe! Komm her
zu mir! Komm her zu mir! Und sodann sagte eine seiner Be-
gleiterinnen, Geh Er ihm nicht zu nahe, wie kann Er denn
wissen, ob der Schelm nicht die Pest hat? Worauf er versetzte:
Habt keine Furcht vor ihm. Und demnach trat ich zu ihnen
heran.

Wer bist du? *sagt er*.

Ich bin ein armer Knabe.

Ei nun, hat Er denn keinen Zunamen?

Und da besann ich mich seltzamer Weis auf meine Schul-
jungen-Lecture: Faustus, *sage ich*.

Das heißt gewiß, *versetzt er*, daß der Teufel Ihn noch nicht
holen darf; und hierauf lachten die beiden Frauenzimmer
hertzlich. Dann reichte er mir eine Münze: da ist ein Sixpence
vor Ihn, *sagt er*, wofern Er mit uns kommen mag. Bedencke die
itzigen Zeiten, kleiner Faustus, es ist eine große Menge Gel-
des, und wir wollen Ihm nichts Böses.

Ich hielt die Münze so fest, als ein Schuljunge ein Vogel-
nest, allein so leichtlich ließ ich mich nicht bereden: hätten
diese Leute nicht können dunstende Gespänste seyn, die Gei-

ster der Pest, oder auch nur die Übertrager der Seuche? Doch dann kamen mir wieder die Worte des Frauenzimmers in den Sinn – *Geh Er ihm nicht zu nahe* –, und ich muthmaßte, daß es sich um menschliche und arglose Wesen handele. Ich will ein kurzes Stück Weges mit Euch gehn, *sage ich*, so bald Ihr mir guten Grund gebet. Und ich vermerkte, daß sich die Miene des Mannes was weniges änderte, als *er sagte*, ich kann Ihn vor dem Untergang bewahren, kleiner Faustus, so bald Er mit mir kömmt, und das mag Ihm ein sicherer Grund seyn. ·

Und also machte ich mich auf, die Leute zu begleiten, und wir hatten eben die Fenchurch-Street erreicht, als der Wind so heftiglich aufblies, daß die Zigeln von den Dächern gar an die Erde fielen. Die Wege waren nunmehr so dunkel, daß ich mich, als ein Pilgrim in der Wüste, verwirrte; aber zuletzt kamen wir an eine enge Gasse (nehmlich an die Black Step Lane): daselbst ward ich durch einen langen dustren Eingang geleitet, wo ich mich fort tastete, gleich einem Bergmann unter Tage in denen Cavernen einer Kohlengrube; es gab keine Fakkel, noch eine Wächter-Laterne, doch meine Gefährten marchireten hurtig fürbaß, biß der Mann an eine kleine Holzthüre traf, allwo er zu dreyen Malen klopfte, und wisperte, *Mirabilis* (als welches, wie ich erfuhr, sein Eigenname war). Bey Eintreten in diese Wohnung blickte ich um mich und sahe, daß es sich um einen elenden Pferch handlete, die Wände alt und ruinoes, die Gemächer erbärmlich und eng, und mit nur trüb brennenden Kerzen darinne. Hier verweilten Männer und Frauenzimmer, nicht weniger als dreißig an der Zahl; und durchaus keine Herrschaften von der mindersten Sorte, sondern, wie es so heißt, vom Mittelstande. Sie schauten mich anfangs befremdlich an, aber Mirabilis führete mich bey der Hand und sagte, Er hatte das Zeichen ober dem Kopf, Er ist das Korn, so aus der Spreu gedroschen, und solcherley Frasen. Ich befand mich nunmehro in einem gar perplexen Stand, allein da ich gewahrte, daß diese Gesellschaft recht

sehr über mich lächelte und mich aufnahm, so ward ich ein
wenig leichteren Sinnes. Mirabilis ließ mich auf einen kleinen
Stuhl sitzen; darnach brachte er mir eine Holzschale mit einer
grauen Flüßigkeit darinne, und hieß mich dieselbe als einen
Hertzensstärker austrincken; ich spülte den Saft sonder Probe
die Gurgel hinab, und verfiel hierauf in ein extremes Schwitzen, so daß mein Hertze hoch schlug. Mirabilis frug mich an-
schließlich, wen ich zu sehen begehrte. Ich sagte, daß ich niemand so sehr zu sehn wünschte als meine Mutter, bevor sie
anfieng zu stincken (meine confusen Worte erzeigten, daß das
Getränck in mir bereits Wirckung that). Demnächst nahm er
einen in dem Gemache befindlichen Spiegel zur Hand, und
indem er denselben wieder ablegte, hieß er mich hinein blik-
ken – also that ich, und da vermerkte ich das genaue Ebenbild
meiner Mutter, in dem Aufzug, so sie zu tragen pflog, und
beschäftigt mit ihrem Stickwerck. Dieß war nun zum Erstaunen gar, und hätte ich meinen Hut aufgehabt, so würde mein
Haar denselben gelüftet haben.

Ich legte den Spiegel wieder hin, und meine sämptlichen
Gedanken schienen stille zu stehn: ich vermochte es gerade
noch, den Blick auf Mirabilis zu wenden, der unterdessen die
Gesellschaft ansprach und von Flammen, Ruinen, Zernich-
tungen parlirete, von Regen gleich einem heißen Wind, von
der Sonne so roth als Blut, von den Todten gar, wie sie in ihren
Gräbern verschmorten (dergestalt propheceite er den Brand
der Stadt). Diese Gemeinschaft bezeigte sich ganz anders als
die Leute bey sonstigen Versammlungen mit ihren *Gewißlich*,
ich aber sage, und *Darf ich fragen*, und *Nun hör sich einer das an*, so
wenigstens kam es mich in meinem benebleten Stande an,
denn man lachte und scherzte mit einander. Darnach berie-
ben sie mit irgend etwas die Stirnen und Handgelenke, und
schienen im Aufbruch begriffen. Ich erhub mich zum Gehen,
aber Mirabilis legte mir die Hand auf den Arm: Bleib Er geruhig sitzen, *sagte er*, ich komme dann wieder zu Ihm. Worauf

mir ein wenig bange ward, alleine gelassen zu werden, und er bemerkte meine Furcht: Nur keine Angst, kleiner Faustus, *fährt er fort*, nichts wird Ihm wehe thun oder ins Gewissen reden, und wofern Er irgend Geräusche vernimmt, so reg Er sich nicht, sondern bleib Er geruhig hier sitzen. Somit griff er sich eine der Kerzen, und die Gesellschaft begab sich, durch ein Thürchen gleichwie zu einem Abtritt, in ein ander Gemach, und als Mirabilis die Thür hinter sich zumachte, so gewahrte ich ein kleines Fenster, welches nur aus einem einzelnen breiten Glasgevierte bestund und in den Raum blickte, wohinein die Herrschaften gegangen. Ich hätte gerne gespikket, aber ich wagte ums Leben nicht, mich zu rühren, und endlich verfiel ich, müde und erschepfet vom überraschenden Verlauf dieser Nacht, in einen tiefen Schlaf; doch ehbevor war mir, als hörte ich ein Schreien, sehr ähnlich dem einer Katze.

Und somit begann mein wunderliches Geschick. Ich verblieb bey Mirabilis sieben Tage, und sollte ein Leser fragen, weßhalb, so will ich antworten: zum ersten, ich war blos ein habloser Knabe, und hatte in seinem Spiegel meine Mutter gesehn; zum andern, die Lehren von Mirabilis sind wahr, wie ich nachgehends erklären werde; zum dritten, in dem Pestjahre achtete ichs vor das größeste Wunder, daß diese Gemeinschaft durch Hülfe seiner Practicken und Propheceien sampt und sonders von der Seuche verschonet geblieben; zum vierten, ich war neubegierig um diese Dinge, und Hunger und Durst könnten kein unbändigerer und hartnäckichterer Antrieb seyn. Nunmehro würde ich mein Wissen wohl gern wieder in Unwissen kehren, doch mein Gedächtniß mag solches nicht zulassen.

Ich will anietzo Einzelnes anführen – es gab Gelegenheiten, da Mirabilis, gleich einem Truncknen, zu mehrern Malen im Kreis wirblete und tanzte, endlich verzucket hernieder fiel, und dann eine kurze Zeit als wie todt liegen blieb; unterzwischen trug die Versammelung groß Sorge, daß keinerley

Mücke, Fliege oder ander Gethier ihm zu nahe kam; zuletzt
fuhr er auf einmal empor, und vermeldete den Anwesigen etliches über ihre wirckliche Lage. Mitunter sanck er zu Boden,
und flisperte Unverständliches zu einem weder sehbaren noch
hörbaren Wesen. Und dann mochte er sich umwenden und
sagen, Gebt mir zu trincken, schleunig etwas zu trincken. Etlichmal drehte er seine Miene gegen die Wand, gespannt und
erpicht spähend, und zudem nickend, wie wenn er mit jemand
conversirete: er schwitzte gar so durch die Kleider, daß auf
denselben gleichsam ein Thau lag, und so bald er sich dann
von seiner Verzucktheit erhub, so begehrte er nach einer To-
backspfeifen. Und in der Stunde vor Dämmerung wisperte er
mir zu, daß die von ihm Erwählten (als wie ich einer sey)
gewaschen und durch das Sacrificio geweihet werden, und
daß bey unserm Abendmahl sich das Brod mit dem Blut eines
klein Kindes mengen müßte. Allein diese Dinge sollen nicht
zu Papier gebracht, sondern mündlich zur Kenntniß gegeben
werden, als welches ich wohl besorge, wenn wir am Ende
einander treffen.

Zu dato will ich nur erwähnen, daß ich, der Kirchen-Er-
bauer, weder Puritaner, noch Royaliste, Reformirter, Catholi-
scher oder ein Judt bin, sondern jenem ältern Glauben zuge-
höre, der die Leute in der Black Step Lane tanzen machte.
Und also lautet das Credo, das Mirabilis mir beibrachte: Der
die Welt erschaffen, ist auch der Urheber des Todes, und nur
durch böse Thaten läßt sich der Zorn der bösen Geister abwenden. Die Unvollkommenheit dieses Schöpffers bringt etliche Übel herfür: seine Furcht schafft die Finsterniß, seine
Ignorance die Schatten, und seinen Thränen entfließen die
Wässer dieser Welt. Adam fand nach dem Fall keinerley
Gnade mehr, und männiglich wird in die Verdammniß ge-
stürzet. Sünde bezeichnet einen Urstoff, und nicht blos einen
Karakterzug, und die Aeltern überliefern sie an die Kinder:
die menschlichen Seelen hangen vom Leibe ab, und dancken

ihr Daseyn der Fortpflanzung oder Übertragung, wie denn das Leben selber eine unausrottliche Seuche zum Tode ist. Wir taufen im Namen des unbekannten Vaters, denn er ist fürwahr ein unbekannter Gott; Christ war die Schlange, die Eva mißleitete, und in der Gestalt einer Schlange drängte er sich in den jungfreulichen Schooß; er gab vor, gestorben und wieder erstanden zu seyn, doch in Wahrheit wurde der Teufel gekreuziget. Wir lehren des fernern, daß sich die Jungfrau Maria nach Christi Geburth von neuem vermählte, und daß Kain der Menschheit viel Gutes gebracht. Mit den Stoikern glauben wir, daß wir nothwendig oder gezwungener Weise sündigen, und mit den Astrologen, daß alle menschlichen Bewandtniße abhangen von den Sternen. Und also lautet unser Gebet: Was ist das Leiden? Die Nahrung der Welt. Was ist der Mensch? Ein unwandelbarliches Übel. Was ist der Leib? Ein Gewirck aus Ignorance, das Fundament iedwedes Unheils, der Sclave der Verderbniß, die dunkle Hülle, der lebende Tod, das Grabgewölb, so wir mit uns umhin schleppen. Was ist die Zeit? Die Erlösung des Menschen. Solcherart lauten die alten Lehren, und ich will mir dahier nicht einen Haufen von Ausdeutern auf den Hals ziehn, allermaßen es nunmehr bey meinen Kirchen steht, sothane Lehren der itzigen und den künftigen Epoquen wieder in Erinnerung zu bringen. Denn als ich mit Mirabilis und seiner Gemeinde bekannt wurde, so entdeckte ich mit einem Male die wahre Music der Zeit, als welche denen, so die Ohren spitzen, vernehmlich ist gleich einem Trummelwirbel.

Doch um was weniges fürwärts zu gehn: daß Sathan der Gott dieser Welt ist, und zum Anbeten tauglich, will ich sicher erweisen und zuvörderst das allseitige Walten seines Cultes darlegen. Die Innwohner von Hispaniola beten Kobolte an, die von Calcutta die Statuen des Teufels, Moloch war der Gott der Ammoniter, die Carthager huldigten ihrer Gottheit unter dem Namen des Saturn, und selbiger ist der Strohmann unsrer Druiden. Der Obergott der Syrer war BaalZebub oder BeelZebub, der Herr der Fliegen: sein ander Name lautet BaalPhegor, der maulaffende oder nackende Gott, und sein Tempel heißet BethPeor. Bey denen Pheniciern wird er BaalSaman genennet, womit die Sonne gemeint ist. Die Assyrer benamsten ihn Adramelech, und überdem heißet man ihn auch Jesus, den Bruder von Judas. Selbst auf den dasigen brittischen Insuln wurde dem BaalSaman nach der Phenicier Weis gehuldiget, und diese Tradition führten die Druiden fort, als welche nichts schrifftlich nieder legten, sondern ihre Bräuche vermittelst der geheym Cabala weiter gaben. Sie brachten Knaben zum Opfer, da in ihrer Meynung das menschliche Leben, unter desperater Krankheit so sehr als unter Kriegsgewalt, sich nur verwahren läßet, indem ein jungfreulicher Knabe anstatt dessen leidet. Und ferner dieses: *Dämon* schreibt sich aus *Daimon*, welches mit *theos* ohne Unterschied in Gebrauch ist als das Wort für Gott; die Perser heißen den Teufel *Div*, was ziemlich nahe an *Divus* oder *Deus*; item, *ex sacramenti* wird bey Tertullian ausgeleget als *exacramentum* oder *excrement*. Und also haben wir einen Vers:

Pluto, Sathan, Dagon, Amor, Jehova,
Moloch, Thetis, Teufel, Zeus, Maria,
Pan, Jahweh, Vulcan, der mit dem grausen Stabe allhie,
Jesus, der staunliche Strohmann, ein einziger Gott sind sie.

Walter blickt auf und sagt, Habt Ihr jemand singen hören?

Ich höre nichts als unsere eigen Geräusche, so noch keine Music sind.

Aber da hat etwas getönt, *sagte er* nach einer Pause, gewiß wars blos ein Arbeitsmann.

Geh Er nur selber mit der Arbeit voran, *versetzte ich,* und gebrauch Er Seine Ohren nicht so fleißig als Seine Augen: anders zerrinnet uns noch die Zeit weg mit Seinen Grillen. Hierauf erröthet er ein wenig.

Itzund höre ich ihn eine Copey meines Rißes kratzen, und indem ich die Erinnerung-Sfäre hinter mir lasse, vernehme ich das Geschalle der Welt, darin ich gleichsam versinke: eine Thür knarret in ihrer Angel, eine Krähe krächzet, eine Stimme erhebt sich, und ich bin wieder ein Nichts, denn es kostet harte Mühe, sich gegen jene andern Töne der Zeit zu behaupten, welche gleich denen Hertzschlägen an- und abschwellen, und uns weiter befördern, nach unserm Grabe hin.

Doch lassen wir solches abseits, und betrachten wir Anfang und fernes Ende der Dinge: besagte Druiden hielten ihre jährlichen Sessionen zu London, nahe der heut so genenneten Black Step Lane, und gaben ihre geheiligten Bräuche an gewiße Christen weiter. Joseph von Arimathia, ein Magier, welcher den Leichnam ihres Christ balsamiret, ward nach Brittannia versendet und von denen Druiden hoch geehret; er wars, so die erste Kirche begründete, zu Glastonbury, woselbst St. Patrick, der erste Abt, unter einer Steinpyramide bestattet wurde: denn diese Christen faßten gar bald Fuß in Brittannia, durch Einfluß der so eminenten Druiden, und durch Einfluß der altherkömmlichen Magie. So befand sich unter dem itzigen Standort der Domkirche von Bath ein Tempel, errichtet dem Moloch, oder vielmehr dem Strohmann; der Tempel der Astarte stund am heutigen Platz von Paul's, und die Brittannier erhielten das Gebäu in hohen Ehren; und wo nunmehr die Westminster-Abtei gelegen, da erhub sich der Tempel des Anubis. Und mit der Zeit werden auch *meine* Kirchen empor wachsen, sich denen Tempeln zu verbünden, und das Dunkel wird nach mehr Dunkel verlangen. In dieser razionalen und mechanischen Epoque giebt es welche, so Dämone bloße Kobolte oder Schimaeren nennen, und wenn solche Leute gern an Mr. Hobbes, die Greshamisten und andere Schnurrpfeifer dieser Art glauben, wer kann es heben? Sie leiden keinen Widerspruch und sind resolviret, sich nicht bereden zu lassen; ich freilich ergebe mich unendlich heiligern Beru-

fen, und im Bund mit den Schutzgeistern der Erde, setze ich
Stein auf Stein in Spittlefields, Limehouse und Wapping.

Dergestalt muß ich iedwedes Theil in die Ordnung bringen:
ich wollte diese Vorrede zu meiner Kirche in Spittlefields geben, maßen es einen langen Weg ohne Ziel gilt, und dieses
Mal führet er uns nach dem Grabgewölb oder Labyrinth, so
ich neben jener fürtrefflichen Kirche zu bauen gedencke. Bey
mir habe ich den Bericht von Kott's Höhle (oder dem so genenneten Haus unter der Erde), die neulich innert zween Meilen von Cirencester auf einem Grundstück entdecket worden,
welches gemeinlich bekannt als Colton's Field. Zwey Arbeiter
waren begriffen, eine Kiesgrube am Fuß eines Hügels zu
schauffeln (welchen sie eben auf vier Yards unter gegraben),
als sie den Erdboden an dieser Hügelseite gelockert fanden,
und alsobald einen Eingang ins Hügelinnere ausmachten,
was ihnen gar sonderbarlich erschien und mehr ein Werck der
Kunst denn der Natur, so daß sie eine Laterne beschafften
und sich hinein wagten. Darinnen geriethen sie in einen ausdermaßen erschrecklichen Schacht, nicht breiter als ein Yard
sowie vier Fuß hoch, und so heiß als ein Ofen. Er war mit
einem grabartigen Geruch behaftet, und halber voll Unrath;
über dieses befanden sich an der Wand Tafeln, so die Männer,
die Substance zu ertasten, kaum angerühret, als dieselben zu
Staub zerfielen: von dorther sahen sie einen Stollen zu einem
viereckten Raum, woselbst sie, indem sie hinein traten, quer-
über am obern Ende das Skelett eines Knaben oder klein-
gestalteten Mannes erblickten; in Furcht und Schrecken verließen sie schleunig dieß dustre Gelaß, was sie kaum gethan,
und die freie Luft oben erreicht hatten, als der Hügel wieder
verfiel.

Und unterm Lesen dieses Berichtes gedachte mirs, daß an
eben diesem Ort die geheym Messen statt hatten, davon Mirabilis mir einsmals erzehlte: hierselbst wird der zu opfernde
Knabe in die unterirdische Cammer gesperret, und ein großer

Stein über sein Angesicht gerollet; hierselbst sitzet er sieben
Tage und sieben Nächte im Dunkel, unterdessen er muthmaßlich schon hinter die Pforte des Todes verführet, und am
achten Tage dann wird sein Leichnam unter viel Frohlocken
aus der Höhle befördert: bemeldte Cammer gilt vor eine heilige Stätte, so dem Herrn des Todes zum Schreine dienet. Dahero versenkten sich, als ich Walter unsere neue Todtengruft,
oder vielmehr Klause erwähnte, meine Gedanken weit hinab:
mein eigen Haus unter der Erde wird wahrlich dunkel seyn,
und ein rechtes Labyrinth vor die dort Untergebrachten. Und
es wird mit nichten so leer seyn als Kott's Höhle: wohl finden
sich dort weder Grabsteine noch Grufften, doch es liegt neben
der nunmehr völlig überdeckten und vergeßnen Grube, allwo
meine Aeltern und überdem so viele hundert (möcht sagen,
tausend) Leichname abgeladen worden. Das Ganze stellt
einen ungeheueren Erdwall des Todes und Unflaths vor, und
meine Kirche wird daraus großen Profit ziehen: solches hat
Mirabilis mir einsmals geschildert, *viz.* so bald ein Saamkorn
zu Grund geht und im Boden vermodert, so sprießet es wieder
und lebt; mithin, *sagte er,* entsteht, so bald viele Personen todt,
und blos verscharret und zur Erde gelegt worden, eine Zu-
sammenfügung von Mächten. Wenn ich mein Ohr an den
Boden halte, so höre ich sie gemeinschaftlich bey einander
liegen, und ihre schwachen Stimmen hallen durch meine Kirche: sie sind mir Pfeiler und Fundament.

Walter, *rief ich,* laß Er Sein Dösen und nehm Er die Feder
zur Hand; die Zeit pressiret uns, und deßhalb schreib Er an
die Commission wie folgt. Sirs, ich erlaube mir, dem Aus-
schuß zu vermelden, daß der Kirchhof von Spittlefields, gemäß dem ursprünglichen Plan, so schmal ausfällt, daß er sich
zu Begräbnißen gar wenig schicket. Ich mußte, mehr Raum
zu schaffen, den Fuß des Spitzthurmes so wie die Säulenfüße
im Mittelschiff zurücke ziehen, indeß ich nunmehro ein vom
Kirchengebäu abgelegnes Grabgewölb entworfen (wie von

Sir Xtofer hochselbst erwünschet). Ich habe mich bey dem Grabgewölb an die Bauweise gehalten, so man im vierten Jahrhundert gepflogen, zur reinsten Zeit des Christenthums, wie Sie aus beygeschloßnem Riß ersehen mögen. Und überdas habe ich auf dem Gelände eine weiße Pyramide errichtet, in der Manier der Kirche zu Glastonbury, jedoch klein und aus roh Gestein, ohne Kalk, gleichfalls nach Art der frühen Christen. Als welches sämptlich ergeben vorgelegt wird, und, Walter, schreib Er das hurtig, dieweil wir unter Druck sind.

Dergestalt verschleiere ich meinen Vorsatz mit Gleißnerey, gleich einem betrieglichen Schalck, und nutze dieß einstweilige Gerüst von Worten, ein falsch Bild von meinem Plan zu geben. Was nun die Cammer selber angeht: sie wird nur an denen tragenden Theilen solid seyn, und inwendig so eingerichtet, daß sie ein gar verschlungenes Labyrinth bildet. Ich habe Hohlungen in die verdickten Wandpartieen einlassen, worinnen ich diese Symbole darstelle: *Nergal*, das ist Grablicht, *Asima*, das ist Irrsal, *Nibehas*, das ist Vision, und *Tharthak*, das ist Gekettet. Solche wahrhaften Bekenntniße und Geheymlehren dürfen nicht als einfache Figuren angebracht seyn, da der unwissende Poebel in seiner Furcht dieselben wohl herunter reißen möchte. Doch wofern keine Gewalt statt hat, und es vulgairen Augen verborgen bleibet, so wird dieß Labyrinth 1000 Jahre ausdauern.

*

Und nun, da mein Bau sich von der Begräbnisstätte erhebet, vernehme man, wie die Todten schon nach den Lebenden rufen: es ist hierlandes der Brauch, daß der Sohn des Maurers den obersten und letzten Stein auf die Laterne der Thurmspitze verleget. Dieser Knabe, Thomas, der Sohn von Mr. Hill, war ein muntrer Gesell im zehenden oder eilften Jahre und vollkommenlich wohlgestalt: sein Gesicht sahe artig, mit einem zarten Hauch überzogen, und sein Haupthaar wuchs

dichte und fiel weit unter die Schultern. Am Morgen seines
Aufsteigens bezeigte er sich ausbündig guter Laune, und achtete es vor ein kurzweilig Unternehmen, indem er zum Holz-
gerüst hinauf klimmte und seine Schritte behend nach dem
Thurme lenkte. Die Arbeitsleute und der Maurer, sein Vater,
lugten zu ihm hinauf und riefen *Wie geht es, Tom?* und *Noch einen
Schritt vor!* und solcherley Bemerkungen, unterdessen ich
schweigend da stund, neben meiner nur unlengst errichteten
kleinen Pyramide. Doch mit einem Mal kam ein scharfer
Windstoß auf, und der Knabe, nunmehro dicht an der Laterne, schien den Muth zu verlieren, als die Wolcken ober seinem Kopfe dahin eilten. Er starrte einen Augenblick unver-
wandt nach mir, und ich rief *Vorwerts! Weiter!*; und in diesem
Moment, da er ans Spitzthürmchen gelangte, barsten die läß-
lich befestigten oder morschen Gerüstbalken entzwey, und
der Knabe vermißte seinen Halt und stürzte hinab. Er that
keinen Aufschrei, allein seine Miene trug den Ausdruck von
Überraschung: Gebogne Linien sind schöner als gerade, gedachte ich bey mir, als er von dem gewaltigen Bau abfiel und
mir bald wie eine reife Frucht vor die Füße plumpte.

Der Maurer, sein Vater, stürmte Hülfe rufend nach der Pyramide, allwo Thomas itzt lag, und die Arbeiter folgten be-
stürzet dahinter. Doch der Knabe hatte seine Seele sofort aus-
gehaucht. An seinem Schedel fand sich eine Contusion, die zu
beachten ich nicht umhin konnte, als ich mich über den Cörper beugte: das Blut entrann aus seinem Munde als aus einer
Schale, und ergoß sich an die Erde. Alle Umstehenden verharrten stille wie eine Statue, reglos und sprachlos, und im
Anblick dessen vermochte ich mich des Lächelns kaum zu
enthalten; allein ich verhehlte mich hinter einer leidvollen
Miene, und schritt her zu dem Vater, welcher vor Kummer
dem Umkippen nahe (thatsächlich gieng ihm der Tod seines
Sohnes grausam in die Nieren, und zog ihn nach und nach ins
Grab hinterher). Eine kleine Menschenmenge gaffte zu, mit

ihrem *Was ists?* und *Ist er ganz todt?* und *Armer Kerl*, jedoch ich winkte sie weg. So dann hielt ich an Mr. Hill fest, und verharrte schweigsam, ihn zu besänftmütigen: Er ist seinem Gefängniß entflohn, *sagte ich* endlich, indeß er blickte mich befremdlich an, und ich erstummte. Der Maurer bezeigte sich nunmehr ganz blöde vor Gram; er war allemal ein murrischer und sauersichtiger Geselle, doch in seinem Hertzeleid machte er sich ausdermaaßen unfläthig über GOtt und den Himmel her, was mich weidlich ergetzte. Ich blieb stumm, aber indem ich den kleinen Leichnam beschaute, gieng mir die folgende Reflexion durch den Kopf: Er siehet hübsch im Tode, weil er denselben nicht gefürchtet. Danach machte der Vater Anstalt, seinem Sohn die Schuhe aufzuschnallen, zu einem mir unbekannten Ende, allein ich führte ihn abseits und sprach ihm sänftlich zu. Zum allerwenigsten, *sagte ich*, laß Er ihn dort begraben, wohin er gefallen und wie es der Brauch ist: worin er in seinem Schmerz einwilligte. Darauf fieng er nach Kräften an zu speyen.

Und somit fügte sich alles in meinem Vorsatz: es giebt eine gewiße lächerliche Maxime, daß *Die Kirche das Blut nicht liebet*, allein das will nichts sagen, da ja das heilig Abendmahl mit Blut gemengt werden muß. So war ich denn zu dem ersehnten Opfer in denen Spittlefields gekommen, und ohne mein Zuthun: ich hatte, wie man zu sagen pflegt, zwey Fliegen mit einer Klappe geschlagen, und als ich aus der Whitechapell hinauskutschete, so hub ich gar sehr zu frohlocken an. Ich stecke in der Grube, jedoch schon so tief, daß mir der Glanz der Sterne sichtbar wird, Mittags um zwölff.

2

Mittags um zwölf erreichten sie die Kirche in Spitalfields. Die Fremdenführerin war vor der Freitreppe stehengeblieben und rief: «Nur weiter! Kommen Sie!» Dann drehte sie sich zu den Leuten um, und ihr linkes Augenlid flatterte nervös, als sie sagte: «Bei einem Bauwerk wie diesem müssen Sie Ihre Phantasie spielen lassen. Sehen Sie den Zerfall? Es müßte eigentlich rundum so schön und makellos sein wie am oberen Teil.» Sie deutete vage in Richtung Turmspitze, ehe sie sich bückte, um vom Saum ihres weißen Regenmantels etwas Staub oder Schmutz zu wischen. «Was ist denn da eben runtergefallen?» fragte jemand aus der Reisegruppe und schirmte mit der rechten Hand die Augen ab, um den Bereich um den Kirchturm klarer erkennen zu können; aber die Stimme verlor sich im Verkehrslärm, der immer nur momentweise nachließ: das Rumpeln der Lastwagen, die vom Markt her an der Kirche vorbeifuhren, und das Geknatter der Preßlufthämmer, die ein Stück weiter vorn den Belag der Commercial Road aufrissen, erschütterten das ganze Areal, so daß der Boden unter den Füßen zu beben schien.

Die Fremdenführerin rieb sich mit einem Papiertaschentuch die Finger ab, ehe sie die Gruppe weiterwinkte; man enteilte dem nahen Lärm in das scheinbare Gewirr der Straßen und Gassen rings um die Kirche und nahm dabei kaum Notiz von den Leuten, die die Fremden gleichgültig anstarrten. Als man dann auf dem schmalen Bürgersteig geradezu übereinanderstolperte, machte die Führerin plötzlich halt und verfiel, da es hier relativ ruhig war, in einen vertraulicheren Ton: «Sind eigentlich Deutsche unter Ihnen?» Und ohne eine Antwort abzuwarten, fuhr sie fort: «Der große deutsche Dichter Heine hat nämlich gesagt, daß London die Phantasie erdrückt und das Herz zerreißt.» Sie sah hinab auf ihre Notizen, und aus den angrenzenden Häusern ertönte Gemurmel. «Andere Dichter indessen waren der Meinung, daß der Stadt etwas Großartiges und Unvergängliches anhaftet.» Sie warf einen raschen Blick auf ihre Uhr, und nun nahm die Gruppe auch die übrigen Geräusche auf der Straße wahr: das Gemurmel vermengte sich mit Stimmen aus Radio- oder Fernsehapparaten, und zugleich schien ein buntes musikalisches Allerlei auf die Straße zu dringen, das sich schließlich über den Dächern und Schornsteinen in die Lüfte erhob. Vor allem *ein* Musikstück erklang vernehmlich aus diversen Läden und Wohnungen: es übertönte die anderen, bis es sich ebenfalls über der Stadt verlor.

«Wenn wir hier stehenbleiben und südwärts schauen» – und sie wandte der Gruppe den Rücken zu –, «dann sehen wir, wo sich damals die große Pest ausbreitete.» In der Nähe riefen ein paar Kinder sich etwas zu, daher sprach sie lauter. «Es ist vermutlich schwer vorstellbar, aber allein in dieser Gegend raffte die Seuche über 7000 Menschen hinweg, und zusätzlich noch 116 Küster und Totengräber.» Sie hatte sich wieder auf ihren Text besonnen und wußte, daß man an dieser Stelle zu lachen pflegte. «Und dort unten», fuhr sie, das Gelächter unterbrechend, fort, «standen die ersten Häuser.» Die Gruppe spähte in die von ihr bezeichnete Richtung und sah zunächst nur die Silhouette eines großen Bürogebäudes, auf dessen dunkler Glasfassade sich der Turm der Spitalfields-Kirche spiegelte. Die Straße war noch feucht von einem kürzlichen Regenschauer; sie reflektierte das Licht, das die Neonreklame der Geschäfte und die Büroräume und Wohnungen schon um die Mittagszeit ausstrahlten. Die Gebäude selbst präsentierten sich verschiedenfarbig – grau, hellblau, orange und dunkelgrün –, und manche waren mit Parolen und Zeichnungen beschmiert.

In der Ferne hörte die Fremdenführerin einen Zug. «Und wo wir jetzt stehen, lagen einmal offene Felder; da kamen die Toten und Sterbenden hin.» Doch als die Gruppe das Gelände der Pestfelder in Augenschein nahm, erblickte sie nur die Bilder auf den Plakatwänden ringsum: die Nachtaufnahme einer modernen Stadt mit dem Slogan NIMM NOCH EINEN MIT AUF DEN WEG leuchtend im dunklen Himmel darüber; eine Historienszene in verwaschener Sepia, so daß das Ganze wie eine Illustration aus einem alten Band mit Stichen wirkte; sowie das vergrößerte Gesicht eines lächelnden Mannes (dessen rechte Hälfte allerdings ein dunkler Schatten abschnitt, den das gegenüberliegende Gebäude auf das Plakat warf). «Es war schon immer ein ausgesprochenes Armenviertel», sagte die Fremdenführerin eben, als eine Schar von vier Kindern, deren Schreie und Pfiffe schon eine Weile zu hören gewesen waren, mitten durch die Gruppe hindurchmarschierte. Sie schenkten den Fremden keinerlei Beachtung, blickten geradeaus und stimmten einen Sprechchor an:

> Was suchst du da in dem Loch?
> Einen Stein!
> Was machst du dann mit dem Stein?
> Mir ein Messer schärfen!
> Was machst du dann mit dem Messer?
> Dir den Kopf abschneiden!

Die Kinder zogen weiter; dann drehten sie sich um und sahen zu, wie die Fremdenführerin ihre Gruppe vorwärts dirigierte – mit bald gedämpftem Enthusiasmus allerdings, während sie versuchte, sich weiterer Fakten zu dieser Gegend zu erinnern: Und wenn mir keine mehr einfallen, dachte sie, dann muß ich eben welche erfinden.

Und die Straßen rings um die Spitalfields-Kirche füllten sich rasch mit Kindern, die tobend und lachend soeben aus der Schule kamen und einander allerlei Nonsens zuriefen, bis sie gemeinsam in die Losung «Alle Mann in den Kreis! Alle Mann in den Kreis!» einstimmten. Und auf die Frage «Wer ist?» folgte die Antwort «Du bist!», woraufhin sie einen kleinen Jungen mitten in den Kreis schubsten, seine Augen mit einer alten Socke umwickelten und ihn dreimal um die eigene Achse drehten. Er hielt völlig still und zählte leise vor sich hin, während die Kinder um ihn herumhüpften und riefen: «Toter Mann, steh wieder auf! Toter Mann, steh wieder auf!» Da machte der Junge auf einmal mit ausgestreckten Armen einen jähen Satz nach vorn, und die anderen rannten schreiend vor Aufregung und Angst davon. Einige der Fliehenden liefen in Richtung Kirche, ohne daß sich jedoch einer von ihnen auf deren Terrain gewagt hätte.

Von dort, halb zusammengekauert hinter der kleinen, gleichzeitig mit der Kirche errichteten Pyramide, schaute ihnen der Knabe Thomas zu. Im Schein der Spätnachmittagssonne fiel sein Schatten auf den unbehauenen, fleckigen Stein, während er dessen Vertiefungen und Riefen mit dem Finger nachzeichnete – voller Scheu, den Blick direkt auf die Kinder zu richten, und dennoch bestrebt, sich nichts von ihrem Treiben entgehen zu lassen. Thomas konnte spüren, wie die Pyramide zitterte, wenn die Lastwagen rumpelnd in die Commercial Road einbogen und dabei Wolken von Staub aufwirbelten: früher einmal hatte er mit Erstaunen beobachtet, wie über einem offenen Feuer die Luft zitterte, und nun dachte er bei einer solchen Schwingung immer an Hitze. Die Pyramide war allzu heiß, wenngleich er nichts davon spürte. Er zuckte zurück und rannte los in Richtung Kirche; und als er ihre Steinmauer erreichte, ließ das Getöse der Außenwelt nach, als sei es von dem Gebäude gedämpft worden.

Während er sich näherte, nahm die Kirche eine andere Gestalt an. Von weitem präsentierte sie sich nach wie vor als gewaltiger Bau, der inmitten des Gewirrs von Straßen und

Gassen rings um die Brick Lane und den Markt emporragte; das massige Mittelschiff schien die Mündung einiger Straßen förmlich zu blockieren; der Spitzturm war mehr als zwei Meilen weit zu sehen, und die ihn bemerkten, pflegten mit dem Finger darauf zu deuten und zu ihrer Begleitung zu sagen: «Da hinten liegt Spitalfields und daneben Whitechapel!» Doch als Thomas nun näher kam, bot sich die Kirche nicht mehr als großer einheitlicher Bau dar, sondern als eine Ansammlung verschiedener Gebäudeteile – die einen warm, die anderen kühl und feucht, und wieder andere ständig im Schatten befindlich. Der Knabe kannte jeden Winkel ihrer Außenseite, jeden zerfallenden Strebepfeiler und jedes bemooste Eckchen, denn er hielt sich fast täglich hier auf.

Manchmal stieg Thomas die fünfzehn Stufen hinauf und ging in die Kirche hinein. Dort kniete er dann vor einem schmalen Seitenaltar und malte sich aus, wie er seine eigene Kirche bauen würde: nacheinander entwarf er Portal, Mittelschiff, Altar und Turm, doch anschließend verlor er sich stets in einem phantastischen Gewirr von Räumen, Treppen und Kapellen, bis er wieder von vorn anfangen mußte. Diese Ausflüge ins Innere der Kirche unternahm er jedoch nur selten, da er nie sicher sein durfte, alleine zu bleiben: das Geräusch von Schritten, die aus dem rückwärtigen Teil der Kirche durchs Halbdunkel hallten, ließ ihn vor Furcht erschauern. Einmal hatten ihn Stimmen mit dem Unisono-Gesang: «Nimm von mir weg deine Plage; sonst muß ich erliegen der Wucht deiner Hand und verderben, verderben...» aus seinen Träumereien aufgeschreckt, und er war aus der Kirche gerannt, ohne auch nur einen flüchtigen Blick auf diese Leute zu riskieren, die ihm so unvermutet Gesellschaft geleistet hatten. Draußen war er dann wieder allein, und das beruhigte ihn.

Von der Südmauer der Kirche konnte er ein Areal überblikken, das vom Architekten wohl einmal als Friedhof geplant, nun aber nur mehr ein Fleckchen Erde war mit ein paar Bäumen, verdorrtem Gras sowie der Pyramide darauf. Von der Ostmauer aus sah man lediglich einen Kiesweg, der zum Eingang eines alten Schachtes führte. Die Stelle war inzwischen mit Brettern vernagelt, und obwohl die großen grauen Steinblöcke dieses Eingangs darauf hinwiesen, daß der Schacht schon vor sehr langer Zeit angelegt worden war (und womöglich genauso alt wie die Kirche war), hatte er noch während des letzten Krieges als Luftschutzbunker gedient und war seither ebenso zerfallen wie die Kirche selbst. Längst rankten sich Geschichten um dieses ‹Haus unter der Erde›, wie es die Kinder aus der Nachbarschaft nannten: angeblich führte der Schacht in ein Gewirr von Gängen, die sich meilenweit in die Erde erstreckten; und die Kinder erzählten einander Schauermärchen von den Geistern und Leichen, denen man irgendwo da drinnen noch immer begegnen könne. Thomas glaubte solche Dinge zwar; dessenungeachtet fühlte er sich jedoch immer geborgen, wenn er sich an den Stein der Kirche kauerte – wie jetzt, nachdem er von der Pyramide weggelaufen war und sich aus dem Blickfeld der Kinder entfernt hatte. Und während er dort kauerte, versuchte er die Ereignisse jenes Tages zu vergessen.

Er besuchte die örtliche Schule, St. Katherine's: an dunkelgrauen Vormittagen saß er im Klassenzimmer an seinem Pult und genoß den süßen Geruch nach Kreide und Desinfektionsmittel, ebenso wie er sich am charakteristischen Duft der Tinte und seiner Bücher labte. In der Geschichtsstunde zum Beispiel (den Kindern als ‹Rätselstunde› geläufig) schrieb er gerne Namen oder Daten auf, um zu beobachten, wie die Tinte über das flächige weiße Blatt seines Schulheftes floß. Sobald es jedoch klingelte, lief er verunsichert und alleine hinaus auf den asphaltierten Schulhof; dort zog er, inmitten der Kreischenden und Johlenden, verstohlen von einer Gruppe zur anderen, oder aber er tat so, als gebe es an den Mauern und Geländern, abseits von den übrigen Kindern, etwas Interessantes zu entdecken. Doch wann immer es ging, belauschte er sie bei ihren Gesprächen – auf diese Weise erfuhr er, daß es den Teufel herbeilocken kann, wenn man das Vaterunser rückwärts spricht; ferner, daß jemand, der ein totes Tier sieht, darauf spucken und aufsagen muß: «Fieber, Fieber, ferne bleibe, rück mir bitte nicht zu Leibe.» Er hörte, daß man durch einen Kuß eine Minute seines Lebens verliert und daß ein über den Schuh krabbelnder schwarzer Käfer den baldigen Tod eines Freundes anzeigt. All das prägte er sich gut ein, denn derlei Kenntnisse erschienen ihm unentbehrlich, wenn er den anderen ebenbürtig sein wollte; diesen waren die Kenntnisse wohl irgendwie von Natur aus gegeben, wohingegen er sie sich erst erwerben und anschließend sorgsam hüten mußte.

Denn nach wie vor verlangte es ihn brennend, mit den Kindern zusammenzusein und auch mit ihnen zu reden, und es machte ihm gar nichts aus, dieses Verlangen ganz offen zu zeigen: an ebendiesem Nachmittag war eine Staffel von fünf Fliegern hoch über den Kindern hinweggerauscht, und sie hatten mit den Fingern darauf gedeutet und im Sprechchor gerufen: «Es ist Krieg! Es ist Krieg!» Und auch Thomas schloß sich der Begeisterung an: er verspürte keine Angst, sondern fühlte sich auf eine merkwürdige Weise geborgen, während er da so auf und ab hüpfte, den in der Ferne verschwindenden Flugzeugen nachwinkte und immerfort mit den anderen jauchzte. Doch dann kam auf einmal ein Junge auf ihn zu, bog ihm lächelnd den Arm auf den Rücken und drückte ihn so lange nach oben, bis Thomas nichts weiter übrigblieb, als vor Schmerz zu schreien. Da zischte der Junge ihm triumphierend zu: «Willst du lieber verbrannt oder begraben werden? Gib Antwort! Willst du lieber verbrannt oder begraben werden?» Schließlich murmelte Thomas: «Begraben», und senkte den Kopf.

«Sag's lauter!»

Da schrie er auf: «Begraben!» – worauf sein Peiniger ihn losließ. Die anderen waren auf diesen demütigenden Vorfall längst aufmerksam geworden; sie begannen sich jetzt um ihn zu scharen und zu singen:

> Thomas Hill ist zu nichts nütze,
> Hau ihm mal eins auf die Mütze.
> Dem toten Tropf nimm ab den Kopf
> Und steck ihn in den Einmachtopf.

Er wußte, daß er nicht weinen durfte, aber da stand er nun mitten auf dem Schulhof, und die Tränen liefen ihm übers Gesicht; und als die Kinder die Tränen sahen, riefen sie: «Hör auf zu heulen und hau endlich ab!», indes sein Schluchzen im Donnern der Flieger unterging, die oben erneut vorüberrauschten.

Nun jedoch hockte er zusammengekauert an der Kirchenmauer, und zwar so, daß er von der Straße aus nicht zu sehen war. Er starrte auf das Gras und die Bäume, die diesen Ort umsäumten, und als sich von einem der Zweige ein Blatt löste und langsam zu Boden wehte, verflüchtigten sich die Bilder der nachmittäglichen Pein und Demütigung. Vor und um Thomas vollführten die Tauben kunstvolle Formationsflüge, Schwinge an Schwinge, bis ihre Umrisse verschwammen; und auch das Rauschen der Flügel besänftigte ihn. Er drehte das Gesicht zur Sonne, und die Wolken übersäten seinen Körper mit einem Flickwerk von Schatten: er sah zu ihnen hinauf, und sie schienen geradewegs in die Kirche zu entschweben. Und schon klomm er ihnen entgegen, den Turm hinauf, bis die Wolken ihn verhüllten, und während er den Turm hinaufstieg, rief eine Stimme: *Vorwärts! Weiter!*

Ein Wind kam auf; er brachte jene Düfte mit, die das Ende des Sommers ankündigen, und als Thomas aufwachte, sah er das Sonnenlicht über das Gras davonhuschen wie ein plötzlich sich schließendes Auge. Er stand auf, und während er sich von der Kirche entfernte, kehrten die Geräusche der Welt zurück; es war inzwischen kälter geworden, und als er die Straße erreichte, begann er zu laufen – auf eine etwas schwerfällige Weise, als ob ihn beim Laufen sein Körpergewicht drücke. Und manche sahen ihm einen Augenblick nach und dachten bei sich: «Armer Junge!», während er heimwärts in die Eagle Street eilte, eine Seitenstraße der Brick Lane.

Er war an jenem Tag nicht der einzige Besucher der Kirche. Am Schnittpunkt dreier Straßen (Mermaid Alley, Tabernacle Close und Balls Street) standen zwei Knaben; sie sprachen kein Wort, sondern pulten mit den Fingern am Mörtel einer alten, bereits bröckeligen Mauer herum. Einer der beiden warf einen Blick auf das Seitenschiff der Kirche, die am Ende der Tabernacle Close in die Höhe ragte; dann knuffte er seinen Gefährten an die Schulter: «Hast du Lust, in den alten Schacht runterzusteigen?»

«Hast du?»

«Hast *du*?»

«*Hast* du?»

«*Hast du?*»

Und sie setzten diese rituelle Beschwörung fort, bis sie bei dem abgesperrten Tor zum Kirchhof anlangten, von wo sie den mit Brettern vernagelten Schachteingang sehen konnten; die Holzlatten waren bereits morsch und zur Hälfte bedeckt von Blätterwerk, das auf dem gewölbten Dach wucherte. Die beiden Knaben zwängten sich durch das Torgitter und gingen dann, sich gegenseitig haltend, auf den verlassenen Schacht zu, der in dieser Gegend schon Quelle und Inspiration für so viele Geschichten gewesen war. Am Eingang knieten sie nieder und klopften auf die Bretter, als pochten sie an jemandes Haustür; dann machten sich beide daran, an den Holzlatten zu ziehen, zunächst behutsam, bald jedoch eifriger und heftiger: ein erstes Brett löste sich, dann ein zweites – bis schließlich genügend Platz zum Einsteigen war. Hierauf hockten sie sich auf den Boden und starrten einander an: «Gehst du als erster?»

«Gehst du?»

«Gehst *du*?»

«*Gehst* du?»

Bis endlich der eine sagte: «Du bist der Größere. Du gehst zuerst.» Dieses Argument ließ sich nicht widerlegen: sie spuckten in die Hände und drückten ihre Daumen aneinander, ehe der ältere Knabe geduckt durch den selbstgeschaffenen Eingang schlüpfte und der andere ihm folgte.

Im Inneren der düsteren Schachtmündung richteten sie sich auf und klammerten sich aneinander fest, als drohten sie jeden Moment abzustürzen. Schließlich begann der erste Knabe vorsichtig die Treppe hinabzusteigen, wobei er die Hand nach der seines Gefährten ausstreckte, und während die beiden sich abwärts bewegten, drangen ihre stoßweisen Atemgeräusche deutlich vernehmbar durch die ansonsten herrschende Stille. Als sie den unteren Treppenabsatz erreichten, hielten sie inne, bis ihre Augen sich an die Dunkelheit gewöhnt hatten: ein Tunnel schien sich vor ihnen aufzutun, von unabsehbarer Länge allerdings, und auf den Steinen über ihren Köpfen befanden sich Inschriften oder Zeichnungen. Der ältere Knabe trat ein Stück in den Stollen hinein; obwohl die Wand dort feucht und kalt war, stützte er sich mit der rechten Handfläche seitlich ab, und nach sechs oder sieben Schritten gelangte er rechts an eine Höhle. Vorsichtig lugten die beiden hinein und zögerten, als nun noch tiefere Dunkelheit sie umfing; erst nach und nach zeichneten sich in der einen Ecke die Umrisse eines Lumpenbündels ab. Der ältere Knabe wollte schon in die kleine Höhle hineingehen, da vermeinte er zu sehen, wie die Lumpen sich hoben und senkten: irgend etwas mochte sich im Schlaf umgedreht haben, und der Knabe schrie auf, trat erschrocken zurück und stieß dabei den

55

kleineren Jungen um. Kam da nicht ein Geräusch aus dem Inneren der Höhle – oder war es ein Echo des Schreis? Doch die beiden waren längst zur Treppe gehastet und schlüpften durch ihre selbstgeschaffene Öffnung ins Freie. Sie purzelten aus dem Schacht, und als sie sich im Schatten der Kirche wieder aufrichteten, forschte jeder im Gesicht des anderen nach Spuren jener Angst, die sie beide verspürten; schließlich rannten sie über den Kiesweg in Richtung auf das Torgitter und die Straßen dahinter. «Ich bin hingefallen», sagte der jüngere, als sie sich wieder in ihrer eigenen Welt befanden, «ich hab mir am Knie weh getan. Schau doch!» Er hockte sich an den Straßenrand und übergab sich in den Rinnstein. «Du kannst ja ein bißchen Jod drauftun», belehrte ihn sein Freund, ehe er sich in der Erwartung abwandte, daß der andere ihm folgen würde. Und die Dunkelheit wuchs wie ein Baum.

*

Thomas lag unterdessen auf seinem Bett; zur gleichen Zeit, als die beiden Jungen aus dem Schacht flohen, formte er mit den Händen Schattenfiguren an die Wand: «Da ist die Kirche», flüsterte er vor sich hin, «und da sind die Glocken. Macht auf die Tore; wo bleibt das Frohlocken?» Dann wurde er dieses Spieles müde und blätterte in seinem Buch eine Seite weiter.

Er und seine Mutter bewohnten die beiden oberen Etagen des alten Hauses in der Eagle Street (im Stockwerk darunter befand sich eine Schneiderei, die von einer indischen Familie betrieben wurde). Sein Vater, ein Bäcker, war vor sechs Jahren gestorben: Thomas erinnerte sich an einen Mann, der am Küchentisch saß und gerade ein Messer ergriff, um etwas Fleisch zu schneiden, als er mit einem Lächeln auf dem Gesicht zur Seite kippte, und er erinnerte sich an seine Mutter, deren Hand bei diesem Anblick zum Mund fuhr. Nun hörte er, wie die Haustür aufging und wie gleich darauf seine Mutter die Treppe heraufkam: «Thomas!» rief sie. «Bist du da, Tommy?» Beim zweitenmal bebte ihre Stimme ein wenig, als lasse das Ausbleiben einer sofortigen Antwort darauf schließen, daß dem Jungen irgend etwas zugestoßen sei. Der Tod ihres Mannes hatte sie ängstlich gemacht; der Boden, auf dem sie sich bewegte, bestand nur mehr aus dünnstem Glas, durch das sie die Abgründe erkennen konnte, die sich unter ihr auftaten; und diese Ängstlichkeit hatte sich auf ihren Sohn übertragen, der es stets vorzog, in seiner kleinen Dachstube zu bleiben.

Während dieser langen Sommerabende lag er gerne auf seinem Bett und las, wobei er sich manchmal unter einem leichten Baumwoll-Laken verkroch, was den Buchseiten einen ebenmäßigen und zarten Glanz verlieh. Als seine Mutter nun die Treppe heraufkam, las er gerade eine historische Erzählung für Kinder, mit dem Titel *Dr. Faustus und Königin Elisabeth*. Eben hatte er das Kapitel beendet, wo die jungfräuliche Königin nach dem Doktor schickte, nachdem sie über seine Zauberkräfte informiert worden war: ein weiser Mann hatte ihr offenbart, daß sie ein Kind zur Welt bringen werde, wenn es ihr gelinge, das Geheimnis von Stonehenge zu ergründen. So war denn Faustus nach England gesegelt, und knapp nur entrann er dem Tod, als ein finsterer Wirbelsturm seine schwanke Barke zu zerschmettern drohte. Und nun schritten die beiden auf die großen Steinblöcke zu: «Fürwahr», rief die Königin aus und lächelte traurig, «ich wünschte, ich würde ihre dunklen Geheimnisse kennen.» «Ei nun, so laßt Euch nur nicht verdrießen, Euer Majestät», erwiderte Faustus gewichtig, «ich glaube entschieden, ich kann sie ergründen.» «Wohl denn, andernfalls mag Ihn nämlich der Teufel holen», gab sie hochmütig zurück. Und Thomas hatte rasch weitergelesen – in der Hoffnung, an die Stelle zu kommen, wo der Teufel Faustus in die Lüfte trägt und ihm die Königreiche der Welt zeigt. Neben ihm lag noch ein weiteres Buch, mit dem Titel *Englische*

Märtyrer; jemand hatte es im hinteren Teil der Kirche liegengelassen, und dort hatte der Knabe es gefunden; und die erste der Geschichten, die er darin gelesen, handelte von Little St. Hugh: einem «Kind von zehn Jahren, Sohn einer Witwe. Ein gewisser Koppin, ein Heide, lockte ihn in ein unterirdisches Gelaß, das zur Ausübung kultischer Bräuche diente; dort wurde er gefoltert, ausgepeitscht und schließlich erdrosselt. Danach blieb seine sterbliche Hülle sieben Tage und sieben Nächte unentdeckt dort liegen. Doch unmittelbar darauf wurde Hughs Leichnam aus der Höhle geborgen, eine blinde Frau erlangte ihr Augenlicht wieder, indem sie ihn berührte und den Märtyrer anrief; weitere Wunder folgten.» Thomas schaute oft in dieses Buch hinein und betrachtete die Bilder der Märtyrer, denen lachende Männer das Fleisch aus den Leibern schnitten; diese Leiber waren immer mager und gelb, die Eingeweide dagegen tiefrot, und unter jeder Illustration stand in gotischen Lettern eine Redewendung: Prophecey allhier, Gewaltsamkeit, Verzehrendes Feuer und dergleichen mehr.

Seine Mutter hatte inzwischen aufgehört, seinen Namen zu rufen, und kam nun die zweite Stiege herauf, die zu seinem Zimmer führte; aus irgendeinem Grund wollte er nicht, daß sie ihn ausgestreckt auf dem Bett liegen sah – deshalb sprang er auf und setzte sich auf einen Stuhl neben dem Fenster. «Na, was macht denn mein Tommy?» sagte sie, während sie auf ihn zueilte und ihn dann auf die Stirn küßte; er zuckte zurück und drehte das Gesicht von ihr weg, und um diese Gebärde zu rechtfertigen, tat er anschließend so, als beobachte er irgend etwas draußen auf der Straße.

«Was überlegst du denn, Tommy?»

«Nichts.»

Und schließlich, nach einer Pause, fügte sie hinzu: «Es ist ziemlich kalt hier drinnen, oder?»

Doch er nahm die Kälte kaum wahr, und nachdem seine

Mutter wieder nach unten gegangen war, um das Abendbrot zu richten, blieb er ganz ruhig auf seinem Stuhl sitzen und ließ die Schatten über sein Gesicht wandern. Aus den Nachbarhäusern hörte er leise Stimmen, dann den Glockenschlag einer Uhr; und als seine Mutter ihn nach unten rief, vernahm er auch aus anderen Küchen das Klirren von Tellern und Tassen.

Er ging langsam die Treppe hinunter, wobei er die einzelnen Stufen so laut abzählte, daß es sich beinahe wie eine Beschimpfung anhörte; beim Eintreten in die Küche sprach er noch immer lautstark vor sich hin, verstummte aber sofort, als er seine Mutter mal wieder einen ungleichen Kampf gegen die Welt führen sah – eine Welt, die heute abend auf die Größe der Holzstühle schrumpfte, die ihr vor die Füße kippten; die der Gasbrenner am Herd, die sich nicht entzünden wollten; und die des Teekessels, an dem sie sich die Finger verbrannte. Thomas wußte indessen, daß auf solch engem Raum auch die Wut seiner Mutter gegen das Haus und die ganze Nachbarschaft wuchs und gedieh – eine Nachbarschaft, in der sich die Frau wie in einer Falle vorkam. Eben noch hatte sie ein Päckchen Butter auf den Boden fallen lassen, starrte es an und fuhr dabei mit den Fingern über den Tisch, da sah sie ihren Sohn in der Tür stehen: «Ist schon gut», erklärte sie, «Mami ist bloß müde.» Thomas bückte sich, um die Butter aufzuheben, und warf einen Blick auf ihre Schuhe und Knöchel. «Nun schau dir doch mal diesen Staub hier an», sagte sie, «schau nur!» Der plötzliche Ärger in ihrer Stimme beunruhigte ihn, aber als er sich wieder aufrichtete, fragte er sie ganz unbefangen: «Wo kommt Staub eigentlich her?»

«Oh, wenn ich das wüßte, Tommy – vielleicht aus dem Boden.» Und bei diesen Worten blickte sie sich mit wachsendem Unmut in der engen Küche um, bis sie bemerkte, daß ihr Sohn sie anstarrte und sich vor Gram auf die Lippe biß. «Ich weiß nicht, wo er herkommt, aber dafür weiß ich, wo er jetzt hinfliegt», und sie blies den Staub vom Tisch in die Luft. Und beide lachten, ehe sie ihre Aufmerksamkeit dem Abendbrot zuwandten: Sie aßen so gierig in sich hinein, als gelte es einen Wettbewerb – und auch als sie die Mahlzeit hastig und stumm beendeten, sahen sie einander nicht einmal an. Anschließend nahm Thomas die leeren Teller und trug sie wortlos zum Ausguß, wo er sie abzuspülen begann. Seine Mutter gab einen leisen Rülpser von sich, den sie sich nicht zu unterdrücken bemühte; dann fragte sie den Jungen, was er heute so alles getrieben habe.

«Nichts.»

«Irgendwas mußt du doch gemacht haben, Tommy. Wie war es denn in der Schule?»

«Ich sag dir doch, nichts hab ich gemacht.» Niemals ließ er sich dazu bewegen, die Kirche zu erwähnen, denn seine Mutter sollte glauben, daß er das Gelände ebensowenig mochte wie sie. In diesem Moment schlug die einzelne Glocke sieben Uhr.

«Es dreht sich mal wieder um diese Kirche, stimmt's?» Er wandte ihr noch immer den Rücken zu und gab keine Antwort. «Ich hab's dir doch schon so oft gesagt.» Er ließ das Wasser über die Finger fließen. «Ich will nicht, daß du dort hingehst, mit diesem Schacht da und dem ganzen Drumherum. Das kann doch mal einstürzen, und was wär dann mit dir?» Für sie repräsentierte die Kirche alles, was in diesem Viertel dunkel und unwandelbar schmutzig war, und die Faszination, die das Gebäude auf ihren Sohn offenkundig ausübte, ging ihr entschieden gegen den Strich. «Hörst du mir überhaupt zu, junger Mann?»

Und da drehte er sich zu ihr um und sagte: «Ich glaube, in der Pyramide steckt was drin. Sie hat sich heute so heiß angefühlt.»

«Ich mach dir gleich selber die Hölle heiß, wenn du da noch mal hingehst.» Doch als sie das ängstliche Gesicht ihres

Sohnes sah, bereute sie, so streng gewesen zu sein. «Es ist einfach nicht gut für dich, daß du so viel alleine bist, Tommy.» Sie zündete sich eine Zigarette an und blies den Rauch zur Decke. «Mir wäre wohler, wenn du dich mit den anderen Jungen etwas mehr anfreunden würdest.» Er wollte jetzt eigentlich hinaus und wieder auf sein Zimmer, aber ihre bedrückte Miene hielt ihn zurück. «Als ich so alt war wie du, hatte ich längst Freunde, Tommy.»

«Ich weiß. Ich hab ja die Bilder gesehen.» Er erinnerte sich an die Photographie seiner Mutter als junges Mädchen, mit einer Freundin im Arm: beide waren weiß gekleidet, und das Ganze erschien Thomas wie ein Gemälde aus einer unendlich fernen Zeit – einer Zeit, als noch niemand an ihn gedacht hatte.

«Na siehst du.» Und schon schwang in ihrer Stimme wieder ein wenig Angst mit. «Gibt es denn gar keinen, mit dem du spielen willst?»

«Ich weiß nicht. Ich muß mal darüber nachdenken.» Er musterte prüfend den Tisch und versuchte hinter das Geheimnis des Staubs zu kommen.

«Du denkst zuviel nach, Tommy; das ist nicht gut für dich.» Dann lächelte sie ihn an. «Wollen wir ein Spiel machen?» Sie drückte rasch ihre Zigarette aus und nahm den Jungen auf den Schoß; und während sie ihn hin und her schaukelte, stimmte sie ein Lied an, das Thomas ebenfalls auswendig konnte:

Wie weit ist es nach Babylon?
Siebzig Meilen am Stück.
Komm' ich dorthin mit Kerzenlicht?
Jawohl, und auch zurück.

Und sie schaukelte ihn immer schneller – bis ihm schwindlig wurde und er sie bat, aufzuhören: er war überzeugt, sie würde ihm die Arme auskugeln, oder aber er müsse zu Boden stürzen und sich das Genick brechen. Doch just auf dem Höhepunkt des Spiels ließ sie ihn sanft herunter; dann stieß sie plötzlich und unvermutet einen Seufzer aus und stand auf, um das Licht einzuschalten. Und mit einemmal erkannte Thomas, wie dunkel es draußen inzwischen war: «Ich glaube, ich geh jetzt nach oben.» Sie sah aus dem Fenster auf die leere Straße hinunter: «Gute Nacht», murmelte sie, «schlaf gut.» Und dann drehte sie sich um und umarmte ihren Sohn so fest, daß er sich nur mit Mühe befreien konnte; draußen indessen, im bernsteingelben Licht der Straßenlaternen, spielten die Kinder aus der Nachbarschaft Schatten-Haschen.

Thomas fand in jener Nacht keinen Schlaf, und als die einsame Glocke der Spitalfields-Kirche die halben und vollen Stunden schlug, geriet er zunehmend in Panik. Einmal mehr überdachte er die Ereignisse im Schulhof, und in der Dunkelheit malte er sich noch weitere Szenen des Leids und der Demütigung aus: wie die nämlichen Knaben ihm auflauerten; wie sie, während er gerade an ihnen vorbeiginge, über ihn herfielen und ihm Fußtritte versetzten; und wie sie nicht eher von ihm abließen, als bis er tot vor ihren Füßen läge. Er flüsterte ihre Namen – John Biscow, Peter Duckett, Philip Wire –, als seien sie Gottheiten, die man sich geneigt machen müsse. Dann stieg er aus dem Bett und lehnte sich aus dem geöffneten Fenster; von hier aus konnte er die Silhouette des Kirchendachs erkennen und darüber sieben oder acht Sterne. Vor seinem geistigen Auge versuchte er zwischen den einzelnen Sternen eine Linie zu ziehen, um zu sehen, welche Figur dabei entstände; doch währenddessen verspürte er einen Druck an der Wange, als krabbele ein Insekt darüber: rasch warf er einen Blick hinunter zur Monmouth Street, über den Kohlenschuppen hinweg – und da war ihm, als sehe er eine Gestalt in einem dunklen Mantel, die zu ihm heraufschaute.

*

Inzwischen war Winter, und an den letzten Oktobertagen stellten die Kinder von Spitalfields Figuren aus alten Kleidern oder Zeitungen her und präparierten sie für die Verbrennung. Thomas jedoch verbrachte die Abende in seinem Zimmer, wo er aus Sperrholz und Pappe das Modell eines Hauses konstruierte. Er benutzte ein schmales Federmesser, um Fenster in die Wände des Hauses zu schneiden, und mit Hilfe seines Holzlineals legte er den Plan für die einzelnen Räume an: Ja, sein Enthusiasmus war so groß, daß das kleine Gebäude bereits einem Labyrinth ähnelte. Und als er sich eines frühen Nachmittags zum Kirchhof aufmachte, überlegte er, ob es nötig sei, eine Grundmauer zu entwerfen: wäre das Modell ohne Fundament schon komplett oder nicht? Als er die Südmauer erreicht hatte, hockte er sich in den Staub und lehnte sich an die Ecke des Strebepfeilers, um über diese Fragen nachzudenken.

Da wurde ihm auf einmal bewußt, daß sich vor ihm etwas bewegte: erschrocken sah er auf und drückte sich noch dichter an die mächtige Kirche, als er einen Mann und eine Frau erblickte; sie gingen unter den Bäumen entlang, die im aufkommenden Wind hin und her schwankten. Dann blieben sie stehen; der Mann trank aus einer Flasche, und anschließend ließen sich beide nieder und legten sich nebeneinander auf die Erde. Als sie sich küßten, verzog Thomas geringschätzig das Gesicht; doch als der Mann ihr die Hand auf den Rocksaum legte, wurde der Knabe aufmerksamer. Behutsam löste er sich von dem Strebepfeiler, um sich auf den Boden zu legen, näher an die beiden heran; unterdessen hatte der Mann die rehfarbene Jacke der Frau geöffnet, ihre Brust entblößt und sie zu betasten begonnen. Thomas schnappte nach Luft und fing an, auf dem Boden hin und her zu rucken – im gleichen Rhythmus wie die Hand des Mannes, die sich nun heftig auf und ab bewegte. Während der Knabe ausgestreckt auf der Erde lag, fühlte er, wie sich ein großer Stein in seinen Bauch bohrte –

aber er nahm den Schmerz kaum wahr, da der Mann jetzt seinen Mund auf die Brust der Frau legte und ihn dort beließ. Thomas hatte eine trockene Kehle, und er schluckte mehrmals, um seine wachsende Erregung wenigstens annähernd unter Kontrolle zu bringen; ihm war, als schwöllen seine Glieder wie die eines Riesen, und er war überzeugt, daß jeden Moment etwas aus ihm herausplatzen würde – vielleicht mußte er sich übergeben, oder womöglich entfuhr ihm ein Aufschrei, und in seiner Bestürzung darüber sprang er auf. Der Mann bemerkte seinen Schatten an der Steinmauer, worauf er die neben der Frau liegende Flasche ergriff und nach dem Jungen schleuderte, der sich mit wirrem Blick umsah, als sie in einem Bogen auf ihn zuflog. Daraufhin rannte Thomas zur hinteren Kirchenmauer, vorbei am Eingang zu dem verlassenen Schacht, und stieß kurz darauf mit einem Mann zusammen, der dort schon eine Weile gestanden haben mußte. Ohne aufzublicken, rannte der Knabe weiter.

An jenem Abend ging er, Müdigkeit vorschützend, frühzeitig zu Bett, und als er in seinem dunklen Zimmer lag, vernahm er aus den benachbarten Straßen das Zischen von Raketen und Leuchtkugeln. Derlei Dinge ließen ihn eigentlich kalt; dennoch lag er mit nach unten gekehrtem Gesicht auf seinem Bett und zog sich das Kissen über den Kopf, um nichts mehr davon hören zu müssen. Und abermals beobachtete er, wie der Mann und die Frau unter den Bäumen entlanggingen und wie sie sich küßten, und diesmal war er es, der ihre Brust in den Mund nahm. Er ruckte auf seinem schmalen Bett hin und her, sein Körper wuchs und wuchs, und vor Entsetzen spreizte er die Hände, denn der Schmerz verwandelte sich in einen Strom, in den er hineintrieb und der zugleich aus ihm herausfloß wie Blut aus einer Wunde. Als er endlich zur Ruhe kam, starrte er dumpf auf die Wand. Er mochte sich nicht mehr rühren, denn womöglich strömte tatsächlich Blut aus ihm heraus und durchnäßte das Bett; daher blieb er reglos in der Dunkelheit liegen und fragte sich erstaunt, ob er jetzt wohl sterben müsse: Im gleichen Augenblick stieg eine Rakete hoch und explodierte am Himmel draußen vor dem Fenster, und im flüchtigen Schein ihres weißen Lichts warf das Sperrholzmodell einen scharf umrissenen Schatten auf den Fußboden. Erschrocken sprang Thomas aus dem Bett und starrte an sich hinunter.

Als er am anderen Morgen durch die Straßen von Spitalfields ging, da war ihm, als ob die Passanten ihn neugierig oder verwundert anblickten, und er gelangte zu der Überzeugung, daß ihm das, was er getan oder vielmehr empfunden hatte, irgendwie anzusehen war. Normalerweise hätte er jetzt der Kirche einen Besuch abgestattet und sich unter ihre Mauern gesetzt, aber es widerstrebte ihm, an den Ort zurückzukehren, wo er die Urheber seiner Nöte beobachtet hatte. Zwei- oder dreimal marschierte er am Eingang vorbei, doch dann eilte er in wachsender Erregung zurück in die Eagle Street: und der Mund wurde ihm trocken, als er sein Zimmer betrat, um sich sogleich aufs Bett zu werfen. Einen Moment lang blieb er ruhig liegen und lauschte seinem Herzschlag, dann begann er sich in wildem Rhythmus auf und ab zu bewegen.

Anschließend ging er nach unten, um (wie seine Mutter ihn gebeten hatte) das Feuer nachzuschüren. Er stocherte mit dem Schürhaken darin herum, damit die frisch zugelegten Kohlen in die Mitte fielen; und als sie in der Hitze so hin und her kollerten, starrte Thomas sie an und stellte sich vor, es handle sich um die Gänge und Höhlen der Hölle, wo die Brennenden die gleiche Farbe haben wie die Flammen. Hier gleißte die Kirche von Spitalfields in roter Glut, und bald darauf schlief der Junge vor Erschöpfung ein. Die Stimme seiner Mutter weckte ihn wieder, und in den ersten paar Sekunden nach dem Aufwachen kam er sich ausgesprochen verloren vor.

Eine Reihe von hellen Tagen trug nicht dazu bei, Thomas'
Stimmung zu heben; die Helligkeit machte ihn unruhig, und
instinktiv strebte er nach den im winterlichen Sonnenschein
fallenden Schatten. Zufrieden fühlte er sich nur in der Stunde
vor Tagesanbruch, wenn die Dunkelheit nach und nach einem
Nebel zu weichen schien, und zu ebendieser Stunde pflegte er
aufzuwachen und sich an sein Fenster zu setzen. Auch am
Umherstreifen fand er Gefallen: Manchmal spazierte er durch
die Straßen von London, leise irgendwelche Sprichwörter
oder Redensarten vor sich hinsprechend, und an der Themse
hatte er einen alten Platz ausfindig gemacht, auf dem eine
Sonnenuhr aufgestellt war. An Wochenenden oder an frühen
Abenden ließ er sich dort nieder und grübelte über die Veränderung nach, die sein Leben inzwischen erfahren hatte, und
wenn er einmal ganz verzweifelt war, dachte er an die Vergangenheit und an die Zukunft.

Eines kalten Morgens wachte er auf und hörte das Schreien
einer Katze, das allerdings ebensogut der Klageruf eines
Menschen hätte sein können; er erhob sich langsam von seinem Bett und trat ans Fenster, aber es war nichts zu sehen.
Rasch zog er sich an, kämmte sich und pirschte dann lautlos
am Schlafzimmer seiner Mutter vorbei: es war Sonnabend,
und sie hatte ihren sogenannten ‹Langschläfertag›. Früher
war er gern zu ihr ins Bett gekrabbelt und hatte, während sie
noch schlief, den in den Sonnenstrahlen tanzenden Staub
in ihrem Zimmer beobachtet; heute jedoch schlich er auf leisen Sohlen die Treppe hinunter. Er öffnete die Tür und trat
über die Schwelle; als er auf die Eagle Street hinausschritt,
hallte das Knirschen seiner Schuhe auf dem überfrorenen
Pflaster zwischen den Häusern wider. Dann überquerte er
die Monmouth Street und spazierte an der Kirche entlang.
Vor sich bemerkte er einen Fußgänger; in einer Gegend wie
dieser war es durchaus nicht unüblich, daß die Leute beizei-
ten aufstanden und in aller Frühe zur Arbeit gingen, gleich-

wohl verlangsamte Thomas den Schritt, um den Abstand nicht allzu gering werden zu lassen. Doch als sie beide in die Commercial Road einbogen, schien die Gestalt vor ihm, die eine Art dunklen Überzieher oder Mantel trug, ihr Tempo ebenfalls zu drosseln – wenngleich sie nicht erkennen ließ, daß sie den zehnjährigen Jungen hinter sich bemerkte.

Thomas blieb abrupt stehen und tat so, als betrachte er das Schaufenster eines Schallplattenladens; die im Neonlicht schimmernden Hochglanzfotos und knalligen Poster kamen ihm dabei sehr seltsam vor – wie das Bergungsgut eines Tauchers aus den Tiefen des Ozeans. In gespielter Ruhe verharrte er und starrte in dieses Schaufenster, aber als er sich nach einer Minute abwandte und seinen Weg fortsetzte, erschien ihm der Abstand zu dem anderen so gering wie zuvor. Langsam ging Thomas weiter, Schritt um Schritt abmessend; fast sah es so aus, als sei er vertieft in jenes Spiel, bei dem man nicht auf die Ritzen im Gehweg treten darf (weil man sonst, den Kindern zufolge, seiner Mutter das Kreuz bricht); doch zugleich wandte er kein einziges Mal den Blick von dem dunklen Mantel der Gestalt vor ihm.

Über den Häusern von Spitalfields ging inzwischen die Sonne auf, rund und mattrot wie ein Reptilienauge, und obwohl der Mann sich offenkundig vorwärts bewegte, rückte er gleichzeitig immer näher: Thomas konnte recht deutlich sein weißes Haar erkennen, das sich über den Kragen des schwarzen Mantels kräuselte. Und auf einmal wandte der Kopf sich ganz langsam um, und da lag auf dem Gesicht ein Lächeln. Thomas schrie auf und rannte quer über die Straße, fort von dem, was er eben gesehen hatte; er stürmte den gleichen Weg zurück, den er gekommen war, wieder in Richtung Kirche, und im Laufen hörte er das Geräusch ihm nachjagender Schritte (was freilich ebensogut das Echo seiner eigenen hätte sein können). Er bog um die Ecke der Commercial Road und rannte dann, ohne sich umzuschauen, die Tabernacle Close hinunter, an deren Ende sich das Tor zum Kirchhof befand. Er wußte, er konnte sich, im Gegensatz zu einem Erwachsenen, ohne große Mühe durchs Gitter zwängen: vielleicht hatte die Gestalt in der Commercial Road die Ecke noch gar nicht umrundet, und womöglich schaffte er es, unbemerkt in die Kirche zu gelangen. Als er sich durch das Tor quetschte, sah er den Schachteingang und stellte außerdem fest, daß die dort fehlenden Bretter sich nicht wieder an ihrem Platz befanden. Und auf diese Lücke eilte er nun zu wie auf einen Ort der Zuflucht. Erschöpft und atemlos bückte er sich und kroch durch den feuchten Eingang: abermals war ihm, als höre er hinter sich Schritte, und in seiner Panik stürmte er vorwärts, ehe sich seine Augen an die Dunkelheit gewöhnt hatten. Er wußte nicht, daß vor ihm eine Treppe hinabführte, und er stürzte ab und verrenkte sich im Fallen ein Bein; als er auf dem unteren Treppenabsatz ausgestreckt lag, nahm er das Licht von der Schachtöffnung gerade noch mit halbem Auge wahr; dann wurde es finster.

Der Geruch des Schachtes weckte ihn auf, denn dieser Geruch war ihm inzwischen in den Mund gekrochen und hatte dort eine Pfütze gebildet. Noch immer lag er, das eine Bein angewinkelt, an der Stelle, wo er nach seinem Sturz gelandet war; der Boden des Schachtes war kalt, und er konnte spüren, wie diese Kälte sich in ihm ausdehnte. Offenkundig war er in eine Welt absoluter Stille geraten; doch als er, um besser hören zu können, den Kopf hob und sich mit allen Sinnen bemühte, seine Situation genauer zu erfassen, vernahm er das leise Rauschen des Windes sowie gedämpfte Stimmen, die ebensogut von den Straßen draußen wie aus dem Schacht selbst kommen mochten. Er versuchte aufzustehen, fiel aber wieder um, da der Schmerz in sein Bein zurückkehrte: er traute sich nicht, es anzufassen, sondern starrte es nur hilflos an, bevor er sich wieder an die feuchte Wand lehnte und die Augen schloß. Sinnlos wiederholte er einen Spruch, den einmal ein Junge in der Unterrichtspause an die Tafel geschrieben hatte: «Ein Stück Kohle ist besser als nichts. Nichts ist besser als Gott. Folglich ist ein Stück Kohle besser als Gott.» Anschließend malte er mit den Fingern seinen Namen auf den rissigen und unebenen Boden. Obwohl ihm die Geschichten der Kinder um ‹das Haus unter der Erde› bekannt waren, empfand er im Moment gar keine besondere Furcht – er hatte ja immer in der düsteren Welt seiner eigenen Ängste gelebt, und schlimmer als dort konnte es in der Realität überhaupt nicht zugehen.

In dem trüben, abgedämpften Licht erkannte er nun vor sich die Umrisse des Schachtes, und über sich an der Dachwölbung entdeckte er eine Inschrift. Er wandte, wenn auch unter Schmerzen, den Kopf – aber die Öffnung, durch die er gekommen war, schien inzwischen verschwunden zu sein, und er wußte nicht mehr genau, wo er sich befand. Dann versuchte er sich vorwärts zu bewegen: schon oft hatte er gehört, von den Erwachsenen und von den Kindern aus der Nachbarschaft, daß es in diesem Labyrinth einen direkt zur Kirche führenden Tunnel gab, folglich brauchte er sich ja nur nach dieser Richtung zu orientieren. Er kroch zurück zur Mitte des Schachtes und stemmte sich mit den Armen hoch: auf die Ellbogen gestützt, zog er seinen Körper hinter sich her, wobei er ständig den Kopf hochgereckt hielt, um bessere Sicht nach vorn zu haben. Während er sich langsam vorwärtsschleppte, war ihm, als höre er ein Geräusch, ein scharrendes Geräusch – und zwar am Ausgang des Schachtes, von wo er soeben gekommen war: entsetzt drehte er sich um, aber dort hinten schien sich nichts zu rühren. Trotz der Kälte wurde es Thomas nun heiß; er spürte, wie ihm der Schweiß über die Stirn lief und an der Nase vorbeirann, und als er an der Oberlippe zu Tropfen anschwoll, leckte er ihn mit der Zunge weg. Der Schmerz schien im Rhythmus seines Herzens zu fluktuieren; daher zählte er laut die einzelnen Schläge mit, und beim Klang seiner Stimme begann er zu weinen. Inzwischen kroch er an kleinen Höhlen oder Kammern vorbei, die knapp außerhalb seiner Sichtweite lagen – dennoch bemühte er sich, leise zu sein, um die etwaigen Bewohner dieser Stätte nicht aufzuschrecken. Obwohl er den Mund geöffnet hielt und ständig nach Luft schnappte, hatte er in seiner Qual ganz vergessen, daß er sich noch immer vorwärts bewegte.

Doch dann ging eine Veränderung mit ihm vor: Der Schmerz in seinem Bein ließ nach, und er spürte, daß der Schweiß auf seinem Gesicht zu trocknen begann. Er hielt an und drehte seinen Körper so, daß er sich wieder an die kalte Wand lehnen konnte; dann stimmte er mit klarer, ruhiger Stimme ein Lied an, das er vor vielen Jahren einmal auswendig gelernt hatte:

> Bau dir eine Ziegelmauer,
> Ziegelmauer, Ziegelmauer,
> Bau dir eine Ziegelmauer,
> Schönes Kind.
> Ziegelmauer bleibt nicht stehn,
> Bleibt nicht stehn, bleibt nicht stehn,
> Ziegelmauer bleibt nicht stehn,
> Schönes Kind.

Dreimal sang er dieses Lied, und seine Stimme gellte durch die Gänge und Höhlen, ehe sie in den steinernen Tiefen verhallte. Er begutachtete seine Hände; sie waren bei dem vorangegangenen Kraftakt schmutzig geworden, und er spuckte hinein, bevor er sie an der Hose sauberzuwischen versuchte. Und nachdem er seine Hände wieder vergessen hatte, unterzog er den Schacht einer sehr gründlichen Untersuchung, indem er ringsum alles in Augenschein nahm – mit jener beflissenen Miene, wie sie Kinder aufsetzen, sobald sie sich beobachtet fühlen. Er fuhr mit der Hand über die Wand, beiderseits und unmittelbar über dem Kopf, und betastete die

Sprünge und Flecken, die sich im Laufe der Zeit dort gebildet hatten: er ballte die Faust und klopfte damit gegen die Mauer; sie gab einen dumpfen Ton zurück, als ob sich dahinter Hohlräume befänden. Schließlich stieß Thomas einen tiefen Seufzer hervor, nickte mit dem Kopf vornüber und schlief ein. Er schritt aus dem Schacht hinaus; nun war er durch den oberen Eingang, und vor ihm ragte ein weißer Turm auf; nun stand er auf dem Turm und machte sich bereit zum Sprung in den See. Aber er fürchtete sich, und seine Furcht wurde zu einer Gestalt. «Weshalb bist du hierhergekommen?» sagte sie. Da wandte er ihr den Rücken zu, und als sie den Blick auf den Staub an seinen Schuhen senkte, rief er: «Ich bin ein Kind der Erde!» Und dann ließ er sich fallen.

Als ihr Sohn zur Teestunde noch nicht zurück war, bekam Mrs. Hill es mit der Angst zu tun. Mehrmals ging sie hinauf in sein Zimmer, und dessen Leere machte sie mit jedemmal unruhiger: Sie hob ein Buch auf, das auf einem Stuhl liegengeblieben war, und sah, wie säuberlich ihr Sohn seinen Namen aufs Titelblatt geschrieben hatte; dann starrte sie auf das noch im Bau befindliche Modell – wobei sie das Gesicht direkt über das Miniaturlabyrinth hielt. Schließlich verließ sie das Zimmer wieder und zog leise die Tür hinter sich zu. Langsam ging sie nach unten, setzte sich ans Feuer und rutschte unruhig hin und her, denn sie malte sich aus, was ihrem Jungen in der Zwischenzeit alles hätte zustoßen können: sie sah, wie ihn ein Fremder in ein Auto lockte; sie sah, wie ihn ein Lastwagen überfuhr; sie sah, wie er in die Themse stürzte und von der Strömung fortgerissen wurde. Gleichwohl glaubte sie instinktiv, solche Vorfälle abwenden zu können, wenn sie ihnen nur detailliert genug nachhing: Angst war für sie eine Form des Gebets. Anschließend sprach sie laut seinen Namen, als ließe der Junge sich dadurch herbeizaubern.

Doch als sie die Glocke der Spitalfields-Kirche sieben Uhr schlagen hörte, nahm sie ihren Mantel und machte sich bereit, zur Polizei zu gehen: der Albtraum, den sie immer gefürchtet hatte, war nun tatsächlich über sie gekommen. Sie eilte hinaus auf die Straße, und an der Türschwelle ließ sie vor lauter Fahrigkeit den Mantel fallen; doch auf einmal machte sie wieder kehrt und trat in den Laden unter ihrer Wohnung. «Tommy ist verschwunden, haben Sie ihn vielleicht gesehen?» fragte sie das schmächtige, etwas scheue indische Mädchen hinter dem Ladentisch. «Der kleine Junge – mein Sohn!» Und das Mädchen schüttelte den Kopf und schaute diese aufgelöste Engländerin, die den Laden noch nie zuvor betreten hatte, mit großen Augen an. «Kein Junge hier», sagte sie, «tut mir sehr leid.» Daraufhin rannte Mrs. Hill auf die Eagle Street hinaus, und die erste Person, die ihr über den Weg lief, war eine Nachbarin: «Tommy ist verschwunden!» rief sie. «Mein Tommy ist fort!» Sie stürmte weiter, indessen die Frau ihr ebenso teilnahmsvoll wie neugierig hinterherlief. «Der Sohn von Mrs. Hill ist fort!» rief sie ihrerseits einem jungen Mädchen in einem Türeingang zu. «Verschwunden!» Und das Mädchen warf einen raschen Blick hinter sich ins Haus und eilte dann zu ihr hinaus, während sich noch weitere Frauen der Prozession anschlossen, die sich im Schlepptau von Mrs. Hill inzwischen in Richtung Brick Lane bewegte: «Es ist dieses Gelände», rief die Verzweifelte den Hinterherlaufenden zu, «ich hab dieses Gelände noch nie ausstehen können!» Sie war mittlerweile einer Ohnmacht nahe, und zwei Frauen aus ihrer Nachbarschaft eilten nach vorn, um sie beim Gehen zu stützen. Ein einziges Mal nur drehte sie sich um und sah mit wildem Blick zum Kirchturm; und als die kleine Gruppe von Frauen die Polizeiwache erreichte, war es bereits vollkommen dunkel.

Als Thomas aufwachte, konnte er sich nicht mehr von der Stelle rühren: sein Bein war steif geworden, und diese Steifheit schien sich inzwischen auf den ganzen Körper übertragen zu haben, denn schon die leiseste Bewegung tat weh. Er starrte die Wand vor sich an und bemerkte, daß die Stellen, wo der Stein bereits bröckelte, dunkler waren und daß der Schacht mittlerweile nach feuchter Pappe roch – wie das Modell, das er mit seinen nunmehr so weißen und kalten Händen gebaut hatte. Es widerstrebte ihm, Selbstgespräche zu führen, weil seine Mutter ihm immer gesagt hatte, daß dies das erste Anzeichen von Wahnsinn sei, aber gleichzeitig wollte er sich davon überzeugen, daß er noch lebte. Sehr behutsam und unter großen Schmerzen holte er aus seiner linken Hosentasche ein zur trockenen Kugel geformtes Stück Kaugummi sowie eine Busfahrkarte hervor. Die Angaben darauf las er laut vor sich hin: «London Transport 21 549. Diese Fahrkarte gilt nur für die mit obiger Nr. bezeichnete Fahrzone und ist auf Verlangen vorzuzeigen. Nicht übertragbar.» Und er wußte, wenn die einzelnen Ziffern auf der Fahrkarte die Quersumme von 21 ergäben, dann würde ihm das einen Monat lang Glück bringen; doch im Moment fühlte er sich nicht in der Lage, die Zahlen zu addieren. «Ich heiße Thomas Hill», sagte er, «und wohne in 6 Eagle Lane Spitalfields.» Dann ließ er den Kopf auf die Knie sinken und weinte.

Er war wieder zu Hause, und sein Vater führte ihn die Treppe hinunter. «Hast du deine Fahrkarte dabei?» flüsterte er seinem Sohn zu. «Du brauchst deine Fahrkarte. Du hast nämlich einen langen Weg vor dir.» «Ich dachte, du bist tot, Dad.» «Niemand ist wirklich tot, auch Dad nicht», sagte sein Vater, als Thomas aufwachte und feststellte, daß der Schmerz in seinem Bein verschwunden war und daß er keinen Grund mehr hatte zu weinen. Noch immer hielt er das harte Stück Kaugummi fest in der Hand; doch als er es nun in den Mund steckte, kamen ihm die Magensäfte hoch und er mußte sich übergeben. «Mach dir nichts aus dem Brechgeruch», sagte sein Vater, «geh jetzt zu Bett. Du bist schon viel zu lange auf.» Der Schacht war hell erleuchtet, und an den Wänden saßen oder lagen Leute. Sie sangen unisono irgendein Lied, von dem

Thomas allerdings nur noch die letzten Worte verstehen konnte; sie klangen aus in dem Refrain:

> Wenn alles ewig währte
> Und nie ein Schluß sich fände,
> Wenn das der Fall, dann nähm' auch all
> Unser Gesang hier nie ein Ende.

Die Leute lächelten Thomas an, und er schritt mit ausgestreckten Armen auf sie zu, um sich von ihnen ein wenig wärmen zu lassen. Doch als auf einmal jemand *Vorwärts! Weiter!* rief, da stürzte er vom Turm; und dann kam der Schatten heran. Und als der Junge aufblickte, sah er über sich das Gesicht.

3

Das Gesicht über mir ward schließlich zu einer Stimme: *Es ist ein dunkeler Morgen, Herr, und nach der klaren Mondesnacht gießt es in Strömen.* Und ich erwachte mit dem Gedanken, O GOtt, was soll aus mir werden? Mach Er die unteren Bettvorhänge auf, Nat (*sagte ich*, indem ich meinen stinckenden Athem auf dem Lacken roch), und schaff Er mir Luft; und denn geschwind eine Kerze entzündet, heut nacht hat mir nehmlich von einer dustren Stätte geträumet.

Und soll ich die Thür schließen, Herr, wenn ich das Fenster eröffne? Er nimmt mir die Nachtkappe ab und drückt mich sanft aufs Kopfende des Bettes zurück, alleweil parlirend: Hinterm Kaminschirm hockt eine Maus und wärmt sich, *sagt er,* und ich hab ihr schon etwas Milch gegeben.

Diesen Knaben würden gar die Steine dauern, die ich zerbreche: Sackerlot, Nat, mach Er ihr den Garaus! *bedeutete ich ihn*, und sein winselnder Discurs fand kurzum ein Ende.

Ich bin Eurer Meynung, *sagt er* nach einer Pause.

Nat Eliot ist mein Bedienter, ein armer verwirrter Knabe, den ich aus Mitleiden im Brod halte. Er hatte einsmals die Blattern, als was ihn zum Duckmauser gemacht, und nunmehro geräth er vor iedwedem Kind und Hund, so ihn nur ansiehet, in Furcht und Bange. In Gesellschaft erröthet er, oder wird blaß und verlieret die Contenance, so bald er von jemand Beachtung erhält: mithin ist er vor mich, der ich eingezogen leben muß, ein zupaßend Factotum. Als er erstlich zu mir kam, war er mit einem so argen Gestottern behaftet, daß ers blos selten vermochte, einzel Worte oder Sylben ohne bedeutende Unruhe und wunderliche Gebehrdung von Miene,

Mund und Zunge hervorzubringen. Doch ich verfiel auf mein Hausmittel, schlug ihn aufs Maul und curirte ihn: und nun kann er das Schnattern nicht lassen, so bald er mit mir allein ist. So barbierete er mich denn an diesem Morgen, wo ich in jeder Fiber empfindlich, und da ich unterdem fein stille halten mußte, so faselte er allerley ausschweiffenden Schnick-schnack. Ihr habt gestern abend nicht einen Bissen zu Euch genommen, Herr, *sagt er*, ich merke das Euerm Athem ab: selbst meine Maus hat mehr verzehret als Ihr (und dann hielt er ein, indem er sich meiner Worte über die Maus besann). Habt Ihr denn, *fährt er fort*, darauf vergessen, was Eure Mut-ter euch lehrete:

> Mittags Rind,
> Abends Ei,
> Vertreiben dem Kind
> Die Melancholey.

Da will ich Ihm noch ein ander Verslein geben, *sage ich*:

> Hab Aal gessen, Mutter, mein Bett mach mir schnelle,
> Mir ist gar speyübel, ich sterb auf der Stelle.

Nat hängt diesem Scherzlied eine Weile nach, und denn fährt er in seiner ungestümmen Art fort: Wir alle müssen essen, Herr, und wann Ihr letzte Nacht in Eurer Cammer einge-schloßen gewesen, so weiß ich nicht, weßhalber, und frag auch nicht darnach, ich wenigstens habe vor einen Penny Rind-fleisch und vor einen Penny Kuddeln gespeiset, und zwar bey denen Garköchen über der Straße darunter. So viel Geld hatt ich nehmlich aufgesparet, damit Ihr seht, daß ich bey Leibe kein Kind mehr bin: und als der Koch in mich drang, noch ein ander Gerichte zu kosten, so wies ich ihn mit ein paar Worten ab, Incommodir Er mich nicht damit, beschied ich ihn –

– Nat, *sagte ich*, mach Er Seiner eitlen Salbaderey ein Ende. Er ist ein Grillenkopf.

Ihr habt recht, versetzt er, Ihr habt recht. Und er zieht sich mit niedergeschlagenen Mienen ein wenig von mir zurücke.

Ich bin zeit zween Wochen nicht außer dem Bette gewesen, da mich auf der Straße ein solches Zipperlein anfiel, daß ich nimmermehr stehen noch gehen konnte; durch Hülfe eines Sänftenträgers langte ich zurück auf mein Losament, und lag zeithero in meinem Schweiß gleich einer Schlumpe. Folgendergestalt: unter meinem linken Knie habe ich eine knotenförmige Schwellung, als welche, wie in sothanen Fällen die Regel, alsobald wohl zur Balggeschwulst erwachsen wird. Über dieses findet sich am Gelenk meiner linken Großzehe ein schwartzer Fleck: derselbe ist so breit als ein Sixpence und so schwartz als Pech. Meines Wissens giebt es darwider kein Remedium, zumalen es ohnedem meinem Naturell entspricht: reichhaltig mit Saltzen, Schweffeln und spiritueusen Particuln beschwertes Blut muß auf die Länge unfehlbar einen gewißen Antheil brennenden Phosphors erwircken, als welchen die Natur vermittelst einem Zipperlein wieder austreibet. Allein letzteres ist wie ein Hundebiß und eine aufflakkernde Flamme zugleich, und man kann nicht ohne Grausen dieses Feuer bedencken, wie es da in die Adern gelangt und den Leib zerfrißet.

Ich ließ letzte Woche nach einem gewißen Rogers rufen, einem Apothecker an der Ecke der Chancery-Lane und Fleetstreet, aber so bald er in meine Stube marchirete, erkannte ich ihn vor einen Quecksalber, denn wenn seine Rede auch gelehrt, so war doch der Redner ein Ignorant. Pulverisir Er vor Seinen Herrn, *sagt er* gravitätisch zu Nat, vier Austerschalen, und geb Er dieselben glühheiß in Äpfelwein: und Nat glotzte ihn perplex an, gleichsam als sey er gefodert, durch seine Hutlöcher hindurch die Sterne zu zählen. Ferner, sagt der Afterdoctor und hockt sich dabei an meine Bettkante, müssen wir Cantharidenpflaster auf Nacken und Füßen anbringen. Worauf Nat sich kratzte wie ein Ferge. Durch die Poren, *fährt er fort*, ziehen unvermengte Dünste ein und binden ihrerseits Cörpersäfte an sich, weßwegen wir die Extremitaeten mit morbifiquen Stoffen belegen müssen, um dergestalt durch tüchtig Tractiren eines einzel Theils dem Ganzen wieder aufzuhelfen. Und ich lächelte, dieweil Nat sich zitternd hinsatzte.

Nachdem ich seine Artzeney genommen, konnte ich unbeschwert Wasser lassen, und hatte alle Tage guten Stuhl: beiderley war stinckend, das Wasser voller trüber Schlieren, und von gar strengem Geruche. Der Tyriackskremer verordnete mir überdem, Kohlsprossen, Brockoli, Spinat, Petersylge, Steckrüben, Pastinacken, Selleri, Kopflattich, Gurcken und dergleichen zu essen: darnach verspürte ich binnen drey Tagen Linderung, konnte jedoch blos vor eine Weile von meiner Schlachtbank entkreuchen, und am vierten Tag war ich danck meinem Übelseyn nicht mehr im Stand, mich vom Bette zu erheben. So liege ich nun des Tages da, und des Nachts wältze ich mich hin und her oder fantasire, da das Gerassel und fortwehrende Gesumme der Stadt mich nicht zur Ruhe kommen lassen: gleichso wie Wahnsinn und Tollheit die Vapeurs sind, die aus minderen Anlagen erwachsen, so reicht das Chaos der Straße gar biß hierherein in ebendieß Cabinette, und ich werde hinumgewirblet von Rufen wie *Messer zu schleiffen* und *Wohlfeyle Mausfallen*. Letzte Nacht war ich nahe daran, ein Endchen Ruhe zu finden, als ein Scharwächter, halb truncken, derb an die Thür pufft und dabei sein *Drey Uhr vorbey* und *Regennaßer Morgen* brället. Und als ich allendlich in Schlaf verfiel, so hatte ich mein itziges Übelseyn kaum vergessen, da versunck ich in ein noch ärgeres: mir träumte, daß ich in einem schmalen Gelaß unter der Erde lag, gleichsam in einem Grab, und mein Leib war ganz und gar durchbohret, indessen einige Leute einen Gesang anstimmten. Und ein Gesicht erblickte ich, das mich so schaudern machte, daß ich im Traum bald würde den Geist aufgegeben haben. Je nun, ich will nichts weiter mehr sagen.

Da ich zu krank bin, um außer Haus zu gehen, habe ich soeben an Walter Pyne geschrieben und meine Instructionen vor die Kirchen beygeschloßen, als was eilends zu spediren ist, *viz.* Sir Chris. wird nächste Woche auf Dienstag oder Mittwoche bey Ihm seyn, dahero bring Er sämptliche Aufzeichnungen bitte in die rechte Ordnung und seh Er zu, daß Sir Chris. die ganze Affaire in keinerley Confusion befindet. Imgleichen, Walter, muß Er den großen Entwurf unsrer zweyten Kirche zu *Lime-house* copiren, und die Copey ungesäumt an die Commission weiterleiten: leg Ers nach dem Maaßstab von ein Zoll auf 10 Fuß an, und zwar mit Dinte, wofern Er Seiner Sache sicher ist. Und unter den Riß schreib Er das Folgende: die Breite von Ost zu West, oder von A zu C beträgt 113½ Fuß; die Länge von Nord zu Süd, oder von E zu F beträgt 154 Fuß. Geb Er mir Nachricht, Walter, so bald Er solches abgeledigt, und ich werde mit Ungeduld um Seine Antwort warten. Und bitte besorg Er, daß der Bleigießer die Dachtraufen gehörig fertigt. Und somit gehab Er sich vorerst wohl.

Den Rest versage ich mir, denn auch vergüldete Pillen können bitter seyn: ich will nicht erwähnen, daß ich iedwede meiner Kirchen mit einem Zeichen versehen, damit der Betrachter des Bauwercks auch den Schatten der Wircklichkeit erkenne, wonach dieß Zeichen gebildet oder gestaltet worden. In der Kirche zu *Lime-house* sollen denn die neunzehn Pfeiler im Seitenschiff die Namen des BaalBerith darstellen, und die sieben Pfeiler der Capelle bezeichnen die Capitul seines Bundes. Wer mehr davon zu wissen sucht, der sey verwiesen auf *Clavis Salomonis*; auf Nicerons *Thaumaturgus Opticus*, woselbst er von Linie und Distance redet; auf des Cornelius Agrippa sein *De occultia philosophia*; so wie auf des Giordano Bruno sein *De magia* und *De vinculis in genere*, worinne er von Hieroglyphen und Teufelsbeschwörung spricht.

Er sieht doch dort, Nat (er ist nehmlich in meine Stube gewischt, indessen ich noch an Walter schreibe), Er sieht doch dort am Fenster die große Eisentruhe mit den drey Schlossen daran: nehm Er den Schlüssel da, und mach Er sie auf. Was ist denn darinne, Herr, *sagt er*, daß sie verschloßen und verriegelt seyn muß? Sein Blick kreißt im Zimmer umher, und ich platze mit Lachen heraus wie eine Wurst aus der Pelle: schon die bloße Einbildung der unterscheidlichen Posturen, worein seine grundlose Angst ihn versetzte, würde einen jeden zum hertzhaften Mitlacher machen. Nur das Papier, diesen Brief hier einzuhüllen, *beschied ich ihn*, und Er muß damit gleich nach meinem Amte gehen. Und thummel Er sich: es liegt nahebey, Er Tropf, und ich erwarte Ihn postwendend wieder zurück.

Mein Losament befindet sich im Haus von Mrs. Best (eines Schneiders Wittib) in der Bear Lane, nahe Leicesterfields; es handlet sich um ein altes verrottetes Haus, sehr ähnlich seiner Eignerinn, und um zehn Schillinge die Woche bewohne ich die beiden oberen Stockwercke: ein Cabinett, ein Speisezimmer so wie ein Schlafgemach. Nat hat sein Bette darunten, maßen ich im Schlafen niemanden in meiner Nähe wünsche. Die Hauswirthin ist ein närrisches Frauenzimmer, eine Wittwe, welche dicker mit Schmincke bepappet als ihr Knochengeripp mit Fleisch, so daß sie gar sehr als ein Mausoleum erscheinet. Allezeit handthieret sie mit Scheeren und Zahnstöchern, Haarzangen, Essentzen, Pommaden, Schminckfarben, Pasten und Schönheitswässern; ihr Angesicht zeigt so viele Pflästergen auf, daß sie wohl bald so zerdrucket seyn mag als die Einsassen von Newgate. Am ersten Tag meiner gegenwertigen Krankheit ward sie auf mein Zimmer geholet von Nat, der sich keinen Rath wußte, was vor mich zu thun sey.

Oha, Mr. Dyer, *sagt sie*, ich sehe, Ihr leidet gewaltig an der Gicht, wie dazumal schon mein Herr Gemahl theuren Ange-

denckens: Ihr ahndet nichts von denen endlosen Wachen, un-
zehligen Plackereyen, von dem oftmaligen Aufstehn zur
Nacht, so Mr. Best mir bescheret hat. Hierauf machte sie sich
gerührig mit meinem Bette zu schaffen und gab mir, nach ihren Worten, eine allerbeste Auskunft: was in meinen Kräften
steht, *flisperte sie*, soll Euch zu Diensten seyn. Sie erhub sich
zum Gehen, schwenckte jedoch als ein trocken Blatt im Wind
wieder hinum, eh daß sie an die Thür langte: es wollte mir
nicht entgehen, *sagte sie*, daß Ihr Euch recht auf die alten Bücher capriziret, und das soll wohl heißen, daß Ihr die Dichter
zu Eurer Erhohlung benöthigt? (Ich ließ mich vor Pein zu-
rücksinken, was sie vor eine Zustimmung nahm.) Darf ich,
fuhr sie in gar vertraulicher Manier *fort*, Euch die Frucht meiner müßigen Stunden erzeigen? Und damit gieng sie hinab in
ihre Wohnstube, und kehrte sodann mit etlichen Epitaphen
und Elegien aus ihrer eignen Feder wieder. Will Er zuhören,
Nat Eliot? frug sie meinen Knaben, indem sie gegen mich be-
scheiden that, und als er sie maulaffend anglotzte, so sprach
sie wie folgt:

O hehre Dichtkunst, ewig läßest du verbunden,
Was Zeit getrennt; fügst eins ins Ganze ohne Naht!
Läßt plaudern uns mit denen, welche längst entschwunden,
Und fragen uns die todt Lebendigen um Rath!

Dieser Zeile fehlets ein wenig an Sinn, *nuschelt sie*, eh daß sie
geschwinde fortfährt:

Durch dich allein erhält der Ungebohrne Kunde
Von unserm Fühl'n, von dem was leit auf unserm Pfad.

Beliebts Euch? *sagte sie*, und that einen tiefen Seuftzer, indeß
Nat plerrte als ein Leitgeb ohne gehörigen Brantewein. Ihr
sprecht ja so wahr, *murmelte er*, Ihr sprecht ja so wahr, und die

Wittib erzeigte ein leises befriedigtes Grinzen. Es fehlte nicht viel, so hätte ich ihr ohne Federlesens erwidert:

Mit nichten die Muse, sondern das starck Bier machts aus:
Wo's Maul so verstopfet, da sprudeln die Worte
zum Spundloch hinaus.

Allein ich hielt Ruhe: ich bin noch nicht lange Mieter, und darf nicht nach meiner Façon mit ihr Kurzweil treiben.

Was ein Glück, *sagte Nat* nach ihrem Abgang, solche Gesellschaft zu haben: was wüßten wir denn ohne die Unterweisung der Poeten, und diese Herrin kann artig in Versen declamiren. Und wie geht das übrigens zu, *fuhr er fort*, daß Verse mein Gedächtniß anrühren?

Laß Er sie gar nichts anrühren, *beschied ich ihn*, anders wird Er wahrhaftig ein armer Knabe bleiben.

Doch Nat war längst in einen Traum verloren: Wo seyd Ihr dann gewesen, Herr, *fragt er*, eh daß ich gebohren und eh daß man an mich gedacht?

Hier und dort, *versetzte ich* und blickte starr zum Fenster hinaus.

Aber seyd Ihr dann schon in der dasigen Stadt gewesen?

Ich hatte bereits so viel Wohnungen, Nat, daß ich die hiesigen Straßen so gut kenne als ein strollender Bettler: ich bin in diesem Nest des Todes und der Seuche gebohren, und unterdem habe ich mirs, als man so sagt, behaglich darinne eingerichtet. Als ich bey Sir Chris. anfing, so fand ich mein Losament in der Phenix Street abseits der Hogg Lane, nahe bey St. Giles und Tottenham Fields, und späterhin denn wohnte ich an der Ecke der Queen Street und der Thames Street, zunächst dem Blew Posts in der Cheapside. (Die Schenck steht noch dort, *sagte Nat* und erhub sich von seinem Sitz, ich bin schon daran vorbei marchiret!) In der Zeit vor dem Feuer, Nat, bestunden die mehrsten Gebäude zu London aus Holz und Gipsmörtel, und Steine waren so wohlfeyl, daß man darvon wohl eine Fuhre vor sechs oder sieben Pence bekommen mochte; aber ietzund halten wirs, gleich denen Egyptern, allesampt mit dem Stein. (Und Nat warf ein, ich halts mit dem Stein!) Der gemeine Janhagel begaffet das ungeheuerliche Bauwesen mit offnem Maul, und jammert lauthals *London ist itzo eine ganz verschiedne Stadt*, oder *das Haus hier war gestern noch nicht da*, oder *die Straßen verlaufen ja ganz und gar anders* (wer solche Dinge redet, ist mir verächtlich! *setzt Nat anbei*). Allein diese Hauptstadt einer Welt voller Plagen stellt zugleich den Hauptort der Finsterniß vor, oder vielmehr das Burgverlies menschlichen Sehnens: noch immer giebt es im Centrum weder schickliche Straßen noch Häuser, sondern blos eine Wildniß von schmutzicht verrotteten Schuppen, so immerzu einstürzen oder Feuer fangen, mit buckeligen Schlängelpfaden, Schlammlachen und stinckenden Kothrinnen, als wie es sich vor die rauchende Grube des Moloch geziemet. (Von diesem Gentleman habe ich schon gehört, *sagt Nat*, am ganzen Leibe zitternd.) Gewiß, in denen so genenneten Vorstädten stehen unzehlige Reihen neuer Gebäude: in meiner alten Black-Eagle Street, Nat, sind Wohnstätten errichtet worden, und wo meine Aeltern ohne Verständniß ihrem Zernichter ins Angesicht blickten (dem Tod! *rief er*), da wimmeln die jüngst erstellten Räumlichkeiten von Leben. Doch was vor Chaos und Confusion alldort: reine Grasfelder weichen krummen Passagen, und geruhige Gassen geben qualmenden Factoreyen Platz, und diese neuen Häuser, für gewöhnlich erbauet von denen Londoner Bauleuten, gerathen zum öftern in Brand und stürzen alle Ritt ein (ich hab eines sehen, *sagt er*, ich hab eines einstürzen sehen!). Dahero wird London immer monstroeser, weitläuftiger, und treibet zusehens aus allen Fugen: in diesem Bienenstock voller Gelerm und Ignorance, Nat, sind wir an die Welt gebunden als an einen empfindlichen Cörper, und indem wir über diesen stinckenden Leichnam gehen, rufen wir *Was Neues?* oder *Was ist die Uhr?* Und so bringe ich meine Tage als ein Fremdling unter den Menschen dahin. Wohl will ich kein bloßer Zuseher seyn, allein Er wird mich beileibe nicht unter ihnen in dieser Welt passiren sehen. (Ihr setzet Euch noch in Unruhe, Herr, *sagt Nat*, auf mich herzu tappend). Und was vor eine Welt ist das, voller Trug und Schacherey, Kauff und Verkauff, Borg und Pump, Ausgabe und Einnahme; so oft ich durch den Piß und die Kothhaufen der Straßen marchire, höre ich *Wer gut schmiert, der gut fährt, Dem Geld gehorchet die Welt* (und Nat setzet anbei, *Was Worte nicht thun, das thut Gold*). Und was ist ihr Gott anders, als glintzender Dreck, und zu dessen Loblied treten sie an, die Westminster-Hall-Huren, die Charing-cross-Huren, die Whitehall-Huren, die Channel-row-Huren, die Strand-Huren, die Fleet-Street-Huren, die Temple-bar-Huren; und in deren Schlepptau leiern denselben Rundgesang die Bandweber, die Silbertressen-Fertiger, die Tapeziere, die Kunsttischler, Wässermänner, Kärrner, Packdiener, Gipsbrenner, Fackelträger, Lackeyen, Krämer, Handlanger... und meine Stimme drang nur noch schwach durch den Vorhang meiner Quaal.

Solcherley sprach ich zu Nat am ersten Tag meines Übelseyns, und indem ich mich nun auf die obgenennten Bauleute besinne, so sehe ich sie, wie sie mir durchs Gedächtniß ziehen: Richard Vining, Jonathan Penny, Geoffrey Strode, Walter Meyrick, John Duke, Thomas Style, Jo Cragg. Ich spreche diese Namen vor mich hin, und die Thränen rinnen mein Gesicht hinab, aus unbewußter Ursach. Und anjetzo sind meine Gedanken vollends außer Kraft, und gleich einem gegen den Sonnenglast taumelnden Pilgrim bin ich versunkken in denen Wüsten der Zeit.

*

Ich ergieng mich soeben aufs angelegenste in diesem ernstlichen Geschäft, als Nat herein platzet, zurück von der Expedition meines Briefes an Walter, mit seinem *Wollt Ihr eine Schale Thee mit Brod und Butter, oder ein Glas Ale?* Er setzet mich in solche Confusion, daß ich ihn wohl mit einem Tritt in den Arsche verabschiedet, allein die Particuln meiner Erinnerung fügen sich um mich zusammen, und ich bin wieder ich selbst.

Und so will ich denn von dieser Abschweiffung rückkehren zu der Erzehlung meiner wahrhaften Histori: ich hätte eigentlich schon ein paar Seiten zuvor dem Leser in geregelter Weis sollen Kenntniß geben von meinem Leben als Straßenjunge, nachdem ich mit Mirabilis so seltzamen Umgang gepflogen, und dahero gehe ich hier ein Stück dahin zurücke, wo ich letztens inne gehalten. *Ich kann Ihn vor dem Untergang bewahren, kleiner Faustus* hatte er zu mir gesagt, und ich habe bereits die Gründe gegeben, derohalben ich bey seiner Gemeinde in der Black Step Lane geblieben; indem ich dazumal ein gar habloser und freundloser Knabe war, brennete der Schlüssel zu seiner Thür mir ein Loch in die Buxen (wie man so sagt), als biß ich denselben in Brauch nahm. Denn ob schon meine Schweiffelust noch gar nicht herabgestimmt, so fand ich doch ein Plaisir, bey Mirabilis je nach Laun zu studiren: er nöthigte mich nicht zu bleiben, auch nicht durch irgend Anspielung, und wann die Gemeinde zur Abenddämmerung eintraf, so huschte ich hinaus auf die Straße und überließ mich dem Zufall. Es gab da eine Bande von kleinen Strolchen, als welche bey Mondenschein in denen Moorfields zusammenkamen, und eine Zeit lang zog ich mit ihnen umhin; die Pest hatte sie meistens zu Waisen gemacht, und außer der Sicht der Constabeler oder Scharwächter riefen sie irgend Vorübergehenden gemeinhin *Der Herr sey mit Euch, gebt uns einen Penny*, oder *Vergönnt uns doch einen halben Penny* zu: ihre Stimmen erklingen mir noch immer im Ohr, wenn ich hinaus in die Menge gehe, und bey dem Gedanken, ich möchte annoch einer von ihnen seyn, faßt mich zu Zeiten ein Zittern an.

Denn dazumal glich ich recht sehr einem Glashütten-Knaben, sintemalen ich mein Unterkommen immer im Straßenkoth fand: die Nächte vor Winter verbrachte ich in Breterverschlägen und Ladeneingängen, woselbst man mich kannte (in dem Haus von Mirabilis konnte ich nicht schlafen, da die dortigen Geräusche mich abschreckten), und des Winters, als die Pest sich verzogen hatte und die Straßen wieder erleuchtet waren, verkroch ich mich in Aschgruben und stellte einen fertigen Betteljungen vor, ausdermaßen jämmerlich und elend. Die da in ihren schmucken Schlafgemächern ruhen, mögen die nächtlichen Ängste bloße Hirngespinnste nennen, allein ihr Gemüth hat keinerley Zugang zu denen Schrecknißen der Welt, wovon andere, welche darinne umhertreiben, Bescheid wissen. So schüttelten denn die, so mich in jenen gewesenen Unglückstagen besahen, den Kopf und riefen *Armer Knabe!* oder *Jammer und Schande!*, offerirten mir indeß keine Hülfe und ließen mich ziehen: ich gab damalen keinen Laut, sondern verwahrte all diese Dinge im Hertzen, so daß ich in Menschen so wohlbelesen war, als in Büchern. Fürwahr, sagte Mirabilis und blickte staunend auf meine Zerlumptheit, Er ist ein Schiffbrüchiger auf der Insul Man, aber nur Mut; les Er diese Bücher, studir Er sie gut und laß Er sich von mir unterweisen, und denn werden diese christlichen Gentlemen, so sich von Ihm abwenden, nur noch Staub unter Seinen Füßen seyn: so bald sie nehmlich in Flammen aufgehen, so thun Ihm die Herren der Erde kein Leid mehr an. Und solchergestalten fand ich Trost, wenn auch mein Loos unter sothanen Umständen als ein Daseyn in Haft und Kerker erschien.

In dieser Manier brachte ich die Monate August bis December dahin, als gegen Ende der Pest meine Muhme, die Schwester meiner Mutter, aus der Stadt Watford zurück kehrte, wohin sie sich in der Flucht vor der Seuche begeben. Sie zog in der Umgegend von Spittle-Fields Kundschaft um mich ein, und da ich unterdem oft hinaus strollte in die Straßen, allwo ich als Kind schon gespielet, so ward sie mit meinen traurigen Bewandtnißen alsbald bekannt, und hohlte mich dieserhalb in ihr Haus in der Coleman-Street. Ich zehlte nunmehr gegen vierzehen Lenze, und sie wußte sich keinen Rath, was mit mir zu thun, denn ob sie gleich artige Miene erzeigte, so stellte sie doch ein ausgemachtes Bündel von Widersprüchen vor, und kaum daß sie einen Curs eingeschlagen, so machte sie wieder kehrt und verfiel auf einen neuen. Nick, *sagt sie* zu mir, bring Er mir mal dieses Buch da, oder nein, laß Ers lieber liegen: aber ich will vielleicht doch mal hineinsehen, oder nein, an und für sich ists ja einerley. Ihr Kopf glich geradezu einem Laufrad-Käficht und ihre Gedanken bildeten ebendas Laufrad, so darinne hinum wirblete: mich in die Lehre zu geben, war ihre erste Erwägung, allein sie zerquälte sich über der Frage, ob zu einem Buchhändler, Spielwaarenmacher, oder zu einem Wagenbauer. Ich ließ mich dadurch nicht um die Ruhe bringen, indem ich von Mirabilis wußte, daß mein Schicksal längst festgeschrieben, doch mein stille Schweigen hielt dieses Schnurr-Rädchen nur am Weiterspinnen: Aber anderseits, *sagt sie*, könnten wir dann auch aufs Land zurück gehen, ob gleich solches vielleicht unweislich, wofern es dort keine rechte Gesellschaft giebt, und doch bin ich herwiederum ganz für die Ruhe.

Ihre Reflexionen geriethen jedoch alsobald ins Stecken, denn ich war nur erst zwey Monate bey meiner Muhme, so wurde London dem Ofen übereignet und von dem Feuer verbrennet. Ich würde den Leser mit einer Verweilung bey dem *Klagwürdig Urtheil* oder bey *GOttes erschröcklicher Stimme* (wie man es hieß) ermüden, doch ich verwahre noch im Gedächtniß, wie die Leute beym Anblick der blutroth durch den Rauch spickenden Sonne lauthalsig den Himmel anriefen, aufgewühlet im Dung ihrer zerrotteten Hertzen, und heraustönend aus ihrer inwendigen Verderbtheit. Als auf den Straßen die Häuser unter groß Getöse einstürtzten, so krischen sie *Wir sind verloren! Wir sind arge Sünder!* und dergleichen: allein so bald die Gefahr vorüber, so kehrten sie wieder mit ihrem

> Heißa der Teufel ist todt!
> So eßet und trincket und schlaft ohne Noth!

Folglich bekennen die Kranken sich nur dann zu ihrer Krankheit, wenn sie schier daran sterben, ob sie den Tod gleich aller Wege mit sich führen. Ich sahe ein Frauenzimmer von Stand zu einem ausgemachten Sinnbild der Sterblichkeit zerlodern: Antlitz, Beine und Füße verbrenneten sämptlich zu Asche, ihr Rumpf stund hellicht in Flammen, blos ihr Hertz, ihr schnödes Hertz hieng noch als ein Stück Kohle mitten inne.

Meine Muhme war zu den höchsten Graden der Unschlüssigkeit gelangt. Wir fallen unfehlbar den Flammen zum Opfer, *sagt sie*, allein sie konnte sich nicht dazu bestimmen, mitsampt ihrer Habe zu denen offnen Felder abzurücken. Sie lief hinaus auf die Straße, und kehrte sogleich wieder zurück: Es wehet ein heißer Wind, *ruft sie*, bläst er gar diese Richtung? Ich glaube es wohl, *fährt sie fort*, ohne um meine Antwort zu warten, vielleicht aber läßet er über ein Weilchen nach: der Lerm ist erschrecklich, doch hör ich ihn da nicht schon abklingen? Hangt Eure Kleider hinaus; *beschied ich sie*, dann mag der Wind sie vertrocknen. Ich nehmlich empfand keine Furcht vor den Flammen: sie hatten kein Absehen auf mich, wie Mirabilis ehedem propheceyet, und der Brand kam am untern Ende der Coleman-Street zum Stehen. Worauf meine Muhme ausdermaßen frohlockte, und sich ob ihrem Entschluß complimentirte.

Von der Stadt blieb wenig über, biß auf Theile der Bread- und Bishop-gate Street, die ganze Leadenhall Street, so wie einige der angränzenden Gassen um Algate und Cretchett Fryers. Als die alten Holzhäuser dahin waren, konnte man neue Fundamente legen – und aus solcher Ursach kam ich alsobald auf die eignen Beine zu stehen. Ich hatte mir nehmlich fest vorgesetzet, Baumeister zu werden, als was sich folgender Weis zugetragen: nach dem Feuer kehrte ich wieder zu Mirabilis' Haus in der Black Step Lane zurück (welches vor den Flammen verschonet geblieben), und indem ich daselbst meinen wackeren Meister antraf, so frug ich ihn um Rath, da nunmehr die Stadt wüst darnieder gelegen. Er wird auferbauen, *versetzte er*, und dieses Papiermaché-Haus (womit er die Versammelungsstätte meinte) in ein Gedenckmal verwandeln: laß Er den Stein Sein GOtt seyn, und Er wird GOtt in dem Stein finden. Hierauf klaubte er sich seinen dunklen Mantel und entschwand im Abenddämmer von hinnen, ohne daß ich ihn nachmals wieder gesehen.

Doch um diesen Theil meines Berichtes kurz zu machen: indem meine Muhme nichts darwider zu erinnern wußte, und das Gewerb nach der Feuersbrunst viel Bedarf hatte an frischen Kräften, ward ich als Maurerlehrling zu einem gewißen Richard Creed gegeben. Derselbe empfahl sich mir als capabler Lehrmeister, und stellte in der That einen verständigen und biederen Mann vor. Meine Muhme konnte mir indessen keinerley Geld erlegen, und derowegen traf Mr. Creed die Abrede, mich als geldlosen Lehrling zu nehmen auf die Bedingniß, daß ich vor eine Weile den Dienst versehe in seinem Haus in der Ave Mary Lane, nahe Ludgate Street und bey der St.-Pauls-Kirche: mein Lehrherr gelobte, mich in Kunst und Geheimnissen seines Berufes einzuweihen, als welches Gelöbniß er denn einlöste. Und somit waren vierzehn Jahre meines Lebens verfloßen, eh daß ich meinen itzigen Curs nahm, und doch läßt die Macht der Erinnerung mich biß heutigen Tags daran irre werden, und meine Träume sind erfüllt mit Kummer, da ich mir oftermals einbilde, dem bemeldten Meister noch immer verbunden zu seyn, und argwöhne, daß meine Lehrzeit niemalen zu Ende gehe. Und in Ansehung der Zeit ist dieß gar wahr, wenn auch in gänzlich anderm Verstande.

Mr. Creed war ein klecklich gelahrter Mann, und unter während zween Jahren, da ich in seinem Haus so wohl als Factotum wie als Lehrling beschäftigt gewesen, verstattete er mir gar gern, die Bibliotheque in seinem privat Cabinette zu nutzen. Dortselbst las ich des Vitruvius *De Architectura*, freilich in neuer Übersetzung, und es rührte mich gar absonderlich an, als ich in dem neunten Buche die Steinpryramide mit der kleinen Höhlung an der Spitze erblickte, und auf dem untern Blattrand diese Inschrift: O zwergichter Mensch, wie vergänglich bist du in Vergleichung mit Stein! Und in Meister Freart seiner *Parallel der Baukunst*, übersetzet von Mr. Evelyn, sahe ich den Stich von einem sehr alten Grabgewölb, mit Pyramiden dahinter, zur Erde gebauet an einer wilden und uncultivirten Stätte: dieß Bild prägte sich mir solchergestalten ein, daß ich die Zeit meines Lebens gleichsam immer darauf zugewandelt bin. Über dieses spickte ich in des Wendel Dietterlin seine *Architectura* hinein, und da enthüllten sich mir die verschiedentlichen Ordnungen: die toscanische, so ich mir unterdem zu eigen gemacht, rührte mich dazumal durch ihre Sonderlichkeit und Erhabenheit an; die verdeckten Formen, die Schatten und die massigen Öffnungen setzten mich in solche Verzuckung, daß ich mir unterm Betrachten der Stiche einbildete, ich selber wäre eingesperret in einem dustren und abgeschloßnen Raum. Das Gewicht der Steine überdrückte mich gar so, daß es mir bald den Athem benahm, und in denen Linien des Graveurs wähnte ich die Umriße von Dämonen zu erkennen, von zerfallnen Mauern und halbmenschlichen Creaturen, empor ragend aus dem Staub. Irgend etwas, welches längst in Trümmern, wartete da auf mich.

So lernete ich denn von der Architectura, und indem ich wußte, daß Handwercker nunmehr zum Grad eines Baumeisters aufrücken durften, beeiferte ich mich gar heftig für solchen Beruf: der *Structorum Princeps* zu werden, wie Mr. Evelyn es nennet, der ingenieuse Künstler, so in der Astrology und Arithmetick beschlagen seyn muß, in der Music nicht minder als in der Geometry, in der Philosophey so gut als in der Optick, in der Historia gleicher Maaßen als in dem Alten Testament, solches war mein erklärter Vorsatz. Jedoch aus Büchern läßt sich nicht bauen, es sey denn Luftschlösser, und ich bestimmte mich, um fernere Auskunft in die Welt hinaus zu gehen: ich belauschte das Gespreche der Bauleute auf meines Meisters Werckplatz (nebenst St. Pauls, womit Mr. Creed damalen beschäftigt gewesen), und unterhielt dieselben mit Conversation über practische Dinge; überdas suchte ich Gelegenheiten, die Ziegelbrennereyen in der Whitechapell zu visitiren, und dortselbst lernte ich von der Erdart, so unter London lieget: diese und ähnliche Materien verwahrte ich im Kopf, denn man konnte nie wissen, welche Verwendung sie einmal finden möchten.

Mein Meister war, wie bemeldet, nach dem Feuer mit der Arbeit an St. Pauls begriffen, allein das erst Mal, daß ich Sir Chris. Wren gesehen, geschahe in meinem siebenzehenden Jahre, und zwar als ich gerade auf dem Werckplatz arbeitete. Sir Chris. marchirete herein, und unerachtet er als General-Inspector so wie Oberbaumeister vor die Wiederaufbauung der gesammten Stadt schon dazumal eine Person von höchster Importantz vorstellte, so kannte ich ihn nicht von Angesicht. Er hatte sich auf den Werckplatz begeben, um Kundschaft zu halten ob einem zur Lieferung versprochenen neuen Stein, doch da mein Meister den Augenblick nicht zugegen war, so parlirte Sir Chris. in vertraulicher Manier mit dem ihn begleitenden Secretarius. Er wies auf einen Stein und sagte, Dieser da ist nicht wohl gerathen, das ist bloßer Mergel: sieht Er nun, wie sich das Material unter der Nachfrage schon mindert?

Das ist ein weichrer Stein, *sage ich*, und wird ehestens in

einen Schopf versetzet: aber es ist kein Mergel, denn aufge-
merkt! nahe der Außenseite giebt es weder Flinsschichten
noch Thonbrüche.

Hierauf warf er mir eine seiner scharfen Mienen zu: wo ist
dann der Reigate-Stein, *fragt er* (denselben hatte er nehmlich
in Auftrag gethan).

Ich weiß gar nicht, weßhalben Ihr so nach dem Reigate
verlanget, *erwiderte ich* (ihn vor einen simplen Bürgersmann
achtend), denn nicht nur läßet er sich hindurch schneiden wie
Holz, sondern er zieht auch noch Wasser ein: guter Stein sollte
sich darwider wappnen durch Bildung einer Cruste. Den bessern Stein, *fuhr ich fort*, erhält man von Oxfordshire, flußab-
wärts von denen Steinbrüchen um Burford. Jedoch wann Ihr
warten wollt, biß mein Meister –

– Den braucht es wohl nicht, bey einem solchen Lehrling,
sagt Sir Chris. und lächelt zu seinem Secretarius. Sodann
wandte er sich plötzlich gegen mich mit der Frage, Kann Er
mir irgend Steine benennen?, und vergewisserte sich durch
einen schnellen Blick, welch rohen Gebrauch meine Hände in
solchem Beruf schon gefunden.

Williglich zehlte ich ihm her, was ich biß dato eingeübt
hatte: Sandstein, *sage ich*, und ferner Backstein, Mergel, Flins,
Markasit, Kiesel, Schiefer, Ziegel, Wetzstein, Probirstein,
Bimßstein, Schmiergel, Alabaster –

– Halt! *rief er aus*, In ihm stackt ja mehr Methode, als im
Vitruvius.

Meine Methode, *versetzte ich*, leitet sich von Meister Dietter-
ling her.

Nach meiner Erinnerung ist besagtes Buch nicht in engel-
lisch übersetzet, *sagt er* und tritt einen Schritt hinter sich.

Nein, *erwiderte ich* ein wenig verschamt, aber ich habe mir
die Bilder besehen.

Unterzwischen war mein Meister auf den Werckplatz zu-
rückgekehret, und Sir Chris. (den ich noch immer nicht er-

kannte) sagte beiläufig zu ihm, Nun also, Dick Reed, hier wäre ein Knabe, so Ihn einige Kniffe lehren kann. Und mein Meister versicherte ihn, daß ich blos ein simpler Lehrling sey. Ei nun, *setzt Sir Chris. anbei*, Meister Palladio war ein Steinmetz, und als solcher ward er lange benennet, eh daß man ihn für einen Architetto erkannte. Und denn wandte er sich gegen mich und zwakkte mir das Kinn: Und wie stehets mit Dächern, junger Architetto?

Was Dächer angeht, *versetzte ich*, so taugt rechtes Eichenholz gewißlich am besten, und nächst der Eiche gutes gehles Kieferholz.

Sir Chris. lachte, und schritt hierauf um den Werckplatz, eh daß er wieder bey uns verharrte. Kann der Schelm lesen und schreiben, Dick? *fragt er* und zeiget mit dem Finger auf mich. Und mein Meister sagt, Als ein Gelahrter. So kommen denn Natur und Kunst einmal zusammen, *ruft Sir Chris.*, und sein Secretarius lächelte ob solcher Allusion.

Mit einem Wort, Sir Chris. war recht sehr von mir eingenommen, und ersuchte meinen Meister, mich ihm als Bedienten zu überlassen; in welchen Handel mein Meister stracks einwilligte, um gegen Sir Chris. seinen Respect zu erzeigen (und ohne Zweifel in der Erwartung, ihm würde in andrer Müntze vergolten). Und also begab es sich, daß Sir Chris. mich zu seinem Cammerdiener machte, und nachgehends zu seinem Secretarius, biß ich späterhin Baubeamteter wurde und letztens, wie auch heute noch, stellevertretender Inspector. Allein dieser Weg war nicht leicht, denn mit einem Mal befand ich mich in einem Strudel von vielerley Geschäften: Les und prüf Er mir diese Calculationen, pflog Sir Chris. zu sagen, und so bald er mich Herr wußte der einen Kunst, so leitete er mich zur andern; allmählig hatte ich in meiner Thätlichkeit solche Vorschritte gemacht, daß mir gar manche prompte Verrichtung oblag, *viz.* Der Herr Bauinspector wird gleichfalls ersucht, Mr. Dyer nach denen Steinbrüchen in

Kent zu verschicken so wie einen Kostenanschlag vor die Materialia beybringen zu lassen; Mr. Dyer soll ferner die Preise vor Ziegel, Täfelwerck, Bauholz und übrige Materien einholen; Mr. Dyer soll einen Perspectiv-Riß vor das Spital prepariren, gemäß der Anordnung des Herrn Bauinspectors; Mr. Dyer soll ungesäumt die Zeichnung der Sielen in Angriff nehmen; Mr. Dyer soll die Fertigung des Grundriß-Stiches beeilen.

Aus sothanem Catalogue mag man ersehen, daß ich Riße vor neu geplante Gebäude stach und Papiercopeyen von Skitzen fertigte, als welchen Aufgaben ich mit dem größesten Mißtrauen gegen mich selbst nachkam, indem ich in solchen Geschäften noch keinerley Übung hatte. Doch als ich dieselben an seinem Schreibetisch mit zitternden Händen abgeledigt und mich bereits gestrenger Worte versahe, so bedachte er meine Arbeit blos mit flüchtigem Blick und schrieb sodann, Entwurf gebilligt: Chris. Wren Kt. Im Anfang pflog er noch selber sehr accurathe nachzumessen, aber auf die Letzt übermochten ihn Fülle und Wucht seiner eignen Gedanken: ich vermerkte, wie sein Interesse allmählig erkaltete, und wie ihn der Überdruß befiel (nach Hereinbrechen der Dämmerung ward er bißweilen truncken, und saß dann blödsichtig da, biß daß ich ihn heimwärts führte). Und wann er sich mit Arbeit solchergestalten nieder gedrücket, daß er im Amt nichts mehr zu Wege brachte, so sann ich auf eigne Plane zu denen städtischen Bauten, mit denen er gerade begriffen; ich ließ mir iedweden Strich blutsauer werden, und als ich ihn denn befrug, ob es ihm convenirete, so sagte er (wofern er irgend hinschaute), sehr wohl, allein er sey so erfüllet von Geschäften, daß er nur wenig Zeit erübern könne. Demnächst jedoch dauerte ihn seine schroffe Erwiderung, und er lenkte mich fürder, biß ich ein fertiger Meister wurde.

In denen frühen Jahren legte Sir Chris. seinen ganzen Fleiß an die nur unlengst zu Trümmern gewandelte St.-Pauls-Kirche: kaum eine neu gesetzte Steinschicht, die er unter währender groß Construction nicht besahe, indessen ich ihm mit einem unter den Arm geklempten Entwurfpacken folgte. Seh Er her, Dick, *pflog er zu sagen*, wofern wir nicht Achtung geben, so werden diese Rundbogen keinen gleichmäßigen Druck üben. Hierauf biss er sich in die Unterlippe, allein so bald ihm mal alles wohl gefiel, so machte er lauthalsig *Hum!* und klopfte mir auf die Schulter. Immerzu klimmte er nach den obersten Höhen des Gerüstes, und da ich mich selber zurücke hielt (sintemal es ein wahrhaftes Schreckniß, in jache Abgründe hinunter zu spähen), winkte er mich weiter und lachte; darnach stieg er wieder ganz munter zur Erde und hüpfte auf das Fundament herab, um endlich herauszutreten, über und über bestaubt als ein Postillion.

Mit denen Handwerckern stund er allzeit in gutem Einvernehmen, und ermahnte mich, ihre Verrichtungen zu meiner Belehrung zu beobachten. Und so sahe ich denn zu, wie die Zimmerleute das Gerüst aufrichteten, oder Hütten und Zeune erstellten; wie die Bretschneider das Bauholz zersägten; wie die Handlanger Steine und Schutt abschafften, oder Säcke mit Kalk zu den Mörtelhaufen karrten; wie die Maurer Steine abmeißelten, oder dieselben bearbeiteten und einsetzten; wie die Bleidecker Rohre verlegten. Sehr bald schon paßte ich solchen Verrichtungen stets ohne Sir Chris. auf: ich allein gab den Männern Directionen, indem ich die Arbeit der Steinmetzen vollends ermaß (mein gewesener Meister, Mr. Creed, pflog mich längst mit einem Freudensprung zu willkommen), Rechnung führte über die an die Lagerherren gelieferten Mengen und besorgte, daß die Zimmerleute und Tagelöhner der Weisung gemäß Dienst thaten und bey ihrem Fleiße verharrten. Es erzeigte sich nehmlich gar oft, daß zehen Männer mit Feuereifer an die Arbeit von zweyen drängten und viel Achtung gaben, damit jeglicher davon einen richtigen Antheil erhielt. Ein schier fabelhaftes Stück Mühewaltung, zu dem

gemeinlich die ganze Schaar antreten mußte, war das Bugsie-
ren eines gegen drey Centner gewichtigen Steines auf ein
Fuhrwerck, um den Block sodann nach dem Kuppelgesims
aufzukrahnen. Dem ohngeacht wagte ich darwider kein stren-
ges Wort, denn so bald man einem engelländischen Werckmann auch nur die leiseste Ausstellung macht, so giebt er zur
Antwort, Sir, ich komme nicht her, um mich in meinem Beruf
unterweisen zu lassen: meine Lehrjahre sind längst vorbei,
und ehedem habe ich gearbeitet bey Gentlemen, so mit meiner Verrichtung zufrieden gewesen. Und wofern man ihm
hierauf nicht um den Bart geht, so wirft er unter Getös seine
Gerethe hin. Ich pflog Sir Chris. von solchen Begebenheiten
zu unterrichten, noch glühend vor Zorn und Indignation,
worauf er insgemein sagte, Ah bah! wird schon alles gut seyn,
wird schon alles gut seyn.

Und allerley mag wohl gut seyn, denn nunmehr ist mein
Zipperlein vorüber, und ich bin wieder zurückgekehrt nach
dem Amt, woselbst Walter soeben sagt, Weßhalb seuftzet Ihr?
Ich habe nicht geseuftzet, *beschied ich ihn*. Doch dann gieng mir
das Folgende durch den Kopf: mache ich denn Geräusche, so
ich nicht höre, und seuftze ich gar, so bald ich zurück blicke
auf die gewesenen Jahre, welche so sehr als ein Traum anmuten?

Denn als ich bey Sir Chris. begonn, so durfte ich nur noch
erstaunen ob der seltzamen Veränderung in meinem Leben,
nachdem ich vormals als bloßer Bettelknab umgeschweifft:
alles hatte sich ganz nach Mirabilis' Prophecey begeben, und
ich zweifelte nicht, daß er es irgend selber gefüget. Dannenhero ließ ich nicht ab, die Black Step Lane zu visitiren, ob
schon die Versammelung sich ohne Mirabilis in einem gar
armen Stande befand, und es fiel itzo *mir* zu, seine Bücher zu
entciffern: was ich ohne jeglichen Anstand that, indem ich
derweilen (wie ich muthmaßte) die Mannheit erreicht hatte.
Unterdessen freilich erwähnte ich gegen Sir Chris. durchaus

nichts von solchen Bewandtnißen, denn er würde mich grausam ausgefenstert haben, und hätte mich tractiret als schieren Hanswurst. Er beliebte das alt Überkommene niederzumachen: schnöde und nichtswürdige Alfanzerey, benannte er es, und pflog zu sagen, daß man der Alterthümer nun müde sey. Anstatt dessen sprach er von sinnlicher Wahrnehmung, von Lernen vermöge Erfahrung, so wie von ächten Wahrheiten: aber ich nahm solches einzig vor Tand. Dieß ist die unsrige Zeit, *sagte er*, und wir müssen ihre Fundamente mit eignen Händen legen; doch indem er solche Worte gebrauchte, bemächtigte sich meiner die folgende Reflexion: und woraus schließen wir, welche Zeit die unsrige ist?

Allendlich kehrten sich die Überzeugungen von Sir Chris. jedoch wider ihn selbst, indem er inne ward, daß er die St.-Pauls-Kirche auf einer alten Ruine erbaute. Denn als er nächst den Säulen des nördlichen Porticus den Boden eröffnen ließ, so fand man etliche Steine, die bey fernerer Inspection, nachdem zureichend tief gegraben und im Weg liegendes Erdreich entfernt worden war, sich augensichtlich als Mauerwerck und Fußboden eines Tempels erzeigten: nahebey entdeckte man einen kleinen Altar, und als Sir Chris. davon hörte, so lachte er und flisperte mir zu, Laß Er uns eine Pilgerfahrt nach der Grube machen!

Nach unsrer Anherkunft hievte er sich eigenhändig zu dem Fundamente, und indem er zwischen viel alten Steinen stöberte, fand er eine irdene Lampe – eine gar nichtswerthige Arbeit, *sagt er*, und schmeißt sie zurück ins Gerölle. Den andern Morgen dann entgrub man aus der Erde ein Götzenbild, welches von einer Schlange umgürtet und in der Hand einen Stab trug (Haupt und Füße waren abgebrochen). Es gemahnet, *sagte Sir Chris. zu mir*, an eine Bemerkung des Erasmus: daß zu St. Pauli Bekehrung in London der Brauch gieng, einen Holzstab, worein kunstreich eine Schlange oder irgend Vipperngezücht gearbeitet, in Procession zur Kirche zu verbringen; was meint Er darüber, Nick, wo er doch alleweil Seine Nase in alte Bücher stackt? Und ich erwidere nichts, denn wie läßet sich von den Irrgängen der Schlange reden zu denen, so nicht darinne befangen sind? Doch damit wenigstens einige erkennen und begreifen können, was andere vor gänzlich geringe achten, sey verwiesen auf das Exempel des Mr. John Barber, welcher sich auf dem Black Boy in der Pater-Noster-Row nicht mehr von seinem Bette rührte: ihn dünckte die gesammte Oberfläche des Erdballs aus dünnem und durchscheinendem Glase, und darunter sahe er eine Vielheit von Schlangen sich winden; im Sterben noch lachte er der Ignorance und Thorheit derjenigen, so die wahrhaften Fundamenta der Welt nicht zu schauen vermochten. Mithin gebe auch ich nichts auf die engen Begriffe des itzigen Geschlechtes von Schreibern, so mit Sir Chris, von einer Restauration des Lernens parliren, und die um ein Spurleyn zu eitel von der Neu-Philosophey der Erfahrung und des Augenscheins schwatzen: dieselben sind bloße Partickeln von Staub, davon sich die Schlangen nicht verhüllen lassen.

Und dieweil andere solch fabelhaften und verderblichen Possen im Maul führten, hielt ich mich an das Studium der alten Baumeister, denn deren Größe übertrifft die der neueren um ein Unendliches. Glücklicher Weis gab es in der Librarey von Sir Chris. einen gewaltigen Wust von Büchern, welche er aufgenommen und nachfolgends wieder verworfen hatte, und daselbst las ich denn emsig Cambdens *Fragmente* benebenst des Lisle seine *Angelsächsische Monumenta*, Nicholas Caussins *De Symbolica Aegyptiorum Sapientia* so wie des universallen Kircher sein *Oedipus aegyptiacus*, darinne er folgert, daß die Obelisquen die Sokkel der esoterischen Wissenschaft sind. *Und indem ich solches schreibe, nimmt Walter Pyne, auf mein Geheiß, eine pünctliche Darstellung meines historischen Pfeilers beineben der Limehouse-Kirche auf: vielleicht ist das Kratzen seiner Feder zu hören.* Im Kircher erspähte ich ferner Entwürfe von denen Pyramiden, so aufzeigten, wie der Obelisque seinen Schatten wirft über die Wüsteney, *und nun läßt Walter die Dinte über sein Blatt entfließen.* Dergestalt galten meine Gedanken den staunlichen Pyramiden von Memphis, so die Egypter errichteten dem Gedächtniß ihrer Götter, welche überdem ihre Könige waren: diese künstlichen Berge langten an solche Höhen, daß von dort oben, gleichwie von einem erhabnen und gewaltigen Throne, die Herrscher in Meynung der Menschen auch nach ihrem Tod noch regierten. *Diesen Entwurf hat der Fleck jetzt zunichte gemacht, sagt Walter, allein ich gebe ihm keine Antwort.* So sann ich denn in der Librarey von Sir Chris. über diese stupenden Bauten nach, über ihre Wucht und hehre Größe, und gedachte der in ihren Stein gemeißelten wundersamen Zeichen. Ich stierte so lang auf die Schatten gekippter Säulen, als biß sich mein Geist gar selber in eine Ruine wandelte, und so gewann ich unterm Fortlesen meiner Bücher die Gewißheit, daß ich ein Stück meiner selbst studirete. *Und dermalen geht Walter zur Amtsstube hinaus, nuschelt für sich hin und marchiret nach dem Fluß, um sein aufgeregtes Gemüth zu beruhigen, und indem ich ihm nachblicke, sehe ich* mich wieder in meinen jugendlichen Tagen, da Sir Chris. mich in seiner Librarey betraf: Die im Husch verständig werden wollen, Nick, *sagte er* unterm Hereinkommen, haben dabei oft den Verstand verloren. Scheiß dich nur fort, wisperte ich für mich, indeß er sich kichernd entfernte.

Eines bemerkenswerthen Ereignißes gelegentlich unsrer Bekanntschaft hätte ich bald vergessen: nehmlich unsres Discurses im Schatten von Stone-henge. Sir Chris, der wie bemeldet alt mit altmodisch verwechselte, spürte zwar keinerley Neigung zu solch beschwerlicher Reise (liegt die Stätte doch mehr als funfundachtzig Meilen außer London), allein ich beredete ihn vermittelst einem Bericht über die Steine anders: vorgeblich seyen manche von hellichtem Blau und glintzten gleichsam mineralisch, und einige wieder erzeigten graulichte Farbe mit dunkelgrünen Sprenckeln. Ihn jückte es, solche

Steine in das Gebäu von St. Pauls zu versetzen – und da die Steinbrüche von Hasselborough und Chilmark dicht mit der Salisbury-Ebene gränzten, und der groß Steinbruch zu Aibury nicht viele Meilen von ferne lag, blies ich ihm ein, daß wir daselbst noch ein mehrers von denen curieusen Steinen ausmitteln möchten. Ich bin kein eifriger Reiser, zumalen ich ehedem nie außer drey Meilen von London gewesen, gleichwohl durfte ich nicht ehe ruhen, biß ich diesen Ort der Verneigung, diese erhabene Stätte der Ehrenfurcht ansichtig geworden. Meister Sammes siehet das Ganze vor phenicisch an, Meister Camden daucht es dem Abgotte Markolis zugehörig, und Mr. Jones achtet das Gebild vor ein römisches Bauwerck, dem Coelus geweyht; doch ich kenne sein Gleichniß auswendig (wie man zu sagen pflegt): der wahrhafte GOtt läßt sich einzig verehren an dunkeln und furchtbaren Stätten, deren Zutritt Grausen erregt, und also huldigten denn unsere Vorfahren dem Dämon in der Gestalt großer Steine.

Am Tag unsrer Abreise wartete ich um Sir Chris. bey seinem Haus neben dem Amte; *Komme schon, komme schon* rief er mir vom oberen Treppenstuhl zu, *ich suche nur noch meine Krause*, und ich höre seine hurtigen Schritte durchs Schlafgemach hallen. Alsobald huscht er herab wie der Wind, außer der Thür, und hinaus auf die Whitehall, indem er sich unterm Gehen die Perruque anrichtet: sodann kutscheten wir nach dem Standard auf der Cornhill, woselbst die Postchaise vor die Straße von London nach Lands-End aufwartete. Welche Gesellschafter haben wir in der Kutsche? *fragt er* einen Bedienten der Herberge.

Blos zweye, und jeder ein Gentleman, *versetzt derselbe.*

Das soll mich freuen, *sagt Sir Chris.* zu uns beiden, allein so sehr freute es ihn keinesweges: so bald er in einer Londoner Kutsche fuhr, so hielt er gemeinlich zur Rechten und Linken die Arme hinaus, doch bey der dießmaligen Reise mußte er sich so vielen Raum empfindlich erpressen. Er nahm den Platz gegen dem Kutschenbock über, und klempte sein Felleisen unter die Beine: Nun, *sagt er* und lächelt denen Gesellschaftern artig zu, verhoffentlich mag niemand Toback schmauchen, mein Secretarius hier kriegt nehmlich die Melancholey von solchem Gedämpf. Und ich wagte keine Gegenrede, denn wer weiß, ob es nicht gar seine Richtigkeit hatte?

Wir passireten längs der Cornhill, Cheapside, dem St.-Pauls-Kirchenplatz (allwo Sir Chris. sich bohrenden Blickes zur Kutsche hinauslehnte), längs der Ludgate Hill, Fleet Street, The Strand, dem Hay-Market, Pickadilly (woselbst Sir Chris. sein Sacktuch herfür hohlte, und einen Batzen Nasenrotz hinein schneutzte), und dann über die Vorstädte dahin, durch Knightsbridg, Kensington, Hammersmith, Turnham Green und Hounslow: der Kutscher trieb voran, was das Zeug halten wollte, als wie es nur zu oft der Brauch, allein Sir Chris. sagt zu mir mit einer Miene von unausdrückbarer Befriedigung, Er wird schon noch dahin kommen, Nick, die Motion einer Kutsche zu würdigen. Und denn lächelte er wieder zu unseren Mitreisern. Unterdessen, da wir über die Baker Bridge sausten, mit denen Pulvermühlen zur Rechten und denen Schneidemühlen zur Linken, wurden wir durch eine Menge geräumiger Löcher bald zu Tode zerrüttelt: Kipp Er uns ja nicht um, *rief Sir Chris. hinauf,* und demnach zücket er sein Sackbuch, um seine Calculationen einzuschreiben, als was er so lange fortsetzte, biß er entschlief. Und so gieng es fort durch Staines und mittelst einer hölzern Brücke über die Themse nach Egham, und nach einer leichtlichen Thalfahrt benebst dem New England Inn zur Linken passireten wir das Heideland zu Bagshot und gelangten nach Beugh-wood und Bagshot.

Sir Chris. war unterdem von seinem Dösen erwacht und in zutraulicher Conversation mit einem unserer Mitreiser begriffen: er hatte die Perruque abgenommen, und spielte unterm Reden mit derselben auf seinem Schooß, indem er sie gleichwie eine Gans berupfte. Es beliebte ihm, sich gegen die in seiner Kunst Unbewanderten als ein Schulfuchs aufzuführen, und da er mich bey seinem fortgesetzten Discurs gar keiner Achtung würdigte, gelang es mir, in Schlaf zu verfallen, biß er mich aufweckte mit seinem *Nick! Nick! Wir machen Halte! Wir machen Halte!*

Wir waren indem zu Blackwater eingetroffen, einem klein Fleck, allwo wir beineben einer Herberge Luft schepften, und da ich vonnothen hatte zu scheißen, so nutzte ich den Abtritt. Hierselbst wurde Abrede genommen, Quartier über die Nacht zu halten: Sir Chris. wollte zwar durchaus weiter, allein er sahe, daß die Reise mir ein leichtes Fieber ausgewirckt (dieweil ich außer Haus zu schwitzen pflege). Die Zeit drängt, *sagt er*, aber die Natur bedrängt Ihn noch mehr. Hierauf lachte er, und erlustirte sich unter währendem Nachtmahl gar munter mit denen Reisenden. Als wir allendlich, ich sehr müde, auf unser Zimmer stiegen, so besichtigte er die an der Wand befestigten *Fingerzeige und Reguln vor Gäste*: Bedencket, *sagt er* und intoniret die Worte gleichsam wie einen bloßen Aberwitz, daß ihr hienieden als wie im Gasthause nur eine kurz Frist verweilet, und demnächst wieder von hinnen scheidet. So ihr zur Nacht auf euer Gasthaus kömmt, so dancket GOtt vor eure Verwahrung: den andern Morgen betet um gute Reise. Wir müßten alsodann auf die Kniee, Nick, *fährt er fort*, allein ich besorge nicht die Straßen, als vielmehr die Läuse in denen Betten. Denn müßt Ihr zum GOtt der Läuse beten, *versetzte ich* und eilte hinab, mein Abendbrod von mir zu speyen.

Am andern Tag passireten wir durch Hartley Row, kutscheten endlich abwärts nach Basingstoke, und als wir zu Church-Oakly einlangten, so verlangte Sir Chris. in der Calesche ein magnetisch Experimentum anzustellen. Maßen die übrigen Reisenden willens, seine Kunst zu beobachten, so stackten sie ihre Schuhe unter sich, ihm auf dem Boden mehr Platz zu schaffen; er hohlte aus dem Mantelsack den spheri-

schen Compaß herfür, und brachte gleich einem Gaukler ein
Stück flach Brett zum Vorschein. Dahinein ward der Magnet
halb versencket, biß er sich als ein Globus mit den Polen im
Horizonte befand, und Sir Chris. machte soeben Anstalten,
seinen Stahlstaub anzubringen (die andern spickten gebann-
ten Blickes), als es mit einem Mal ein grausames Schüttern
gab: indem der Kutscher nahe bey Whitchurch im Huy über
eine Brücke getrieben, hatte er gählings umgelencket, und
zwey der Pferde waren bereits über die Brücke; lediglich das
für todt am Platz hangende Deichselpferd konnte die Calesche
vorm Überkippen verwahren, indeß ich mitsampt meinen
Reisegefehrten an den Boden geplauzt lag. Als Sir Chris. seine
Behendigkeit erprobte, um außer das Fenster zu kommen, so
wäre er, wie ich vermerkte, bald in den Fluß gehupft, fiel jedoch anstatt dessen in den Staub. Ich achtete es vor einen
erschrecklichen Sturtz, allein er erhub sich mit gutem Anstand und blickte verwirret zu Boden: hierauf schien er vonnothen das Wasser zu lassen und knöpfelte vor unser Augen
seine Buxen auf. Einer nach dem andern entstiegen wir durch
das nehmliche Fenster und waren demnächst gehalten, so
lange in der Kälte zu hocken, biß von Whitchurch ein Ge-
spann Pferde verschickt werden konnte, die Calesche von der
Brücke abzuziehen; den gleichen Abend dann stiegen wir in
einer elenden Kneipschencke ab, allwo uns die Wirthinn ge-
zierte Lächelmienen erzeigte. Ihr habt letzte Nacht wohl nicht
so gebetet, *sagte ich*, als wie es die Fingerzeige recommendir-
ten. Nein, *versetzte er*, und mein Bußopfer dafür ist mein Compaß gewesen.

Das schließliche Wegstück unserer Reise, von der Anherkunft zu Wiltshire biß nach Salisbury, verlief ausdermaßen
holpericht und unter reichlich Gerüttel, indem wir gar viele
Löcher durchfahren mußten, die oftermalen recht tief; und so
ließen wir denn die Calesche zu Salisbury mit großer Erleichterung hinter uns, und mietheten zwey Pferde vor die Straße

über den Avon nach der Ebene und Stone-henge. So bald wir die Gemark dieser heiligen Stätte erreichten, so bunden wir die Thiere an die dazu ersehenen Pfosten und marchireten dann, mit der Sonne stracks zu Häupten, über das kurze Gras, als welches (continuirlich von Schafheerden beweidet) uns zu den großen Steinen vorauf zu huschen schien. Indem Sir Chris. fürbaß gieng, verweilte ich ein Stück dahinten, und betrachtete eindringlich das Gebäu: nichts mehr vermochte die Sehewinckel zu beeinträchtigen, und unterm Hinstarren riß ich den Mund auf, zu schreien, aber mein Schrei blieb stumm; ich stund erschlagen von einem ecstatischen Traumgesicht, indem mir das ganze Äußere dieser Stätte aus Stein erschien, und der Himmel selber aus Stein, und da ich die gleich einem Stein durchs Himmelgewölb fliegende Erde anrührte, so wurde auch ich zu Stein. Und demnach verharrte ich, biß mich das Kracksen eines Raben wieder ermunterte: allein sogar der Ruf des schwartzen Vogels klang mit einem Mal grausig, maßen er nicht aus der itzigen Zeit kam. Ich weiß nicht, wie lange mein Sinnen abschweiffte, doch als sich der Nebel von meinen Augen löste, so war Sir Chris. noch in Sicht. Er marchirete festen Schrittes auf das massige Bauwerck zu, und ich eilte schleunig, ihn einzuhohlen, denn es verlangte mich sehr, vor ihm den Kreiß zu betreten. Ich brachte ihn mit einem Anruf zum Stehen, und lief dann weiter: wann Raben ungewöhnlich viel kracksen, *sagte ich*, als ich ihn ganz außer Athem erreichte, so mag es wohl Regen geben. Ei ba, *versetzte er*. Er verhielt, seinen Schuh zu binden, und so flitschte ich ihm denn vorauf, und gelangte am ersten zum Kreiß, als welcher die Opferstatt vorstellte. Und ich beugte mich nieder.

Laut Master Jones ist es nach dem Ellenmaaß errichtet, *sagt Sir Chris.*, indem er mir nachfolgt und sein Sackbuch zücket, und vermerkt Er, Nick, die schönen Proportionen?

Es ist ein riesiges und monstroeses Gebäu, *entgegnete ich*, auf der Stelle verharrend, und es wurde auch schon die Architectura des Teufels genennet.

Er schenkte mir indeß keine Beachtung: Sie müssen als Hebel gar lange Baumstämme angewandt haben, *fuhr er fort* und schielte nach den Steinen hinauf, oder aber sie erfanden die Kunst, Gewichte durch Hülfe von Machinen aufzuheben.

Manche vermeinten, Merlyn sey der Urheber, *versetzte ich*, und habe solche Steine vermittelst der geheym Lehre der Magie erhöhet.

Hierauf lachte Sir Chris. und satzte sich auf den Stein im inwendigen Kreiß. Es giebt einen alten Reim, Nick, *sagt er*, und der geht so:

> Die Fama sagt, daß Merlyn zur Vollendung es gebracht,
> Doch sagt die Fama mehr, als Merlyn jemal hat gemacht.

Und er lehnte sich lächelnd vor.

Ihr sitzet da auf dem Altarstein, *sagte ich*; und er sprung so fix in die Höhe, als sey er gebissen worden. Seht Ihr nicht, *fuhr ich fort*, daß er von härterem Gestein und dafür bestimmt ist, Feuer zu widerstehn?

Ich sehe keine Brandmale, *erwiderte er*: doch dann trat er zwischen die übrigen Steine, indem ich mich auf einen andern Vers besann:

> Willst ihn wecken?
> Nein, nicht ich,
> Er tobt ansonst
> Ganz sicherlich.

Da wir unterdem von einander abgerücket, konnte ich wieder frei sprechen: Diese hier sind nehmlich sammt und sonders Opferstätten, *rief ich aus*, und solche Steine stellen das furchtsam aufgerichtete Bildniß GOttes vor!

Und Sir Chris. versetzte lauthalsig: dem menschlichen Sinnen liegt von Natur die Furcht zum Grunde!

Hierauf erzehlte ich ihm von Peter della Valle, so auf seinen ehmaligen Reisen nach Indienland schreibet, daß zu Achmedabad ein berufener Tempel steht, worinnen sich kein ander Bildniß befindet, als eine kleine Säule von Stein – Mahadeu geheißen, als was in der Landsprache den Großen GOtt bezeichnet. Und daß es sothane Bauwercke auch in Africa giebt, nehmlich dem Moloch geweyhte Tempel. Sogar die egyptische Benennung Obelisque, *sagte ich*, bedeutet geheiligter Stein.

Und er antwortete: Ei, Master Dyer, laut denen Propheten sollen die Aeltesten Träume haben, und die Jünglinge sollen Gesichte sehen, und Er ist noch jung.

Unterdem dunkelte der Himmel gar herrlich, und ein heftiger Wind wirblete um das Gebäu: Vermerkt Ihr, *sagte ich*, wie die Architrave so sonderlich auf die Köpfe der aufrechten Steine versetzt sind, daß sie in der Luft zu hangen scheinen? Doch indem Sir Chris. mit seinem Zollstock und Crayon nieder kauerte, trug der Wind meine Worte von ihm fort. Geometry, *rief er*, ist der Schlüssel zu dieser Majestaet: wofern die Proportionen stimmen, so bildet der inwendige Theil nach meiner Rechnung eine hexagonale Figura, errichtet auf den Grundflächen von vier gleichseitigen Dreyangeln! Ich gieng zu ihm her und sagte, Manche glauben, es handlet sich um in Stein verwandelte Menschen, allein er schenkte mir keine Beachtung und verharrte mit zurückgeworfnem Haupt, indem *er fortfuhr*: Und da sieht Er, Nick, wie getreulich sie in Absicht auf den Himmel erstellt worden, weil ihre Ordnung es verstattet, die Positzionen der Planeten und fixen Sterne zu berechnen. Weßwegen ich auch dafür halte, daß man dazumal magnetische Compaßgehäus hatte.

Demnächst fiel Regen in großen Tropfen, und wir suchten Obdach unter dem Queerbalk eines gewaltigen Steins, indeß derselbe sich mit der Feuchte von grau nach blau und grün verfärbete. Und als ich den Rücken gegen diesen Stein lehnte, so spürte ich in seinem Gefüge die Mühsal und Plage derjenigen, so ihn errichtet, die Macht ihres Unterjochers, so wie die darein versetzten Merkzeichen der Ewigkeit. Ich konnte die Schreie und Stimmen jener lang Verstorbenen hören, allein ich verschloß davor meine Ohren, und um der Tollheit zu wehren, so stierte ich auf das Moos, welches den Stein überwuchs. Bedencket einmal, *sprach ich zu Sir Chris.*, daß die Pyramide zu Memphis schon über dreytausend und zweyhundert Jahr steht, also nicht so lange als dieses Gebilde dahier: aber ihr Bau währte zwanzig Jahre, und dreyhundert und sechzigtausend Männer haben bestendig daran geschafft. Wie viele waren dahier am Werck, und wie lange? Und dann fuhr ich nach einer Pause fort: die Grundfläche der Pyramide zeigt die genaue Größe und Form von Lincolns-Inn-Fields, und vor meinem geistigen Auge ersehe ich zuweilen eine Pyramide, so sich ober den stinckenden Straßen von London erhebet. Unter währender meiner Rede hatten die Wolken sich verzogen, der Himmel sich aufgeklart, und als die Sonne an den Erdboden traf, so lugte ich nach Sir Chris. Allein sein Ansehen erschien verändert: er hatte mein Fürtragen mit nichten vernommen, sondern hockte da, den Kopf an den Stein rückgelehnt, bleich als eine Leinwand, und in einem wunderlichen Grade trostlos. Für gewöhnlich gebe ich nichts auf das Ding, so man Traum nennet, *sagte er*, aber soeben hatte ich eine Vision von meinem Sohn, wie er todt ist.

Unterdem war es Abend, und als die schrägen Sonnenstraalen die Gebreite hinter den Steinen beschienen, so konnten wir die in großer Anzahl daselbst umgelegnen Grabhügel leichtlich unterscheiden; und indem ich dieselben in Augenschein nahm, fiel mir die folgende Frase bey: die Hügel, wo die Zeitlose sprießet. Im Angesicht der Schatten, die Stone-henge nunmehr über das kurze Gras warff, erheiterte Sir Chris. seine

Miene: Ei nun, da sieht Er, Nick, *sagt er*, wie diese Schatten an einer bewusten Höhe die entsprechenden Stunden des Tages anzeigen. Die Pfeiler lassen sich unschwer so ausrichten, daß die Schatten täglich zu sothaner Zeit wiederzukehren scheinen, *fuhr er fort*, und ich erfreue mich auszusprechen, daß die Logarithmen ganz und gar auf brittannische Kunstfertigkeit beruhen. Und schon wischt wieder sein Sackbuch herfür, indem wir uns zu unsern Pferden hin verfügten, welche allezeit geruhig ober dem Grase schmatzten. Als ein Corollarium will ich den vorbemeldten Anmerkungen noch beyfügen, daß der Sohn von Sir Chris. in der Fremde an einem Krampf-Zufalle verstarb, als welche Zeitung wir erst etliche Monate nach den hier erzehlten Begebenheiten erhielten.

Und anitzo erscheinen mir solche Scenen wieder, und ob ich gleich hier in meiner Amtsstube verweile, so bin ich doch rückwerts durch die Zeit entschwunden und werde der Contenance von Sir Chris. gewahr, wie weyland im Schatten von Stone-henge. Fürwahr, die Zeit stellt einen ungeheueren Schreckens erfüllten Stollen vor, um welchen sich eine Schlange windet und sich dabei selbst in den Schwantz beißet. Itzt, itzt ist die Stunde, iedwede Stunde, iedweder Theil einer Stunde, iedweder Moment, so in seinem Ende vom neuen anhebt und niemalen zu endigen aufhöret: ein beginnendes Fortwähren, immer zugleich auch schon endigend.

Ich habe den Satz jetzt, *sagt Walter* und wendet sich nach mir um.

Ich blickte geschwind auf, und rieb mir die Augen: Denn verles Er ihn mir nochmals, Er, Er –

– Doch er fähret mit seiner Recitation zwischenein: Mit dem großen Thurm an der Westerseite der Limehouse-Kirche geht es voran, ob die Maurer zwar längst des Portland-Steins ermangelen, als was zeithero den Vorschritt was wenigs verhinderte.

Das ist artig dargelegt, *sagte ich* und belächelte ihn, aber rück Er noch um ein haarbreit weiter, und zwar mit diesem: die einzige Arbeit bestehet nunmehr im Abraumen der Erde und des Schutts unter denen Gewölben. Ihr rechtschaffener Diener, Nicholas Dyer.

Das ist alles?

Das ist alles.

Um solche Materie zu erklären, und um die Zeit so aufzuspulen, daß ich wieder in meinen itzigen Stand versetzt bin: Beineben meiner Kirche zu Limehouse erstreckte sich vor alters ein groß Fenn oder Sumpff, als welcher zu anglosächsischen Zeiten ein Freithof gewesen, mit kreidebezeichneten Grabmalen, und unter diesen lagen noch frühere Gruften. Daselbst befanden meine Werckleute Urnen und Helfenbeinspitzen, so einsmals an hölzernen Zweigen befestigt, und darneben noch sterbliche Reste sowie Todtenschedel. Dieß stellte fürwahr eine ausgemachte Necropolis vor, freilich mit andauernd darinne waltender Kraft, denn die vormals Verstorbenen entsenden eine gewiße materialische Wirckung, die sich dem Gefüge dieses neu Baus allgemach mittheilen wird. Des Tags wird mein Leim-Haus alle ihm nahe Kommenden ergreifen und verwirren; des Nachts wird es eine gewaltige Veste der Schatten und Trübe seyn, der Endzweck vieler vorgeschichtlicher Zeitläufte. Jedoch oblag mir noch ein gar drängendes und ohne Umschweiff zu verrichtendes Geschäft, da ich des Opfers entbehrte, sothane Stätte zu weyhen: Mirabilis' Äußerungen zu denen feierlichen Bräuchen, so ich weiter oben abgeschildert, beziehen sich an diesen Gegenstand; doch das nur nebenbey.

Ich habe meine Kirche am Hang-Mans-Acre gebauet, neben dem Rope-Makers-Field und Vyrgyn-Yard, nahe welchem Gelände sich eine Bande von Landstörzern oder Vagabonden enthielt, so bey dem in die Themse lauffenden, offentlichen Abzugscanal ihr Unterkommen fand. Diese Ansiedlung lüderlicher Bettler oder Herumstreiner (deren Kleider so widrig dünsten als Newgate oder Tyburn, indeß ihre Mienen

von Zerrüttung und Siechthum künden) war mir ein Quell
der Zufriedenheit, weil solche verkehrten Egypter (wie man
sie zu nennen pflegt) Beispiele von Leid und Mißgeschick geben, gestaltsam die Kirche ihre Schaubühne ist, woselbst wir
sie zum Gegenstand unserer Meditation machen. So bald wir
sie anreden, so gewähren wir ihnen gemeinlich den Titul *Ehr-
liche Leute*, denn sie sind wahrhaftig die Kinder der Götter, und
ihr Rundgesang geht so:

> Laß fahren die Sorge, den Kummer streiff ab,
> Denn der Teufel, der muß uns erst finden!

Sie sind in dieserley Elend so befestigt, daß sie ein ander Leben gar nicht suchen: vom Betteln schreiten sie fort zum Stehlen, und vom Stehlen zum Galgen. Sie kennen sämptliche
Pfiffe und Practicken ihres trüben Gewerbs und stimmen ihre
Rede auf einen Mitleiden anregenden Ton, mit ihrem *GOtt
gesegne Euch, Herr* und *Möge der Himmel es Euch verlohnen, Herr;
Habt Ihr leicht einen halb Penny, einen Farthing, ein Stück trocken
Brod*, jammern sie, *als Gabe vor einen Todgeweyhten?* Als ich noch
ein Straßenjunge war, und in Höhlen und Mauerecken schlief,
so ward ich bekannt mit den miserablen Hilpersgriffen sothanen Lebens: in unsrer großen Stadt giebt es ganze Bruder-
schaften von beisammen lebenden Streinern, denn selbst
diese verlornen Tröpfe erhalten sich untereinander kraft einer
Art Ordnung oder Regierung. Sie sind gewißlich eine so per-
fecte Corporation, als nur irgend welche Gemeinschaft in En-
gelland – der eine streifft durch die eine Straße (wie ich damalen beobachtet), und der andere durch die andere, keiner
drängt sich in ein fremdes Revier oder einen so genenneten
Geschäftskreiß ein. Sie bilden eine Gesellschaft in Miniatür,
und ziehen von Geschlecht zu Geschlecht eine Sippe von Bett-
lern auf, gar biß an das Ende der Welt. Und dergestalten findet sich ihr Platz neben meiner Kirche: sie sind das Muster

des menschlichen Lebens, denn die übrigen trennet blos ein Schritt von solchen Bewandtnißen, und die Streiner anerkennen, daß Anfang und Ende alles Fleisches lediglich Folter und Schatten sind. Auch sie enthalten sich in der Grube, worinnen sie das wahre Gesicht GOttes erschauen, als welches dem ihrigen gar ähnlich siehet.

Des Nachmittags hatte ich mich einmal nach Limehouse verfüget, um den Augenschein einzunehmen über die süd-westliche Ecke der Grundmauern, da dieselbe mit zu viel Feuchte behaftet; ich nahm einen Weg gegen den Fluß und bedachte mich noch auf solche Materie, als ich mit einem Mal dicht an die Bettler-Ansiedlung traf, welche aus so viel zer-lumpten Regimentern bestund, als ich nur je zusammen ge-mustert gesehen. Ich trat, den Gestanck aus meinen Nüstern zu kriegen, was wenigs von ferne, da stieß ich beineben einem beschlammten Graben an einen traurigen und ausgemergel-ten Gesellen, der den Kopf an seiner Brust erhielt. So bald ich neben ihm verweilte, und mein Schatten sich ihm übers Ange-sicht dehnte, so blickte er zu mir auf und murmelte gleichsam eingelernet, Vermögen Euer Wohledelgebohren ein mitlei-dendes Augenmerck richten auf einen armen bancorotten Handwercker? Er sahe ausdermaßen reduciret, und trug nichts als alte Lappen und Flicken, gleich einer Bude am Treudelmarckt.

Was war denn Sein Gewerb? *frug ich ihn.*

Ich bin Drucker zu Bristol gewesen, Herr.

Und Er gerieth in Schulden, und mußte falliren?

Ach, *sagte er*, das mir anhaftende Ungemach ist weit an-derst, als Ihr dencket, und läßt sich von Euch auch gar nicht ermessen: ich finde mich im Stand einer erschrecklichen Schuld, davon ich mich nimmer losmachen kann.

Ich war von seinen Worten recht sehr eingenommen, sinte-mal er mir wie ein Vogel in mein Leim-Haus zugeflogen, und satzte mich neben ihn an die Erde. Darf ich Euch, *fuhr er fort,* um einen halb Penny das Buch meines Lebens verlesen? Und ich willigte ein. Er war ein kleingestaltiger Mann und gebot über eine starck zitternde Sprechart: seine Augen mochten mich nicht anblicken und starrten überallhin, außer in mein Gesichte. Und indem ich mit der Hand unter dem Kinn da hockte, theilte er seine Histori in kurzen und biederen Worten solchergestalten mit, als hätte sein Elend ihn in den Stand eines bloßen Kindes rückgeführt (und zwischen währender seiner Ansprache fiel mir der folgende Gedanke bey: muß das Opfer dann durchaus ein Kind seyn, und nicht einer, so wieder zum Kind geworden?).

Mit seinem Wanderleben, wie er mirs erzehlte, verhielt es sich aber dergestalten: er hatte zu Bristol sein Gewerb begründet, attachirete sich jedoch gar bald dem Brantewein und Schnapps, und ließ seine Geschäfte schleiffen; immerfort verblieb er auf der Kneipschencke, woselbst er entweder bezecht oder in Händeln begriffen, und überantwortete iedwede Verrichtung seiner Ehefrau, die das Gewerb freilich nicht treiben konnte. Mithin ward er insolvent, und indem seine Glaubiger solches erfuhren, setzten sie ihm so überaus hart zu, daß er viel befahrte, der Gerichtsweibel möchte ihn nach dem Schuldthurm verbringen: ob schon er um keinerley Verhaftbrief gegen ihn wußte, so hatte er sich nichts destominder vorgesetzet, die Flucht zu nehmen (so mächtig sind die Hirngespinnste, die unsere Schuld auswircket); als welchen Curs er denn einschlug, Gemahlinn und Kinder hinter sich lassend, die, weilen sie an sein Vermögen gebunden, ohne viel Federlesens dem ungewißen Schicksal anheimfielen. Und hat Er sie zeithero nochmals gesehen? *frug ich ihn*. Nein, *erwiderte er*, ich sehe sie blos vor meinem geistigen Auge, und dergestalt verfolgen sie mich.

Er war allerdings ein armer Tropf, und überdas ein perfectes Bild jener Noth, die einen Menschen sowohl zu allerley Wagstücken bewegt, als auch seltzame Phantaseyen und desperate Entschließungen eingiebt, an deren Ende nur Wirrwarr, Confusion, Schmach und Ruin stehen. Gleichwie die Großen auf der Stuffenleiter der Größe in Schritten nach dem Gipfel des Ruhmes steigen, so versinken die Elenden durch eine dauernde Reihe von Mißgeschicken in den Abgrund ihres Elends. Indessen läßt sich nicht läugnen, daß die mehrsten nicht allein ihre Wissenschaft, sondern auch ihre Tugend und Ehre dem Reichthum zu dancken haben: denn wie viel tausende, ob ihrem billigen und biedern Handel mit den Menschen Wohlbeleumdete giebt es, welche, so ihnen alles biß auf das Hemde benommen, alsobald ihres Leumunds verlustig giengen und sich in Strolche und Lumpe wandelten? Und dennoch strafen wir die Armut als ein Verbrechen, und ehren den Wohlstand als eine Tugend. Und also erhält sich der Kreißlauf der Dinge: Noth ziehet Sünde, und Sünde ziehet Strafe nach. Wie es der Reim besagt:

Fängts schwanke Haus erst einmal an sich zu verkürtzen,
So macht ein wundersam Instinct es vollends stürtzen.

Dergestalten verhielt es sich mit diesem schädlichen Schelm vor mir, so darauf harrte, an den Baum aufgeknüpffet zu werden. Nachdem er seine Wehs und Achs fürgetragen, wandte ich ihm meine Miene zu und flisperte:
Wie heißt Er dann? Ich heiße Ned.
Wohl, so sprech Er zu, werther Ned. Und demnach, Herr, wurde ich zu dem hablosen Bärnhäuter, so Ihr vor Euch sehet.
Und wie so ist Er anhero kommen? Ich weiß nicht, weßhalben ich hier bin, es sey denn, in der neu Kirche dort giebts einen Magnetstein. In Bath stund ich schon fast an der Pforte zur Ewigkeit; in Salisbury mergelte ich zu einem blanken Knochengeripp ab; in Guildford gab man mich auf für todt. Itzt bin ich dahier in Limehouse, und ehedessen war ich auf der trostlosen Isle of Dogs.

Und wie befindet Er sich? Ich bin rechtschaffen müde, die Füße sind mir wund, und ich wünschte wohl, die Erde möcht mich verschlucken, Herr.

Und wo will Er hin, wanns nicht unter der Erde seyn soll? Wo kann ich schon hin? So bald ich hier abgehe, so muß ich doch wiederkehren.

Was sieht Er mich so furchtsam an, Ned? Mir schwindelt der Kopf, Herr. Die letzte Nacht hat mich von Reiten und Sahne schlürffen getraumet.

Er ist ja gar ein rechtes Kind. Ich bin wieder zu solchem geworden. Je nun, es ist zu spat, sich zu grämen.

So vermeint Er, es giebt keine Hoffnung? Nein, gar keine Hoffnung mehr. Mir fehlen die Mittel zum Fortleben.

Dann will Er dem Ganzen vielleicht ein Ende machen? Welches Ende verbleibt mir noch, als der Galgen?

Ei, in Seinem Fall würde ich mich ehe selbsten entleiben, als hengen lassen.

Hierauf brach er leidenschaftlich aus und sagte, Wie könnt Ihr nur? Allein ich legte ihm meinen Finger an die Wange, um deren Motion zu beruhigen, und sein Sturm verrauschte gar bald. Er war mein, und unter währender meiner Anrede sprüeten und funkelten mir die Augen.

Er thut besser daran, sich die Gelegenheit selbst zu bestimmen, anstatt der von widrigen Schicksalen gewirblete Kreysel zu seyn. Ei wohl, Herr, ich verstehe Euch und weiß, was ich vor Euch thun soll.

Ich spreche nichts, sondern lasse blos Ihn sprechen. Und ich weiß nichts, als was Ihr mich muthmaßlich wissen lassen wollt. Allein ich vermags nicht.

Er wird den Tod wohl nicht seiner Pein halber besorgen, da Er im Leben mehr Pein ausgestanden, als Er im Tode finden mag. Aber wie ists dann mit der hinkünftigen Welt, Herr?

Er wird doch denen alten Ammenmährchen der Pfaffen und Canzelprediger keinen Glauben geben, Ned. Er bestehet ausschließend aus Seinem Leib, und wofern derselbe abgeledigt, so hat es damit sein Bewen-

den. Und ebensolches habe ich mir vor dieß armseelige Leben immer herbeigesehnet. Ich bin nunmehr ein Nichts. Ich bin verloren.

Schon in der halb Stund vor Sonnenuntergang rückte der Abend heran, und das Licht verdämmerte allmählig, als ich Ned mein Messer einhändigte. Es wird kalt, *sagte er.* Er mag dahier wohl nicht mehr so lange bleiben, *versetzte ich*, daß es Ihn frieren macht. Wir marchireten zusammen nach der Kirche hin, alldieweilen die Werckleute inzwischen zu Haus gegangen, und da Ned anfieng zu greynen, hieß ich ihn fürder gehen: er war ein solches Häuflein Elend, daß er blos kleine und schwanke Schritte thun konnte, doch letztens spedirete ich ihn zu dem Rand der Grundmauern. Mit weiten Augen und verschränkten Armen (und mit der einen Hand das Messer umgreifend) stierte er alsodann über sich auf mein halb ausgefertigtes Bauwerck, indem sich die Strahlen der Sonne verlängerten, und der Stein allgemach stumpff wurde. Demnach heftete er den Blick eine gute Weile an den Boden, maßen er sich nicht getrauete aus diesem Leben abzugehn: er schien einem melancholischen Zufall nahe, allein ich habe mehr Quecksilber im Gemüth, und führte ihm das Messer, biß daß er umfiel.

Indem ich niederkauerte, ihn in der Finster unter der Kirche zu besehen, ließ ich ein *Ach und weh* entfahren, und darnach erhub ich mich von den Knieen und brach in Lachen aus; denn an solchem Schelm durfte wohl nicht viel verloren seyn. Jedennoch zog ich ohne Säumniß davon, aus Sorge, mein Casus könnte sich dem Scharwächter veroffenbaren, und ich wischte queer über das Rope-Makers-Field nach dem Flußufer; doch unterdessen mußte ich vorbei an der Versammelung der Bettler, die neben dürftigen Feuern hockten, ihre ranzichten Grieben zu braten. Sie stellten ein gar fratzenhaftes Geschmeiß vor, und noch in ihrem flakkernden Lichtschein gewahrete ich ihr zerstrobelt Haar, die schwärtzlichen

Mienen sowie die langen straubenden Bärte, dieweilen sie über und über in Lumpe gewickelt: einige Häupter waren mit Troddelmützen bedeckt, und andere hatten die Spitzen von alten Strümpffen aufgestülpet, so daß die Streiner nichts so sehr ähnlichten, als denen vormahligen Brittanniern. Ich raffte meinen Mantel um mich und eilte fürder, indem meine Nüstern sich erfüllten mit dem Brodem ihrer dampfenden Dunghaufen und Pisslachen.

Manche von ihnen erschienen gar wunderlich eleviret, und tanzten an der einen Feldecke um ein klägliches Feuer: sie stampfften und brällten als die zu Bridewell Gesteupten, nur daß ihr aufgepeitzschter Zustand sich von Brantewein und Vergessenheit herschrieb. Und als mit einem Mal der Wind vom Fluß aufwehte, so vernahm ich Bruchstücke ihres Gesinges, *viz.*

Es dreht ein Rad, es drehte schon immer,
Es dreht ein Rad, und wills lassen nimmer.

Ich muß für gewiß in einer befremdlichen Postur da gestanden und gelauschet haben, denn diese Schelmenbande ward meiner ansichtig und machte untereinander ein lautes Gekreisch und Gejohl her; und alsodann kam mich ein wirrer Husch von Gedanke benebst einem Schwindel an, gleichwie es einem oftmalen im Traume begegnet. Ich lief auf die Streiner mit ausgestreckten Armen zu und rief, Kennet ihr mich noch? Ich will dich nimmer, nimmer lassen! Ich will dich nimmer, nimmer lassen!

4

Und als der Ruf verhallte, kehrte der Verkehrslärm mit verschärfter Klarheit zurück. Die Gruppe von Stadtstreichern stand in der Ecke eines verlassenen Grundstücks, auf dem im Laufe der Jahre allerlei Abfall deponiert worden war: Zerbrochene Flaschen und unkenntlich gewordene Metallteile lagen weithin verstreut, Fingergras und diverse Varietäten hochgewachsenen Kreuzkrautes bedeckten die Karosserien abgewrackter oder ausgebrannter Autos, und ringsum versanken faulende Matratzen im Schmutz. Am Flußufer hatte man eine Plakatwand aufgestellt: sie prangte dunkelrot, doch vom Grundstück aus waren die Bilder nur verschwommen sichtbar – lediglich der Slogan NIMM NOCH EINEN MIT AUF DEN WEG ließ sich deutlich erkennen. Jetzt, im Frühsommer, wehte über diesem herrenlosen Gelände ein süßer, üppiger und benommen machender Duft von Verfall. Die Penner hatten alle möglichen Lumpen und Zeitungen, die sie ringsum auftreiben konnten, zu einem Haufen geschichtet und daraus ein Feuer entfacht, um das sie nun herumtanzten – oder vielmehr, sie torkelten hin und her, wobei ihr Feuer das flackernde Zentrum bildete. Grölend stießen sie irgendwelche Worte hervor, waren aber zu sehr berauscht vom Alkohol beziehungsweise Brennspiritus, um über die Zeit oder den Ort ihres Verweilens im Bilde zu sein. Sooft sie von der sich drehenden Erde nach oben starrten, fiel ihnen ein Nieselregen übers Gesicht.

Ein Stück abseits davon, in einer dicht an der Themse gelegenen Ecke des Grundstücks, hielt sich ein einzelner Stadtstreicher auf und glotzte der mit einem dunklen Mantel bekleideten Gestalt nach, die sich soeben entfernte: «Kennen Sie mich noch?» rief der Penner. «Sie sind's doch, oder? Ich hab Sie nämlich schon mal gesehen! Ich hab Sie beobachtet!» Die Gestalt blieb einen Moment lang stehen, dann eilte sie weiter; hierauf wandte sich der Stadtstreicher anderen Dingen zu, und als er sich wieder bückte, um weiter mit den Händen die feuchte Erde aufzubuddeln, hatte er den Mann (der soeben am Fluß angelangt war und mit dem Rücken zur Stadt dort verharrte) längst vergessen. Hinter ihm zeichnete sich die Silhouette der Limehouse-Kirche gegen den dunkelnden Himmel ab; er blickte hinauf zu dem Gebäude mit dem massiven, aber inzwischen bröckeligen und verfärbten Stein, und rieb sich mit der rechten Handfläche den Nacken. «Es wird langsam kalt», sagte er, «ich schieb lieber ab. Mir langt's. Ich friere.»

Es war ungefähr eine halbe Stunde vor Sonnenuntergang; die übrigen Penner würden noch bei ihrem Feuer bleiben, bis sie erschöpft umkippten und an Ort und Stelle einschliefen – er jedoch marschierte in Richtung auf ein verlassenes Haus (mit frühgeorgianischer Fassade), das an der Ecke Narrow Street und Rope-Maker's-Field stand. In dieser Gegend gab es eine Menge solcher Domizile, mit zugenagelten Fenstern und bretterverkleideten Türen, aber speziell dieses hier diente schon seit vielen Jahren als Herberge – und war als solche auch polizeilich bekannt und genehmigt. Man ging davon aus, daß die Nutzung dieses Gebäudes die Obdachlosen davon abhielt, sich Unterkunft in der Kirche oder der dazugehörigen Krypta zu suchen; doch in Wirklichkeit hätte sich ohnehin keiner in St. Anne's hineingetraut.

Der Stadtstreicher hatte soeben die Narrow Street erreicht, als er auf einmal stehenblieb; schlagartig erinnerte er sich an den Rücken des Mannes, der sich von ihm weg in Richtung Fluß entfernt hatte – allerdings wußte er nicht mehr genau, wann das passiert war. Rasch drehte er sich um, und da es nichts zu sehen gab, ging er schließlich bedächtigen Schrittes ins Haus. Als er den Korridor betrat, wehte Regen herein, und der Penner hielt inne, um einen Blick auf seine ausgetretenen und zerlöcherten Schuhe zu werfen; dann begutachtete er seine feuchten Hände und rieb sie anschließend an der Wand ab. Danach spähte er in die Parterreräume, um nach etwelchen Insassen Ausschau zu halten, die ihm als ‹schwierig› bekannt waren: einige fingen mit jedem, der in ihre Nähe kam, Händel an; andere pflegten nachts zu grölen oder zu schreien. Außerdem konnte es in solchen Pennerdomizilen schon mal geschehen, daß einer mitten in der Nacht aufstand, einen Mitbewohner umbrachte und sich anschließend wieder schlafen legte.

Drei Stadtstreicher hatten sich in dem Gebäude bereits häuslich niedergelassen: In der hinteren Ecke des größten Zimmers hockten, an eine abgenutzte Matratze gelehnt, ein Mann und eine Frau; beide wirkten schon recht bejahrt – ungeachtet dessen, daß den Obdachlosen die Zeit ohnehin wie im Fluge verstreicht und daß sie rasch altern. In der Mitte des Raumes war ein junger Mann gerade dabei, sich in einem zerbeulten Kochtopf etwas zu brutzeln; behutsam hielt er den Topf über das Feuer, das er auf dem rissigen Steinboden entzündet hatte. «Das ist was ganz was Feines, Ned», sagte er zu dem eintretenden Penner, «richtig lecker, Neddo.» Ned warf einen flüchtigen Blick in den Kochtopf und sah ein im eigenen Fett schmurgelndes Gericht von olivgrüner Farbe. Der Geruch verursachte ihm Unbehagen: «Ich verzieh mich lieber!» rief er dem jungen Mann ziemlich lautstark zu, obwohl der Abstand zwischen den beiden nur ein paar Zoll betrug.

«Es gießt in Strömen, Ned.»

«Mir stinkt's hier. Ich hau wieder ab!»

Doch anstatt nach draußen zu gehen, trottete er ins Nebenzimmer, das den Stadtstreichern als Latrine diente; er pißte in eine Ecke und kehrte dann zurück, wobei er den jungen

Mann, der sich noch immer über sein Feuer beugte, mit einem
unwilligen Blick bedachte. Das alte Pärchen schenkte den beiden keinerlei Beachtung: Die Frau hielt in der Hand eine dun-
kelbraune Flasche und schwenkte sie hin und her, während
sie ein offenbar unterbrochenes Gespräch wiederaufnahm.
«Staub – schau dir bloß mal den Staub an», sagte sie; «du
weißt doch garantiert, wo der herkommt, oder? Klar weißt du
das.» Sie drehte den Kopf zur Seite und sah flüchtig ihren
Gefährten an, der vornübergebeugt dahockte, mit dem Kopf
zwischen den Knien. Dann fing sie leise an zu singen:

> Abendliche Schatten
> Huschen übers Himmelsdach...

Aber die Worte gerieten ihr durcheinander, und sie summte
noch ein paarmal ‹Himmelsdach› oder ‹Nacht›, ehe sie wieder
verstummte. Anschließend starrte sie durch die zerbrochenen
Scheiben zum Fenster hinaus: «Schau mal die Wolken dort.
Ich glaub, die eine hat ein Gesicht und guckt zu mir her.» Sie
reichte die Flasche ihrem Gefährten, der sie eine Weile lang in
der Hand hielt, ohne sie an die Lippen zu führen. Schließlich
schnappte die Frau sie ihm wieder weg.

«Danke für den Sprit», sagte er verlegen.

«Bist du eigentlich glücklich?»

«Ich war's mal, aber jetzt bin ich's nicht mehr», und er legte
sich hin und drehte ihr den Rücken zu.

Auch Ned hatte sich inzwischen ächzend in einer Ecke niedergelassen. Er steckte die Hand in die Außentasche seines
geräumigen Mantels (den er selbst in der Sommerhitze zu tragen pflegte) und kramte einen Umschlag hervor; er öffnete ihn
und starrte auf das darin befindliche Foto. Längst konnte er
sich nicht mehr entsinnen, ob es irgendwann mal gefunden
oder ob es schon immer ihm gehört hatte; es war auch bereits
derartig zerknittert, daß sich das Bild darauf nur noch mit

Mühe erkennen ließ; allem Anschein nach handelte es sich um die Fotografie eines Kindes, aufgenommen vor einer Steinmauer, mit ein paar Bäumen rechts im Hintergrund. Das Kind hielt die Arme steif nach unten, wobei es die Handflächen nach außen kehrte und den Kopf ein wenig nach links neigte. Die Gesichtszüge blieben unkenntlich, doch Ned war zu der Überzeugung gelangt, daß es sich um ein Foto von ihm selbst handelte, um ein Foto von ihm als kleiner Junge.

Die Glocke der Limehouse-Kirche schlug an, während die Insassen dieser Herberge in Schlaf sanken – mit einemmal glichen sie wieder Kindern, die, erschöpft von den Abenteuern des Tages, rasch und sorglos einschlummern. Ein einsamer Besucher, der die Schlafenden jetzt beobachtete, würde sich wohl verwundert fragen, wie sie in einen derart miserablen Zustand geraten konnten, und er würde Spekulationen über die einzelnen Etappen ihres bisherigen Lebenswegs anstellen: Wann zum Beispiel hat dieser Mann hier zum erstenmal vor sich hin gebrummelt, ohne sich dessen bewußt zu sein? Wann ist diese Frau da zum erstenmal ihren Mitmenschen aus dem Weg gegangen und hat die Schatten gesucht? Wann sind sie alle hier zu der Einsicht gelangt, daß jegliche Hoffnung sinnlos ist und daß das Leben ein einziges geduldiges Ausharren bedeutet? Derlei Umherschweifende sind immer Gegenstand des Argwohns und zuweilen sogar der Furcht: Die vier Menschen, die sich in diesem Haus neben der Kirche zusammengefunden hatten, waren auf ihrem Wanderweg (fast möchte man sagen, in ihrer Wanderzeit) längst an einen Punkt gelangt, von dem aus es kein Zurück mehr gab. Der junge Mann, der sich über das Feuer gebeugt hatte, hatte sein Leben in diversen Anstalten zugebracht: im Waisenhaus, im Erziehungsheim, und erst kürzlich noch im Gefängnis; die alte Frau, die noch immer die braune Flasche umklammert hielt, war eine Alkoholikerin, die vor vielen Jahren ihren Mann und ihre zwei Kinder verlassen hatte; der alte Mann hatte im Vagabundenleben Trost gesucht, nachdem seine Frau bei einem Brand umgekommen war – was er, wie er seinerzeit glaubte, hätte verhindern können. Und wie verhielt es sich mit Ned, der nun im Schlaf vor sich hin brummte?

Er war früher einmal als Drucker beschäftigt gewesen, bei einer kleinen Firma in Bristol, die sich auf die Herstellung von allerlei Papierwaren spezialisiert hatte. Seine Arbeit machte ihm Spaß, aber er war von Natur aus schüchtern, und es kostete ihn Überwindung, sich mit seinen Kollegen zu unterhalten: mußte er im Laufe des Tages einmal wohl oder übel mit ihnen sprechen, dann starrte er dabei häufig auf seine Hände oder schaute zu Boden. Dieses Verhalten hatte er bereits als Kind an den Tag gelegt. Er war von nicht mehr ganz jungen Eltern erzogen worden, die so weit von ihm entfernt schienen, daß er sich ihnen nur selten anvertraute, und wenn er einmal schluchzend auf seinem Bett lag, dann starrten sie ihn bloß hilflos an; auf dem Schulhof nahm er nie an den Spielen der anderen teil, sondern hielt sich stets abseits, als fürchte er, verletzt zu werden. So galt er denn schließlich als ‹zurückhaltender› Knabe. Und dann, in der Firma, hatten die Kollegen Mitleid mit ihm, obgleich sie versuchten, sich nichts davon anmerken zu lassen; es wurde allgemein verabredet, ihm nur solche Aufgaben zuzuteilen, bei denen er alleine arbeiten konnte. Der Geruch nach Druckerschwärze und der gleichmäßige Rhythmus der Druckpresse hatten ihn damals in eine Art innere Ruhe versetzt – eine Ruhe, die er auch empfand, wenn er in aller Frühe am Arbeitsplatz erschien, zu einem Zeitpunkt, wo er als einziger das Morgenlicht hereinschimmern sah und als einziger das Geräusch seiner Schritte durch den alten Steinbau hallen hörte. In solchen Momenten vergaß er sich selbst und seine Kollegen – bis schließlich ihre debattierenden oder grüßenden Stimmen laut wurden, worauf er sich wieder in sich verkroch. Manchmal stellte er sich aber auch einen Moment lang daneben und versuchte, bei ihren Witzen mitzulachen; sobald sie allerdings über Sex sprachen, wurde er unruhig und verstummte, denn das galt ihm als etwas Furchterregendes. Er erinnerte sich noch recht gut an das, was die Mädchen immer im Schulhof gesungen hatten:

> Küß mich, küß mich, wer da kann,
> Ich hau ihn dann in meine Pfann';
> Küß mich, küß mich, wer hat Mut?
> Ich brat ihn, bis er sterben tut.

Und wenn er an Sex dachte, dann dachte er immer an einen Vorgang, bei dem er in Stücke gerissen wurde. Aus der Lektüre seiner Knabenzeit wußte er, daß es eine Bestie gab, die ihm auflauern würde, sobald er in den Wald hineinlief.

Gewöhnlich machte er sich nach der Arbeit gleich auf den Heimweg und kehrte durch die Straßen von Bristol in sein Zimmer mit dem schmalen Bett und dem gesprungenen Spiegel zurück. Der Raum war vollgepfropft mit dem Mobiliar seiner Eltern (das ihm nunmehr nach Staub und Verwesung zu riechen schien) und im Grunde vollkommen uninteressant – bis auf eine Reihe von Gegenständen, die auf dem Kaminsims prangten. Ned war nämlich Sammler, und an Wochenenden durchkämmte er gerne die Wege oder Felder nach alten Münzen und sonstigen Artefakten: Was er auflas, war wertlos, doch der Umstand, daß es sich dabei um vergessene oder ausrangierte Dinge handelte, fesselte ihn. Neulich zum Beispiel hatte er einen alten sphärischen Kompaß gefunden, der sogleich einen Ehrenplatz in der Mitte seiner Sammlung erhielt. Abends starrte er das Instrument an und stellte sich die Menschen vor, denen es früher einmal als Wegweiser gedient hatte.

Auf diese Weise lebte er dahin, bis er sich eines Abends im März (er war inzwischen dreiundzwanzig) dazu überreden ließ, seine Arbeitskollegen in deren Stammkneipe zu begleiten. Zuvor war er den ganzen Tag außerstande gewesen, sich auf seine Arbeit zu konzentrieren: ständig hatte er eine eigenartige und zugleich unbestimmte Erregung empfunden; seine Kehle war trocken, der Magen zusammengekrampft, und beim Sprechen verhedderte er sich. Als er schließlich an der Bar des Lokals stand, wollte er nur noch eines, nämlich schnell, sehr schnell ein Bier, und einen Moment lang kam ihm sein Körper wie eine Flamme vor: «Und ihr? Was wollt ihr?» rief er seinen Begleitern zu, die ihn entgeistert anstarrten. Aber er war inzwischen in ausgelassener Stimmung, und während er noch auf sein Bier wartete, sah er ein stehengebliebenes Glas mit einem Rest Whisky darin; klammheimlich trank er es leer, worauf er sich breit grinsend wieder seinen Kumpanen zuwandte.

Je mehr er an diesem Abend trank, um so gesprächiger wurde er; er nahm jede Bemerkung todernst und fiel den anderen dauernd ins Wort. «Ich will's euch erklären», sagte er, «versucht's doch mal mit *meinen* Augen zu sehen.» Gewisse Gedanken und Floskeln, die er sich früher zu eigen gemacht, bisher jedoch immer für sich behalten hatte, gewannen auf einmal tiefere Bedeutung, und voller Verwunderung tat er sie lautstark kund – obwohl er bereits leise Zweifel verspürte und einen Vorgeschmack jenes Entsetzens, das ihn später ob seines Verhaltens befallen sollte. Aber noch spielte das keine Rolle, solange er es nur irgendwie schaffte, bei seinen Kollegen Eindruck zu schinden: Dieses Bedürfnis wurde um so heftiger, als er nicht mehr in der Lage war, ihre Gesichter zu unterscheiden; sie hatten sich inzwischen in Monde verwandelt, die ihn beständig umkreisten. Und er verließ seinen Körper, um sie von ferne anzuheulen: «Eigentlich dürfte ich gar nicht hier sein», sagte er, «und eigentlich dürfte ich's euch auch gar nicht erzählen. Ich hab nämlich Geld gestohlen. Geld von der Firma – ihr wißt, wann die Lohntüten immer gefüllt werden? Ich hab schon jede Menge mitgehen lassen, und sie sind nie dahintergekommen. Nie. Habt ihr gewußt, daß ich mal wegen Diebstahl im Gefängnis war?» Wie gehetzt sah er sich um. «Ganz schön schaurig, in so einer Zelle. Eigentlich dürfte ich gar nicht hier sein. Ich bin ein professioneller Dieb.» Er griff nach seinem Glas, aber es glitt ihm aus der Hand, fiel zu Boden und zersplitterte; daraufhin erhob er sich von seinem Hocker und schwankte blindlings in Richtung Ausgang.

Frühmorgens wachte er auf; er lag völlig bekleidet auf seinem Bett, starrte an die Decke und hielt die Arme steif am Körper. Zunächst durchströmte ihn ein Gefühl völliger Ruhe, denn er wurde emporgetragen vom grauen Licht, das in sauber umrissenen Quadraten vom Fenster her zu ihm hereinströmte; doch dann fiel ihm plötzlich der vorangegangene Abend ein, und wirr um sich blickend fuhr er hoch. Er biß sich in die Hand bei dem Versuch, die Einzelheiten der Reihe nach zu rekapitulieren, aber er sah immer nur ein Bild von sich selbst, wie er mit blutrotem und wutverzerrtem Gesicht hin und her schwankte und unablässig mit erhobener Stimme sprach – als sitze er die ganze Zeit über alleine in einem abgedunkelten Raum. Er konzentrierte sich auf diese Dunkelheit, und für einen kurzen Moment konnte er die Gesichtszüge der anderen erkennen, doch sie waren geprägt von Entsetzen und Abscheu. Und da erinnerte er sich plötzlich an das, was er über den Diebstahl und über den Aufenthalt im Gefängnis gesagt hatte. Er stand auf, schaute in den Spiegel und stellte zum erstenmal fest, daß ihm zwischen den Augenbrauen zwei dicke Härchen wuchsen. Dann übergab er sich in das schmale Waschbecken. Wer war das, der da gestern abend gesprochen hatte?

Später schritt er immerfort im Kreis herum, und der Geruch des alten Mobiliars war auf einmal sehr ausgeprägt. Er hielt eine Zeitung in der Hand und begann sie zu lesen, wobei er besonders auf die Schlagzeilen achtete; sie schienen ihm geradezu entgegenzufluten, und bald war seine Stirn von einer Schar schwarzer Drucklettern umschwirrt. Als er dann zusammengekauert auf dem Bett lag und seine Knie umklammerte, durchfuhr ihn der nächste Schreck: Seine Zuhörer von gestern abend mußten seinen Diebstahl ja nun zur Anzeige bringen, und sein Arbeitgeber würde die Polizei rufen. Er malte sich aus, wie der Polizist im Revier den Anruf entgegennahm; wie man laut seinen Namen und seine Adresse sprach; wie er, während er abgeführt wurde, zu Boden schaute; wie er auf der Anklagebank saß und Fragen zu seiner Person beantworten mußte – und nun befand er sich in einer Zelle und hatte die Kontrolle über seinen Körper verloren. Er starrte aus dem Fenster auf die dahinziehenden Wolken, als ihm plötzlich der Gedanke kam, seinem Dienstherrn zu schreiben, ihn über seine Betrunkenheit aufzuklären und einzugestehen, daß er die Geschichte mit dem Diebstahl nur erfunden hatte – aber wer würde ihm das noch glauben? Es hieß ja immer, Betrunkene sprechen die Wahrheit, und vielleicht stimmte es ja wirklich, daß er ein rechtskräftig verurteilter Dieb war. Er fing an zu singen:

Eines schönen Tages, mitten in der Nacht,
Da kamen herauf zwei Tote und haben Zoff gemacht.

Und auf einmal wußte er, was es bedeutete, wahnsinnig zu sein.

Nun setzte die Angst ein: Auf der Straße vor seinem Fenster erklang ein Geräusch, aber als er sich erhob, drehte er das Gesicht zur Wand. Sein ganzes bisheriges Leben schien in diesen einen Morgen zu münden, und in seiner Einfalt hatte er nie bemerkt, wie dieses Ziel vor ihm Gestalt annahm; er ging zu seinem Kleiderschrank und begutachtete interessiert seine Garderobe, als gehöre sie jemand anderem. Und während er dann in seinem abgewetzten Sessel saß und sich zu erinnern versuchte, wie seine Mutter sich liebkosend über ihn gebeugt hatte, wurde ihm auf einmal bewußt, daß er zu spät zur Arbeit kommen würde; aber er durfte sich in der Firma ja ohnehin nicht mehr blicken lassen. (In Wirklichkeit hatten seine Kollegen an jenem Abend natürlich gemerkt, wie betrunken er war, und seinen Worten nur wenig oder gar keine Beachtung geschenkt: seine Äußerungen über den Diebstahl und über den Aufenthalt im Gefängnis faßten sie als Kostprobe eines abstrusen Humors auf, den er ihnen bisher immer verheimlicht hatte.) Irgendwann schrillte sein Wecker, und voller Entsetzen starrte er ihn an: «Mein Gott!» sagte er laut. «Mein Gott! Mein Gott!» Und so verging der erste Tag.

Am zweiten öffnete er das Fenster und sah sich neugierig um; mit einemmal wurde ihm klar, daß er von der Straße, in der er wohnte, noch nie so richtig Notiz genommen hatte, und er wollte genau herausfinden, was für eine Straße das eigentlich war. Aber er konnte nichts Besonderes entdecken – außer den Gesichtern, die zu ihm heraufstarrten. Leise machte er das Fenster wieder zu und wartete darauf, daß sich seine Panik verflüchtigte. In dieser Nacht sprach er im Schlaf – ohne von den Worten, die er für seine Bestürzung nun fand, ein einziges hören zu können. Und der zweite Tag verging. Am dritten entdeckte er einen Brief, den man ihm unter die Tür geschoben hatte: er nahm sich vor, ihn überhaupt nicht zu beachten, doch dann steckte er ihn verzweifelt unter die Matratze seines Bettes. Inzwischen fiel ihm ein, daß er ja auch noch die Vorhänge zuziehen mußte – um jeden Argwohn, er sei zu Hause, endgültig zu zerstreuen. Einmal hörte er vor seinem Zimmer scharrende Geräusche, und in panischem Schrecken fuhr er zurück: ein großer Hund oder irgendein anderes Tier versuchte hereinzugelangen. Aber die Geräusche verstummten. Am vierten Tag wachte er auf mit der Erkenntnis, daß man ihn nunmehr vergessen hatte: er war vollkommen frei, und die Erleichterung darüber machte ihn ganz benommen. Rasch zog er sich an und ging hinaus auf die Straße;

ein einziges Mal nur hielt er inne und schaute kurz zu seinem Fenster hinauf, dann betrat er eine Kneipe, wo ein alter Stadtstreicher mit verfilzten Haaren ihn aufmerksam musterte. In seiner Verzweiflung nahm er eine Zeitung zur Hand und stellte plötzlich fest, daß er einen Bericht über einen Diebstahl las. Im Nu stand er auf, stieß dabei den kleinen Tisch um, an dem er gesessen hatte, und ging wieder hinaus. Anschließend kehrte er in sein kleines Zimmer zurück und sprach zu den Möbeln, die inzwischen wie seine Eltern rochen. Und der vierte Tag verging: In dieser Nacht starrte er in die Dunkelheit, konnte jedoch nichts erkennen, und schließlich kam es ihm so vor, als habe sich sein Zimmer, mitsamt den Gegenständen darin, in Luft aufgelöst. Die Dunkelheit hatte weder einen Anfang noch ein Ende; das ist wie der Tod, dachte er kurz vor dem Einschlafen, nur daß mir die Krankheit, die mich befallen hat, verborgen bleibt.

Die Angst wurde seine Begleiterin. Wenn sie einmal nachzulassen oder leichter erträglich zu sein schien, so erinnerte er sich wie unter Zwang an die Details dessen, was er gesagt und getan hatte, so daß sie mit verdoppelter Heftigkeit wiederkehrte. Sein früheres, noch nicht von der Angst geprägtes Leben tat er nun als Illusion ab, denn er war mittlerweile zu der Überzeugung gelangt, daß sich die Wahrheit nur in der Angst finden läßt. Als er einmal ohne Angst aus dem Schlaf erwachte, fragte er sich: Was ist los? Fehlt da nicht irgendwas? Und da öffnete sich leise seine Tür, und ein Kind steckte den Kopf herein und schaute ihn an: Es gibt Räder, dachte Ned, Räder im Innern von Rädern. Die Vorhänge waren inzwischen ständig zugezogen, denn die Sonne erfüllte ihn mit Grauen – sie gemahnte ihn an einen Film, den er vor einiger Zeit gesehen hatte: da war das pralle Mittagslicht auf ein Gewässer gefallen, in dem ein Mann, dem Ertrinken nah, um sein Leben kämpfte.

Manchmal kleidete er sich jetzt mitten in der Nacht an und

zog sich am späten Nachmittag wieder aus; es fiel ihm schon gar nicht mehr auf, daß er in zwei verschiedene Schuhe schlüpfte oder daß er unter der Jacke kein Hemd trug. Eines Morgens verließ er in aller Frühe sein Zimmer und ging, um von der Polizei (die ihn, wie er glaubte, ständig beobachtete) nicht gesehen zu werden, durch den Hintereingang aus dem Haus. Ein paar Straßen weiter stieß er auf einen Laden und kaufte sich eine kleine Armbanduhr, aber auf dem Rückweg verlor er die Orientierung und verirrte sich. Nur durch Zufall gelangte er wieder in seine Straße, und als er sein Zimmer betrat, sagte er laut: «Immer wenn's am lustigsten ist, vergeht die Zeit wie im Flug.» Doch nun erschien ihm alles in ganz neuem Licht; noch während er sich von einer anderen Richtung her seinem Zimmer näherte, wurde ihm endgültig bewußt, daß dieses Zimmer unabhängig von ihm existierte und nicht länger sein eigen war. Behutsam legte er die Armbanduhr auf den Kaminsims und nahm den sphärischen Kompaß herunter. Dann öffnete er die Tür und trat über die Schwelle.

Sobald er den Raum hinter sich gelassen hatte und ins Freie gelangt war, wußte er, daß er nie wieder zurückkehren würde, und zum erstenmal verflüchtigte sich seine Angst. Es war ein Frühlingsmorgen, und als er in den Severndale Park spazierte, da spürte er, wie die Brise in ihm Erinnerungen an ein viel weiter zurückliegendes Leben wachrief, und ein Gefühl der Ruhe durchströmte ihn. Er setzte sich unter einen Baum und schaute erstaunt zu den Blättern hinauf; während ihn dieser Anblick früher immer nur verwirrt hatte, war nun auf einmal jedes einzelne Blatt so klar und deutlich, daß er die zart gefärbten, Feuchtigkeit und Leben transportierenden Adern erkennen konnte. Und er sah hinunter auf seine Hand – sie kam ihm neben dem schimmernden Gras fast durchsichtig vor. Sein Kopf tat nicht mehr weh, und als er sich auf die Erde legte, spürte er unter sich ihre Wärme.

Nachmittags weckte ihn ein Schrei – ein Stück abseits spielten zwei Kinder und schienen ihm etwas zuzurufen. Er stand auf und versuchte angestrengt, ihre Worte zu verstehen, die sich zum Schluß wie ‹Alle stürzen ab› angehört hatten; doch als er auf die Kinder zuging, rannten sie lachend davon und riefen:

Sam, Sam, der Schmuddelmann,
Wäscht sein Gesicht in der Bratenpfann'!

Plötzlich war ihm heiß, und da wurde ihm bewußt, daß er vor seinem Aufbruch noch seinen dunklen Mantel angezogen hatte: als er ihn ablegen wollte, stellte er fest, daß er darunter eine Pyjamajacke trug. Schwerfällig trottete er zu einer Holzbank und blieb für den Rest des Nachmittags dort sitzen, währenddessen die Passanten ihm scheue Blicke zuwarfen. Bei Einbruch der Dunkelheit erhob er sich und machte sich auf, die Straßen, die ihm von Kind an vertraut waren, zu verlassen; er folgte dem Bogen der langen Landstraße, die ihn, wie er wußte, auf die offenen Felder führen würde. Und somit begann sein Vagabundenleben.

Und was heißt das für einen Menschen, ins Wasser zu steigen und unterzugehen – mit weit geöffneten Augen und aufklaffendem Mund, so daß er jeden Zoll seines Abstiegs sehen und spüren kann? Zunächst mußte Ned hungern, weil er sich nicht aufs Betteln verstand, und wenn man ihm einmal etwas zu essen reichte, brachte er es nicht hinunter; doch anschließend, auf dem Weg nach London, lernte er dann die einschlägigen Demutsfloskeln. In Keynsham schlief er noch am Straßenrand – bis man ihm beibrachte, daß er sich immer schon vor Einbruch der Dunkelheit um sein Nachtquartier kümmern müsse. In Bath achtete er erstmals auf weggeworfene Kippen und sonstige Abfälle, die er sich in die geräumigen Manteltaschen steckte. Bei seiner Ankunft in Salisbury war er mit den Kniffen der anderen Landstreicher längst vertraut, und mit seinen Fetzen und Flicken sah er bereits selbst wie einer aus, als er sich nun über das kurze Gras in Richtung Stonehenge schleppte.

Kurz nach der Morgendämmerung, eine matte Sonne betupfte ihm den Kopf, trottete er auf die Steine zu. In der Nähe parkten zwei Autos, daher war Ned auf der Hut: er wußte, daß die Gleichgültigkeit, die man ihm in den Städten entgegenbrachte, auf offenem Gelände in Unwillen oder Feindseligkeit umschlagen konnte. Er glaubte denn auch die Stimmen von zwei Männern zu hören – sie sprachen laut und schienen sich über irgend etwas zu zanken –, aber als er sich dem Monument näherte, konnte er niemand entdecken. Erleichtert rieb er sich im Tau den Schlamm von den Schuhen, und als er sich umdrehte, sah er, wie seine Trittspuren im frühen Licht aufleuchteten; dann wandte er sich nochmals um, und nun hatten die Spuren ihren Schimmer verloren. Irgendwo über ihm schrie eine Krähe, und er war inzwischen so schwach, daß ihn ein Windstoß in Richtung Kreis trieb – als er aufschaute, stellte er fest, daß er bereits unter den Steinen stand, und sie schienen ihm geradezu auf den Kopf zu fallen. Er senkte den Blick und bedeckte die Augen, und da umschwirrten ihn auf einmal Stimmen; inmitten dieser Stimmen hörte er seinen Vater sagen: «Ich hatte eine Vision von meinem Sohn, wie er tot ist.» Ned sank gegen einen Stein, und im Traum stieg er die Stufen einer Pyramide hinauf, von deren Spitze aus er die rauchende Stadt überblicken konnte, bis ihn der Regen, der ihm aufs Gesicht fiel, wieder weckte. Während er am Boden lag, war eine Schnecke über ihn gekrochen und hatte auf seinem Mantel einen silbernen Faden hinterlassen. Er stand auf und hielt sich dabei an dem feuchten Stein fest; dann machte er sich unter einem trüben Himmel wieder auf den Weg.

Sein Körper war inzwischen zu einem Begleiter geworden, der immerzu im Begriff schien, ihn im Stich zu lassen: dieser Begleiter hatte Schmerzen, die sein Mitleid erregten, und außerdem eine ganz eigene Art sich zu bewegen, der er nur mit Mühe zu folgen vermochte. Von daher hatte er gelernt, wie man den Blick so auf die Straße gesenkt hält, daß einem die übrigen Passanten unsichtbar bleiben, und wie wichtig es ist, einen Blick nie zu erwidern; manchmal allerdings bedrückten ihn Erinnerungen an ein früheres Leben, und dann lag er mit dem Gesicht nach unten so lange im Gras, bis der süße üppige Duft der Erde ihn wieder zur Besinnung brachte. Nach und nach jedoch vergaß er, woher er gekommen und wovor er auf der Flucht war.

In Hartley Row konnte er nirgendwo einen Schlafplatz ausfindig machen, und als er, um den Lichtern der Stadt zu entrinnen, eine Brücke überquerte, hätte ihn beinahe ein gerade noch vorbeischrammendes Auto erfaßt: er prallte rücklings gegen ein Eisengeländer und wäre in den Fluß gestürzt, wenn er nicht irgendwie noch die Balance gefunden hätte. Als sich die Staubwolke aufgelöst hatte, knöpfte er seine Hose auf und pißte lachend an den Straßenrand. Der Zwischenfall munterte ihn auf; er kramte den sphärischen Kompaß aus der Tasche und warf ihn mit einer impulsiven Gebärde in weitem Bogen von sich – aber schon ein paar Yards weiter machte er wieder kehrt, um ihn sich zurückzuholen. In Church Oakley zog er sich ein leichtes Fieber zu, und als er schwitzend in einer alten Scheune lag, spürte er, wie die Läuse in der ungewohnten Hitze seines Körpers hin und her schwammen. In Blackwater versuchte er in eine Kneipe zu kommen, doch der Eintritt wurde ihm unter Gebrüll und Gefluche verwehrt: ein junges Mädchen brachte etwas Brot und Käse hinaus, aber er war so schwach, daß er die Mahlzeit im Hof wieder erbrach. In Egham stand er gerade auf einer Holzbrücke und starrte hinunter aufs Wasser, als er hinter sich eine Stimme hörte: «Aha, ein Mensch auf Reisen. Ich sehe es gern, wenn einer auf Reisen ist.» Ned schaute erschrocken auf; neben ihm stand ein ältlicher Mann mit einem Köfferchen in der Hand: «Wir alle

sind auf Reisen», sagte er, «und Gott ist unser Reiseführer.»
Er hatte die Arme ausgestreckt und hielt die Handflächen
nach außen gekehrt, und als er lächelte, sah Ned seine etwas
vorstehenden falschen Zähne. «Also verzweifeln Sie nicht,
verzweifeln Sie niemals» – und er blickte versonnen hinunter
aufs Wasser –, «tun Sie es nicht, mein Freund.» Er kniete nieder auf die Straße und öffnete seinen Koffer; dann drückte er
Ned eine Broschüre in die Hand, die dieser sich in die Tasche
stopfte, um sie später als Brennmaterial zu verwenden. «Sie
werden Ihr Reiseziel erreichen, denn Gott liebt Sie», und er
stand auf und zog eine Grimasse. «Ihretwegen kann Er die
Sonne in ihrer Bahn umkehren und sogar die Zeit rückwärts
laufen lassen.» Er warf einen Blick auf seine Hose und wischte
den Staub weg. «Das heißt, wenn Er will.» Als Ned hierauf
noch immer nichts sagte, spähte er in Richtung Stadt: «Kriegt
man dort überhaupt eine Unterkunft?» Ohne eine Antwort
abzuwarten, marschierte er weiter, und auch Ned setzte seine
Reise fort, bis er via Bagshot und Baker-bridge die Rand-
bezirke der Stadt erreichte.

Und ein paar Tage später kam er, über die trostlose Isle of
Dogs, in London an. Er hatte gehört, daß es in Spitalfields
eine Herberge gab; ihm war zwar nicht klar, welche Richtung
er einschlagen mußte, aber irgendwie würde er sich schon
dorthin dirigieren: schließlich hatte er ja noch den alten sphärischen Kompaß in der Tasche. So marschierte er denn die
Commercial Road entlang, und vielleicht brummelte er dabei
vor sich hin, denn ein kleiner Junge rannte in offenkundiger
Furcht vor ihm davon. Seine Beine waren steif, und die Füße
taten ihm weh: fast schon hätte er gehofft, von der Erde ver-
schluckt zu werden, doch als er vor sich die Kirche sah, zog es
ihn weiter, denn er hatte bei seinen Streifzügen die Erfahrung
gemacht, daß Kirchen den Männern und Frauen seines
Schlages Zuflucht gewährten. Aber sobald er die Freitreppe
erreicht und sich darauf niedergelassen hatte, packte ihn wie-

der die Apathie und ein Widerwille gegen jegliche Unternehmung oder Entscheidung. Mit gesenktem Kopf starrte er auf den Stein unter seinen Füßen, während über ihm die einzelne Glocke läutete: ein zufälliger Passant hätte annehmen müssen, er habe sich in Stein verwandelt, so still wirkte er.

Auf einmal jedoch hörte er irgendwo zu seiner Linken ein Rascheln, und als er aufschaute, sah er einen Mann und eine Frau, die unter ein paar Bäumen beieinanderlagen. Beim Überqueren eines Feldes hatte ihn unlängst ein Hund zu bespringen versucht: er hatte das Tier mehrmals mit einem großen Stein geschlagen, bis es schließlich blutend und jaulend davongerannt war. Und auch jetzt packte ihn wieder diese Wut, und er brüllte dem Paar etwas Unverständliches zu; als die beiden ihn sahen, richteten sie sich auf und starrten, ohne sich ganz zu erheben, vor sich hin. Oben zog ein Flugzeug vorüber, und im Nu verrauchte Neds Zorn; vermutlich hätte er sich wieder in die stumme Betrachtung der Risse und Vertiefungen des Steins unter seinen Füßen versenkt, wenn da nicht jemand, durch das plötzliche Gebrüll aufmerksam geworden, von der Straße her auf ihn zugeschritten wäre. Die untergehende Sonne schien Ned ins Gesicht; er konnte nur undeutlich sehen, aber er nahm an, daß es sich um einen Polizisten handelte, und stellte sich auf den üblichen Dialog ein.

Ohne ihr Schrittempo zu verändern, rückte die Gestalt langsam heran; nun blieb sie am Fuß der Treppe stehen und blickte zu Ned hinauf, und ihr Schatten bedeckte ihn, als sie sich nach seinem Namen erkundigte.

«Ich heiße Ned.»

«Und verrätst du mir auch, Ned, wo du herkommst?»

«Aus Bristol.»

«Aus Bristol? Tatsächlich?»

«Es scheint so», sagte Ned.

«Jedenfalls scheint es, daß du ein armer Mann bist.»

«Inzwischen ja, aber damals hab ich noch gearbeitet.»

«Und was hat dich hierher verschlagen?» fragte der Mann und streckte die Hand aus, um mit dem Finger über Neds rechte Wange zu streichen.

«Ehrlich gesagt, das weiß ich auch nicht.»

«Aber du weißt doch wohl wenigstens, wie es dir geht?»

«Ich bin müde, Sir, todmüde.»

«Und wo willst du jetzt hin, Ned?»

Ned hatte mittlerweile vergessen, daß er auf der Suche nach der Herberge war: «Keine Ahnung», antwortete er. «Irgendwohin. Wenn man auf der Wanderschaft ist, ist ein Platz so gut wie der andere. Mal geh ich, mal komm ich.»

«Du bist ja noch ein richtiges Kind.»

«Vielleicht bin ich wieder zu einem geworden – aber genaugenommen bin ich überhaupt nichts.»

«Das ist traurig, Ned. Ich kann nur sagen, das ist traurig.»

«Traurig wäre noch milde ausgedrückt.» Und Ned blickte hinauf in den dunkelnden Himmel.

«Es ist Zeit, nicht wahr?»

«Es ist immer Zeit», sagte Ned.

«Zeit, meine ich, daß du dich wieder auf den Weg machst. Das hier ist nicht der richtige Ort für dich.»

Ned blieb einen Augenblick stumm. «Und wo soll ich hin?»

«Es gibt noch andere Kirchen», erwiderte der Mann. «Die hier ist nichts für dich. Halt dich in Richtung Fluß.»

Ned betrachtete den Mann, der jetzt nach Süden deutete und dann langsam davonmarschierte. Ihn fror plötzlich, und er stand auf; als er sich von der Kirche entfernte, fiel seine Müdigkeit mit einemmal von ihm ab, und er ging die gleiche Strecke zurück, die er gekommen war – durch die Commercial Road, die Whitechapel High Street und anschließend weiter in Richtung Themse und Limehouse, wobei er die ganze Zeit die Hand in der Tasche hielt und den sphärischen Kompaß rieb. In diesem Gebiet trieben sich noch andere Penner herum, argwöhnische Einzelgänger zumeist, und als er an ihnen vorbeitrottete, hielt er Ausschau nach jenen Merkmalen der Erniedrigung, an denen Landstreicher einander immer erkennen: Er wollte herausfinden, um wieviel tiefer er noch sinken mußte – nun, da auch er in der großen Stadt angelangt war.

In Wapping machte er an der Ecke des Swedenborg Court halt und sah neben dem Fluß eine Kirche aufragen – war das die Stelle, wo die Gestalt hingedeutet hatte mit der Bemerkung ‹Es gibt noch andere Kirchen›? Die Ereignisse des Abends hatten ihn aufgewühlt und in Alarmbereitschaft versetzt, so daß er nun ängstlich in die Runde spähte; er stand am schlammigen Ufer und hörte das Seufzen des Flusses und das wirre Gemurmel der Stadt hinter ihm; er starrte hinauf zu den menschlichen Gesichtern in den Wolken; dann schaute er zu Boden und wurde gewahr, daß die von der Themse heraufwehende Brise kleine Staubwirbel bildete und überdies das Geräusch menschlicher Stimmen mit sich führte. All diese Phänomene kreisten beständig um ihn herum, und Ned hatte den Eindruck, daß das gar nicht mehr er selbst war, der sie sah und hörte: es war irgendein anderer.

Inzwischen marschierte er an der Rückseite der Wapping-Kirche auf einen angrenzenden Park zu; hier bot sich vielleicht ebenfalls eine Zuflucht, und als er an den geschwärzten Steinen vorbeieilte, entdeckte er in einer hinteren Ecke des Parks einen kleinen Ziegelbau. Es handelte sich augenscheinlich um ein unbewohntes Gebäude; als Ned allerdings näher rückte, sah er die über dem Eingang eingemeißelten Lettern M SE M VON (die restlichen Buchstaben waren offenbar dem Zahn der Zeit zum Opfer gefallen). Er spähte vorsichtig hinein, und als er sicher war, daß der Bau keinem anderen Stadtstreicher als Unterschlupf diente, trat er über die Schwelle und hockte sich an die Wand; kurz darauf holte er etwas Brot und Käse aus der Tasche und begann davon zu essen, wobei er sich wilden Blickes umschaute. Anschließend schickte er sich an, den verstreut herumliegenden Abfall zu untersuchen: es handelte sich größtenteils um das Übliche, doch dann fand er in der einen Ecke ein ausrangiertes Buch mit einem weißen Umschlag. Er streckte die Hand danach aus und zog sie gleich wieder zurück, denn der Umschlag schien von einer klebrigen Wachsschicht bedeckt zu sein. Aber schließlich hob er das Buch auf und stellte fest, daß die Seiten bereits wellig waren und aneinanderhafteten; als er sie schüttelte, fiel ein Foto zu Boden. Er konnte die Gesichtszüge eines Kindes erkennen und starrte das Bild eine Weile an; dann steckte er es in die Tasche und begann die Buchseiten sorgfältig voneinander zu lösen, wobei er jede einzelne mit der Hand glattstrich, bevor er sie zu lesen versuchte. Er konzentrierte sich auf die aufgedruckten Wörter und Zeichen, doch die Seiten waren bereits derartig stockfleckig und von Schimmel überzogen, daß sich ein Großteil des Buches gar nicht mehr entziffern ließ: er sah ein Dreieck und ein Symbol für die Sonne, aber die Lettern darunter waren ihm unbekannt. Dann schaute Ned nach draußen und starrte gedankenverloren zur Kirche hin.

Im Eingang stand eine Frau, deren Kleidung ebenso zusammengeflickt und abgerissen war wie die von Ned. Sie richtete sich mit der rechten Handfläche das Haar und sagte: «Na, willst du? Komm und hol's dir, wenn du willst.» Sie glotzte ihn an, und als er keine Antwort gab, kniete sie sich neben der Tür auf den Boden.

«Ich will nicht», sagte er und rieb sich die Augen, «ich will überhaupt nichts.»

«Ihr Kerle wollt doch alle. Ich hab nämlich mit Kerlen Erfahrung – mit allen Sorten, die's gibt.» Sie lachte und warf dabei den Kopf zurück, so daß Ned ihren runzligen Hals sehen konnte.

«Ich will nicht», wiederholte er lauter.

«Ich hab sie schon alle gehabt», und sie sah sich in dem verlassenen Gebäude um. «Die meisten davon hier drinnen.

Hübsch hier drinnen, nicht? Richtig gemütlich.» Ned begann eine Haarlocke zwischen zwei Fingern zu drehen, so daß sie hart und straff wie Draht wurde. «Dann wollen wir ihn uns mal anschauen», sagte die Frau und reckte den Kopf zu ihm hin; Ned drückte sich an die Wand.

«Was denn anschauen?»

«Du weißt schon, was ich meine. Jeder Kerl hat einen. So einen kleinen Ziesemann.»

«Ich hab nichts, ich hab nichts für dich.» Und er hielt krampfhaft das Buch fest, in dem er eben noch gelesen hatte.

Sie rutschte auf ihn zu und legte die Hände auf den feuchten Boden, als wolle sie nach etwas graben; Ned stand, immer mit dem Rücken an der Wand, langsam auf – ohne den Blick vom Gesicht der Frau zu wenden. «Komm schon», hauchte sie, «besorg's mir» – und auf einmal stürzte sie sich auf seine Hose. In Panik schob Ned einen Fuß vor, um sie aufzuhalten; doch sie schnappte sich das Bein und versuchte ihn zu Boden zu zerren: «Du bist stark», sagte sie, «aber jetzt hab ich dich!» Und da knallte er ihr mit voller Wucht das Buch auf den Kopf; das schien sie zu überraschen, denn sie ließ von ihm ab und lugte nach oben, als sei etwas vom Himmel gefallen. Dann stand sie sehr bedächtig und mit einer gewissen Würde auf, postierte sich neben den Eingang des Unterschlupfs und warf Ned einen wütenden Blick zu. «Sag mal, was bist denn du für einer?» Und sie wischte sich mit dem Arm ihren Mund ab: «Guck dich doch mal an, du Jammergestalt! Dir geben sie's Geld nicht aus Barmherzigkeit, dir geben sie's aus Angst.» Und er sah sie mit großen Augen an. «Du glaubst doch wohl nicht, daß die sich was aus dir machen, du blöder Scheißkerl! Die wollen nur nicht, daß du ihnen hinterherläufst; die wollen dich nämlich nicht im Spiegel sehen, wenn sie sich ihre Fettfressen anschauen!»

«Das ist mir bekannt», sagte er.

«Die halten dich doch für spinnert, mit deinen Selbstgesprächen und so. Die wären nach kurzer Zeit selber spinnert, wenn sie dich um sich hätten, aber hundertprozentig.» Dann äffte sie mit hoher, zittriger Stimme: «Bittschön, ach bittschön, hätten Sie mir vielleicht eine milde Gabe für eine Tasse Tee?» Er sah an sich hinunter, während sie fortfuhr: «Lassen Sie mich bitte nicht darben. Ich hab schon genug durchgemacht. Ich bin schmutzig. Ich stinke. Haben Sie doch Mitleid.» Hierauf starrte sie ihn triumphierend an. Sie wollte gerade noch etwas hinzusetzen, da fiel ihr Blick auf die Brotkrümel und Käsestückchen, die von Neds Mahlzeit noch übriggeblieben waren: und sie hob die Rockschöße hoch, schwang die Beine in die Luft und sang:

Als klitzekleines Mädchen, da lebte ich ganz nett,
Ich legte Brot und Käse fein säuberlich aufs Brett.

Einen Moment lang hätte sie nun fast selber Mitleid mit ihm gehabt, aber dann lachte sie auf, wischte sich den Staub vom Rocksaum und ging ohne ein weiteres Wort hinaus. Ned, der infolge des Kampfes noch immer nach Atem rang, stellte fest, daß er den Einband seines Buches aufgerissen hatte und daß die Seiten inzwischen vom Wind durch den Park in Richtung Kirche geweht wurden.

Als Ned sich einige Abende später in dem roten Ziegelbau seine Mahlzeit bereitete, hörte er draußen Stimmengewirr; sofort war er in Alarmbereitschaft und verkroch sich in eine Ecke, aber ein paar Augenblicke später wurde ihm klar, daß die Schreie und Rufe nicht ihm galten, sondern von der anderen Seite des kleinen Parks kamen. Er lugte zum Eingang hinaus und sah eine Gruppe von Kindern im Kreis herumhüpfen und kreischen: zwei oder drei hatten Knüttel, die sie auf irgend etwas in der Mitte niedersausen ließen, während ihr Gejohle an den Mauern der Kirche widerhallte. Dann erkannte Ned, daß sie eine Katze umringten, die sich, um auszubre-

chen, ängstlich mal gegen dieses, mal gegen jenes Kind warf –
nur um wieder gefangen und zurück in die Mitte des Kreises
gezerrt zu werden; das Tier hatte schon einige von ihnen ge-
kratzt und gebissen, doch der Anblick ihres Blutes schien die
Kinder nur noch wilder gemacht zu haben – begeistert und
tobend droschen sie mit ihren Stöcken auf den mageren Körper des Tieres ein. Ihr rasender Blick versetzte Ned in Angst
und Schrecken: er kannte diesen Blick noch von seiner Kindheit her, die in diesem Moment wieder über ihn hereinbrach.
Und er wußte, sobald sie bemerkten, daß er sie beobachtete,
würde sich ihre Raserei sofort gegen ihn kehren: es kam oft
genug vor, daß eine Bande von Kindern über einen Landstreicher herfiel, ihn besinnungslos schlug und mit dem Ruf
‹Schwarzer Mann! Schwarzer Mann!› nach ihm trat und
spuckte.

Er verließ den Unterschlupf und eilte den schmalen Weg
entlang, der zur Wapping Wall führte; er wagte nicht, sich
umzudrehen, um nicht womöglich die Blicke der Kinder auf
sich zu ziehen. Dann marschierte er längs des Flusses in Richtung Limehouse, und der feuchte Wind machte ihn unruhig;
als er die Shoulder-of-Mutton Alley erreichte, sah er vor sich
ein verlassenes Lagerhaus – doch in seiner Eile, dorthin zu
gelangen, kam er zu Fall und riß sich das Bein an einem Stück
Metall auf, das auf dem Brachfeld, über das er nun trottete,
herumlag. Er war müde; aber als er sich schließlich in dem
Lagerhaus niederlegte, konnte er nicht einschlafen. Er blickte
an sich hinunter, und was er da sah, erfüllte ihn plötzlich mit
Ekel, und er sagte laut: «Du hast dir nun mal dein eigenes
Grab geschaufelt, jetzt mußt du auch darin liegen.» Er schloß
die Augen, und als er den Kopf an das morsche Holz lehnte,
hatte er plötzlich eine Vision der Welt: kalt, schwer und uner-
träglich – wie die träge Masse seines Körpers, nachdem er
endlich eingeschlafen war.

✳

Und die Jahre sind dahingegangen, ehe er nun, nach einer Nacht im nämlichen Lagerhaus an der Themse, wieder erwacht – wenngleich er im Lauf dieser Nacht nach Bristol zurückgekehrt war und sich als Kind gesehen hatte. Die Jahre sind dahingegangen, und er ist in der Stadt geblieben, so daß er nun müde ist und grau; und wenn er so durch die Straßen streifte, beugte er sich nach vorn, als suche er im Staub nach verlorenen Dingen. Er kannte die vergessenen Regionen der Stadt und die Schatten, die sie warfen: die Keller verfallener Häuser; die schmalen Grasflecken oder unbebauten Geländestreifen, wie sie zwischen zwei großen Durchgangsstraßen zu finden sind; die Parkwege, in denen Ned Stille suchte; und ebenso die Baustellen, wo er sich manchmal für eine Nacht hinter den Grundmauern verkroch, aus der Reichweite von Regen und Wind. Mitunter liefen ihm Hunde nach: sie mochten seinen Geruch, den Duft nach verlorenen oder vergessenen Dingen, und wenn er in einer Ecke schlief, leckten sie ihm das Gesicht ab oder gruben ihre Schnauzen in seine zerlumpte Kleidung; er wehrte sie nicht mehr wie früher ab, sondern nahm ihre Gegenwart als etwas Natürliches hin. Denn die Stadt der Hunde war der seinen sehr ähnlich: auch er hielt engen Kontakt zu ihr, indem er ihren Gerüchen folgte, manchmal das Gesicht an ihre Gebäude preßte, um deren Wärme zu spüren, und ein andermal wütend ihre Ziegel- und Steinflächen einritzte oder ein Stück davon abbrach.

Es gab gewisse Gebäude und Straßen, in die er sich nicht hineinwagte, seit er herausgefunden hatte, daß andere größeren Anspruch darauf erhoben als er – nicht die Scharen von Spiritustrinkern, die außerhalb von Raum und Zeit lebten, und auch nicht die wachsende Zahl der Jungen, die rastlos durch die Stadt streiften, sondern Landstreicher wie er, die ungeachtet des Namens, den ihnen die Welt verliehen hat, ihr Wanderleben aufgegeben hatten und sich nunmehr bevorzugt in einem bestimmten Territorium oder ‹Revier› aufhielten. Sie waren durchweg Einzelgänger und verließen nur selten ihr Gehege aus Straßen und Gebäuden: niemand weiß, ob sie sich das betreffende Gebiet aussuchten oder ob das Gebiet seinerseits sie herbeigelockt und vereinnahmt hatte – jedenfalls waren sie für die jeweiligen Regionen gleichsam zu Schutzgeistern geworden. Einige von ihnen kannte Ned inzwischen mit Namen: Watercress Joe, der in den Straßen um St. Mary Woolnoth hauste; Black Sam, der sich an der Commercial Road zwischen Whitechapel und Limehouse niedergelassen hatte; Harry the Goblin, den man ausschließlich in der Umgebung von Spitalfields und der Artillery Lane sah; Mad Frank, der ständig durch die Straßen von Bloomsbury streifte; Italian Audrey, die sich immer nur auf dem Dockgelände von Wapping aufhielt (sie war es, die Ned viele Jahre zuvor in seinem Unterschlupf besucht hatte); und ‹Alligator›, der niemals Greenwich verließ.

Zugleich aber wohnten sie, wie Ned, in einer Welt, die nur sie allein wahrnehmen konnten: manchmal saß er stundenlang am selben Fleck, bis dessen Konturen und Schatten ihm schließlich realer erschienen als die Leute, die an ihm vorbeigingen. Er kannte die Gegenden, wo sich die Unglücklichen einfanden – am Schnittpunkt dreier Straßen gab es eine Ecke, wo er das Bild der Verzweiflung schon häufig gesehen hatte: der Mann, der mit ausgestreckten Füßen und Armen dahockte, die Frau, die ihn umhalste und weinte. Er kannte die Gegenden, wo man immer zum Sex hinkam und wo hinterher die Steine danach rochen; und er kannte die Gegenden, die der Tod aufsuchte, denn auch dessen Spur haftete an den Steinen. Die Passanten nahmen von ihm so gut wie keine Notiz, wenn sie einander auch manchmal ‹Armer Kerl!› oder ‹So ein Jammer!› zuflüsterten, ehe sie weitereilten. Doch als er einmal an der London Wall entlangmarschierte, tauchte plötzlich vor ihm ein Mann auf und lächelte.

«Na, hast du's immer noch schwer?» fragte er Ned.

«Schwer? Sie können vielleicht fragen!»

«Ja, ich frage. Geht's dir immer noch mies?»

«Also, wissen Sie, so mies geht's mir eigentlich gar nicht.»

«Nein?»

«Ich hab inzwischen schon schlimmere Zeiten erlebt.»

«Wir sind uns ja damals begegnet, Ned – zu welcher Zeit war das noch gleich?» Und der Mann rückte näher, so daß Ned das dunkle Gewebe seines Mantels erkennen konnte (denn er wollte ihm nicht ins Gesicht schauen).

«Apropos Zeit, Sir: Wie spät ist es jetzt?»

«Na, jetzt stellst *du* aber Fragen!» Der Mann lachte, und Ned sah auf die Ritzen im Gehweg hinunter.

«Also», sagte er zu diesem nur halb erfaßten Fremden, «ich muß mich jetzt wieder auf den Weg machen.»

«Dann mal los, Ned, laß dich nicht aufhalten.»

Und Ned marschierte davon – ohne sich umzudrehen und ohne sich zu erinnern.

Je älter er in der Stadt wurde, um so mehr verschlechterte sich sein Zustand: Müdigkeit und Lustlosigkeit hielten ihn fest im Griff, und mit der Zeit schwanden auch all seine Erwartungen dahin – er glich einem Vogel, der verstummt, weil sein Käfig mit einem Tuch abgedeckt wird. Eines Abends war er vor dem Schaufenster eines Elektrogeschäfts stehengeblieben und hatte beobachtet, wie über eine Reihe von Fernsehschirmen die gleichen Bilder flimmerten; das Programm (wahrscheinlich eine Kindersendung) zeigte einen Zeichentrickfilm mit Tieren, die über Felder, Gärten und Bergschluchten dahinjagten; aus ihren entsetzten Mienen schloß Ned, daß sie vor irgend etwas zu fliehen versuchten, und als er seine Augen wieder öffnete, sah er einen Wolf, der soeben den Schornstein eines kleinen Hauses in die Luft blies. Ned preßte das Gesicht an die Glasscheibe und formte mit den Lippen die Worte des Wolfes nach: «Ich brauch nur mal zu schnaufen, und schon puste ich euer Haus um!» Die ganze Nacht schwirrten ihm diese Bilder durch den Kopf, und sie wurden immer größer und lebendiger, bis sie den Schlafenden schließlich überfluteten; als er am nächsten Morgen aufwachte, war er von seiner Raserei noch ganz benommen. Er streifte durch die Straßen und rief: «Schwirr ab! Verpiß dich! Fort mit dir!», doch seine Stimme ging im Verkehrsgetöse oft unter.

Ein paar Tage später begann er jeden, der ihm über den Weg lief, eingehend zu mustern: womöglich gab es jemanden, der ihn kannte oder sich an ihn erinnerte oder ihm gar zu Hilfe kam; und als er eine junge Frau sah, die sich müßig das Schaufenster eines Uhrmachers betrachtete, entdeckte er plötzlich in ihrem Gesicht all die Wärme und Teilnahme, die ihn früher einmal hätten beschützen können. Als sie anschließend die Leadenhall Street entlangging und via Cornhill, Poultry und Cheapside in Richtung St. Pauls spazierte, folgte er ihr nach: er wollte sich schon durch einen Zuruf bemerkbar machen, aber bei der Ave Maria Lane bog sie um die Ecke und gesellte sich einer Menschenmenge zu, die den Abriß einiger alter Häuser beobachtete. Der Boden bebte unter Neds Füßen, als er der Frau hinterhertrottete, und unwillkürlich fiel sein Blick auf das ausgeweidete Innere der Häuser; die Spülen und Kamine waren von der Straße aus sichtbar, während eine gewaltige Eisenkugel mit Schwung gegen eine Außenmauer klatschte. Die Zuschauer jubelten Beifall, und die Luft war erfüllt von winzigen Trümmerpartikeln, die in Neds Mund einen sauren Geschmack hinterließen. In diesem Moment verlor er die Frau aus den Augen: er eilte, immerzu nach ihr rufend, weiter in Richtung St. Pauls, während hinter ihm der Staub aus den alten Häusern quoll.

Von diesem Zeitpunkt an befand er sich in der sogenannten ‹Dämmerphase›. Erschöpfung und Unterernährung hatten ihn derartig geschwächt, daß ihm sogar der Geschmack seines Speichels Brechreiz verursachte; in seinen Körper drangen Kälte und Feuchtigkeit, so daß ihn ein Fieber schüttelte, das nicht mehr weichen wollte. Fast den ganzen Tag lang führte er Selbstgespräche: «Ja», pflegte er zu sagen, «es wird langsam Zeit. Es wird wirklich langsam Zeit.» Und er erhob sich vom Boden, sah sich um und hockte sich anschließend wieder hin. Sein Gang war sonderbar torkelnd und zaghaft; er machte immer ein paar Schritte rückwärts und hielt dann inne, ehe er weitertrottete: «Wir können in dieser Gegend keinen Abfall gebrauchen», hatte ihm einmal ein Polizist bedeutet, als er seelenruhig mitten auf dem Platz stehengeblieben war; und Ned hatte darauf gelauert, mehr davon zu hören, ehe er schließlich unsanft auf die Straße geschubst worden war. Dort vernahm er nun ab und zu Worte, die ihn faszinierten, denn sie schienen sich nach einem bestimmten Schema zu wiederholen: an einem Tag hörte er zum Beispiel dauernd das Wort ‹Feuer›, am anderen dann das Wort ‹Glas›. Immer wieder hatte er eine Vision: er sah, wie er sich selbst aus der Ferne beobachtete. Und wenn er manchmal verwirrt und alleine dahockte, tauchten plötzlich Schatten und schemenhafte Figuren vor ihm auf, die sich bewegten und sonderbar redeten – «wie ein Buch», pflegte er dann zu sagen. Ein andermal wieder schien es, als ob diese Schatten Notiz von ihm nahmen oder ihn sogar kannten, denn sie spazierten um ihn herum und schauten ihn dabei an. Und er rief ihnen zu: «Ach bittschön. Haben Sie doch Mitleid. Hätten Sie vielleicht einen Farthing oder ein Stück trockenes Brot?»

Als er sich von dem Holzboden erhob, war er durstig; seine Kehle brannte, als habe er immer wieder dasselbe Wort ausgerufen. «Weswegen sollten sie eigentlich Mitleid mit mir haben?» dachte er, als er sich vom Fluß entfernte. Es war ein kalter, grauer Morgen, und er konnte den Duft nach brennenden Lumpen oder Abfällen riechen, der von rechts, vom Tower Hamlets Estate herüberwehte. Er bog in die Commercial Road ein, wobei er den Arm über den Kopf hob, so daß

auf sein Gesicht ein leichter Schatten fiel; dann sah er Black
Sam, der im Eingang eines Wettbüros lag: er ruhte unter einer
schweren Decke, die Gesicht und Brust völlig verhüllte, doch
er trug keine Schuhe, und seine nackten Füße ragten hinaus
auf die Straße. Ned trottete zu ihm hinüber und hockte sich
neben ihn; in der Nähe stand eine halbleere Flasche, und er
streckte den Arm danach aus. «Nicht anfassen», knurrte
Black Sam unter seiner Decke, «laß bloß deine Wichsgriffel
weg!» Dann schob er die Decke zurück, und die beiden sahen
einander ganz friedfertig an. Neds Kehle brannte noch immer,
und beim Sprechen schmeckte er Blut im Mund. «Hast du
auch diesen Brandgeruch in der Nase, Sam? Irgendwo ist was
am Brennen.»

«Das kommt von der Sonne. Wie wär's denn mit *der* Sonne
da?» Und Sam griff nach der Flasche.

«Ja», sagte Ned, «das wär jetzt nicht schlecht.»

«Eins steht mal fest, Ned, ein Morgen ohne Sonne ist kalt
und finster.»

«Sie wird sich bald zeigen», murmelte Ned, «sie wird sich
bald zeigen.» Eine Rauchsäule stieg vor den beiden auf, und
Ned starrte sie erschrocken an. «Ich lauf nicht weg», sagte er,
«ich hab ja schließlich nichts verbrochen.»

Black Sam flüsterte etwas vor sich hin, und Ned beugte sich
neugierig lauschend hinüber: «Es dreht sich immer weiter»,
sagte Sam, «es dreht sich immer weiter.»

Ned bemerkte einen schmalen Strom von Pisse, der unter
der Decke hervorsickerte und über den Gehweg in den Rinnstein floß. Aber dann hob er gerade noch rechtzeitig den Kopf,
um zu sehen, wie die Wolkendecke sich von der Erde löste –
die Säule beißenden Rauches verlieh der Sonne jedoch eine
blutrote Farbe. «Ich weiß nicht, wie lang ich noch hier in der
Gegend bleibe», sagte er zu Sam, «jedenfalls geh ich jetzt; irgendwann komm ich wieder zurück.» Und er stand auf, richtete sich gerade und machte sich auf den Weg zu jenem verlas-

senen Grundstück am Fluß, wo die Penner um ihre Feuer herumtanzten.

Die Glocke der Limehouse-Kirche läutete, als Ned in dem alten Haus erwachte; die anderen (das alte Pärchen und der junge Mann) schliefen, denn es war noch Nacht, und so stand er leise auf. Gedankenverloren verließ er den Raum, öffnete die Haustür und trat über die Schwelle hinaus auf die Straße, die als Rope-Maker-Field bekannt ist. Die Nacht war klar und still, und als er zu den hellen Sternen hinaufschaute, stieß er einen tiefen Seufzer aus. Er machte sich auf den Weg in Richtung Kirche, aber Schwäche und Unterernährung ließen ihn bald ermüden, so daß er nur noch kleine und schwanke Schritte tun konnte. Dann blieb er vor der Kirche stehen, verschränkte die Arme auf der Brust und sann über die Zwecklosigkeit seines Lebens nach. Er hatte inzwischen die Treppenflucht erreicht, die zum Eingang der Krypta hinabführte, und spürte die Kälte, die wie Dunst von dort unten heraufstieg; zugleich vernahm er ein Flüstern, das sich anhörte wie ‹ich› oder ‹mich›. Und dann fiel der Schatten.

5

Der Schatten fällt hier auf natürliche Weis, da die Wolcken, ob sie gleich blos einen hoch in der Luft fliegenden Nebel vorstellen, ihren Schemen über den Wasserspiegel werfen; lern Er, wie solches mit Stein auszurichten, und merk Er darauf, Walter, *setzte ich nach*, wie sich das Wasser als Ganzes bewegt. Alles fließet, auch wann es stille zu stehen scheint – gleich einem Uhrzeiger und dem Schatten einer Sonnenuhr. Allein Walter erhielt die Hände in den Buxen und schielte zu Boden; wiewohl wir an der Themse stunden, so hatten wir den Amtsbau noch in Sicht, und er spickte unbehäglich dorthin. Ich frug ihn, was es wäre. Laßt Euch nur nicht verdrießen, *versetzte er*.

Ich will wissen, was es ist, *beschied ich ihn*.

Nichts ists, was sollte's denn seyn?

Nun verdrießet Er mich aber doch, Walter Pyne.

Es ist nichts, *sagte er*, blos eine Lappalie, nicht der Rede werth.

Und ich erwiderte: Speis Er mich nicht mit solchem Schnickschnack ab.

Es kostete arge Mühe, ihm die Wahrheit zu entlocken, und er würde sie wohl verschwiegen haben, wofern ich nicht gar gestrenge darauf bestanden und ihn somit zu einer Antwort vermocht hätte. Sie reden im Amt von Euch, *sagte er* (und ich erbleichte), und erklären mir, daß Ihr mir den Kopf mit schimmlichen Grillen und verworrnen Regeln anstopfet (und auf meiner Augenbraune formte sich Schweiß) und daß die antiquen Ruinen zu schwer auf Euch lasten (ich that einen Blick über den Fluß) und daß ich einem andern Meister folgen muß, wann ichs zu was bringen will (ich saugte Blut aus meinem Mund, blieb indeß stille am Fleck stehen).

Mein Verstand wurde gleichsam zu einem Blanquet, zu einem unbeschriebenen Blatt: Und wer sind die, so Ihm derlei erklären? *frug ich* allendlich, ohne ihn anzusehen.

Solche, die vorgeblich nichts als freundliche Gesinnung gegen mich haben.

Und da wandte ich ihm meine Miene zu und sprach: Er ist ein Scheps, jedermann vor Seinen Freund zu achten, Er muß keinem vertrauen und nur solchen glauben, von denen Ihm bekannt ist, daß sie sich selber schaden, so sie lügen oder Ihn betriegen. Ich weiß, daß es dergestalt zugehet, Walter. Er zog sich hierauf was weniges von mir zurück, doch da lachte ich ihn lauthalsig aus; diese braven Freunde sind bloße Fliegen, die sich gleicher Maaßen an Excrementen als an Honigtöpfen nähren: mir wäre lieber, im Verborgenen zu leben, als daß sie um mein Thun und Lassen wüßten, denn je geringer sie mich beachten, um desto mehr darf ich mir herausnehmen. Allein hier besann ich mich anders: so bald ich einmal frei von der Leber weg spräche, so bräche alles aus mir herfür, und solchergestalten würde ich mich selber an den Galgen bringen. Unter währender ganzen Weil glotzte Walter nach einem Fährschiff hin, darinne ein gemeiner Mann lachte und dabei schnackische, affenhaftige Posturen hermachte: ein muntrer Cammerad, *sagte ich*, Walters Laun zu steuern.

Nein, so munter nun eben nicht, *versetzte er*.

Wir marchireten zurück nach dem Amt, und indem wir miteinander sprachen, blies uns der Wind unsre Worte ins Angesicht. Und neuerdings frug ich ihn: Wer sind die, so Ihm von mir reden?

Sie sind Euch bekannt, Sir.

Sie sind mir als Tröpfe bekannt, *erwiderte ich*, allein ich drang nicht weiter in Walter ob solcher Materia. Jedennoch bin ich nicht blind gegen diejenigen, welche wider mich treiben: Mr. Lee, Secretarius des Revisors, so beschwerlich und stumpff als ein alter Beutelschneider; Mr. Hayes, Vermessungs-Inspector, so wanckelmütig und unbequem als eine hablose Wittib sowie einer, der sein Mißbehagen gleich einer ansteckenden Krankheit um sich verbreitet; Mr. Colthouse, Zimmermeister, ein läppischer, eitler, moroser Bärnhäuter, der so viel Überhebung und zugleich so wenig Ursach dazu hat, als irgend nur einer; Mr. Newcomb, Zahlmeister, ein gering begabter Kopf, dessen thörliche Anmerkungen gleichwohl einen Leichnam möchten zum Lachen bringen; Mr. Vanbrugghe, Künstler, dessen Wercke lauter elende und unreiffe Gemächte vorstellen, gleich denen Traumgesichten eines Kranken. Sie alle sind Schnurrpfeiffer, bloße Faselhänse, und ich würde ehe einen Napf Suppe in einer Sudelküche essen, als in ihrer Gesellschaft tolle Lächelmienen erzeigen. Aber da ich meine Zeit außer ihrer Verfügung zubringe, mißachten sie mich.

Und soeben sagt Walter – es ist ohnedem ein närrischer Irrwahn, auf Lob zu spitzen.

Und die besten Dinge haben die wenigsten Bewunderer, *versetzte ich*, maßen es mehr Dunse denn verständige Menschen giebt. Beseh Er sich doch das Werck von Mr. Vanbrugghe, als welches so viel im Geschrey ist: als er die klein Kirche in Ripon zu bauen suchte, fielen die Gesimse so schmal aus, daß sie den Bau nicht vor dem Wetter verwahren, noch den Regen abtreufen lassen konnten!

Hierauf bedruckte mich das Gewicht dieses Lebens, und ich war kaum noch im Stand zu sprechen. Stracks trat ich außer Scotland Yard auf die Whitehall hinaus: ich begab mich zu dem dasigen Kerzenkrämer, und um mein hämmerndes Gewissen zu besanftmütigen, marchirete ich in den Kirchhof neben Westminster Abbey. Es beliebt mir, auf solch stummem ruhigem Boden für mich allein hinzuschreiten, denn wofern es wahr, daß die Zeit eine Wunde ist, so eine, welche die Todten zu heilen vermögen. Und so bald ich das Haupt an die Gräber lehne, so höre ich diese Todten miteinander sprechen: *das Gras ober uns*, sagen sie, *ist von blauer Farbe, doch wie so können wir das noch sehen, und wie so sind wir nicht aus der Erde entrissen?* Ich höre sie flispern, diese lange Todten, am Cripplegate, an der Farringdon, an der Cordwainers Street und an der Crutched Fryars: sie sind dicht zusammen gepakket, gleich Steinen im Mörtel, und ich höre sie parliren von der Stadt, die sie fest hält. Und doch machen mir Walters letztliche Worte immerfort Hitze, indem mir der folgende Gedanke kömmt: weßhalben verfolgen mich die Lebendigen annoch, wann ich unter den Todten verweile?

Wüthend gegen mich selber zog ich vom Kirchhof hinweg und marchirete nach der Charing Cross: ich passirete den Mews Yard, gieng durch die Dirty Lane, und begab mich längs der Castle Street zu meinem Losament hin. Bey meinem Eintreten war Nat Eliot damit begriffen, in der Küche etliches Geschirr zu saubern: Himmel, Sir, *sagt er*, Ihr seyd so bald zurück? Und schon hupft er vom Stuhl, mir die Stiefeln abzuziehn. Ein Besucher war dahier, *setzt er bey* (aus seinen Worten einen Erbsenbrei rührend), welcher mich ersuchte, Euch sein hiesiges Anwesen zu vermelden sowie seine Supplication, Euch, wanns nicht incommode, seine Aufwartung machen zu dürfen.

Hat er so ungeziert gesprochen?

Jedoch Nat gab meinem Gespött keine Achtung und fuhr fort: Mein Herr ist nicht zugegen, beschied ich ihn, sondern enthält sich wo anderst. Er stellte einen gar recht ordinairen Kerl vor, und als er sich um Eure Verrichtung erkundigte, so sagte ich, ich lasse mich nicht aushohlen, ich sagte, Ihr mißkennet mich als Euern Bedienten. Er trug Fäustlinge an den Händen und eine Pelzmütze auf dem Kopf, Herr.

So, so, so, *sagte ich*, indem ich auf mein Zimmer hinaufgieng, wir werden sehen, wir werden sehen.

Nat folgte mir nach und bleibt, meine Haube aufnehmend, vor mir stehen: wißt Ihr, daß ich den heutigen Morgen her war, eine neue anzukaufen, *sagt er* (denn meine Haube sahe schon recht abgewetzet), und indem ich so außer der Hutmacherey am Golden Square verweile und Obsicht halte, kömmt der Kramdiener zu mir heraus, Herr, und sagt, ei, sagt er, was wär Ihm dann gefällig, Er blickt nämlich, als hätt Er in seinen Taschen blos Löcher. Was gehts Ihn an, sage ich, ich habe Geld vor alles, so mir gefällig, und ich laß mich vors Anschauen mit nichten schandieren: kennt Er nicht das Merkwort, es ist nicht alles Gold, was gleißt, und denn beschied ich ihn ferner –

– Genug, Nat, *sagte ich*, ob Er sich schon die Finger besabbelt, so bald Er Sein Maul hält. Und er blickte zu Boden. Es ist mir leid, Euch so viel Ungemach beschert zu haben, *versetzte er*. Demnach gieng er davon; doch als ich ihn nachfolgends rief, so kroch er wieder herbei und las mich ins Schlafen.

Des andern Tags, da ich von ungefehr durch den Covent-Garden spatzierte, hellte sich alles auf. Als ich mich rechter Hand aus der James-Street zum Platz hinauswandte, so stieß mich jemand an den Ellenbogen, und da ich nach meinem Nebenmann schaute, sahe ich, daß er unter meine Gemeinde aus der Black Step Lane gehörte: ich kannte ihn als Joseph, ein gewöhnlicher Kerl in Tuchrock und scheckichten Kniebuxen. Ich habe nach Euch gefragt, *flisperte er*, bin aber von Euerm Purschen abgewiesen worden.

Ich war nicht zu Haus, doch wie so hat Er mich dort aufsuchen wollen? Und ich gab ihm eine wüthende Miene.

Ihr habt die Zeitung noch nicht vernommen?

Welche Zeitung? *frug ich* erschaudernd.

Er war ein Mann von ungeschlachter und steckender Rede, allein ich flickte mir seinen Bericht zusammen wie folgt, *viz.*: Zwey Tage bevor breitete sich ein Gerücht von unsern Activitaeten aus, und hierauf gieng in den Straßen um unser Ver-

sammelungshaus ein Aufruhr an, indem die Leute darwider
gar viel Geschrey hermachten; sechse enthielten sich in dem
Haus, und als sie das näher rückende wirre Gelerm vernah-
men, so verriegelten sie erstlich die Vorderthür, und sodann
die mit Glasscheiben versehene Hinterthür, und schickten
sich an, die angehörigen Läden zu schließen. Demnach
schleuderte der Poebel Steine an die Fenster, darunter Kiesel-
steine, welche groß und schwer genug, eine davon getroffene
Person zu ertödten (worauf der Janhagel es abgesehen). Ingleichen verhielt man diejenigen, so durch die Black Step
Lane passireten, benahm ihnen die Hüte, zerrte ihnen die Perruquen ab und maulschellirte sie in dem Verdacht, sie seyen
Schwärmer (so die scheinheilige Benennung): Joseph war
eines dieser Opfer, und kam eben noch mit dem Leben davon.
Der Poebel drängte sich nunmehro auf beide mit dem Haus
gränzenden Gassen (solcher Art drängt eine Krankheit
eiternd heraus), und brach die Thüren ein. Die im Haus wußten sich nicht anders zu helfen, als sich der Gnade des Janha-
gels zu übergeben, als welcher indeß keine erzeigte, sondern
die Einsassen barbarisch zurichtete, indem er sie abzwiebelte
und zermetzelte, biß ihre Leiber allendlich entseelt darnieder-
lagen. Das Haus selber ward gänzlich verheeret.

Solcher Discours versetzte mich in so grausame Bestürtzung, daß ich keine Sylbe erwidern konnte, sondern mir die
Hand übers Angesicht legte. Bleibt nur geruhig bey Sinnen,
Sir, *fuhr Joseph fort*, Euer Part ist nehmlich nicht entdecket, und
die Todten können nicht reden: die von uns Hinterbleibenden
sind nicht bekannt. Selbige Auskunft besänftmütigte mich ein
wenig, und ich verführete ihn nach dem Red Gates, einer Bier-
schencke nahe den Seven Dials, woselbst wir von sechse biß
nach viertel auf zehen saßen und über diese Begebenheiten
discourirten, eh daß ich mich allgemach vollends beruhigte.
Kein Unglück ist ohn Glück etc., und solche Extremitaet bewog mich zur Schmiedung eines neuen Plans, als welcher alles

wieder in die Ordnung bringen und mich somit verwahren würde. Noch unlengst nehmlich hatte ich mir keinen Rath gewußt, wie mein eigen fährlich Geschäft auszurichten, ohne alsogleich entdecket zu werden, zumalen mir unterdem auffällig gewesen, daß die Werckleute zu Spittle-Fields und Limehouse offenbar Argwohn gegen mich faßten. Nun also drängte ich diesen Joseph in meinen Dienst, indem ich ihn bedeutete, daß unser Werck nicht von denen Rasereyen des Poebels verhindert werden dürfe: gleichso wie's mir obliege, noch fernere Kirchen zu errichten, so sey's meine ausgemachte Intention, den souverainen Tempel auf der Black Step Lane zu bauen.

Und was ist mit den Opfern, so wir darbringen müssen? *sagte er* und lächelte der Gesellschaft in der Taverne zu.

Solches muß nun Er an meiner Statt thun, *versetzte ich*. Und denn fügte ich anbei: Plinius der Aeltere macht die Anmerkung, nullum frequentius votum, kein Wunsch ist unter den Menschen häufiger als der nach dem Tod. Item: Soll ein Mensch GOtt schauen und leben? Item: Er mag alles, was Ihm vonnothen, bey den jungen Säckeldieben in denen Moorfields finden.

Ei denn, *sagt er*, auf Gesundheit meines Arsches; und er erhub seinen Krug.

Topp, *erwiderte ich*. Als ich ihn verließ, war schon gar dunkele Nacht; jedennoch marchirete ich, mich zu erlustiren, gegen den Hay-market und vermischte mich daselbst in eine Menge, so sich um zween Bänkelsänger schaarte, als welche im Gefunkel ihrer Laternen einen tollen Rundgesang hermachten:

Dieweilen er ein schleichend Valand aus der Hellen war,
So ward vor seine Hoffahrt er zu Asch' verbrennet gar.
Ich wüßte nicht, wo solches arg Geschöpf nun stecken kann:
Als wie ein Succubus, so kams mich dazumalen an.

Und hierauf schienen sie, ob sie gleich stockblind, ihre Mienen gegen mich zu wenden, und ich schritt dahin in die Nacht.

Es war mein fester Vorsatz, mir die Werckleute, die eben dazumal mit dem Bau meiner Kirche zu Wapping begriffen, vom Halse zu schaffen; ob sie zwar ausgemachte Holzköpfe vorstellten, so sahen sie mich, wie ich argwonte, befremdlich an und zischelten hinter meinem Rücken. Derohalben schrieb ich an die Commission das folgende: Von der neu Kirche zu Wapping, Stepney, das ist: St. Georges-in-the-East, wurden die Fundamente ohne die darzu recht nöthige Berechnung angeleget, so daß ich, unerachtet ich dieselben wieder aufreiße, außer aller Hoffnung auf den Fortgang sothanen Vorwurfs bin. Ich hege gegen die Werckleute kein Praejudiz, als daß sie ignorante Gesellen sind. Unlengster Zeit habe ich ihnen mit höchster Strenge eingebunden, die Arbeiten gemäß denen Abmachungen zu verrichten, allein dem zum Trotz ist der Moertel, meiner Beachtung zufolg, nicht vollend so trefflich gestoßen, und denen Ziegeln wurde eine große Quantitaet von Zinnober beigemenget, ob die Werckleute schon vorgeben, daß sie die von den Commissionaers verstattete Menge nicht übersteigt. Ich erbitte Sie derohalben, mir vor die Errichtung der obbemeldten Kirche zu Wapping den Einsatz eigener Werckleute zu bewilligen. Ich habe deren Geschick bereits examiniret und erkundet sowie vor die gewünschten Verrichtungen zupaßend gefunden: und ferner ihren Lohn wie ehedem auf 2 / - per diem festgestellet. Als welches sämptlich ergeben vorgelegt wird, Nich: Dyer.

Hienach wartete ich um den Bescheid, der im Kurzen zu meiner Gunst erfolgte. Die Werckleute wurden abgedancket, und indem die Fundamente ledig waren, that Joseph sein Geschäft: das Blut ward pünctlich vergoßen, und wandelte sich gleichsam in die Woge, darauf meine Barke in die Höhe schwang. Allein zuvorderst galt es den Cörper zu verbergen, und weilen die Fundamente so sudelig verlegt, daß ich sie ohn alle Säumniß wieder aufreissen mußte, so richtete ichs mit Joseph folgendergestalt aus: ich grub ein gegen 2 Fuß weites

Loch, darinne ich lediglich einen kleinen Spankasten mit neun Pfund Pulver placirte; selbigem Kasten wurde ein Rohr mit einem Zündstrick (wie's die Canonniers benennen) angefestet, als welches vom Kasten an den Boden hinaufreichte; den Boden entlang ward eine Pulverleitung verlegt, und nach getreulicher Verschließung des Lochs mit Steinen und Moertel entzündete ich das Pulver und besichtigte den Effect des Knalls. Solche geringe Menge Pulvers schon ließ das Geröll, davon die Fundamente gebildet worden, in die Höhe gehen – als welches indeß ein wenig gemach zu erfolgen schien, da die ganze Last gegen neun Zoll sichtbarlich hinaufwirblete, und denn auf den Plotz wieder abfiel und ebendort einen großen Schutthaufen machte, wo nunmehr der Cörper vollends zur Erde bestattet lag. Es war ein niedlich Knäblein gewesen, so mir etwan ans Knie langte und sich erst neulicher Zeit aufs Straßenbetteln verlegt hatte. Solcher Art lauteten meine Worte an ihn:

> Ihr Kinder, raus zum Spiel, wer mag,
> Der Mond scheint helle, wie der Tag.

Und solcher Art lauteten seine letzten Worte an mich: Dan wills auch nimmer wieder thun. Mitleiden ist freilich meine Sache nicht, maßen ich nicht so schwach bin; allein man darf getrost glauben, daß derjenige, welcher das Messer oder den Strick hält, gleichfalls seine Quaal ausstehet.

Meine Dinte ist gar miserabel: sie ist unten dick, doch oben hinwiederum dünne und wässericht, so daß ich schreiben muß, je nachdem ich die Feder eintauche. Allgemach gerathen diese Erinnerungen zu lauter verkürtzten Frasen – anfangs noch dunkel, so werden sie nun gegen Beschluß immer matter, und sind so voneinander geschieden, daß ich gewiß nicht aus einem Guß hervortrete. Dahier neben mir liegt mein convex Spiegel, welchen ich vor die Kunst der Perspectiv an-

wende, und in meiner Verzweifelung beschaue ich mich
selbst; doch indem ich den Spiegel aufnehme, gewahre ich,
daß meine rechte Hand größer erscheint als mein Haupt, und
daß meine Augen blos gläserne Bälle vorstellen: am Umkreiß
des Glases zeigen sich verschwimmende Gegenstände – hier
sehe ich im Husch eine ausgedehnte Kleidertruhe unterm
Fenster, die wehenden Damask-Vorhänge darüber, ein Maho-
gany-Schreibepult beineben der Wand, und dort die Kante
meines Bettes mit denen Decken und Kissen; hier ist mein
Armstuhl, dessen Gegenbild sich, da ich den Spiegel halte,
unter mein eigenes wölbet, und nächst darbei stehet mein
Schencktisch mit einem messingen Theekessel und einer
Lampe mitsampt Ständer. Indem die convex Oberfläche meinen Sehestrahlen ein gebognes Licht mittheilet, werden diese
realen Dinge zum Außenschein eines Traums: meine Augen
begegnen meinen Augen, allein es sind doch nicht meine
Augen, und ich sehe meinen Mund aufklaffen, als wolle er ein
Geschrey hermachen. Unterzwischen ist es dunkel geworden,
und der Spiegel erzeigt blos noch das Dämmerlicht, wie es auf
meinem linken Profil reflectiret. Doch anitzo erhebt sich unter
mir in der Küche die Stimme von Nat, und indem ich wieder
zu mir finde, stecke ich eine Kerze in meine Laterne.

Und in selbigem schmalen Lichtkreiß lege ich alles so um-
ständlich, als es geschehen, nieder. Ich muß von denen extrem
Dingen in der dustren Nacht schreiben, denn eben im Ver-
traun auf die finstern Mächte habe ich bey dem Ratcliffe Dock
gebauet, und ober den schmutzichten Passagen zu Wapping,
mit denen von engen Behausungen besetzten Straßen und
Gassen, erhebt sich meine dritte Kirche. Daselbst hat iedwede
Verderbtheit und Infection ihr Centrum: auf der Rope Walk
wohnte Mary Crompton, die blutige Wehmutter, als welche
die Skelete von sechs Kindern verschiedenen Alters in ihrem
Keller barg (bemeldte Skelete sind nunmehro am Ben-John-
son's Head, nahe der St. Brides Church, zur Schau gestellet).

Die Wache befand überdas zwey ebenfalls abgemeuchelte Kinder, die in einem Handkorb im Keller lagen und wie die Cadaver von Katzen oder Hunden sahen, indem ihr Fleisch bereits von Gewürm zerfressen. Und die selbige Mary Crompton machte Anspruch daran, vom Teufel bewogen und verleitet zu seyn, der ihr in menschlicher Gestalt erschienen, indem sie die Old Gravill Lane vorüberpassiret sey. Und nächst darbei, am Crab Court, begieng Abraham Thornton seine Mörde und Torturen: nach der Ertödtung der zween Knaben schwur er eidlich, daß ihn der Teufel gelegentlich einer Erscheinung darzu gestiftet habe. Die Black-Boy Taverne in der Red-Maide Lane hat übrigens den Todtschlägern viel Pech gebracht, und ward nur selten zur Miet genommen. Ein altes Frauenzimmer, so zuletzt dort logirte, saß gedankenvoll am Feuer, und als sie aufs Gerathwohl hinter sich lugte, so vermeinte sie einen Leichnam ausgestreckt am Boden zu sehen; er blickte eben so, wie ein Cörper sollte, nur daß der Fuß des einen Beins am Boden haftete, gleichsam wie wenn man mit angezognem Knie auf dem Bette lieget (wie itzund ich); sie besichtigte das Ding eine Weile lang, allein auf den Plotz entschwand dieß melancholische Spectaculum dahin – es heißt allgemein, daß es sich um die Erscheinung eines gemordeten Mannes handlete, jedoch ich halte dafür, daß es ein verschollener Mörder war, welcher an die Stätte seiner alten Ruhmesthat wiederkehrte.

Dahier im Angell Rents, zunächst dem Ratcliffe High-way, wurde Mr. Barwick grausam zu Tode gebracht, indem man ihm die Kehle abschnitt, die rechte Kopfseite eröffnete und den Schedel zerbrach: muthmaßlich vermöge eines Hammers oder einer Waffe ähnlicher Art. Eine Faßzieherinn, welche Ale und Bier nach den umliegenden Privathäusern verbringt, hörte das Opfer und dessen Zernichter schreyen, und wann ich durch die Gassen marchire, so vernehm ich solche Stimmen annoch: *Was ists Euch, einen kranken Mann zu erschlagen; Er*

*ist schon ein todter Mann; Herr des Himmels, thuts nicht; Potz Ficker-
ment, lebt Er dann immer noch* rings den Fluß herum widerhallen.
Hernachmals wurde der Mörder in Ketten gelegt und nahend
der Stätte seiner Blutthat erhenget – also heißt man den Ort
Red Cliff, oder Ratcliffe, das Galgen-Dock gegenüber meiner
Kirche, allwo das Wasser die Cörper der Verdammten bespü-
let, eh daß sie durch Effect der Zeit in Stücken verfallen. Viele
rufen *Jesus, Maria, Jesus, Maria,* indeß sie in den Tod eingehn,
allein in der Betts-Street gabs einmal einen Jüngling, der seine
gesammte Gesippschaft umbrachte; nachfolgends verführte
man ihn in Ketten nach dem Dock, ihn daselbst aufzuknüp-
fen: als er den Galgen erblickte, so brach er erstlich in Lachen
aus, doch denn fieng er an zu toben, und schrie nach der Verdammniß. Der Poebel konnte sich schier nicht enthalten, den
jungen Schelm in Stücken zu reißen, allein die Leute wußten,
daß sie, so bald sie den Fuß auf eine Richtstatt versetzten,
ihres Theils eine kurze Agonie ausstehen würden. Zernich-
tung gleicht einem hügelab rollenden Schneeballen, maßen
sein Umfang mit seiner Geschwindheit gedeiht, und somit der
Aufruhr um sich greiffet: als ein Frauenzimmer nahmens
Maggot allda in Ketten erhenget ward, so quetschten sich im
Tumulte einhundert Schaulüsterne zu Tode. Wann daher die
Cartesianer und Neu-Philosophen von ihren Erfahrungen faseln, selbige seyen dem ruhigen und friedlichen Leben der
Menschen nutzlich, so stellet solches einen argen Lug vor: niemalen noch gab es Ruhe, und niemalen wird Friede seyn. Auf
denen Straßen, dadurch sie marchiren, sterben tagtäglich
Kinder oder werden erhenget, weilen sie einen Sixpence gestohlen; die Philosophaster suchen einen soliden Grundbau
(so nennen sie's wenigst) vor ihre ungeheuere Erfahrungs-
masse zu legen, allein der Grund ist angefüllet mit Leichen,
welche faulicht sind und auch fernere Cörper faulen lassen.

Kund sey ingleichen, daß dieses artige und gottseelige
Kirchspiel die Heimstätte ist vor Schwadroneurs, Kloppfech-

ter und Bauernbescheißer, so sämptlich unter der gemeinen Bezeichnung ‹Betrieger› passiren. Hier finden sich all die Schlumpen, Sackermenter, Hudelmetzen, Nachtschwärmer, Huren und Rocklupfer in gleichso großer Anzahl als die Abtritte, Cabinette, Bruntzstätten, Seichwinckel, Kackhäuser, Scheißcammern und Kothhaufen: die Huren von der Ratcliffe High-way dunsten von Theer und stinckendem Kabliau, wegen ihrem continuirlichen Trafick mit Seemannsbuxen. In der Umgegend dieser Gassen giebt es noch mehr solchen Abschaums, allesampt Beispiele der Erzschelmerey. Und daß sie in den nehmlichen Districten ihr Unwesen treiben und nicht ehe von ihren Schandthaten ablassen, als biß sie in Verhaft genommen, ist mit nichten verwunderlich (wie manche meinen), denn diese Straßen stellen ihr Theater vor. Diebstahl, Hurerey und Todtschlag spicken platterdings zu den Fenstern ihrer Seelen hinaus; Lug, Meineid, Trug, Anmaaßlichkeit und Elend prägen einig und allein ihre Mienen, indem sie nun im Schatten meiner Kirche flaniren.

Und in solcher verderbten Welt hätte ich bald die Sodomiter-Budique zunächst der High-way vergessen, woselbst sich ehrwürdige Gentlemen mit Weibergewändern bekleiden und ihre Angesichter mit Pflastern und Schmincke bepappen. Sie parliren und bezeigen sich nach der Weiber Weis, *viz.* Um GOttes willen, Ladies, was dencken Sie, ein zartes Frauenzimmer wie mich mit solcher Rohheit zu tractiren (das Band schlingt sich um den Hals, und den Leib schnüren Stricke ein), ich will Ihnen eine artige Aufwartung machen, und Sie haben bereits Stricke und grausame Bänder praepariret, mich zu fesseln (die Ruthen legen sich an den bleichen Hintertheil), ich ersuche Sie, mich schicklich zu behandlen, dieweil ich ein Frauenzimmer bin wie Sie (und es kömmt unter argem Gestöhn herfür, indem die Natur sich entladet).

Solches gemahnet mich einer Geschicht: auf der Straße zwischen White-Chapel und Limehouse findet sich eine Her-

berge, woselbst eines stürmischen Abends ein Gentleman auf-
ritt und um ein Losament fragte. Hernachmals nahm er sein
Abendbrod mit etlichen andern Reisern ein, und setzte die
Gesellschaft nicht allein durch die Gewandtheit seiner Ansprache, sondern auch seiner fürnehmen Manier halber in Erstaunen. Er war Redner, Poete, Mahler, Musicus, Schriftge-
lahrter, Theolog, und sein magischer Discours erhielt die
schläferige Gesellschaft noch weit über die gewohnte Stunde
wach. Allendlich jedoch ließ sich die müde Natur nicht länger
charmiren, allein so bald der Fremdling die Ermattung seiner
Gefährten gewahrte, so vermerkte er auch unbetriegliche Anzeigen von Unbehagen: er gab dahero seinem Genius neuerdings die Sporen, aber der Abgang der Gäste ließ sich nicht
lange verweilen, und letztlich ward der Fremde auf seine
Cammer geleitet. Die übrige Gesellschaft zog sich gleichfalls
zurück, doch kaum hatte man die Augen geschlossen, so setzte
das allergrausigste Gekreisch, so jemalen vernommen worden, das Haus in den größesten Aufruhr. Verschreckt vom
Gehörten leuteten etliche Einsassen mit der Schelle, und als
die Bedienten erschienen, so erklärte man, daß die garstgen
Geräusche aus der Cammer des Fremdlings entdrungen.
Einige der Gentlemen stunden ungesäumt auf, der außerge-
wöhnlichen Störung auf den Grund zu kommen; und indem
sie sich zu solchem Behuf ankleideten, ertönten noch tiefere
Seuftzer der Verzweifelung sowie noch schrillere Schreie der
Quaal, welche sie neuerlich in Bestürtzung und Schauder versetzten. Nachdem sie zu mehrern Malen gegen die Cammer-
thür des Fremden gepochet, so antwortete derselbe, als sey er
nur eben vom Schlaf erwacht, und gab kund, er habe keinerley
Lerm vernommen und wünsche nicht ferner gestöret zu werden. Demnach kehrten sie auf ihre Zimmer zurück und machten eben Anstalten, einander ihre Meynung zu entdecken, als
ihr Gesprech unterbrochen ward durch neuerdings ertönen-
des Heulen, Brüllen und Schreien, so sie abermal vor des

Fremden Cammer verführte, allwo sie die Thür ohne Umschweiff erbrachen und hierauf den Mann auf dem Bette kniend betrafen, darin begriffen, sich mit unerbittlicher Heftigkeit den bereits blutbeströmten Leib zu geißeln. So bald sie, den Streichen Einhalt zu thun, seine Hand erfaßten, so ersuchte er sie mit ausdermaßen quälender Stimme, ihm die Gnad zu erweisen, sich wieder zurückzuziehen, da die Störung itzund vorbey sey. Des andern Morgens giengen etliche von ihnen auf sein Zimmer, allein er war nicht mehr da; und indem sie das Bett examinirten, erzeigte sich dasselbe als ein einzig geronnener Blutflecken. Bey fernerm Erkunden meldete das Gesind, daß der Gentleman sich gestiefelt und gespornt zum Stall verfüget und die Bedienten ersucht habe, sein Pferd ungesäumt aufzusattlen, und hernachmals in aller Geschwindigkeit nach London geritten sey. Der Leser mag sich verwundern, wie ich, der ich durch keine Sylbe meine dortige Gegenwart angezeigt, solche Geschicht als ein eigen Erlebniß erzehlen kann; wofern er sich indeß zu gedulden beliebt, so soll ihm in sothanem Punct die volle Satisfaction werden.

Indem ist die Nacht so kalt, daß ich, mich zu erwärmen, meinen Rock übers Bett legen muß, und ich grübele dem Folgenden gleichsam als einem Traumgesicht nach: war es etwan kein Traum, Sir Chris. zu sehen, da seine Hand biß an die Gelenke in Blut getauchet, und da er sich das Haupt kratzte, biß daß seine Perruque mit selbigem Blut beschunden? Aus schnöder Curieusitaet ergab er sich dem Studium menschlicher Cörper, und besudelte sich dergestalt, um iedwedem Nerve sowie dem geheym Reich der Venen und Arterien auf die Spur zu kommen. Ich vermelde dieß hier, nach der Histori des fürnehmen Reisenden, damit man nicht allein die Gesinnung desjenigen anatomiren kann, der sich das Blut aus dem Leib peitzschet und es aufs Bett sprützet, sondern auch desjenigen, der über solcherley Blut und Verderbtheit den Augenschein einnimmt.

Sir Chris. war denen geschwornen Leichenschauern wohlbekannt als jemand, der sich vermög seiner geometrischen und mechanischen Speculationen auf die anatomische Verwaltung des menschlichen Cörpers versteht; er bezeigte so eifrige Neigung, die frischen Leichname aufzuschneiden, daß sie ihn etlichmal zur Verrichtung ihres Amtes herbeizogen. So begab es sich eines Tages, da ich mit ihm die Abzugscanaele an der Westerseite einer Kirche ausarbeitete, daß ein Paquet einlangte benebst einem Boten, der eine ungesäumte Antwort begehrte – der Brief vermeldete, daß in der Pfortnerey am Southwark Reach eben ietzt der Leichnam einer Frauensperson liege, so aus dem Fluß geborgen worden, und wofern Sir Chris. seine Instrumenta mit sich bringen wolle, so sey man ihm sehr verbunden. Ei wohl, *sagt er*, noch ein Cörper: ich hatte mir schon Hoffnung darauf gesetzet. Und hienach frug er den Boten, welcher Art der Schicksaalsstreich gewesen?

Das Frauenzimmer hat sich, dem Ansehen nach, in der Themse ersäuffet, Sir.

Fein, fein, *fährt Sir Chris. fort*, solcher Novelle kaum Gehör gebend, aber wir haben nur wenig Zeit, uns zu rüsten: hat Er dann auch einen Magen darzu, Nick?

Meinen Magen gilts ja nicht, *versetzte ich*, und er lachte lauthalsig auf, indem der Bote weiter verwirrte Mienen machte.

Dann frisch! *sagt er*, wir wollen über den Fluß und diese Affaire einmal nachsehen. Und dergestalt marchireten wir gerades Wegs zur Anlände an der White-hall, woselbst wir einen Fährmann heuerten, uns überzusetzen. Und ob die Ruderknechte schon die gemeinliche Cacophony ihrer Billingsgate-Zoten anstimmten, so verlohr Sir Chris. sich in die Anticipation seiner Verrichtung: die Anatomia, *sagt er*, indem ihn die Lästerreden umrauschen, ist eine edele Kunst – *Er schißköpfiger Sohn eines Dreckhaufens, so mir Seinen Bregen ins Angesicht gespukket, der Er in der Sodomey gezeuget, im Kackhaus an die Welt kommen und von der Arschkerb entbunden* – gleichso, Nick, wie der

Leib selber ein rechtes Meisterstück von der Hand des allwissenden Architecten ist – *Er branteweinsichtige Ausgeburt einer Hudelfut.* Sir Chris. lauschet einen Moment auf die Ruderknechte und spricht dann neuerdings: Weiß Er im übrigen, daß ich das geometrisch Getrieb des Ruderns – *Leck Er mich im Arsch, Er Sausack* – als einen Hebel über einem beweglichen oder nachgeblichen Angelpunct erwiesen – *Er fitzelt alle Ritt mit Seiner Mutter, mag sich ihr Schooß mit Filzläusen erfüllen.* Und demnach lächelt er über unsern Fährmann und sagt, Das ist ein braver Gentleman; und indem der Fährmann solches vernimmt, brället er zu uns hin: Wohl, Sirs, könnt Ihr mir ein Räthsel rathen?

Ei gern, *sagt Sir Chris.*, ist es ein Reim?

Und hierauf fängt der Kerl an zu singen:

> Rath einmal, was bin ich dann,
> Und sag des Räthsels Lösung an.
> Von langer, weißer und schmaler Art,
> Kützelt die Jungfern da, wo sie zart,
> Liegt an einem Haargefitz,
> Und hat unter der Nas einen langen Schlitz.

Ei, was nicht gar, *ruft Sir Chris.*, eine Haarnadel! Und der Fährmann giebt ihm eine saure Miene und sagt, Recht gerathen, Sir. Und Sir Chris. lehnt sich lächelnd zurück und läßt den Finger durchs Wasser zeuchen, biß daß wir das ander Ufer erreichten.

Demnach kutscheten wir ungesäumt nach der Pfortnerey (welche blos gegen eine Meile von unsrer Anlände gelegen), und denn verführete uns der Leichenschauer auf eine schmale Cammer, allwo der nackende Weibscörper zur Schau ausgestellet lag. Stracks nahm Sir Chris. den Leichnam in Augenschein: Sie muß in Gewändern ein liebliches Frauenzimmer gewesen seyn, *murmelte er*, indem er sich anschickte, den

Rumpff mit seinen chirurgischen Instrumenten zu bearbeiten. Die Römer achteten es vor unrechtlich, die Ingeweid zu besichtigen, *sagt er*, in die Haut einschneidend, aber heute ist die Anatomia eine freie und allgemeine Practique. Hier sieht Er, Nick (mir unterm Sprechen den inwendigen Cörper erzeigend), hier sieht Er die Klappe am Eingang des Grimmdarms, und da die Milchadern und lymphatischen Gefäße (er blickte, die bluttriefenden Arme schlenkernd, in die Höhe, und ich vernahm ein Brausen in den Ohren); diesergestalt haben wir die Kunst der Blut-Transfusion von einem Lebewesen zum andern erfunden. Solche Transfusion ist gut bey Pleuresie, Kreps, Aussatz, Geschwieren, Blattern, Altersschwäche und derley Maladien.

Da war einmal eine Lady, *sagte ich*, so bald Sir Chris. eingehalten, die sahe aufgeschnittene und von Caldaunen entweidete Schweine und ander Gethier, derohalben sie sich mit der Einbildung zerquälte, daß sie ebenfalls solchen stinckenden Unrath (wie sie's benannte) im Leib mit sich schleppe. Worauf sie mit einem Mal einen Eckel bekam, und ihren eigen Leib so verabscheute, daß sie sich keinen Weg wußte, ihrer Unreinigkeit ledig zu werden.

Nichts als Hirnschellerey, *versetzte Sir Chris*. Seh Er her, der Cörper ist noch frisch, und worin anders bestehet die von Ihm bemeldte Verderbtheit, als in der Verbindung und Auflösung kleiner Theile oder Partickeln: hat Er dann keinen Verstand, Nick? Ich erhielt mich in Ruhe, gedachte jedoch bey mir selbst: Noch der ärgste Luderer hat eine feinere Philosophey.

Indem kehrte der Leichenschauer, welcher Luft suchend hinausgegangen, auf das Zimmer zurück und frug Sir Chris. um ein Urtheil über diese arme, arme Dirne (wie er's fügte). Es war mit nichten Selbstmord, *erwiderte Sir Chris.*, und ich habe Ursach zu glauben, daß sie mit einem Streich ans linke Ohr niedergeschlagen wurde, als was sich aus dem daselbst befindlichen Bluterguß erzeigt (und er wies mit seinem kleinen Hammer nach dem Schedel): muthmaßlich ist sie, nachdem sie zu Boden gefallen, im Griffe einer starcken Hand erdroßelt worden, welches sich von der Stockung an beiden Halsseiten und unterhalb der Ohren verstehet; der Bluterguß an der Brust, *fuhr er fort*, bewegt mich zu der Annehmung, daß die sie erdroßelnde Person den Arm an sothane Brust stützte, um desto fester anpacken zu können. Übrigens ist das Frauenzimmer noch nicht lange todt, *setzte er anbei*, denn ob man sie gleich auf der Themse treibend gefunden, so vermerke ich doch kein Wasser im Magen, Gederm, Abdomen, Lunge oder Brusthöhle. Auch hat sie sich nicht vor Schaam ersäuffet, weilen der Uterus gänzlich leer und ledig.

Ich musterte das Antlitz der Frauensperson, und schlakkerte, als hätte ich die von ihr ausgestandnen Streiche am eignen Leib verspüret – und da sahe ich, was sie gesehen: Ei, Madame, *sagt ihr Mörder*, ich gieng hier wie gewöhnlich so für mich hin, habt Ihr nicht Lust, mich ein Stück zu begleiten? Und ich sahe den ersten Streich, und erlitt den ersten Zufall ihrer Quaal. Itzt hat der Mörder ein weiß Tuch aus der Buxe geholt, beblickt es, schmeißt es dann an den Boden, und seine Hand legt sich um meine Kehle: Ihr müßt nichts befahren, *wispert er*, Ihr kriegt ja nur, was Ihr wollt. Und nunmehr verspüre ich im Schedel den Strom meines aufwogenden Blutes.

Und somit endigt Seine erste Lection in Anatomia, *sagt Sir Chris.* zu mir, aber bequem Er sich noch zur Geduld, biß daß ich mich abgewaschen.

Sir Chris. strollte immerzu hinaus, nach neuen Wunderdingen trachtend, und erfüllte seinen Kopf dergestalten, daß derselbe allgemach ein ausgemachtes Cabinet von Curiositaeten geworden. Eines Tages kömmt er nach verrichteter Arbeit herein: Sollen wir den sechzehen Fuß langem Wurm besichtigen, so von einem jungen Gentleman gebracht und nunmehro in einer Flasche am Haus von Mr. Moor lieget, *fragt er*, oder sollen wir den neulich in Bedlam versperrten Teufelbännigen visitiren? Ich bedeutete ihm, daß der Wurm kleiner, als das bemeldte Ungeheuer, sintemalen ich dasselbe schon zwey Tage bevor angesehen; und da in müßiger Stund nichts trefflicher, als sich bey denen Lunatickern zu ergetzen, so willigte ich in den nehmlichen Cours und marchirete mit ihm dorthin. Wir wurden durch das eiserne Thor von Bedlam gelassen und kehrten, nach Entrichtung eines Sixpence, durch eine fernere Barricade in die Gallerie der Männer-Cellen ein, allwo ein solches Kettengerassel und Thüretrummeln erscholl, daß es gar einem Todten hätte Hauptwehe gemacht. Das Gelerm und Gedonner, das Gefluch und Gekreisch, der Stanck und Unflath, und die gesampte Menge der daselbst zu sehenden Übeldinge würckten zusammen, die Stätte als ein fertiges Sinnenbild der Hellen und gleichsam als einen Eingang zu ihr erscheinen zu lassen.

Mit gegen die Nüstern gedruckten Linnen giengen wir hindurch, und Sir Chris. ließ seine lebhaften Blicke rings über diese Versammelung derangirter Geschepfe schweiffen. Etliche der Blödsinnigen, die da durch ihre Gucklöcher spickten, waren ihm bereits bekannt, da er sie ehedem in sein Sackbuch eingeschrieben, und als einer der Grillenköpfe ausrief *Ihr Herren, Ihr Herren!*, so flisperte Sir Chris. mir zu, Wend Er sich nicht um, sondern geh Er ein Stück fort und acht Er auf die Folge solcher Ausrufe. Manche Einsassen nehmlich marchireten, nachdem sie den Gauch vernommen, nach hinten, um zu lauschen, was er zu sagen, und so bald sie dicht an sein Guckloch kamen, so verabfolgte er ihnen eine ergiebige Schüssel mit Piss, als welche er mit gutem Glück zwischen sie fallen ließ, indem er winselte: Ich reiche niemalen zu essen, aber ich reiche zu trincken, und Ihr seyd mir willkommen, Gentlemen. Er ist ein muntrer Geselle, *sagte Sir Chris.* lachend. Und als wir hienach diesen Gang passireten, so stießen wir an gewiße Frauenzimmer aus der Stadt, so uns mit den Augen winkten, maßen in Bedlam sich viele Ecken und Nitschen fanden, wo sie verhielten und um Kundschaft warteten: die Stätte war denn auch berufen als ein sicherer Marckt vor Lustlinge und Pflastertretter, denn ob dieselben zwar einzelig kamen, so zogen sie doch zu Paaren wieder hinaus. Das ist ja ein Schausaal vor Huren, *sagte ich*.

Welcher Platz schickt sich besser zur Wollust, *versetzte Sir Chris.*, als der bey denen Geistverlaßnen?

Das Gewinsel und Geschrei ward unterdem so laut, daß Sir Chris. nichts ferners mehr sagte, sondern mich nach dem Gatter gesticulirete, welches in die Gallerie der Weiber-Cellen führte. Dahier betrafen wir noch mehr unglückliche Geschepfe, *viz.* ein Frauenzimmer, so mit dem Rücken zur Wand stund und schriee *Komm doch, John; komm doch, John; komm doch, John* (vermuthlich gilt das ihrem todten Sohn, bedeutete mir Sir Chris.), indeß eine andere ihr Stroh entzwey riß und unterdem wetterte und lästerte und in ihre Gitterstäbe biss. Wiederum eine andere parlirete gar fröhlig an ihrem Guckloch, allein als wir ihr nahe kamen, so sagte sie, Brod sey gut mit Käs, und Käs sey gut mit Brod, und Brod und Käs seyen gut mitsammen. Sir Chris. bog sich hinab, ihr zu lauschen, und sagte, Fürwahr, führwahr, eh daß der Gestanck uns von ihrer Celle abstieß. Wir kehrten zurück nach denen Männer-Zwingern, wo nunmehro welche von fliegenden Schiffen und versilberten Wesen auf dem Mond faselten: ihre Geschichten haben scheinbar weder Kopf noch Schwantz, *erklärte mir Sir Chris.*, jedennoch ist eine Grammaire darin – wann ich sie nur einmal ausmitteln könnte.

Das ist ein wirres Zeitalter, *versetzte ich*, und es giebt etliche Leute, so ehe für Bedlam gehören, als die dahier an eine Kette oder dustre Celle gebannet sind.

Eine trübseelige Reflexion, Nick. Und was kleine Ursach haben wir, unsern Verstand zu preisen, *fuhr ich fort*, da sich das Hirn so unversehens verrucken kann!

Ei nun, das mag schon seyn, das mag schon seyn, *sagte er hastig*, aber wo stackt übrigens unser neuer Teufelbänniger? Und er schritt auf einen Wärter zu, den er von Ansehen kannte, und fieng an, mit demselben zu conversiren; hienach heißt er mich mit den Fingern fürwerts kommen. Der Schelm ist vor dem Publico versperret, *bedeutete er mir*, als ich herzutrat; allein wir haben Permiß, ihn zu besichtigen, wanns uns beliebet. Solches setzte mich in nicht geringe Furcht und Confusion, und ich muß wohl erblaßt oder von unbehäglichem Anschein gewesen seyn, denn Sir Chris. klopfte mich auf die Schulter und sagte: Er kann Ihm nichts anthun, Nick, er ist ja in Ketten; frisch, wir wollen den Gevatter nur eine Minute visitiren. Und somit geleitete uns der Wärter über eine Hintertreppe nach denen geheym Cammern von Bedlam, allwo die zur Vorstellung nicht Geschickten eingekerckert sind. Die Creatur ist hier darinnen, *beschied uns der Wärter* mit düstrer Stimme, aber seyd nur getrost, Gentlemen, der Schalck ist brav angefesselt.

Als wir fürbaß giengen, und unsre Augen allgemach das schwache Licht gewöhnten, so sahen wir den Mann am Boden liegen. Wann er seine Zufälle hat, *sagte der Wärter* mit rollenden Augen, so poltert er durch die Celle oder hupft gählings vom Stuhl, und würde wohl bald Reißaus geben, aber seine Halter hangen ihm an den Armen und Beinen. Hierauf lächelte Sir Chris., ohne jedoch solches dem Wärter zu erzeigen. Und bißweilen, *fuhr derselbe fort*, legt er sich gleichsam für todt an den Boden, wie itzt, Sirs, und denn fällt er mit einem Mal ohne die natürliche Hülfe von Armen oder Beinen in so grausame Verkrümmungen und Zuckungen, daß es nicht zum singen noch zum sagen. Sir Chris. besichtigte den Lunaticker, sprach indeß keine Sylbe. Und sonach, *redete der Wärter fort*, entkommen ihm erstaunend schröckliche Laute – mannigmal als von einem Schwein, oder von Wassermühlen, oder von einem Bär, und solche Laute verquicken sich zu einem einzelnen Getös.

Und denn –

– Genug, nichts mehr davon, *murmelte die Creatur* leise vom Boden herfür, was mir bange machte.

Ihr seht, seine Lippen haben sich nicht bewegt! *rief der Wärter*.

Genug, habe ich gesagt! Und der Teufelbännige erhub sich vom Boden: Sir Chris. und ich traten einen Schritt hinter uns, worauf der Mensch laut auflachte. Demnach gab er uns keinerley Achtung mehr: über den Boden waren Binsengeflechte gestreuet, zu hindern, daß er die Knochen breche, und er hub sie auf und faßte sie gleichsam als Spiel-Charte an, indem er sich allemal als ein ächter Spieler berdete; hienach tractirte er die Geflechte als Würfel, denn als Boßel, wobei er die unterscheidlichen Posturen des Keglers einnahm.

Sir Chris. behielt ihn schweigend in Augenschein, und hohlte allendlich sein Sackbuch herfür, worauf der Teufelbännige einen Batzen Schleim gegen ihn spuckte. Denn hub er an zu sprechen: Den andern Tag sahe ich nach Euer Hochwohledeln Nativitaet, als welche sich im gevierten Schein eines Magneten findet, im gesechsten Schein der Zwillinge, so immerdar im Schatten gehn. Verhütet Euch vor denen Pferdfliegen. Und er setzte anbei: So habe ich denn deine ganze Gelahrtheit irre gemacht. Hierauf brach ich in Lachen aus, und der Tollsinnige wandte sich gegen mich und brällte: Wie viel Todte dann noch, Nick, Nick, Er ist mein! Auf solches stund ich als vom Donner getroffen, denn meinen Namen konnte er keinenfalls gewußt haben. Und in seinem Aberwitz rief er mir ferner zu: Paß Er sich auf, Er Jüngling! Ich will Ihm eines sagen, ein gewißer Hawksmoor wird Ihn noch diesen Tag grausam ins Wancken setzen!

Demnach rollte seine Zunge einwerts zu einem Klumpen, und die Augäpfel verdrehten sich nach hinten, so daß blos noch das Weiße zu sehen. Und der Wärter gab uns Zeichen zum Abgang.

Wer ist dann dieser Hawksmoor, *frug mich Sir Chris.*, als wir aus dem Tollhaus traten und ins Freie schritten.

Niemand, *versetzte ich*, niemand, den ich kenne. Denn ließ ich ihn zurück, und wischte geschwind auf eine Kneipschenck, und schlürffte Bier hinab, Krug auf Krug, biß daß ich bedüsselt wurde.

*

Ich erhielt mir meine eigen Lista von Wunderdingen, gleichermaaßen als Sir Chris. – wenn selbiger gleich die Wahrheit meiner Berichte würde ärger beforchtet haben, als der Hund den Prügel. Solchergestalten hätte er wohl gespöttelt, so oft ich den Discours anhörete über Mr. Greatrack, den irrländischen Streicher: Schmertzen entwichen wundersamer Weis vor seinen Händen, sein Anrühren ließ Blödsichtigkeit schwinden und curirte die Taubheit, schwärende Wunden trockneten aus, Hartleibigkeit und Verstopffungen removireten, und krepsichte Knoten in der Brust lösten sich auf. Item, gieng da die Geschicht von dem Kind, Mary Duncan – so bald sie mit dem Finger auf Hals, Haupt, Handgelenk, Arme und Zehen wies, so traten daselbst blutige Dorne herfür. Item, verwahrete ich unter solchen Memorabilien den Bericht von dem Frauenzimmer zu Islington, als welche von einem Kind mit einem Katzenkopf entbunden ward – denn zwischen währender ihrer Schwängerschafft gerieth sie vor einer Katze, so in ihr Bette geschlupfet, gar sehr in Angst und Schrecken. Item, wann der Herzog von Alba zu Antwerpen dreyhundert Bürger gemeinschaftlich hinrichten ließ, so wurde eine dem Schauspiel beywohnende Lady prompt darnach von einem Kind ohne Kopf entbunden. Solchergestalten waltet die Macht der Einbildung noch in dieser razionalen Epoque. Item, berichteten die Zeitungen neulich die Histori von Mr. John Mompesson zu Tedworth, als welcher das Verrucken von Stühlen durch unsichtbare Kräfte vermeldete, das Zupf-

fen an Haaren und Nachtgewändern, heftige Hitze, Sausen im
Camin, Scharren und Klopfen. Denjenigen, die solche Gespänste und Erscheinungen zu schauen suchen, sage ich dieses: der Anblick ist nicht von langer Dauer, sondern währet
zum mehrsten Theil nur über die Weil, da man die Augen
starr erhält (wie ichs gethan); Zaghafte erfassen blos im
Husch, maßen ihre Augen beym erstlichen Ansehen des Ob-
jects immer zu zittern anheben, allein die ausnehmend Kühnen befestigen gemeinlich ihren Blick. Im übrigen: die den
Dämon erschauen, müssen ihre Augen hernachmals mit den
Fingern herabziehen.

Solcher mundus tenebrosus, diese schattichte Welt der
Menschen ist in die Nacht versuncken; kein Gefild ohne Gespänste, und keine Stadt ohne Dämone, und die Lunaticker
verkündigen Propheceyen, indeß die Verständigen in die
Grube verfallen. Wir stecken alle im Dunkeln, einer wie der
andere. Und gleichwie Dinte das Blatt besudelt, darauff sie
vergeußet und wo sie allgemach über die Schrifft zerfließet, so
greifen Dunkel und Missethat geschwinde um sich, biß alles
unkennbar wird. Solchergestalten begab es sich mit denen
Hexen, als welche man noch unlengster Zeit durch die Was-
serprob examinirete, da den von Anbeginn der Verfolgung
immer zahlreichern Schwärmerinnen kein Einhalt gethan
werden konnte: die Menge der heimgesuchten und angeklag-
ten Frauenzimmer erwuchs allmälig, und bey der Befragung
bekenneten sich mehr der Übelthaten schuldig, als man ge-
muthmaßet. Und so gieng es fort, biß das entdeckte Unheil so
groß war, daß es alles in Confusion zu setzen androhte.

Jedennoch findet die Philosophey, welche zu London und
anderswo so viel im Geschrey, Anhänger wie Sir Chris., die
blos vom Razionalen parliren, von dem, was erwiesen, von
Genauheit und Klarheit. *Religion ist kein Räthsel* lautet ihr
Wahlspruch, allein gesetzt, sie erwünschen eine begreifliche
Gottheit, wie so ist dann Adam zu Tode erschrocken, so bald

er im Paradys die Stimme vernommen? Die Räthsel müssen bequem und traulich werden, heißt es, und man ist nunmehro in den Stand gekommen, wo einige ihre mathematischen Calculationen auch in Dingen der Moral anzuwenden trachten, *viz.* die Quantitaet der offentlichen Wohlfahrt ist ein zusammengesetztes Verhältniß von Güte und Fehigkeit dessen, welcher solche Wohlfahrt auswürcket, und derley Excrementa mehr. Sie errichten Bauwercke, so sie *Systeme* benennen, indem sie die Fundamenta in die Luft verlegen, und so bald sie an soliden Grund zu stoßen vermeinen, so entschwindet das Gebäude dahin, und die Architecte stürtzen ab von den Wolcken. Wer sich auf Materien wie *Ursach, Experimentum, Afterursach* capriciret, hat vergessen, daß die Welt etwas enthält, was er nicht sehen, noch fühlen, noch messen kann: den Abgrund, dahinein er gewißlich fallen wird.

Es giebt welche, die fürderhin kundthun, solches seyen bloße Traumgesichte und keine wahrhafften Beschreibungen, allein denen setze ich darwider: besichtigt meine Kirchen auf den Spittle-fields, zu Limehouse, und nunmehro auch im Sprengel von Wapping Stepney – nimmts euch dann nicht wunder, wie so sie euch in eine dunklere Welt verführen, die ihr nach einigem Bedencken als eure eigne erkennet? Iedweder Fleck Erde darbei ist behaftet mit hypochondrischer Laun und Zerrüttung, iedweder Stein darvon trägt die Brandmale, so euch auf den wahrhafften Weg GOttes leiten. Nun freilich versichern diese Verstandeshelden, daß solche Zeichen nichts vorstellen als die Schnurrpfeiffereyen tiefgründender oder ohrenblasender Schelme, allein auch in der Bibel, jenem Buch der Todten, finden sich unzehlige Exempla: Böse Engel wurden unter die Egypter gesandt, *Psalm 78.49*, GOtt frug Sathan um dessen Herkommen *Hiob 1.7*, und Sathan ließ den großen Wind aufkommen *1.19*. Teufel fuhren in die Säu, *Lucas 8.33* und der unsaubere Teufel fuhr in den Menschen, *Lucas 8.30*. Und über den Teufelbännigen: Niemand kunt ihn binden,

Marcus 5. Und etliche andere Passagen: die Hexe von Endor, die Wahrsagerinn, so von Samuel um Rath gefragt wurde *1. Samuel 28* und die dem Samuel fürtrug: Es kompt ein alter Mann erauff/und ist bekleidet mit einem Seidenrock. Item, wie die Hexe in *Josephus, Vers 13* sagt: Ich ersahe Götter aus der Erden heraufsteigen.

Aber einige wackere Gentlemen der dermaligen Epoque mögen mich itzund wohl fragen, Wo ist Sein Erweis? Und ich antworte: beachtet meine Kirchen, und wie ihre Schatten an den Boden fallen; blickt auch zu ihnen hinauf, und sehet, ob ihr nicht in Confusion gesetzet. Und ich sage ferner: Wann alles, wovor der Gelahrte keinen zureichenden Grund geben kann, als falsch und unmöglich bekrittelt wird, so mag die Welt selber als ein bloßer Roman erscheinen. Überdas soll der folgende Fingerzeig genügen: die Existenz von Geistern läßet sich nicht durch mathematische Demonstrationen erweisen, sondern wir müssen uns auf menschliche Berichte stützen, wofern wir nicht die Historien von allen gewesenen Eräugnissen ungiltig machen und annihiliren wollen. Doch die sich nicht zu sagen getrauen, Es giebt keinen GOtt!, nehmen zugleich fürlieb mit der Anmerkung, daß Dämone nichts als Kobolte und Schimären sind. Mit derley Personen pflege ich nicht zu disputiren: ist ein Mensch von kurtzem Gesicht, so bleibt ers auch inmitten der Wunderdinge und Miracel, und verwechselt die Kerze seines Verstands mit der Mittagssonne. Er siehet immer nur Ausdehnung, Theilbarkeit, Dichte, Mobilitaet: er vergißt auf seine schwache Sterblichkeit, und bewegt sich tastend durchs Dunkel.

Und o GOtt, es ist noch dunkel: Ihr habt gewißlich feste geschlafen, *sagt Nat,* und ich habe unterdem meine kleinen Geschäfte sämptlich verrichtet, und der Fußboden ist so sauber, Herr, kein Fleckchen mehr, darauf man spucken kann, und alldieweil ich mit meinem ledern Trog gerührig, habt Ihr im Schlaf gemurmelt –

– Nat, *sagte ich*, Nat, ich gedachte, ich hätte nur eben eine Kerze angezündet und mich für den Augenblick niedergelegt.

Nein, Herr, es ist bereits sieben.

Und die Nacht schon vorbey?

Dahin wie ein Pfeil, aber auch der Morgen ist nichts als widrig, und der Postmeister-Bote, so mir verächtlich, hat uns dieß herspediret.

Und Nat satzte ein klein Paquet ab, das die folgende Inschrifft trug: *An Mr. Dyer, aufgegeben am Post-Amt zu Leester-Fields*. Er bleibt beinebenst mir stehen und glotzt das Paquet an, doch da faßte mich ein befremdliches Zittern: Geh Er Seiner Wege, Master Eliot, *sagte ich*, und bring Er mir etwas Rindfleisch und Eier. Als er hinausmarchirete, eröffnete ich das Paquet und befand darinne einen schmalen Zeddel, so von unbekannter Hand an mich addressiret, und darauf in großen kraklichten Lettern das folgende geschrieben stund: *Ich habe Ew. Werck gesähn, in GOtts Namen. Ich bin heut über zween Wochen dahier, und Ihr sollet von mir hörn, so bald ich auff die Whyte-hill kumm. Ich bin von ganzem Ertz Euer künstiger Freind, und übrigens der best Freind von der Welt, woferne ich darfür meinen Vortheil kriege, daß alles richtig bleibet und ich mein Maul verhalte.* Als ich solche mich offenbarlich bedrohende Nachricht gelesen, so regte sich mein Gedarm, und ich wischte aus dem Bett zur Stuhlpfanne; daselbst hockte ich nieder und blickte forchtsamlich um mich, als ob gar die Wände mir dräueten, und ich hätte mir bald das Leben aus dem Leib geschissen. Demnach hörte ich Nat die Treppe heraufkommen und rief ihm zu, Ich bin zu Stuhl: leg Er das Rindfleisch bey der Thüre ab! Was er hurtig that, und wieder hinab in die Küche gieng.

Bemeldter Brief war nicht so gewitzigt geschrieben, als daß ich nicht hätte seine Bedeutung ausmitteln können: ein widriger Zufall hatte meine Gemeinde in der Black Step Lane preisgegeben – und somit auch mein ernstlich Gewerb außer den

Kirchen. Ich sahe mich nunmehro wahrlich gefesselt, und wandelte mich im Huy wieder in das Kind, das sich dazumalen in einer Aschgrube verkrochen und dessen Sinnenquaal zu arg gewesen, um in die Welt hinauszuschreien. Ich erhub mich von meinem Tiegel, legte mich aufs Bette und hätte können ebenso gut um ein Grabtuch rufen, als um ein Paar Kniebuxen. Ich war mir bewust, daß ich alle Gesetze wider mich hatte: Im 39. Regierungsjahr von Eliz. ward verfüget, daß sämptliche Personen, so auf spitzfündige Triegerey gehen, oder wahr- oder glücksagen, in Verhafft genommen, vor Landstörtzer, Vaganten und lüderliche Bettler geachtet und von der Mitten aufwerts nackend ausgekleidet und hernachmals gesteupet werden sollen, biß daß sein oder ihr Leib blutig sey. Aber solches stellte noch eine Nichtigkeit vor; man konnte Anklage wider mich thun mit dem Statute Primo Jacobi Cap. 12: wer da einen bösen Geist nähret, in Dienst hält oder ablohnet, ist ein Ertzverbrecher – als was somit hieß quondam malum Spiritum negotiare. Ferner war verfüget, daß irgend die Zauberey oder Schwartzkunst versehende Person oder Personen, so wie deren sämptliche Helfershelfer, Anstifter und Rathgeber, so der bemelten Mißthat überführet und schuldig erfunden, als Verbrecher svnder geistlich Fürspruch vom Leben zum Todt gestrafft werden sollen. Solches saß mir nun wahrlich als ein Stachel im Gemüth (wie man zu sagen pflegt), und indem ich auf dem Bette liege, erhebe ich mich und trete in das steinern Verlies von Newgate, und werde fest gekettet an den Boden; anitzo führet man mich ab nach dem Oberhofgericht, und Sir Chris. ist gekommen, wider mich zu zeugen; dermalen ziehet man mich nach dem Carren, und ich lache des umherstehenden Poebels; und nun bindet man mir die Hände und verhüllet mein Angesicht unter der Kappe; und indem ich sterbe, werde ich an den Beinen gezerret. Solchergestalten kroch meine Angst durch die Gänge meiner Empfindungen: sie praesentirete sich in Figuren, sie haftete an Gereuschen, stackte in Düften und infundirete sich in Geschmäcken. Und ich sprach leis zu mir selber, *Oh nein, mein Urtheil ist gerechtlich.*

Allendlich jedoch kriegte mein sanguinisch Gemüth wieder die Oberhand, und ich biss mir in die Hand, biß das Blut daraus entkam: ich kenne meine Stärcke, *sage ich*, dieweilen ich sie schon erprüffet, und wann ich Stürme voraussehe, so vermag sie mir solche vom Leib zu halten. Wie so soll ich mich vor einem ignoranten und begierlichen Buben ducken? So bald ich den Urhaber dieser Geschrifft ausgemittelt, so will ich ihn gründlich zernichten.

Und demnächst spann ich mir den folgenden Gedankenfaden, als welcher mich durch ein Labyrinth der Angst geleitete: diese insipide Epistul, *sage ich*, ist sudlig geschrieben in dem Absehn, mich recht vom Argwohn abzulenken. So schreibt der Kerl denn ‹Whytehill›, wo schon der fertigste Tuffel weiß, daß es ‹Whitehall› heißet. Und wer anders lauert auf mich und redet wider mich, als die im Amt? Und wer anders weiß von meinen Planen, als die, so sich in mein Cabinette stehlen oder Walter Pyne um meine Arbeit aushohlen? Und wer hat Walter wider mich eingenommen und spürt mir vielleicht hinterher? Und ja, fürwahr, da ist recht wohl einer, der mit Walter zum öftern umgehet und ihm günstige Worte giebt – ein gewißer Yorick Hayes, der Vermessungs-Inspector, ein Mann, der nach meiner möglichen Abdanckung an meine Stelle aufzuspringen verhoffet. Muthmaaßlich ist er der Schreiber: ich will ihn ins Auge fassen, und hinter ihm her seyn, und ihn zerdrukken als eine Filzlaus. Der Gedanke, wie ich ihn würde aus dem Weg schaffen, erfüllte mich mit einer Wonne, welche mir gar zu Kopfe stieg und mich durch mein Zimmer marchiren machte.

Und unterm Marchiren verfiel ich auf einen Köder, diesen Sprott, diesen Homunculus zu fangen, und ich schrieb den folgenden Gegenbrief: ich erkenne aus Eurer Epistul keinen

Verstand, erkläret Euch in der nehesten, und gebt mir Bescheid. Ich subsignirete nicht meinen Nahmen, sondern setzte auf den Couvert: *Mr. Hayes*. Denn stackte ich mir den Brief hinter den Hosenbund und rief um Nat, als welcher alsogleich hereingehuscht kam.

Ihr habt ja Euer Rindfleisch noch nicht angerühret, *sagt er*, und auch noch nichts getruncken: ich vermelde Mrs. Best, daß ich mir keinen Rath mit Euch weiß, und daß Ihr gleichwie das Schrumpelmännlein aus dem Mährchen seyd, so –

– Genug, Nat.

Ihr habt recht, *sagt er* und gähnt.

Und denn fuhr ich fort: Nat, wofern Er in der dasigen Umgegend irgend fadensichtige, begierliche Pflastertretter lungern sieht, und solche, die Ihm unbehäglich machen, so nehm Er dieselben in Augenschein und geb Er mir Bericht. Er glotzte mich verwundert an und sagte nichts weiters, sondern gähnte neuerdings. Demnach zog ich mich leise pfeiffend an. Der Wagemuth war nunmehr wahrlich groß, allein als ich nach dem Amt marchirete, so kehrte meine Angst zurück. Iedweder Vorübergänger, so mich besichtigte, erfüllte mich mit frischem Grausen: Ich war mir selber ein ausgemachtes Räthsel, und von so vielen unterscheidlichen Leiden afficiret, daß ich kaum wußte, welchen Weg ich eingeschlagen. Ich betrat den Scotland-yard gleichwie ein Schuldiger, und indem ich mich umschwenckend meiner Unbemerktheit versicherte, legte ich den vor Mr. Hayes bestimmten Brief im Corridor ab, allwo der Tropf ihn gewißlich befinden würde.

Als ich mich denn wieder in meinem Cabinette und inmitten meiner Plane und Papiere enthielt, so faßte ich Muth und trieb die Verhandelungen über meine Arbeit fort. Flugs schrieb ich der Commission das folgende: Der Kirchbau zu Wapping Stepney gehet voran. Die Mauern langen nun rundum an eine Höhe von funfzehen oder sechzehen Fuß;

der Maurer hat bereits eine gute Fülle von Portland-Stein verleget, ob er gleich mit der Arbeit noch nicht den allenfalls verhofften Vorschritt gemacht. Theilweis hat der Frost dem gegen Anfang Novembris gefertigten Ziegelwerck ein ziemliches zugesetzt: etlich Stücken mußten abgeschafft und aufs neu verlegt werden. Allein ich bins zufrieden. Item, schließe ich Skitzen bey vor eine gar geräumige und curieuse Schilderey, so auf der Westerseite der Kirche anzubringen – sie stellet das Bildniß der Zeit vor, mit gespreiteten Schwingen. Zu Füßen der Zeit findet sich das Portrait eines gegen acht Fuß langen Knochengeripps, und unter solchem die Glorie in Gestalt eines gleichseitig Dreyangels in einem weiten Kreiß. Das Ganze bildet ein ausdermaßen schickliches Emblem vor eine christliche Kirche, und eines, so bereits zeit den frühen Tagen des Christenthums in Gebrauch. Ihr unterthäniger Diener: Nich. Dyer.

Solches ist das einzig Bild, welches der Commission mitgetheilt wird, und mein würckliches Werck verbleibet geheym – denn in meiner dritten Kirche muß sich ferner das folgende repraesentiren: ein riesiger dunkler Mann mit rothen Augen, einem Schwerdt in der Hand und einem weiß Gewand angethan; item, ein Mann, so eine güldne Kugel hält und roth gekleidet ist; item, ein Mann mit einem dunklen Linnen-Caputz über dem Haupt und erhobnen Händen. Als mein alter Mirabilis mir solches Sujet erstmalig anzeige, so bedeutete ich ihm, daß mich dergleichen an die in Kindheit vernommenen Geschichten gemahnte. Ei, warum nicht gar, *sagte er*, fangen doch unsre Sorgen recht mit der Kindheit an! Und wie mochte ich itzo des Cörpers in denen Fundamenten vergessen?

Im Corridor entstund ein Gereusch, und ich verfügte mich wie von ungefehr nach meiner Thür: der Tropf Hayes langte ein, wie ichs gedacht, allein ich getraute mich keines Blicks auf den Brief, so ich ihm als einen Fallstrick hinterlegt.

Wir verneigten uns gegeneinander aufs artigste, und demnach wandte ich mich um, als ob ich auf etwas vergessen hätte. Ich verhielt jedoch an meiner Thür, und indem ich den Kopf was weniges drehte, so sahe ich aus dem Augenwinckel, wie der Schelm Hayes die Epistul aufhub, eröffnete, geschwinde las und hernachmals an den Boden schmiß, ohne mir auch nur einmal Achtung zu geben. *Er ist ein todter Mann*, gedachte ich bey mir selbst, *mich dergestalt über den Tölpel zu werffen.*

Und demnach hebt diese Schlange zu sprechen an: Mr. Dyer, *sagt er*, ich habe eben den Grund beineben der Wapping-Kirche examiniret.

Habt Ihr auch auf den Staub gemerkt, wie's uns der Prediger lehret?

Und er lächelte vor einen Moment über meine Schertzred, eh daß er fortfuhr: es wird gar theuer und beschwerlich, daselbst einen Abzugscanal anzufertigen, Mr. Dyer.

Aber es muß seyn, Mr. Hayes, es giebt keinen andern Platz dafür.

Denn muß ich warten, biß daß von sämptlichen Säulen die Fundamente verleget, *setzt er anbei*, dahero wollt Ihr mir bitte mitzutheilen geruhn, wann solche Arbeit abgeledigt.

Habt Ihr den Grundriß schon besehn? *frug ich* und erzeigte ihm grinzend meine Zähne.

Ja, er ist in meiner Schattoulle.

Ich würde ihn gern wieder bey mir haben, Mr. Hayes, weil ich über keine Copey verfüge.

Er erkannte nun, daß er mich nicht ins Wancken setzen konnte. Er wandte sich um, sein Zimmer zu betreten, und sprach, mit dem Rücken zu mir, scheinbar in die Luft: Das ist doch der dritte Kirchbau, nicht wahr, Mr. Dyer?

Schier dich davon, Fuchsschwenzer, schier dich davon war mein Gedanke, als ich ihn vor sein Grabtuch abmaaß. Ja, *sagte ich*, ja, es ist der dritte.

Zweiter Teil

6

Ist es der dritte?»
«Ja, der dritte. Der Junge in Spitalfields, der Penner in Limehouse, und jetzt ein weiterer Junge. Der dritte.»

«Und diesmal in Wapping?»

«Ja.»

Hawksmoor sah aus seinem Fenster hinunter auf die Straße, von wo kein Geräusch zu ihm drang; dann weiteten sich seine Augen, als er das Fenster selbst betrachtete und die Patina des von der Stadt heraufgewirbelten Staubs bemerkte; daraufhin veränderte sich sein Blick ein weiteres Mal, und er konzentrierte sich auf sein Spiegelbild in der Scheibe – oder vielmehr auf die Umrisse seines Gesichts, das wie eine Halluzination über den Büro- und Wohnhäusern von London schwebte. Er hatte Kopfschmerzen, und schließlich machte er die Augen zu, wobei er die Finger sacht gegen die Schläfen drückte; dann fragte er: «Und wieso glaubt man, daß es da einen Zusammenhang gibt?»

Der junge Mann hinter ihm war soeben im Begriff, sich auf einen kleinen Bürostuhl zu setzen, aber nun richtete er sich linkisch wieder auf und streifte dabei mit dem Ärmel eine Zimmerpflanze, die zitternd im Luftstrom der Ventilationsanlage stand. «Der Zusammenhang besteht darin, Sir, daß sie alle erwürgt wurden, alle in der gleichen Gegend, und jedesmal bei einer Kirche.»

«Tja, ein ganz hübsches Rätsel, nicht? Haben Sie was übrig für Rätsel, Walter?»

«Dem hier versucht man zumindest schon auf die Spur zu kommen.»

Und Hawksmoor brannte darauf, sich die Sache einmal selbst anzuschauen. Die Neonbeleuchtung in den Gängen gab ein leises, ihm angenehmes Summen von sich, aber als er nach oben blickte, sah er den Staub, der die unverputzten Leitungen bedeckte: der Gang war nicht überall erleuchtet, daher warteten sie eine kurze Zeit lang im Dunkeln, bis sich die Fahrstuhltüren vor ihnen auftaten. Und als Hawksmoor mit seinem Assistenten von New Scotland Yard abfuhr, zeigte er gestikulierend hinaus auf die Straßen und murmelte: «Das ist doch der reinste Dschungel da draußen, Walter.» Und Walter lachte, denn er kannte Hawksmoors Angewohnheit, die Bemerkungen von Kollegen zu parodieren. Ein Lied ging Hawksmoor durch den Kopf: ‹Den ersten aus Kummer, den zweiten aus Jux› – aber was war mit dem dritten?

Als sie ihren Wagen am Fluß abstellten, war der sonderbar geformte Turm von St. George's-in-the-East, der, statt einfach vom Dach aufzuragen, geradezu daraus hervorgeplatzt zu sein schien, vom Parkplatz aus zu sehen; und als sie den Ratcliffe Highway in Richtung Kirche überquerten, biß Hawksmoor sich in die Backe und sog Blut aus der Wunde: wieder einmal sah er sich, wie immer bei einer solchen Ermittlung, konfrontiert mit der Möglichkeit des Scheiterns. Der gesamte Bereich um die Kirche war bereits abgesperrt, und vor dem weißen Band hatte sich schon eine kleine Menschenmenge versammelt – hauptsächlich Schaulustige aus der Umgebung, die sich den Ort, wo das Kind zu Tode gekommen war, ansehen wollten. Und die Leute begannen zu murmeln «Da ist er ja!» und «Wer ist das?», als Hawksmoor rasch durch die Menge hindurchschritt, sich unter das Band duckte und dann an der Kirche vorbei auf einen dahinter befindlichen kleinen Park zumarschierte. Ein Inspektor und ein paar junge Polizisten vom örtlichen CID kauerten am Boden; sie untersuchten das Gelände rings um ein teilweise verfallenes Gebäude, über dessen Eingang noch die Wörter M SE M VON zu erkennen waren; der Inspektor diktierte seine Beobachtungen in ein Bandgerät, aber als er Hawksmoor heranschreiten sah, schaltete er es ab und erhob sich, wobei ihn sein schmerzender Rücken zu einer Grimasse veranlaßte. Hawksmoor zog es vor, nicht darauf zu achten, und trat sehr dicht heran: «Ich bin Detective Chief Superintendent Hawksmoor, und das hier ist mein Assistent, Detective Sergeant Payne: Ihr zuständiger Superintendent hat Sie schon darüber informiert, daß ich den Fall bearbeite?»

«Ja, das hat er, Sir.» Zufrieden, daß alles geregelt war, drehte Hawksmoor sich um, betrachtete die rückwärtige Mauer der Kirche und fragte sich, wie lange man zu ihrem Bau wohl gebraucht hatte. Eine Gruppe von Kindern spähte durch den Gitterzaun, der den Park einfriedete, und neben den dunklen Eisenstäben wirkten ihre Gesichter ganz bleich. «Ein Schwuler hat ihn heute gefunden, spät nachts», sagte der Inspektor, und da Hawksmoor nicht antwortete, fügte er hinzu: «Vielleicht ist der Täter ein Schwuler.»

«Ich brauche eine Zeitangabe.»

«Gegen vier Uhr morgens, Sir.»

«Und hat ihn jemand identifiziert?»

«Sein Vater» – und der Inspektor sah flüchtig hinüber zu zwei Gestalten – einem Mann, der unter einer Eiche auf einer Bank hockte, und einer Polizeibeamtin, die, eine Hand auf seiner Schulter, neben ihm stand und auf ihn hinabblickte. Irgendwo in der Ferne ertönte eine Sirene. Hawksmoor zog eine Brille aus der Brusttasche und faßte den Mann prüfend ins Auge: er kannte den Anblick des Schocks, und auch hier bot sich ihm das übliche Bild – obwohl der Vater jetzt aufschaute und merkte, daß er beobachtet wurde. Hawksmoor hielt den Atem an, bis der Mann wieder zu Boden sah; dann wandte er sich unvermittelt dem Inspektor zu.

«Wo ist eigentlich die Leiche?»

«Die Leiche? Die ist nicht mehr da, Sir.»

Hawksmoor begutachtete die Uniform des Mannes. «Sie wissen doch wohl, Inspektor, daß vor dem Eintreffen des Ermittlungsbeamten die Leiche keinesfalls entfernt werden darf.»

«Aber der Vater ist gekommen, Sir...»

«Keinesfalls entfernt werden darf!» Und dann fügte er hinzu: «Wohin hat man sie gebracht?»

«Zur Autopsie. Zum Pathologen.»

Und somit hatte sich die Aura des Mordes bereits verflüchtigt. Er ging hinüber zu dem Vater, der sich schon erheben wollte, aber Hawksmoor wies ihn mit einer Gebärde zurück auf seine Bank. «Nein, nein», sagte er, «bleiben Sie nur. Behalten Sie Platz.»

Der Vater lächelte entschuldigend, doch sein Gesicht war vor Gram so gerötet, daß es geradezu wund und verformt wirkte. Hawksmoor stellte sich vor, wie er schichtweise die Haut und das Fleisch ablöste, bis nur noch die klaffenden Mund- und Augenhöhlen übrigblieben. «Er war so ein lieber Junge», erklärte ihm der Vater, «er war immer so lieb.» Hawksmoor senkte den Kopf. «Man hat mich gebeten, etwas von ihm mitzubringen», sagte der Vater, «ist das für die Hunde? Von seinen Kleidungsstücken konnte ich nichts nehmen, verstehen Sie, das habe ich einfach nicht fertiggebracht, aber dafür habe ich das hier» – und er hielt ein Kinderbuch vor sich hin. Hawksmoor hätte gern den glänzenden Einband berührt, doch der Vater blätterte das Buch durch und seufzte. «Er hat dieses Buch immer wieder gelesen. Unzählige Male.» Hawksmoor betrachtete die blätternde Hand, und dabei fiel sein Blick zufällig auf einen Stich; er zeigte einen alten Mann mit Stock, und daneben ein Kind, das eine Fiedel strich. Und als er das Bild anstarrte, entsann er sich ähnlicher Illustrationen aus seinen eigenen Büchern: ein Bild von einem Friedhof, wo ein Hase die Grabinschriften las, und von einer Katze, die neben einem Steinhaufen hockte. Darunter hatten Verse gestanden, die endlos fortzulaufen schienen, Zeile auf Zeile, aber der Text war ihm inzwischen entfallen. Er nahm dem Vater das Buch aus der Hand und gab es der Polizeibeamtin; dann fragte er ihn sanft: «Wann haben Sie Ihren Sohn zum letztenmal gesehen?»

«Meinen Sie, zu welcher Uhrzeit?»

«Ja; können Sie sich daran noch erinnern?»

Und der Mann runzelte angestrengt die Stirn – als ob vor dem Faktum dieses Todes nichts wirklich existierte. Er hätte für immer hier sitzenbleiben können, im Schatten von St.-George's-in-the-East. «Es muß so um sechs gestern abend gewesen sein. Ja, es war um sechs, die Uhr hat nämlich geschlagen.»

«Und hat er gesagt...»

«Dan. Er hieß Dan.»

«Und hat Dan gesagt, wo er hinwollte?»

«Er hat gesagt, er will noch mal weg. Er hat einfach die Tür aufgemacht und ist fort. Danach habe ich ihn nicht mehr gesehen.»

Hawksmoor erhob sich und sagte: «Wir werden unser möglichstes tun. Wir halten Sie auf dem laufenden.» Und der Vater richtete sich neben ihm auf, um ihm etwas förmlich die Hand zu geben. Walter hatte von der Mitte des Parks aus die ganze Szene beobachtet und räusperte sich, als Hawksmoor nun auf ihn zuschritt und sagte: «Tja, dann wollen wir uns die Geschichte mal ansehen.»

Als sie im Obduktionsraum eintrafen, lag die Leiche des Kindes schon bereit. Am linken Knöchel sowie an beiden Handgelenken waren Schildchen befestigt; den Kopf hatte man auf einen Holzblock gebettet, wobei der Nacken in der Vertiefung ruhte. Der Pathologe hatte sich gerade die Hände gewaschen und blickte nun lächelnd zu den beiden Männern auf: auch Hawksmoor hielt es für geboten, zu lächeln; aber keiner von ihnen achtete auf die nur zwei Fuß entfernt liegende nackte Leiche. «Sie verschwenden wohl auch keine Zeit», sagte der Pathologe, während er ein Diktiergerät aus der Tasche zog.

«Wir sind auch nicht gerade reich damit gesegnet.»

Ohne diese Antwort zu registrieren, beugte sich der Pathologe über den Leichnam und sprach leise in das Diktiergerät: «Ich untersuche nun das Äußere der Leiche. Das Gesicht ist angeschwollen und blau verfärbt, die Augen treten aus den Höhlen; massive Petechialblutungen im Bereich von Augenlidern und Bindehaut deuten auf Asphyxie. Die Zunge ragt zwischen den Zähnen hervor. Geringfügiger Blutverlust aus geplatzten Gefäßen in den Ohren, jedoch nicht aus der Nase. Spuren von Blasen- und Darmentleerung. Keine Anzeichen von sexueller Mißhandlung. Ich untersuche jetzt beide Halsseiten und die Umgebung des Kehlkopfs auf Finger- bzw. Nageleindrücke» – und nach einer unvermittelten Pause fuhr er fort –: «Keine vorhanden. Diverse Kratzspuren am Hals, wahrscheinlich vom Opfer selbst verursacht beim Versuch, die Hände des Täters wegzudrücken. Die Verletzungen lassen darauf schließen, daß das Opfer auf dem Boden liegend erwürgt wurde, wobei der Mörder rittlings auf ihm kniete bzw. saß. Die livide Färbung ist hier stark ausgeprägt. Leichte Blutergüsse an Kopfhaut und Wirbelsäule deuten darauf hin, daß das Opfer beim Erwürgen auf den Rücken gepreßt wurde. Weder Drosselmarken noch Bißwunden. An der Innenseite der Lippen diverse von den Zähnen verursachte Druckstellen.» Und während er sprach, starrte Hawksmoor auf die Füße des Leichnams und versuchte sich vorzustellen, wie sie davonrannten; doch dann schaltete der Pathologe sein Bandgerät aus, und Hawksmoor entspannte sich wieder.

Der Assistent des Gerichtsmediziners trat heran, trennte beide Hände des Jungen an den Gelenken ab und legte sie zur Untersuchung auf einen separaten Tisch. Anschließend machte der Pathologe einen durchgehenden Schnitt von der

Kehle bis zur Schamgegend, wobei er einen leichten Bogen um den Bauchnabel beschrieb; dann löste er von den Rippen das Gewebe ab. Zunge, Aorta, Oesophagus, Herz und Lungen wurden in einem einzigen Arbeitsgang entfernt und auf einen Präpariertisch neben der ausgeweideten Leiche gelegt. Der Mageninhalt kam in ein Glasgefäß. Und während Hawksmoor ein Gähnen unterdrückte, schaltete der Pathologe wieder sein Bandgerät ein: «Ein Bluterguß hinter dem Kehlkopf sowie eine Fraktur des Zungenbeins weisen darauf hin, daß der Mörder über beträchtliche Kraft verfügte» – diese letzten Worte sprach er ein wenig lauter und warf Hawksmoor einen flüchtigen Blick zu. «Ich würde also definitiv sagen: Asphyxie infolge Erwürgens.» Der Pathologe hielt die Hände über den Leichnam; sie waren rot und trieften von Blut: er wollte sich schon den Kopf kratzen, hielt aber auf halbem Weg inne. Sein Assistent examinierte inzwischen sorgfältig die Fingernägel der abgetrennten Hände. Hawksmoor, der dies alles beobachtete, spürte plötzlich ein Zucken im linken Auge und drehte sich weg, damit niemand etwas davon bemerkte.

«Ich muß wissen, wann», sagte er; «bei diesem Fall ist das Wann wichtiger als das Wie. Können Sie mir etwas über die Tatzeit sagen?» Mittlerweile nämlich umschwirrten ihn Bilder von diesem Mord, und die einzelnen Teile der Leiche verkörperten Verfolgung, Brutalität und Flucht – doch diese Bilder waren so bruchstückhaft und undeutlich wie ein lautes Gezänk in einem abgeschlossenen Raum. Nur der zeitliche Ablauf ließ sich klar koordinieren: wie die Hände sich um die Kehle legen und die Atmung sich auf den ersten Schock hin beschleunigt und vertieft; wie der Griff sich verstärkt, das Gesicht unter dem Blutandrang eine blaue Färbung annimmt, der Atem schwerer wird und das Bewußtsein sich allmählich trübt; wie die Atmung unregelmäßig wird, der Körper zu zukken beginnt, das Bewußtsein schwindet; wie sich das Opfer im

Endstadium erbricht und schließlich der Tod eintritt. Hawksmoor gefiel diese Einteilung in einzelne Phasen; er betrachtete sie ähnlich wie ein Architekt seinen Bauplan: drei bis vier Minuten bis zur Bewußtlosigkeit, vier bis fünf Minuten bis zum Eintritt des Todes.

«Also können Sie mir nun eine Tatzeit angeben?» fragte er.

«Die wird sich nur schwer bestimmen lassen.»

«Und was heißt das – ‹nur schwer›?»

«Sie wissen, daß beim Erstickungsvorgang die Körpertemperatur steil ansteigt?» Hawksmoor nickte und steckte die Hände in die Taschen. «Und Sie wissen auch, daß der Wärmeabfall variabel ist?»

«Und das bedeutet?»

«Daß ich Ihnen nichts über die Tatzeit sagen kann. Auch wenn ich bei Eintritt des Todes einen Temperaturanstieg von sechs Grad veranschlage und die Abkühlungsrate nur zwei Grad pro Stunde betrug, müßte ich aus der jetzigen Körpertemperatur schließen, daß der Junge erst vor sechs Stunden umgebracht wurde.» Hawksmoor lauschte diesen Angaben aufmerksam; dann spürte er, wie das Zucken zurückkehrte, und rieb sich das Auge. «Andererseits deutet die Ausdehnung der lividen Färbung darauf hin, daß die Blutergüsse vor mindestens vierundzwanzig Stunden verursacht wurden – normalerweise kann es zwei oder drei Tage dauern, bis sie so deutlich hervortreten.» Hawksmoor antwortete nicht, starrte jedoch dem Mann ins Gesicht. «Sie sagen, bei diesem Fall kommt es besonders auf die Bestimmung der Tatzeit an, Superintendent – und ich muß Ihnen sagen, daß ich in diesem Punkt völlig ratlos bin.» Daraufhin blickte der Pathologe auf seine blutigen Hände und begab sich zu einem metallenen Spülbecken, um sie zu waschen. «Und da wäre außerdem noch etwas», rief er über das Geräusch des fließenden Wassers hinweg, «es sind keine Würgemale vorhanden, keine Druckstellen. Wenn sich die Finger beim Würgen gegen den Hals pressen, dann hinterlassen sie normalerweise gebogene Nagel-eindrücke – aber hier haben wir nur diese Blutergüsse.»

«Verstehe.» Und Hawksmoor richtete sein Augenmerk auf Walter, der unvermittelt den Raum verließ.

«Meine Untersuchung ist noch nicht ganz abgeschlossen, Superintendent, aber ich bin ziemlich sicher, daß sich keine Druckstellen mehr finden.»

«Könnte sich der Mörder vielleicht die Hände abgekühlt haben?»

«Das wäre durchaus möglich. Zumindest könnten sie zur Tatzeit sehr kalt gewesen sein.»

«Und wenn es zu einem Kampf kam, dann könnte der Junge doch die Finger, um sie zu lösen, umklammert und somit die Eindrücke verhindert haben?» Obwohl das wie eine Frage klang, gab der Pathologe keine Antwort, und zum erstenmal nahm Hawksmoor die geöffnete Leiche in Augenschein. Er wußte, daß sie noch nicht ganz kalt war, und im gleichen Moment spürte er, wie ihre Wärme blitzartig in sein Gesicht fuhr; und als die Luft um ihn knittrig wurde wie Seide, da lag plötzlich sein eigener Körper auf dem Tisch.

Kurz darauf gesellte sich Hawksmoor zu Walter, der mit gesenktem Kopf im Korridor saß. Er legte dem jungen Mann die Hand auf die Schulter: «Na, Walter, was meinen denn Sie zu dieser Tatzeitberechnung?»

Walter schaute erschrocken zu ihm auf, und Hawksmoor wandte den Blick einen Moment lang ab. «Die kann unmöglich so stimmen, Sir.»

«Nichts ist unmöglich. Das Unmögliche existiert nicht. Wir brauchen lediglich noch einen weiteren Toten; dann können wir unsere Ermittlungen durchziehen – und zwar von Anfang bis Ende.»

«Und wie sieht dieses Ende aus, Sir?»

«Wenn ich das wüßte, könnte ich ja schon anfangen, oder? Das eine geht nicht ohne das andere.» Und er lächelte über

Walters offenkundige Verwirrung. «Machen Sie sich mal keine Sorgen, ich weiß schon, was ich tue. Man muß mir nur Zeit lassen. Alles, was ich brauche, ist Zeit.»

«Ich mach mir keine Sorgen, Sir.»

«Um so besser. Und wo Sie schon so ein glücklicher Mensch sind, dürfen Sie sich gleich auf die Socken machen und den Vater aufsuchen. Sagen Sie ihm, was wir herausgefunden haben. Aber sagen Sie ihm nicht zuviel.»

Und Walter seufzte: «Vielen Dank auch. Ich weiß die kleine Aufmerksamkeit zu schätzen, Sir.»

Hawksmoor fiel eine weitere Redensart ein, die seine Kollegen ständig im Mund führten: «Das Leben steckt voller Beschwerden, Walter, das Leben steckt voller Beschwerden.»

*

Er ging zurück in Richtung St. George's-in-the-East; die Kirche hatte sich ihm mittlerweile auf eine Anzahl von Außenflächen reduziert, an die sich der Mörder gelehnt haben könnte – in trauriger, verzweifelter oder vielleicht auch freudiger Stimmung. Aus diesem Grund lohnte es sich, die geschwärzten Steine einer eingehenden Untersuchung zu unterziehen, obwohl Hawksmoor sich darüber im klaren war, daß bereits viele Generationen von Männern und Frauen ihre Spuren darauf hinterlassen hatten. Überhaupt war man bei der Polizei längst zu der Erkenntnis gelangt, daß kein menschliches Wesen sich irgendwo aufhalten kann, ohne eine Spur von seiner bzw. ihrer Identität zu hinterlassen; doch selbst wenn man das Gemäuer der Wapping-Kirche mit Hilfe der Emissionsspektroskopie analysieren sollte – wie viele Teil- oder Restspektren würde man entdecken? Und während Hawksmoor seine Schritte nach dem Turm lenkte, der sich über dem Häuserlabyrinth rings um die Red Maiden Lane, Crab Court und Rope Walk erhob, stellte er sich eine aufgebrachte Menschenmenge vor, die lauthals ihre Freilassung verlangte. Rechts

hörte er leises Stimmengewirr, links die Geräusche vom Fluß –
bis er vor sich den diffusen Schein der Bogenlampen erkennen
konnte, die man um das Gelände, wo der kleine Junge ermordet wurde, aufgestellt hatte – sie überstrahlten sogar das Licht
des frühen Nachmittags. Inzwischen hielten sich nur noch
zwei Polizisten dort auf; ihre Aufgabe bestand darin, den Tatort gegen die Schaulustigen abzuschirmen, die sich ansonsten
Steine oder Holzstückchen als Andenken an diesen Mord eingesteckt hätten. Hawksmoor blieb stehen und sah sich den
Schauplatz ein paar Minuten lang an, bis ihn der Stundenschlag der Glocke wieder aufrüttelte: er spähte hinauf zur Kirche (die durch einen perspektivischen Trick geradezu auf ihn
herabzufallen schien); dann entfernte er sich von ihrem Terrain und marschierte in Richtung Themse.

Die Düsterkeit der Kais und schlammigen Ufer hatte ihn
schon immer angezogen, und als er den Wapping Reach erreichte, starrte er hinunter auf die Schatten der Wolken, die
rasch über die Wasseroberfläche dahintrieben. Doch als er die
Brille abnahm und abermals hinunterblickte, da war ihm, als
ob der Fluß selbst sich unaufhörlich drehte und wälzte: er
strömte nicht in eine bestimmte Richtung, und einen Moment
lang hatte Hawksmoor das Gefühl, er müsse in das dunkle
Gewässer stürzen. Zwei Männer fuhren in einem kleinen Boot
vorbei – einer von ihnen lachte bzw. schnitt Grimassen, wobei
er mit dem Finger auf Hawksmoor zu deuten schien, aber
seine Stimme reichte nicht über das Wasser; Hawksmoor
blickte diesem stummen Gebärdenspiel nach, bis das Boot in
die Flußkrümmung einschwenkte, in Richtung Tower Bridge
abdrehte und ebenso plötzlich verschwand, wie es aufgetaucht war.

Inzwischen hatte es zu regnen begonnen, und er machte
sich am Flußufer entlang auf den Weg von Wapping nach Limehouse. Er bog links in die Butcher Row ein, denn mittlerweile konnte er vor sich den Turm von St. Anne's Limehouse

erkennen; dann betrat er das Gelände mit den leerstehenden Häusern und verlassenen Grundstücken, das noch heute die Stadt vom Fluß trennt. Auf einmal jedoch blieb er verwirrt stehen: die Feuchtigkeit bewirkte, daß die üppige Vegetation, die die Steine überwucherte und zwischen Leitungsdrähten aufsproß, einen scharfen, fauligen Geruch verströmte, und Hawksmoor sah einen Stadtstreicher, der am Boden hockte und das Gesicht nach oben drehte, um den Regen aufzufangen. Daraufhin kehrte er dieser Einöde den Rücken und marschierte hinüber in die Shoulder-of-Mutton Alley; als er schließlich vor der Fassade von St. Anne's stand, umfing ihn Stille.

Hawksmoor wäre in der Lage gewesen, ein Gutachten über das Gebiet zwischen den beiden Kirchen von Wapping und Limehouse zu erstellen – und zugleich einen präzisen Bericht über die im jeweiligen Viertel vorkommenden Verbrechen abzuliefern. Dies nämlich war das Revier, in dem er als CID-Beamter (bevor er dem Morddezernat zugeteilt wurde) ein paar Jahre lang gearbeitet hatte, und er kannte die Gegend wie seine Westentasche: er wußte, wo die Diebe hausten, die Prostituierten sich einfanden und welche Orte die Penner aufsuchten. Mit der Zeit hatte er herausgefunden, daß die meisten Kriminellen ihr Revier nur ungern wechselten und ihre Aktivitäten dort so lange fortsetzten, bis man sie schließlich festnahm; manchmal mutmaßte er, daß die betreffenden Stadtviertel schon seit Jahrhunderten den nämlichen Zwekken dienten: auch Mörder (die rasch Hawksmoors Spezialität wurden) zogen nur selten fort – sie töteten an Ort und Stelle weiter, bis man sie zu guter Letzt dingfest machte. Darüber hinaus hatte er mitunter den Verdacht, daß der Schauplatz ehemaliger Bluttaten sie geradezu anzog. Während seiner Zeit in besagtem Revier gab es in der Red Maiden Lane ein Haus, in dem innerhalb von acht Jahren drei Morde verübt wurden, und seither machte das Gebäude auf jeden, der es betrat, einen solchen Eindruck, daß es seither leerstand. In Swedenborg Gardens hatte Robert Haynes seine Frau und sein Kind umgebracht, und Hawksmoor war gerufen worden, als man die sterblichen Überreste unter den Dielen entdeckte; in der Commercial Road geschah der Ritualmord an einer gewissen Catherine Hayes, und erst im Vorjahr noch war ein gewisser Thomas Berry erstochen und anschließend in der Gasse neben St. George's-in-the-East verstümmelt worden. Im gleichen Viertel hatten, wie Hawksmoor wußte, die Marr-Morde von 1812 stattgefunden – der Täter war ein gewisser John Williams, der laut De Quincey (dessen Bericht Hawksmoor geradezu verschlungen hatte) ‹unter allen Kindern von Kain den obersten Rang behauptete›. Er tötete in einem Haus am Ratcliffe Highway vier Menschen – einen Mann, dessen Frau, Diener und Kind –, indem er ihnen mit einem Holzhammer den Schädel zerschmetterte und den bereits Sterbenden sinnloserweise noch die Kehle durchschnitt. Zwölf Tage danach schlug er, im gleichen Viertel, abermals zu – erneut traf es eine ganze Familie. Fortan galt er, wiederum laut De Quincey, als ein ‹gewaltiger Mordbube›, und bis zu seiner Hinrichtung blieb er für diejenigen, die im Schatten der Wapping-Kirche lebten, ein ehrfurchtgebietendes und geheimnisumwittertes Wesen. Als seine Leiche in einem Karren abtransportiert wurde, versuchte der Pöbel sie in Stücke zu reißen – unmittelbar vor der Kirche, an der Mündung von vier Straßen, wo man ihn schließlich beerdigte und einen Pfahl durch sein Herz trieb. Und soviel Hawksmoor wußte, lag er dort immer noch: an der gleichen Stelle hatte er heute vormittag die Menschenmenge gesehen, die sich gegen die von der Polizei errichtete Absperrung drückte. Und es brauchte gar keiner Kenntnis der noch berühmteren Whitechapel-Morde (die alle in den Straßen und Gassen rings um die Christ Church, Spitalfields, begangen wurden), um wie Hawksmoor zu begreifen, daß gewisse Straßen oder Grundstücke ein Verbrechen, für das es eigentlich gar kein Motiv zu geben schien, geradezu provozierten. Darüber hinaus wußte er natürlich auch, wie viele Morde unaufgeklärt und wie viele Mörder unerkannt bleiben.

Zugleich haftete allen Verbrechen, mit deren Aufklärung Hawksmoor bisher befaßt gewesen war, etwas so unbedingt Schicksalhaftes an, daß er den Eindruck hatte, als strebten beide, Mörder wie Opfer, ihrem Untergang entgegen; seine Aufgabe bestand lediglich darin, den Mörder auf dessen bereits abgestecktem Kurs weiterzutreiben – ihm gleichsam zu assistieren. Dies Schicksalhafte war es auch, was den letzten Worten der Todeskandidaten einen so starken Nachhall verlieh, und als Hawksmoor sich auf den Weg von Limehouse nach Spitalfields machte, kam er an Wohnungen und Straßenecken vorbei, wo Worte wie «Da stimmt was nicht in meiner Küche», «Beim nächstenmal kennst du mich ja dann schon», «Ich schreibe gerade noch einen Brief zu Ende», «Gleich kannst du dich schön entspannen» schon oft gesprochen worden waren. Inzwischen überquerte er die Whitechapel High Street und passierte die Stelle, wo zum letztenmal ein Mann in Ketten aufgehängt worden war: wie Hawksmoor wußte, hatten die Worte des Mörders dabei gelautet: «Es gibt keinen Gott. Ich glaube nicht an ihn; und wenn es doch einen gibt, dann will ich ihm Trotz bieten.» Jetzt konnte er vor sich die Kirche von Spitalfields erkennen.

Er ließ keine Gelegenheit aus, das Schema eines Mordes und die Instinkte des Mörders in allen Varianten zu studieren: im achtzehnten Jahrhundert zum Beispiel hatte es als ganz normal gegolten, daß dem Opfer beim Strangulieren die Nase abgebissen wurde, aber dieser Brauch war, soviel Hawksmoor wußte, mittlerweile ganz in Vergessenheit geraten. Im übrigen legte er großen Wert darauf, sein Fachgebiet gründlich zu beherrschen – er kannte die Blütezeiten der jeweiligen Tötungsarten: Erstechen und Strangulieren zum

Beispiel waren im späten achtzehnten Jahrhundert beliebt gewesen, Kehle-Aufschlitzen und Erschlagen im frühen neunzehnten, Vergiften und Verstümmeln gegen Ende des vergangenen Jahrhunderts. Dies war einer der Gründe, weshalb ihm diese jüngsten Strangulationsfälle, deren Serie vorläufig mit der dritten Leiche in Wapping endete, so absolut ungewöhnlich vorkamen – geradezu unzeitgemäß. Über solche Dinge sprach er allerdings nicht mit seinen Kollegen, denn die hätten ihn wahrscheinlich nicht verstanden.

Er betrat die in einer Seitenstraße der Brick Lane gelegene Polizeiwache, wo man eine Sonderkommission etabliert hatte, nachdem vor ungefähr neun Monaten die Leiche von Thomas Hill in dem verlassenen Schacht gefunden worden war. Als er hereinkam, blickten zwei oder drei Polizisten gleichgültig auf, aber er machte sich nicht die Mühe, sich ihnen vorzustellen; hin und wieder klingelten die Telefone, und ein hektisch rauchender Mann beugte sich über eine Schreibmaschine. Hawksmoor musterte ihn einen Moment und setzte sich dann still in die hintere Ecke des Raumes: die offenen Aktenordner, die am Boden herumliegenden Plastikbecher, die kreuz und quer auf eine Korkwand gepinnten Zettel mit amtlichen Informationen, die achtlos beiseite gelegten Zeitungen, die wiederholt schrillenden Telefone – dies ganze Durcheinander machte ihn konfus und lustlos. «Na ja, wenn du meinst, du packst das», sagte ein junger Mann, «dann kannst du's natürlich machen. Klaro.» Und darauf antwortete sein Gesprächspartner: «Aber es hat gerade geregnet.» Hawksmoor betrachtete die zwei nebeneinander stehenden Männer und fragte sich, ob es zwischen den beiden Bemerkungen wohl irgendeinen Zusammenhang gab: während sich die Männer beim Reden zentimeterweise hin und her bewegten, dachte er gründlich darüber nach und kam schließlich zu dem Befund, nein, es gab keinen. Er lauschte erneut und hörte die Satzfetzen: «Ich bin eingeschlafen», «ich hab geträumt» und «ich bin aufgewacht» – und er wiederholte für sich die Worte ‹eingeschlafen›, ‹geträumt› und ‹aufgewacht›, um herauszufinden, ob ihre Fügung oder ihr Klang die Reihenfolge erklärten, in der die beiden Männer sie äußerten. Und er entdeckte keinen Sinn in diesen Worten; und er entdeckte auch keinen Sinn in seinen eigenen, die aus ihm hervorquollen wie Erbrochenes und ihn ohne Sinn und Zweck vorantrieben. Und das Leben der anderen hier packte ihn an der Kehle und bannte ihn auf seinen Sitz. Schließlich trat ein älterer Mann in Uniform an ihn heran und sagte: «Wir haben Sie schon erwartet, Sir.»

Hawksmoor erschrak; er unterdrückte das instinktive Bedürfnis, sich vom Stuhl zu erheben. «Richtig. Deswegen bin ich ja hier.»

«Ja, ich hab gehört, daß man Sie hinzugezogen hat, Sir.»

Hawksmoor hatte schon oft die Beobachtung gemacht, daß Polizeibeamte mit zunehmendem Alter ganz offenkundig ihr Reaktionsvermögen einbüßten – als seien sie der Realität, der sie sich täglich aussetzten, nicht mehr gewachsen; und er beschloß, diesen Mann ein wenig auf die Probe zu stellen. «Und», fragte er, «läuft alles nach Plan?»

«Jawohl, alles nach Plan. Wir kommen ganz gut voran, Sir.»

«Aber vielleicht gibt es in dem Fall gar keinen Plan.»

«Tja, allerdings, Sir; das ist auch wieder wahr.»

«Freut mich, daß Sie wissen, was wahr ist.» Hawksmoor kratzte sich beim Sprechen die Wange. Er spielte wie immer eine Rolle: er war sich dessen bewußt und sah darin seine eigentliche Stärke. Anderen fiel überhaupt nicht auf, daß sie eine eigens für sie geschriebene Rolle verkörperten, daß sie gleichsam den Kreidestrichen auf einer Bühne folgten, daß ihre Garderobe und ihre Gebärden von vornherein festgelegt waren; er jedoch wußte darüber Bescheid und hielt es für besser, sich seine Rolle selbst auszusuchen. Der uniformierte Beamte schien seine letzte Bemerkung überhört zu haben und sah ihn ausdruckslos an. Daher fuhr Hawksmoor fort: «Ich mache mir Kopfzerbrechen über die Zeit.»

«Die Zeit? Sie meinen, wie spät es jetzt ist…»

«Nein, wie spät es war, als der Mord verübt wurde, die Tatzeit. Ich kenne die Tatzeit nicht.»

«Das ist allerdings ein Problem, Sir. Darüber bin ich mir im klaren –» Er zog eine Zigarette hervor, steckte sie sich zwischen die Lippen und ließ sie dort hängen, ohne sie anzuzünden. «Ja», sagte er, «das ist ein echtes Problem.»

«Und zu jedem Problem gibt es eine Lösung, Inspektor. Stimmt's?»

«Ja, da ist wohl was dran, Sir; da haben Sie ganz sicher recht.»

Hawksmoor sah sich den Mann genau an: er hätte gerne seinen Widerstand gebrochen, ihn dazu gebracht, seine Ignoranz einzugestehen oder vor Entsetzen über die Mordfälle, die er bereits hinter sich hatte, zu schreien – irgend etwas zu tun, was Hawksmoor von seinen eigenen Gefühlen befreit hätte. Doch der Inspektor war inzwischen an einen anderen Schreibtisch gegangen und begann eine zwanglose Unterhaltung mit einem jungen Polizisten, der beim Sprechen von einem Fuß auf den anderen trat. Hawksmoor erhob sich und verließ den Raum.

Ein Streifenwagen fuhr ihn durch den grauen Abend; an der Ecke zur Grape Street, in der Nähe der Seven Dials, stieg Hawksmoor aus. Er hatte hier eine kleine Wohnung gemietet, in einem alten Haus neben dem Red Gates, einer Kneipe, an der er nun gedankenverloren vorbeimarschierte; und während er die Stufen hinaufstieg, dachte er an die Treppe im Turm der Wapping-Kirche. Er hatte schon fast seine Wohnungstür erreicht, da hörte er unter sich eine Stimme rufen: «Huhu! Huhu! Ich bin's nur, Mr. Hawksmoor! Hätten Sie eine Minute Zeit?» Er verharrte und blickte hinunter zu seiner

Nachbarin, die in der geöffneten Tür stand; im Licht aus ihrem schmalen Flur fiel ihr Schatten auf den Treppenabsatz. «Sind Sie das, Mr. Hawksmoor? Ich bin doch so blind ohne meine Brille.» Und er sah, wie sie begierig nach ihm Ausschau hielt. «Da hat ein Gentleman nach Ihnen gefragt.» Sie befingerte den Saum ihrer Strickjacke, die die Konturen ihrer prallen Brüste nur knapp verhüllte. «Ich hab keine Ahnung, wie er ins Haus gekommen ist. Finden Sie so was nicht auch ungehörig, Mr. Hawksmoor …»

«Schon gut, Mrs. West. Das hat bestimmt seine Richtigkeit.» Er hielt sich mit der rechten Hand an dem staubigen Treppengeländer fest. «Hat er gesagt, was er will?»

«Ich hab gedacht, es steht mir nicht zu, danach zu fragen, Mr. Hawksmoor. Ich hab gesagt, ich bin nur Mr. Hawksmoors Nachbarin, nicht seine Haushälterin – und wenn ich's wär, dann würd er sich, wie ich ihn kenne, ganz schön bedanken!» Hawksmoor wunderte sich, daß sie ihn so gut kannte, und als sie lachte, betrachtete er die dunkle Wölbung ihrer Zunge. Und auch sie starrte beim Lachen zu ihm hinauf; sie sah einen hochgewachsenen Mann, der trotz der Sommerhitze einen dunklen Mantel anhatte, bereits ein wenig zur Glatze neigte, dafür aber einen Schnurrbart trug, der für einen Mann seines Alters ungewöhnlich dunkel war. «Dann hat er gefragt, wann Sie wieder zurück sind. Darauf sag ich, das weiß ich nicht, das geht bei Ihnen nicht nach der Stechuhr. Und dann sagt er, bei ihm auch nicht.»

Hawksmoor stieg die restlichen Stufen hoch. «Ich werde mich darum kümmern, Mrs. West. Danke.»

Sie machte einen Schritt hinaus auf den Treppenabsatz, um Hawksmoor noch einmal ins Auge zu fassen, ehe er aus ihrem Blickfeld nach oben entschwand. «Nichts zu danken. Ich bin eh immer im Haus. Ich kann ja nirgendwohin mit meinen Beinen, Mr. Hawksmoor.»

Er öffnete seine Tür – gerade so weit, daß er hindurchschlüpfen konnte und die Frau, selbst mit vorgerecktem Hals, keinen Einblick in seine Wohnung hatte. «Danke», rief er, bevor er die Tür wieder zumachte, «gute Nacht. Danke.»

Er ging ins Wohnzimmer, stellte sich ans Fenster und lugte hinaus zu dem gegenüberliegenden Gebäude; dort konnte er Figuren erkennen, doch dann stellte er fest, daß es sich um Spiegelungen handelte, die von dem Haus rührten, in dem er sich gerade befand – und er wußte nicht, ob er hinaus- oder hineinschaute. Von Mrs. Wests Küche stiegen Kochdünste auf, und als er sich vorstellte, wie sie sich über ihren Teller beugte, konnte er vom Red Gates her undeutliche Geräusche von Johlen und Lachen hören. Und einen Moment lang war alles real: so war das Leben immer gewesen.

Dann drehte er sich ruckartig um, denn ihm war, als hätte sich in einer Ecke des Zimmers etwas bewegt. An der Wand dort lehnte ein Konvexspiegel (von der Art, wie man sie gewöhnlich in Läden zur Abschreckung von Dieben benutzt), und Hawksmoor hob ihn hoch, um nachzusehen, ob sich dahinter irgend etwas verkrochen hatte; aber da war nichts. Er trug den Spiegel in die Mitte des Zimmers, und der Staub von den Kanten blieb an seinen Fingern haften; dann hielt er ihn in die Höhe, gegen das Licht des Fensters, und versuchte das Spiegelbild möglichst gelassen zu betrachten, doch diese Gelassenheit schwand dahin beim Anblick seines Gesichts, das aufgebläht aus dem Rahmen starrte, inmitten einer gewölbten Welt. Und er sah die gleiche Person, die er schon immer gewesen war – ein Individuum, das nicht altert, aber stets vorsichtig und wachsam ist und in dessen Blick immer die gleiche Gespanntheit liegt. Er versuchte sich zuzulächeln, aber das Lächeln wollte nicht andauern. So verharrte er denn reglos, bis seine Züge verschwammen wie die übrigen Gegenstände in seinem Gesichtskreis – ein Armstuhl, ein grauer Teppich, eine Lampe auf einem dunklen Holztisch, ein auf der Seite liegendes Transistorradio und die kahlen weißen Wände rings um all diese Dinge. Er legte den Spiegel wieder weg. Dann hob er die Arme über den Kopf und verschränkte die Hände, denn es war Zeit für ihn, seinen Besuch zu machen.

Eigentlich wollte er seine Wohnung so leise verlassen, wie er gekommen war, doch dann knallte er, einem plötzlichen Instinkt folgend, die Tür zu, und als er in den frühen Abend hinausmarschierte, freute er sich am Geräusch seiner Absätze auf dem Bürgersteig. Als er durch die St. Giles Street ging, sah er vor sich zwei Straßenmusikanten; einer von ihnen trug einen melancholischen Popsong vor, währenddessen der andere um Geld bettelte. Hawksmoor erkannte den Refrain, obwohl er sich nicht erinnern konnte, wo er ihn schon einmal gehört hatte:

> Ich steig hinauf, steig hinauf, auch wenn ich
> Wieder abstürze, abstürze.

Und als der Sänger ihn anschaute, wurde er nervös; er konnte keine Münzen in seiner Tasche finden und starrte hilflos vor sich hin, während der andere mit aufgehaltenen Händen um ihn herumhüpfte. Erst als er sich ein paar Meter entfernt hatte, stellte er fest, daß der Sänger blind war.

Es war kalt geworden, als er das Pflegeheim erreichte, in dem sein Vater untergebracht war; er glaubte, sich verspätet zu haben, doch während er die mit Kies bestreute Auffahrt entlangeilte, drang aus dem Gebäude das Geräusch klirrender Teller, und irgendwo im Hof hinter dem weitläufigen Ziegelbau bellte ein Hund, und da spürte er, wie die alte Qual wiederkehrte. «Er wartet bereits auf Sie», sagte die Pflegerin mit einem Lächeln, das nur so lange währte, wie sie ihn anblickte, «er hat Sie schon richtig vermißt.» Sie gingen zusammen durch einen Korridor, wo es nach Greisenalter roch, und als weiter vorn eine Tür zuschlug, wehte ihnen ein ganzer Schwall dieses Duftes entgegen. Manche Insassen starrten

Hawksmoor im Vorbeigehen an, andere wieder traten auf ihn zu, wobei sie beständig redeten und schließlich an seinem Jakkett herumfingerten – vielleicht hielten sie ihn für einen guten Bekannten, mit dem sie ein erst kürzlich unterbrochenes Gespräch wiederaufnehmen wollten. Eine alte Frau im Nachthemd stand mit dem Rücken zur Wand und sprach immer wieder «komm doch, John; komm doch, John; komm doch, John» vor sich hin, bis sie sanft am Arm genommen und, während sie noch weiterbrabbelte, weggeführt wurde. Hier handelte es sich um einen Ort der Ruhe – obwohl Hawksmoor wußte, daß die meisten nur mit Hilfe von Medikamenten daran gehindert werden konnten, in Geschrei auszubrechen.

«Ach, du bist es», murmelte sein Vater, als Hawksmoor auf ihn zuging; dann starrte er hinunter auf seine Hände und betastete sie, als gehörten sie zu jemand anderem.

Und Hawksmoor dachte: genauso werde ich dich immer sehen, niedergebeugt und den eigenen Körper betrachtend. «Ich wollte bloß mal schauen, wie's dir geht, Vater», sagte er laut.

«Na, kümmer dich lieber um deinen eigenen Kram. Das hast du ja sowieso immer gemacht.»

«Und wie kommst du zurecht?»

«Am besten alleine.» Und er starrte seinen Sohn unwillig an. «Mit mir ist alles in Ordnung.» Und nach einer weiteren Pause fügte er hinzu: «Noch steckt Leben in dem alten Knochen.»

«Was macht dein Appetit?»

«Das kann ich dir nicht sagen. Woher soll ich das wissen?» Als eine Pflegerin mit einem Servierwagen vorbeiging, setzte er sich sehr behutsam auf die Kante seines schmalen Bettes.

«Jedenfalls siehst du ganz gesund aus.»

«Ach ja. Na, zumindest hab ich noch keine Würmer.» Und auf einmal begannen seine Hände unkontrollierbar zu zittern. «Nick», sagte er, «gibt's da noch ein Nachspiel? Was ist denn mit diesem Brief passiert? Sind sie dir auf die Schliche gekommen?»

Hawksmoor sah ihn verblüfft an. «Was für ein Brief, Vater? Hast du einen Brief geschrieben?» Unvermittelt stellte er sich vor, wie man im Kellergeschoß dieses Gebäudes die Post verbrannte.

«Nein, ich nicht. Walter hat ihn geschrieben. Du weißt schon, wen ich meine.» Und hierauf starrte der alte Mann aus dem Fenster. Inzwischen zitterten seine Hände nicht mehr, dafür formte er mit ihnen Figuren in die Luft, wobei er die ganze Zeit leise vor sich hin brabbelte. Hawksmoor beugte sich lauschend nach vorne, und als er sich seinem Vater näherte, stieg ihm wieder dessen Körper- und Schweißgeruch in die Nase.

Und er konnte sich noch an die Zeit nach dem Tod seiner Mutter erinnern, viele Jahre zuvor, als er die Alkoholfahne seines Vaters gerochen hatte, während dieser betrunken und schnarchend in seinem Sessel lag. Einmal hatte Hawksmoor die Tür zur Toilette geöffnet, und da saß er vor ihm und hielt sein verschrumpeltes Glied in der Hand. «Kannst du nicht anklopfen», sagte er, «bevor du reinkommst?» Und von da an wurde Hawksmoor immer übel, wenn er etwas aß, was sein Vater zubereitet hatte. Doch dann kam eine Zeit, wo sein Ekel ihn förmlich zu läutern schien, und er fand nachgerade Geschmack an der Stille des Hauses und an der Reinheit seines Widerwillens. Und allmählich lernte er auch, sich von den Mitmenschen fernzuhalten: er verachtete ihr Gelächter und ihre Gespräche über Sex, und doch faszinierten ihn diese Dinge nach wie vor – wie die Schlager, die ihm zwar auf die Nerven gingen, ihn aber manchmal so überwältigten, daß er am Ende daraus wie aus einer Trance erwachte.

An seinem dreizehnten Geburtstag hatte er einen Film gesehen: die Hauptrolle darin spielte ein Maler, der es nicht schaffte, seine Bilder zu verkaufen; und während er von einer erfolglosen Vorsprache zur nächsten ging, begann er allmählich zu frieren und Hunger zu leiden; schließlich endete er als Landstreicher und schlief auf den Straßen der Stadt, durch die er einst so hoffnungsfroh geschritten war. Hawksmoor verließ das Kino zutiefst entsetzt, und von da an spürte er, wie die Zeit verstrich, und fürchtete, als Strandgut an ihren Ufern liegenzubleiben. Und diese Furcht war nicht mehr von ihm gewichen, obwohl er inzwischen gar nicht mehr wußte, woher sie rührte: er blickte auf sein früheres Leben ohne Neugier zurück, da es nichts von besonderem Interesse zu beinhalten schien, und wenn er in die Zukunft blickte, dann sah er sich immer irgendwelche Ziele erreichen, ohne sich darüber zu freuen. Für ihn bedeutete Glück schlicht die Abwesenheit von Leiden, und wenn ihm überhaupt an etwas lag, dann daran, zu vergessen.

Nun also beugte er sich lauschend zu seinem Vater hin, aber er hörte nur die Worte: «Da kommt eine Kerze!» – dann blickte der alte Mann zu ihm auf, lächelte wie ein Kind und spuckte ihm ins Gesicht. Hawksmoor fuhr zurück und sah ihn entsetzt an, ehe er sich mit dem Ärmel seines Regenmantels die Wange abwischte: «Ich bin spät dran!» rief er. «Ich muß wieder weg!» Und als er ging, herrschte auf der Station allgemeines Jammern und Lärmen.

*

Mrs. West hörte das Klingeln und lugte hinunter auf die Grape Street: «Sind Sie das wieder?»

«Ist er noch nicht zurück?»

«Er war da und ist gleich wieder fort. Er ist andauernd auf Trab.»

An diesem Sommerabend langweilte sie sich mit sich selbst.

«Sie können ja raufkommen und eine Minute warten», sagte sie nun etwas leiser, «er ist bestimmt bald wieder da.»

«Aber nur eine Minute. Ich kann mich nicht lange aufhalten.» Und Walter Payne stieg die Treppe hinauf.

Mrs. West wartete an ihrer Wohnungstür auf ihn, nachdem sie sich hastig ihre Strickjacke wieder über die Bluse gezogen hatte, die aber gleichwohl noch an ein oder zwei Stellen aufklaffte. «Sie haben ihn ganz knapp verpaßt. Haben Sie ihn nicht die Tür da zuknallen hören? Das ist doch ungezogen.» Sie war so durcheinander, daß sie sich bei Walter abstützte, als sie sich über eine Teekanne und einen Teller mit Keksen beugte. «Was darf's denn sein? Na, nun nehmen Sie sich mal ein Stück Pfefferkuchen. Nur zu, riskieren Sie's.» Und als Walter sich seufzend setzte, fügte sie hinzu: «Ich nehm an, es dreht sich um was Wichtiges, oder?»

«Ich arbeite mit ihm...»

Sie fiel ihm ins Wort. «Oh, mit *dem*. Fragen Sie mich bloß nichts, was mit dem in Zusammenhang steht. Ich kann Ihnen da gar keine Auskunft geben. Mir sind die Hände gebunden.» Und ihre Hände tauchten vor ihr auf, die eine über dem Rücken der anderen, als seien sie am Gelenk zusammengebunden. Walter schaute erschrocken zu Boden, während Mrs. West die braunen Flecken auf ihrer faltigen und verwelkten Haut begutachtete. «Aus *dem* werd ich einfach nicht schlau», sagte sie, beinahe wie zu sich selbst; dann warf sie einen begierigen Blick auf den Teller mit den Pfefferkuchen und nahm sich noch ein Stück. Walter hätte dieses Thema gerne vertieft, doch sie redete mit vollem Mund weiter. «Aber diese alten Häuser – da weiß man ja nie so richtig, was man hört. Manchmal frag ich mich, wie's hier vor meiner Zeit zugegangen ist, aber man weiß nie...» Und sie verstummte einen Moment, um sich noch einen Keks in den Mund zu stopfen. «Und Ihren Namen hab ich auch nicht mitbekommen.»

«Walter.»

«Na denn, Walter, erzählen Sie mir doch noch ein bißchen von sich.»

«Tja, wie gesagt, ich arbeite mit ihm da oben.» Und nun lugten beide hinauf zur Zimmerdecke, als könne Hawksmoor eben jetzt sein Ohr am Fußboden haben. «Früher hatte ich mal mit Computern zu tun.»

Mrs. West machte es sich in ihrem Sessel bequem. «Also damit kenne ich mich nun *überhaupt* nicht aus. So wenig wie mit meinem Thermostat.»

«Die Sache ist ganz einfach. Sie füttern die Information ein, und schon erscheint die Antwort.» Walter wurde dieses Themas niemals müde, auch wenn sein Eifer Mrs. West sichtlich überforderte. «Wissen Sie, Sie bräuchten ganz London nur einem einzigen Computer zu überantworten, und schon gäb's hier bald keine Verbrechen mehr. Der Computer wüßte sogar, wo gerade eines passiert!»

«Also das ist mir jetzt völlig neu, Walter. Und woher weiß dieser Computer, was zu tun ist?»

«Er verfügt über eine Datenbank.»

«Eine Datenbank. Also das ist das erste Mal, daß ich von so etwas höre.» Sie nahm eine andere Sitzposition ein. «Was für Daten denn?»

«Die Daten von allem und jedem.»

«Und wozu dienen diese Daten?»

«Sie machen die Welt zu einem sichereren Ort.»

«Sie wollen mich wohl auf den Arm nehmen!» sagte sie, während sie den Rock etwas hochzog und ein Bein in die Luft schwang. Da ihre Neugier nunmehr gestillt war, ging sie hinüber zum Fernseher und schaltete ihn ein; und einträchtig schweigend machten die beiden es sich bequem, um sich den Zeichentrickfilm anzusehen, der nun über den Bildschirm flimmerte. Mrs. West quietschte vor Lachen über das ulkige Gehabe eines Wolfes und der kleinen Geschöpfe, denen er hinterherjagte; auch Walter amüsierte sich über die Bewohner dieser harmlosen Welt. Doch als der Film zu Ende war, starrte Mrs. West zum Fenster hinaus.

Walter machte Anstalten zu gehen: «Sieht nicht so aus, als ob er bald zurückkommt, oder?»

Mrs. West schüttelte den Kopf. «Nein, jetzt bleibt er mal wieder die ganze Nacht weg, wie ich ihn kenne.» Und Walter fragte sich verwundert, was sie damit meinte. «Sie können ja wiederkommen», sagte sie, als er die Wohnung verließ. Dann trat sie an ihr Fenster und sah ihm nach, wie er davonmarschierte, wobei sie sich mit den Händen gegen die Seiten trommelte.

Und wenig später kehrte Hawksmoor zurück. Als er die Tür zu seiner Wohnung öffnete, überkam ihn schlagartig die abendliche Müdigkeit: er sehnte sich nach Schlaf, denn irgend etwas in seinem Inneren schrie förmlich danach, sich zur Ruhe zu legen. Die Lichter der Grape Street spiegelten sich in seinem dunklen Zimmer, und er hatte es kaum betreten, da fuhr er erschrocken zurück: irgend etwas saß oder kauerte in der Ecke. Er schaltete rasch das Licht ein und stellte fest, daß es sich nur um eine Jacke handelte, die er dort hingeworfen haben mußte. «Meine zweite Haut», fiel ihm ein, und er sprach die Redensart leise vor sich hin, während er sich zum Schlafengehen rüstete. Und dann träumte er, wie andere auch – nur daß er gelernt hatte, seine Träume zu vergessen.

*

Am nächsten Morgen saß er, mit dem Rücken zum Licht, in seinem Büro, als Walter pfeifend hereinspazierte. «Können Sie nicht anklopfen», fragte Hawksmoor, «bevor Sie reinkommen?»

Walter blieb stehen; dann merkte er, daß Hawksmoor lächelte. «Ich hab gestern abend bei Ihnen vorbeigeschaut, Sir, um Ihnen zu berichten, was es Neues gibt.» Aus irgendeinem Grund wurde Hawksmoor rot, aber da er nichts erwiderte, fuhr Walter – wenn auch zögernder – fort. «Es ist so, wie wir's erwartet haben, Sir.» Er legte Hawksmoor einige Unterlagen auf den Schreibtisch. «Die Blut- und Gewebeproben stammen ausschließlich vom Opfer. Von dem anderen, vom Täter, ist überhaupt nichts dabei.»

«Und dieser andere hat keinerlei Abdrücke bzw. Spuren hinterlassen?»

«Wie gesagt, überhaupt nichts.»

«Kommt Ihnen das nicht merkwürdig vor?»

«Es ist zumindest ungewöhnlich, Sir.»

«Gut kombiniert, Walter.» Hawksmoor setzte die Brille auf und überprüfte mit gespieltem Interesse die Unterlagen, die Walter ihm gebracht hatte. «Ich möchte, daß Sie für mich einen Bericht tippen», sagte er schließlich, «adressiert an den Assistant Commissioner. Schreiben Sie die üblichen Details rein – Datum und Uhrzeit des Leichenfunds, Liste der zuständigen Beamten, Sie wissen schon, was ich meine.» Er lehnte sich zurück und nahm die Brille ab: «Und jetzt, Walter, will ich Ihnen die Fakten, soweit ich sie überblicke, mitteilen.»

Und dies waren die Fakten, soweit sie sich bis zu diesem Zeitpunkt überblicken ließen. Am Abend des vorjährigen 17. Novembers wurde in einem der Gänge des verlassenen Schachtes bei der Christ Church, Spitalfields, die Leiche eines später als Thomas Hill, wohnhaft Eagle Street, identifizierten Jungen gefunden, der bereits seit sieben Tagen als vermißt gegolten hatte: er war erwürgt worden, offensichtlich von Hand, da sich am Hals keinerlei Drosselmarken fanden; mehrere gebrochene Rippen sowie innere Verletzungen wiesen zudem darauf hin, daß er aus einer Höhe von mindestens dreißig Fuß abgestürzt war. Trotz eingehender Ermittlungen fand sich jedoch von seinem Mörder bisher noch keinerlei Spur – jedenfalls entdeckte man in der Umgebung des Tatorts weder Fuß- bzw. Fingerabdrücke des Täters noch Textilfasern von dessen Kleidung. Eine gründliche Durchsuchung von Gelände und Schacht ergab nichts außer einer Busfahrkarte sowie einige herausgerissene Seiten aus einer der vielen in besagter Kirche erhältlichen religiösen Druckschriften: keinem dieser Gegenstände ließ sich irgendeine Bedeutung beimessen. Haus-zu-Haus-Befragungen blieben ebenfalls erfolglos, und obwohl man einige Verdachtspersonen einem strengen Verhör unterzog, kam kein ausreichendes Beweismaterial an den Tag. Dann wurde am 30. Mai dieses Jahres am Eingang zur Krypta unter St. Anne's, Limehouse, ein als ‹Ned› bekannter, mit richtigem Namen jedoch Edward Robinson heißender Stadtstreicher gefunden; man nahm zunächst an, daß er im Zustand sinnloser Betrunkenheit die steile, zur Krypta führende Treppenflucht hinabgestürzt sei, doch bei der gerichtsmedizinischen Untersuchung stellte sich heraus, daß er erwürgt worden war – abermals fand sich keinerlei Spur vom Mörder, weder am Stadtstreicher noch in der Umgebung des Tatorts. Den einzigen möglichen Anhaltspunkt hinsichtlich der Identität des Täters lieferte eine sehr zerknitterte und beschädigte, offensichtlich ein kleines Kind darstellende Fotografie, die man in einer Manteltasche des Stadtstreichers gefunden hatte. Es bestand keine Veranlassung, diese Tat mit dem sechs Monate zuvor verübten Mord an Thomas Hill in Verbindung zu bringen, und tatsächlich durfte man mit einiger Berechtigung davon ausgehen, daß Edward Robinson einer der zahlreichen und oftmals gewalttätigen Streitereien zwischen denen der Polizei als ‹Nichtseßhafte› bekannten Bewohnern des genannten Viertels zum Opfer gefallen war. Ausgiebige Recherchen hatten jedoch keinerlei Hinweis auf einen Kampf oder Streit ergeben. Das Fehlen von Abdrücken und Speichel am Toten hatte den Gerichtsmediziner erneut vor ein Rätsel gestellt, und letzterer äußerte hierauf die Vermutung, daß es zwischen den beiden Fällen einen ‹Komparabilitätsfaktor› gebe. Und schließlich wurde am 12. August dieses Jahres auf dem Gelände hinter St. George's-in-the-East, Wapping, die Leiche eines kleinen Jungen namens Dan Dee gefunden. Wie verlautete, hatte das Opfer die Wohnung seiner Eltern in der Old Gravel Lane am Vorabend gegen sechs

Uhr verlassen, um sich am Tower Hamlets Estate mit Freunden zum Fußballspielen zu treffen; als er um elf noch nicht wieder zu Hause war, wandten sich die besorgten Eltern an die Polizei, doch erst am darauffolgenden Morgen wurde die Leiche des Kindes gefunden und von einem Polizisten sichergestellt: sie lag neben einem leerstehenden kleinen Gebäude auf dem Kirchengelände. Der Junge war erwürgt worden, offensichtlich von Hand, doch abermals befanden sich weder am Hals noch am Körper etwelche Spuren des Täters. Haus-zu-Haus-Befragungen, eine gründliche Inspektion des Geländes sowie sorgfältigste gerichtsmedizinische Untersuchungen hatten nichts ergeben: ein bedauerliches Faktum, das Hawksmoor seinem Bericht abschließend hinzufügte.

Er konnte nicht umhin, zu lächeln, als er die Details dieser Mordfälle rekapitulierte, und nachdem er mit seinem Bericht zu Ende war, fühlte er sich auf einmal ganz ruhig. «Wie Sie sehen, Walter», sagte er nun etwas leiser, «leben wir im Schatten großer Ereignisse.» Und dann fügte er hinzu: «Wir müßten nur wissen, um welche Ereignisse es sich handelt.»

«Der Täter kann doch nur ein Verrückter sein, Sir, oder?»

Hawksmoor sah auf seine flach auf dem Schreibtisch liegenden Hände: «Diese Erwägung sollten Sie ausklammern.»

«Aber nicht die, daß es sich bei dem Kerl um ein Stück Dreck handelt!»

«Dreck verlangt nach dem Reiniger, und der Reiniger verlangt nach dem Dreck.» Er trommelte mit den Fingern der rechten Hand auf den Schreibtisch. «Weiter, Walter – sagen Sie mir, was Sie noch so alles denken.»

«Sie meinen, wie ich mir diese Geschichte denke?»

«Wir müssen zumindest davon ausgehen, daß es eine Geschichte gibt, denn sonst können wir den Täter ja nicht finden, stimmt's?» Seine Hand lag wieder still.

«Man weiß nur nicht so recht, wo man da anfangen soll, Sir.»

«Ja, der Anfang ist der knifflige Teil. Andererseits, vielleicht gibt es gar keinen Anfang, vielleicht können wir gar nicht so weit zurückschauen.» Er erhob sich von seinem Schreibtisch und ging hinüber ans Fenster, von wo aus er eine dünne Rauchsäule zu den Wolken aufsteigen sah. «Ich weiß ohnehin nie, wo die Dinge herkommen, Walter.»

«Herkommen, Sir?»

«Wo Sie herkommen, wo ich herkomme, wo all dies hier herkommt.» Und er deutete auf die Büro- und Wohnhäuser unter ihm. Er wollte noch etwas hinzufügen, hielt jedoch verlegen inne; jedenfalls stieß er nun an die Grenzen seines Begriffsvermögens. Er war sich nicht sicher, ob all die Bewegungen und Veränderungen in der Welt nicht Bestandteil einer einheitlichen Entwicklung sind – so wie beim Weben einer Steppdecke ein zusammenhängendes Stück Stoff entsteht, ungeachtet des buntscheckigen Musters. Oder ob es sich um einen noch delikateren Prozeß handelte – etwa wie bei der sich ausdehnenden Oberfläche eines Ballons, daß sich also jedes Partikel bei gleichmäßig verteilter Wachstumsrate vergrößert, das Ganze aber mit zunehmender Ausdehnung fragiler wird. Und sollte ein Teilchen sich plötzlich lösen, würden sich die anderen dann nicht ebenfalls lösen, hilflos in sich zusammenfallen – als dröselte die Zeit sich selber auf, inmitten eines Gewirrs von schrumpfenden Gesichtskreisen, Ausrufen, Schreien und Melodien? Er dachte an einen Zug, der in der Ferne verschwindet, bis schließlich nur noch Rauch und Geruch der Lokomotive zurückbleiben.

Er drehte sich vom Fenster weg und lächelte Walter zu: «Tut mir leid, ich bin einfach nur müde.» Draußen im Korridor ertönte Lärm, und Hawksmoor begab sich abrupt wieder zu seinem Schreibtisch. «Ich will, daß man neue Leute einschaltet», sagte er, «fügen Sie das noch in den Bericht ein. Mit den alten kommen wir nicht weiter, außerdem gefallen mir ihre Methoden nicht» – er sah wieder das Chaos bei der Sonderkommission vor sich, und den Kriminalbeamten mit der am Mund hängenden Zigarette –, «und das nächste Mal, Walter, das nächste Mal machen Sie den Leuten klar, daß nichts, aber auch gar nichts vom Tatort entfernt werden darf!»

Walter rüstete sich zu gehen, doch Hawksmoor hielt ihn mit einer Handbewegung auf. «Mörder lösen sich nicht in Luft auf. Morde lassen sich aufklären. Stellen Sie sich andernfalls das Chaos vor. Wer hätte da noch Lust, sich im Zaum zu halten?» Und einen Moment lang erblickte Hawksmoor seine Aufgabe darin, die Schmiere und den Schutt, die das wahre Bild der Welt verdeckten, zu entfernen – so wie man eine geschwärzte Kirche reinigen muß, um die eigentliche Textur ihres Steins zu erkennen.

Walter drängte es, zu gehen. «Und was machen wir jetzt als nächstes?»

«Wir machen gar nichts. Stellen Sie sich das Ganze wie eine Geschichte vor: wir kennen zwar noch nicht ihren Anfang, müssen sie aber trotzdem weiterlesen. Nur um zu sehen, was als nächstes passiert.»

«Dann sieht's wohl so aus, als wär uns der Kerl durch die Lappen gegangen, Sir.»

«Das kümmert mich momentan überhaupt nicht. Der wird wieder zuschlagen. Ein Mörder schlägt immer ein weiteres Mal zu. Verlassen Sie sich drauf.»

«Aber dann sollten wir ihm doch eigentlich vorher das Handwerk legen, oder nicht?»

«Alles zu seiner Zeit, Walter, alles zu seiner Zeit.» Walter sah ihn befremdet an, und Hawksmoor zögerte. «Selbstverständlich will ich ihm das Handwerk legen. Aber vielleicht geht es gar nicht darum, daß ich *ihn* finde – sondern er *mich*.» Und nach einer Pause fragte er: «Wieviel Uhr ist es jetzt?»

7

Was ist die Uhr, lieber Mr. Dyer? Ich hab lassen meine Uhr ablaufen.

Es ist bald sechse, *versetzte ich*, indem ich meinen dunklen Kersey-Rock auszog und ihn an einen Stifft beinebenst dem Eingang hieng. Hierauf gapset Mrs. Best, welche mich, da ich zur Hausthür hereinmarchiret, vom oberen Treppenstuhl in Augenschein genommen, und legt eine Hand an ihren Busen. Und vor einen Moment fuhr mir der folgende Gedanke durch den Kopf: du ertzvermaledeytes lumpichtes Rabenaaß.

Die Zeit geht so geschwinde, *sagt sie*, ich wollte, ich könnte sie ein Weilchen wieder erhalten, Mr. Dyer, und solches in mehr als einer Absicht.

Die Zeit läßt sich nicht zurückhohlen, Mrs. Best, allenfalls in der Phantasey.

Ach, die Poeten, die Poeten, Mr. Dyer. Demnach besichtigt sie mich neuerdings und sagt seuftzend: ich würde gar nicht vonnothen haben, Gewesenes im Gedächtniß zu wahren, wäre das Gegenwertige blos erbaulicher. Sie legte unterm Parliren die Hand ans Gelender und rief dann aus: schon wieder Staub, und ich hab hier erst gestern gesaubert!

Auf solches war ich gesonnen, mich ihr annehmlich zu machen, denn wem in der weiten Welt durfte man übrigens trauen? Ist Euch nicht wohl, *frug ich* sie.

Mir ist, ich weiß nicht, wie, *versetzt sie*, indem sie die Treppe zu mir herunter kömmt, allein ich bin ganz krank nach Gesellschaft: allezeit darf ich mich blos mit meinem Hündgen und Kätzgen kurtzweilen; ich bin eine arme Wittib, wie Ihr

sehet, Mr. Dyer, und in diesem alten Haus geht so viel Gelerm, als was mir Unmuß macht. Hierauf gab sie mir lachend
einen kleinen Knuff, und ich merkte ihrem Athem den Li-
queurdunst ab.

Ei nun, Mrs. Best, solche alten Häuser enthalten vorgeblich
so viele Gespänste als ein Mausoleum, dahero sollt Ihr an Euerm Gelust nach Geplauder sicher nicht umkommen.

Mich verlangts nicht nach Worten, sondern nach Thaten,
versetzte sie, und überdas, Mr. Dyer, hab ich bey Leibe nichts
von einer Nonne an mir.

Hierauf trat ich von ihr zurücke, und wußte keine Auskunft,
was weiters zu sagen, allein den Augenblick entkam Nat Elliot
aus meinem Cabinette, und ich rief hinauf zu ihm, Nat, Er
Tropf, marsch in die Küche und mach Er sich um mein
Abendbrod zu schaffen. Und auch Mrs. Best sprach ihn an:
geb Er Mr. Dyer Bescheid von dem Gentleman.

Was vor ein Gentleman, *frug ich*.

Den Nahmen hat er nicht hinterlassen, nicht wahr, Nat?

Und auch keine Nachricht, *fügte Nat anbei*.

Und das folgende Bild zog mir durch den Sinn: Mr. Hayes,
der schurckische Madensack und ungerathene Inspector sowie Urhaber von Dräuschrifften wider mich, war zu mir kommen, maßen er mich nicht daheime weiß, um mich unruhig,
kopflos und perplex zu machen. Ich habe ihn die abgewichnen
sieben Tage im Auge, zeit daß ich ihm meine eigne Nachricht
hinterlasse. Und itzo verfolget er mich wohl nach seinem
Gutbedüncken.

Mrs. Best parlirete über währendem meinem Nachsinnen
fort, und ihr letztes Geklätsche drang mir als ein Glockenge-
läut ans Ohr: man hört, *sagt sie*, gar nur noch von Wahlen
disputiren, hab ich recht, Mr. Dyer? (Recht gesprochen, *setzt
Nat* ungestümig *anbei*.) Ich betraf Mrs. Wanley auf der Straße
– ihr gehöret das Haus bey der Ecke an (ich kenne das Haus!
ruft Nat) –, und ihre Conversation war mir ein wenig erstaun-

lich, denn dieß Politisiren ist ein Fieber, welches sogar die Frauenzimmer anzugreifen scheinet (Wie läßt sich da Rath schaffen? *fragt Nat*, bestürtzet von solcher Zeitung). Ei, *fuhr sie fort* und verlachte Nat, der sich auf den Treppenfuß gesatzet, eine kurtze Opera mag solches Übelseyn abscheuchen, hab ich nicht abermal recht, Mr. Dyer? Und hierauf sung sie aus vollem Hals:

> Eilen die Jahr' zwar auf einem Fährschiff dahin,
> So wahrt frohen Sinn, Freunde, wahrt frohen Sinn.
> Und entrinnet die Zeit zwar dem Kelch überher,
> So trincket ihn leer, Freunde, trincket ihn leer.

Ich will ietzt Mahlzeit thun, *sage ich*, indem ich, ihrem Gesing zu genügen, eine muntere Miene gebe, denn wann ich hungrig zu Bette gehe, so muß ich zur Nacht wieder auf.

Ei, *sagt sie*, so legt nur mir zu Gefallen Euer Nachtgewand an.

Nat marchiret in die Küche, und ich klimme die Treppe der Ewigkeit auf meine Stube, indem ich gewärtige, daß schon ein wintziger Stoß mich in die Grube verwirft. Mr. Hayes, Mr. Hayes, was weißt du, und was kann ich ausrichten? Ich bin eben so ferne davon, meinem Werck ein Ende zu finden, als mir iedwede Hoffnung darauf versagt bleibt: so bald ich in mein Cabinette trat, so gieng ich ohne Versäumen zu Stuhl, und die gewaltige Entleerung machte mir grausame Pein.

Des andern Tags denn traf mich ein fernerer Streich. Ich wußte auf dem Amt meine Gedanken wohl zu verwahren, und auch gegen Walter Payne that ich itzo geheymer, ob ich gleich nicht im klaren, wie ihn solches anmutete. Der Schalck Hayes erhielt mich stetigs im Auge, und an diesem Morgen examinirete er von ungefehr etliche Skitzen auf meiner Stube, allwo ich soeben mit Walter arbeitete. Faß ich das recht, *sagt er*, daß an der neuen Kirche von St. Mary Woolnoth das hölzern

Kranzgesims rund fortgesetzet, die Decke ganz ohne Täfelwerck, und die Treppe in der Kuppel von Portland-Stein seyn
soll?

Eben so hab ichs entworffen, Mr. Hayes.

Und Ihr wollt keinen Spitzthurm?

Ein Spitzthurm ist nicht vonnothen: die im ersten Grundriß
bezeichneten waren viel zu dünne.

Wohl denn, *sagt er*, Ihr seyd der Baumeister. Und demnach
fährt er fort: weiß Sir Chris. davon, und von dem langen Verzug?

Von dem Spitzthurm habe ich ihm lange bevor schon Be-
richt gethan, *versetzte ich* und hielt mir die Galle zurück, und in
Ansehung des Verzugs, so weiß Sir Chris., daß der Tod des
Maurers unsre Arbeit gehemmet. Ingleichen weiß er, *fuhr ich
fort*, daß ich meine Kirche in gegebener Frist fertig erstelle, ob
das ursprüngliche Gebäu gleich in so elenden Bewandtnissen
gewesen. (Um solches Factum anders zu fügen: der tödtliche
Absturz seines Sohnes Thomas vom Thurm der Spittle-
Fields-Kirche setzte dem Maurer, Mr. Hill, gar sonderlich zu.
Er schied plötzlich auf seiner Stube von hinnen, denn nach
einem Schlagfluß fiel er an seinen mit glühenden Kohlen erfüllten Heerd und brennete sich so empfindlich Rücken und
Seite, daß keine Hoffnung vor ihn bestund.)

Wohl, Mr. Dyer, *sagt* die Schlange Hayes abermal, es lieget
gänzlich bey Euch, obs zum Guten oder zum Bösen gedeihet.
Und hiemit wischte er aus meiner Stube und lächelte Walter
zu.

Das Lächeln setzte mich in argen Zorn, und ich konnte
nicht mehr an mich halten: Es geschiehet durch die göttliche
Fürsehung, *sagte ich* zu Walter, daß die mehrsten Menschen
nicht im Stand sind, ihr Loos zum voraus zu wissen, denn
eben war einer hierinnen, der unfehlbar sterben muß.

Wir alle müssen sterben, *murmelte Walter* und sahe mich befremdet an.

Ja wohl, *versetzte ich*, allein es hält schwer, die Kranken von den Gesunden zu scheiden.

Ich verließ das Amt um sechse, und als der Schalck Hayes im Corridor von mir Abschied nahm, so gab ich ihm seinen Bückling blos kalt zurücke. Der Abend war neblicht, jedoch nicht so dunkel, als daß diese falkenäugichte Creatur nicht hätte können mir nachfolgen: solchergestalten marchirete ich in aller Geschwindigkeit die Whitehall hinauf und wandte mich nach dem Strand, und unerachtet solcher Entfernung vernahm ich das Gereusch mir nachsetzender Hacken. Einmal spickte ich um mich, allein der Schelm hielt sich vor mir verstackt: Ei mags, *sage ich zu mir selbst*, ich wills dir schon einsalzen, wie dein alter Madensack eines Tags ohnedem in der Hellen eingesalzt wird. Ich beeilte meine Schritte gegen die Seven Dials, und machte mir nicht die Mühe, den Kopf zu wenden, maßen ich das Absehen des Schurcken kannte, mich nicht zu verlieren; jedoch so bald ich an St. Giles traf, so huschte ich in aller Geschwindigkeit hinüber, und die vorbey fahrenden Kutschen müssen ihn auf der andern Seite erhalten haben. Demnächst wischte ich über den Grape Court und schritt auf den halbwege gepflasterten Eingang zum Red Gates. Dahier ließ ich, an der Thüre verharrend, den Nebel hinter mir: recht kecklich trat ich in die Spelunck, allein als ich am Schancktisch den Brief erblickte, so wäre ich bald an den Boden gesuncken. Die Epistul war addressiret *An Mr. Dyer, demselben hinterleget auf dem Red Gates am Grape Court: Zu persöhnlichen Händen.* Doch wer konnte vorauf wissen, wo ich verweilen würde, und wer konnte meine heutige Anherkunft calculiren? Ich eröffnete den Brief mit zitternden Händen und las das Unausstehbare: *Dieß sull Euch anzeigen, daß Ihr im kurtzen ins Gesprech kompt, dannenhero Ihr wol dran thut, biß auff nechstkommenden Mahntag aus dem Amte zu fliehn, anders dörft Ihr was Args erwarten, so gewiß, als Ihr jemalen gebohrn.*

Solches erfüllte mich mit grausamer Furcht, und ich dau-

melte in eine Ecke, woselbst ich vor Schauder stöhnen durfte;
der Zapfjunge frug mich, was gefällig wär, allein ich gab keine
Antwort, biß daß er an mich herzutrat und meinen Arm an-
rührete, worauf ich schröcklich erzitterte. Wollt Ihr Auftrag
thun, Sir, *sagte er* lachend, und ich verlangte nach einer Pinte
starck Bier. Und unterm Trincken gedachte ich des folgenden:
ich erkenne diesen Hayes, diesen Hundsfott, an dem Excrement, so er mir geschikket. Ich kann ihn ausschnüffeln, maßen er seinen Unrath aller Wege hinterläßt. Und es geht auch
nicht gar so wunderlich zu, daß er seinen Brief dahier abgeleget, denn hat nicht er selber mich hergejagt? Demnach frohlockte ich, denn mochte er sich gleich als Verfolger wähnen, so
wars doch recht eigentlich ich, der ihm nachsetzte; wir enthielten uns fixiret im nehmlichen Centrum, und ob wir schon
anfangs ungleiche Wege giengen, so würden wir uns unfehlbar
irgendswo innen oder am Umkreiß begegnen. Solchergestalten konnte er mir so wenig entkommen, als ein überführter
Dieb dem Galgen. So bald der Wind aus der rechten Ecke
wehet, so soll dem Buben sein Theil schon werden. Und denn
erwog ich das folgende: der Schalck giebt mir wohl Winke und
Fingerzeige, allein wie viel hat er würcklich von meiner Verrichtung erfahren? Weiß er von Mirabilis, oder von dem
Gesellen Joseph? Von denen Opfern durfte er gewiß keine
Kenntniß haben, da das Blut in der Finster und in geheym
vergossen, jedennoch wars mir ein Räthsel, ob er mir jemalen
auf die Black Step Lane nachgefolget, eh daß der eitle Poebel
dortselbst am Plündern gewesen.

Der Lerm und Dunst in der Kneipschenck fieng allgemach
an, mich zu afficiren, und meine Gedanken waren alsobald
so verrucket und durch einander, daß mein armer Verstand
unter ihrem Gewichte zurück sunck. Denn ich vermeinte
eine zugehende Thür zu hören, sowie das Gereusch von
Schritten über die Schwell; und da schien die Stimme einer
Frau zu tönen, sie rief, Seyd Ihr das wieder? Gleichwie

ein Echo kam die Antwort, Ist er noch nicht zurück? Demnächst erscholl in meinen Ohren ein solches Brausen, daß ich wie aus einer Trance erwachte und baß erstaunt um mich blickte. Allein ich hielt mich im Zaum: und diesergestalt, *sagte ich*, vertandelst du deine Zeit, indem du dich in einen Spiegel vor Äußeres wandelst? Dein Werck ist zu drängend, als daß du dürftest am Ofen einer Kneipschenck sitzen, also fort mit dir und bedencke das Schicksaal von Mr. Hayes auf deiner Stube. In der Spelunck obherrschte nunmehro Ruhe, und die Gäste hockten einander zunickend da, gleich dem stinckenden Kerzenstumpff, welcher in einer überhitzten Tille erlischt. Wer ist dieser hochwohledele Klumpen Lehm, das Ding, so beineben dem Ofen in einem Armstuhl lummelt? Das Ding bin ich, und unterm Aufstehn wancke ich zwar, erhalte jedoch meinen Schritt. Solchergestalten marchirete ich durch St. Giles und weiter hin, allein so bezecht war ich nicht, als daß ich nicht hätte meinen Witz beisammen gehabt: so bald ich auf mein Losament einlangte, so nahm ich ein Schweißbad und gieng denn zu Bette, gar hitzig und mit hoch schlagendem Pulß. Hernachmals schlief ich nicht so wohl, hatte indeß manche verworrene Träumerey.

Den andern Tag erwachte ich mit schwindelichtem Kopf, als welcher gar wunderliche Grillen zu sich hereinließ: ich würde bald ganze Tage im Nachtgewand verblieben seyn und mich gegen jedermann verläugnet haben, doch da bewog mich eine frische Eingebung, gutes Muthes aufzustehn. Ich kleidete mich an und nahm meine beste Perruque aus ihrer kleinen Schachtel, eh daß Nat hereinkam, mich zu erwecken: Ei, Herr Gevatter, *sagte ich* zu ihm bey seinem Eintreten (und auf solche Ansprache verharrte er als ein Töffel), mir kam soeben ein Gedanke, den ich nicht gegen funfzig Guineen austauschen will.

Er drang in mich, ihm solchen Gedanken zu entdecken, allein ich verweigerte mich, und gar bald legte sein schweiffender Sinn sich auf einen andern Cours. Mrs. Best, *sagt er*, hat verwichne Nacht erkunden lassen, ob Euch nach einer kleinen Quadrille wär, aber Ihr seyd noch nicht zurück gewesen, und ich durfte nicht antworten an Eurer Statt, ich hab gewartet und gewartet, biß daß ich todtmüd worden, und hernach so gegen Mittnacht hörte ich ein Gereusch –

– Stille, Nat, *versetzte ich*, Er verstöret mich heut morgen mit Seiner Salbaderey, indem mir der Sinn nach gewichtigern Dingen stehet. Und denn kauerte ich mich enge zusammen.

Höchlich frohlockend spatzierete ich auf das Amt und begrüßte den aus dem Fenster glotzenden Walter, der so bleich, als ob er sein eigen Gespänst gesehen; hernachmals verfügete ich mich auf das Cabinette von Mr. Hayes. Ich merkte ihm wohl den Gedanken *O GOtt, da kömmt er! Da kömmt er!* ab, trat indeß mit der erdenklichsten Artigkeit an ihn heran und frug ihn, ob er mir eine Gunst erweisen wolle. Er machte mir einen Bückling, ersuchte mich fortzufahren, und sagte, er wolle mir alle mögliche Gunst erweisen. Hierauf beredete ich mich mit ihm diesergestalt: der Maurer habe, vor seinem eigen Verhängniß und im Gram um den Tod seines Sohns, denen nach der Lombard Street weisenden Außenmauern von St. Mary Woolnoth nicht gar viel Achtung gegeben, und dannenhero seyen solche Mauern um wenigstens sieben oder acht Fuß zu niedrig. So bald dieselben ausgefertigt, so solle das Gerüst gänzlich eingezogen und abgeschafft werden: kein Verzug mehr, und, *fügte ich an*, da Ihr mit dem Maurer in pünctlicher Compagnie gearbeitet, würdet Ihr mich recht sehr verbinden, wann Ihr sein Werck besichtiget und überdas ausmittelt, was zu dessen Beschluß noch vonnothen. Der Tropf beschied mich, mir in solchem Regard nach seinen Kräften ein Genügen zu leisten, denn auch ihm sey der Verzug empfindlich; hierauf sprach ich ihm abermal Danck, und er danckte mir seines Theils, daß ich so artlich zu ihm gekommen. Und solchergestalten zog ich ihn mit Lächelmienen in den Unter-

gang. Seyd Ihr noch immer vom Schwindel afficiret? *frug ich*.
Er macht mir ein wenig Ungemach, *versetzte er* zu meinem großen Ergetzen.

Er war so gut als todt, ein Hanswurst vor seiner Verzehrung, und als ich auf mein eigen Cabinette zurückkehrte, so
wollte mir bald der Bauch schüttern vor Lachen, gleich einer
wacklichten Grütz. Walter sahe meinen plötzlichen Frohsinn
rathlos an und frug mich, wie es gewesen. Und ich versetzte,
es war gar trefflich.

Hier ist etwas, so Euch wohl noch mehr lachen macht, *sagt
er* sogleich, nehmlich ein Brief vom Vicarius von Mary Woolnoth.

Von Priddon?

Demselben. Er verhofft, daß Ihr ihm vermeldet, so bald Ihr
eine Zeit festgestellet, den heidnischen Schutt abzuschaffen –
so fügt ers zum wenigsten in seiner canonischen Redensart.

Der Mann ist ein Scheps, *sagte ich*, von Schutt zu sprechen;
ich würde ehe ihn selber in den Carren thun, wann ich die
Klappe der Blundermänner höre.

Denn in der Wahrheit stellt der Pfarrer Priddon ein Muster
der gleißnerischen Frommheit vor, angekleidet mit einem alt-
modischen Rock sowie um die Beine baumelnden Strümpffen;
jedennoch hat er ein rothes und feißtes Angesicht, und fun-
kelnde Augen. Er parliret über GOtt von seiner Canzel, weiß
von Solchem indeß nicht mehr, als die Eintagsfliege vom Wasser, darüber sie hinsummet, oder als der Janhagel von der
Sonne, so bald er dieselbe im schweißichten Antlitz spüret.
Kein Theolog hat die Gleichförmigkeit-Acte jemalen so
getreulich beobachtet – wer war unter währender Regierungs-
zeit von King Charles II begieriger, die Straffgesätze in Exe-
cution zu bringen; wer unter King James ein größerer Für-
sprech vor ihre Aufhebung; wer unter King William ungestüm-
mer, die in Diensten Engelands stehende hollendische Blaue
Garde heim zu versenden; und wer itzo unter Queen Anne

artiger gegen unsre hollendischen Alliirten? Walter ist soeben hinaus, sein Wasser zu lassen, doch bey seiner Wiederkunfft *sagt er*: Und wollt Ihr das elende Gemächt, wie's Priddon benennet, abräumen?

Um was weniges rückwerts zu gehen: nachdem im widrigen Jahr 1666 die Kirche von St. Mary Woolnoth grausamen Schaden genommen, und Seitenwände, Dach sowie Theile der Vorder- und Hinterseite vom Feuer angegriffen worden, so erklärte die Commission kraft habender Vollmacht die Kirche als tauglich vor eine Restaurirung. Der Bau bestund meistens aus Quader- und Rundstein, allein die zernichteten Theile, als wie die Facciade gegen die Lombard Street, habe ich neu errichtet mit Sandstein. Doch erstlich mußte ich die Grundmauern inspiciren und verwahren, und indem die Werckleute beinebenst der Kirche gruben, befanden sie im Kiesboden etliche menschliche Gebeine. Die Arbeiter verhielten im Graben, um die daselbst bestatteten Cörper zu entdecken, allein als sie in solcher Verrichtung begriffen, so stürtzten Theile einer alten Capelle über sie ein. Um es kurtz zu fassen, sie hatten somit eine primitive Kirche befunden, benebst einem halbrunden Presbyterium oder Altar, so beinach gefügt als ein Creutz; und die Grundmauern waren mit nichten von Schutt, sondern von kentischem Bruchstein, und überdas mit ausdermaßen hartem Mörtel in der römischen Manier gar kunstreich gearbeitet und consolidiret. Hernachmals wurden Inschrifften ausgemittelt als Deo Mogonti Cad und Deo Mouno Cad: ihr Ansehen gefiel mir über die Maaßen, denn laut dem Bericht von Mr. Cambden stund der Gott Magon, oder vielmehr der Sonnengötze, von Alter her vor den dasigen Stadttheil.

Pfarrer Priddon, welcher meine Arbeiter von der Sicherheit seines Hauses beineben der Kirche besahe, huschte auf die Straße, so bald ich anlangte, die Ruinen zu inspiciren. Demnach spickte er unbehäglich in die Grube, allwo man die Capelle gefunden, und sagte, Um Vergebung, Sir, wofern Ihrs verstattet, so will ich auf solchen eitlen Schutt einen Blick geben. Ich bedeutete ihn, einen Lederhelm aufzusetzen, damit er sich nicht an hernieder fallenden Ziegeln oder Bauhölzern verletze, und hierauf trat er einen Schritt von ferne: was ein glücklicher Umstand, *sagt er*, daß GOtt unserm Gemüth einsmals Ruhe und Frieden gebracht und uns vor solcher Idolatrie verwahret hat! Allein auf den Plotz gerieth sein maulfrommer Discours ins Stecken, indem ein Werckmann mir einen fernern Stein an die Hand gab, darauf ich, nach Abscharrung der Cruste, die Inschrifft DUJ befand.

Was ist das, *frug der Pfaffe*, etwan ein neuer Aberwitz?

Er stellet nicht den sonderlichen Nahmen eines Gottes vor, *versetzte ich*, allein in der brittannischen Zunge heißt DU dunkel, und muthmaßlich handlet es sich dahier um einen Platz, wo man dermaleinst nächtliche Opffer dargebracht.

Auf solches warf er sich was wenigs in die Brust und sagte, Ich kann spirituelle Zufälle nicht zugeben; derlei Finsterniß ist vorbey, Mr. Dyer, und lengst schon ward uns veroffenbaret, daß wir einen razionalen GOtt haben. Da der Staub nunmehro unsre Gewänder befiel, giengen wir ein Stück von der Grube ab, und ich schwieg stille. Denn fährt er fort: Was ist solches DU anders, als die Sprache von Kindern, Mr. Dyer? Ich beschied ihn, daß ich ihm hierin beystimme, allein er war bereits auf seinen Gegenstand verfallen, als ob er unterm Parliren die Canzel ersteige: Was ist solches DU, so bald wir ersehen, wie GOtt seine gesammte Schepfung im gewohnten Cours von Ursach und Würckung führet, als was sich wohl erzeiget, Mr. Dyer, indem wir die unberührte Simplicitaet der Natur bedencken. Und hierauf wies der venerable Priddon mit gereckten Armen um sich, ob ich gleich blos die Plätze und Gassen von Cheap-side gewahr wurde. Ich wills Euch zugeben, *sagte er* geschwinde, daß die Straßen einen nur dürftigen Prologue zu meinem Thema bilden, aber so blickt einmal himmelwerts (und er erhub seine Stimme, indem er ans

Firmament emporlugte), und Euch faßt ein freudig Verwundern, so bald Ihr durch Hülf eines Telescopiums vermerket, wie gar viele Welten über einander hangen, so sich geruhig und friedsam um ihre Achsen drehen und unterdem so erstaunende Pracht und Erhabenheit veroffenbaren. So oft wir gleichermaaßen unsern Verstand wie unser Interesse consultiren, Mr. Dyer, so dürfen wir die armen Heiden bemitleiden, und ihr Hieherokommen beklagen.

Aber in dem Gemäuer des Pardon-Kirchhofs vor dem Feuer, *versetzte ich*, gegen den Norden von St. Pauls –

Davon weiß ich nichts.

– In solchem Kirchhof fand sich, künstlich und reich ausgemahlet, ein Todesreigen, vielmehr ein Todtentantz abgeschildert. Ist das nicht gleich diesem DU?

Derlei Schilderey erfolgte gar unbedachtlich, Sir, *erwiderte der brave Pfaff*, und so bald man sich darbei verweilet, so würcket sie nichts als Melancholey aus. Beyläufig gesagt, lassen sich auch unsre sämptlichen Bräuche vermöge reinen Verstandes erklären.

Aber wie geht es denn mit denen Miraculn zu?

Ei, Miraculn, *sagte er* und nahm meinen Arm, indem wir gegen die Grace-church Street marchireten, Miraculn stellen blos göttliche Experimenta vor.

Aber ist nicht Christus von den Todten auferstanden?

Sehr wahr, Mr. Dyer, allein ich will Euch eine übrige Wahrheit beibringen, als welche darzeiget, wie alle sothanen Controversen sich lassen entscheiden. Bekanntlich war Christus drey Tage und drey Nächte zum Grabe bestattet, nicht wahr? Ich bejahte gar williglich. Und gleichermaaßen sagt die Geschrifft, *fuhr er fort*, daß er Freitag zur Nacht begraben worden und Sonntag vor Tagelicht wieder auferstanden ist.

Recht wohl.

Nun also, Mr. Dyer, wie gedencket Ihr solches Räthsel aufzulösen?

Fürwahr eine vertrackte Frage, Sir.

Hierauf lachte er leis und setzte anbei: Ei, wir erfordern darzu blos einen Astronom, maßen ein Tag und zwey Nächte in der Hemisphere von Judaea zween Tagen und einer Nacht in der andern Hemisphere entsprechen: solches macht die in der Geschrifft verwandte Summa aus. Denn wie Ihr wißet, *fuhr er* munter *fort*, hat Christus vor die gesammte Welt gelitten.

Unterm Fortgehen gab er mir eine unendlich weise Miene, allein auf den Plotz hielt er ein und erhub einen Finger an sein Ohr. Merkt einmal auf, *sagt er*, ich höre den treuen Glauben, wie er von Kinderlippen entkömmt, wahrhafftig, gar aus Kindgenmund. Und als wir um die Ecke zur Clements Lane kehrten, so schritten drey oder vier Kinder auf uns herzu und sungen:

> Die alte Kirche hat eine Säul,
> Ich ruhte dort eine kleine Weil;
> Der Kirche ward auch ein Hof gebaut,
> Ich hörte dort die Glocken so laut;
> Die alte Kirche hat ein Thor,
> Ich ruhte denn was länger darvor.

Solcher Reim rief mir so vieles vor das Gedächtniß, daß ich bald würde ins Heulen ausgebrochen seyn, allein ich erhielt meine Contenance und lächelte den Kindern zu. Zu gleicher Zeit hatte Pfarrer Priddon ein kleines Mädgen erblicket, so einer noch unentwickelten Zatzenmutter glich: in seinem muntern Laun strich er ihr über den Kopf und bedeutete sie, artig zu seyn und nach ihrer Bibel zu leben; worauf das Mensch gar grausam jenen unnennbaren Theil von ihm ergriff und solches hochwichtige Organ fast zerkneipte und zerdruckte, eh daß sie mitsampt den andern davonlief. Mordio, mordio, *brället Priddon*, und ich konnte mich nicht entbrechen,

lauthalsig aufzulachen, worauf er mich von der Seite anblickte; doch über ein Weilchen war er wieder bey Fassung
und sagte in nunmehr ernstlicherm Styl, Ich muß ietzt Mahlzeit thun. Montag ist ein geschäfftiger Tag, und da darf ich
nicht ohne Mahlzeit bleiben! Ich muß essen!

Solchergestalten kehrte er alsogleich zu Haus zurück, wohin ich ihn williglich accompagnirete, gestaltsam ich noch fernere Verrichtungen wegen der Kirche abzuledigen; und kaum
daß wir über der Schwelle waren, so rief er schon in die Küche
um zween gebratene Gänse, lengstens bereitet um eins nach
der Uhr. So bald dann der Ruf *Sir, Essen steht auf dem Tisch!*
erscholl, so erhub er sich schleunicht vom Stuhl, und über-
häuffte seine Gans alsobald mit Kohl, Möhren und Steckrüben. Nachdem er seine Speis durch die Gurgel gewürget und
zwo gewaltige Rülp fahren gelassen, so ward er gesetzter und
bedeutete mir in der überdrüßigsten Manier, das klein Kind
stelle wohl einen Gegenstand für seinen nechstkommenden
Sermon vor: denn habe sie nicht noch in ihrer Unmundigkeit
erzeiget, daß wir blos imperfecte und verworrne Copeyen des
universallen Musters seyen?

Dieß Mädgen wird gar bald als Bordelmetz gehen, *fügte ich
anbei.*

Ei wohl, Sir, solches ist das Loos der in den Straßen erzog-
nen Frauenzimmer; also ists bey dem Poebel der Brauch,
allwo man sie im Geiste gewiß schon etlichmal genothzüchti-
get. Ich selber war niemalen verheurathet, *sagt er*, in eine
Trance abfallend. Und demnach besann er sich wieder auf
seinen Gegenstand: Es ist ein ausgemachtes Factum, Sir, *fuhr
er fort* und nahm noch ein Glas welschen Weins, daß der Poebel sich dermalen aller Orten in Aufruhr befindet, und das mit
solchem Geschrey und Geplerr, daß ich in meinem eigen Haus
bald nicht mein eigen Wort verstehe. Ihr habt die gedoppelten
Stabeisen an den Fenstern gewißlich vermerkt – und er wies
mit einem Gänseknöchel dorthin –, das widrige Gelichter hat

nehmlich schon benachbarte Wohnungen attaquiret, und die Wache thut nichts, als sich den Arsch zu kratzen.

Unter der Weil erhitzte der Wein mir das Blut, und *ich versetzte*: Wer kann da noch von dem Menschengott und der offentlichen Wohlfahrt schwatzen, wo auf der Straße blos Raserey und Narrheit regiren? Hierauf rülpte der Pfaffe neuerdings. Menschen sind keine razionalen Creaturen, *fuhr ich fort*, sie sind dem Fleisch verfallen, geblendet von Leidenschafft, truncken von Thorheit und verhärtet vom Laster.

Beliebt Euch ein wenig Pudding, Mr. Dyer?

Sie sind gleichwie Insecten, so Farb und Geruch aus denen Excrementa ziehen, darinne sie gebohren.

Pfarrer Priddon blies unter währender meiner Ansprach an seine Breischüssel. Fürwahr ein keinnütziger Poebel, *sagt er*, und wir müssen GOtt dancken vor die civile Regirung; denn ob das Grab zwar männiglich gleich macht, und hienach die Bestimmtheit von Geburth und Stand nicht ferners beachtet wird, so ist vor die Ordnung und Oeconomia des Weltgebäudes doch vonnothen, in Herkommen sowie Rang zu unterscheiden. Wollt Ihr mir wohl die Schachtel da neben Euch reichen, mit den Zahnstechern darinne?

Und ich legte mein Messer ab und sprach: der Janhagel hetzet die Krüpel eben so als die Blödsinnigen, und es gereicht ihm zur Kurtzweil, auf den Straßen einen wilden Farren loszulassen. So bald sich der Henker zu Tyburn von dem strampelnden Schelm abwendet, so raufen sich Weiber und Kinder, solchen Schelm bey den Beinen zu zerren. Demnach benehmen sie ihm ein Gewandstück, küssen dasselbe und spukken darauf.

Ach, das sind traurige Zeiten. Wollt Ihr mir wohl die Zahnstecherschachtel herübergeben, Mr. Dyer?

Aber desungeachtet müssen wir guter Dinge seyn, *fuhr ich* in gewandelter Stimmung *fort*, denn dieser Janhagel ist der Spiegel unsrer Epoque, darinne wir uns alle erschauen.

Wohl, wohl, Mr. Dyer, alles ist in Bewegung, und wir alle werden uns kurtz oder lang verändern. Demnächst hätte er sich gewißlich über das Wesen der Zeit ausgelassen, allein da mir solcher Articul pressirete, nahm ich geschwinden Abschied von ihm, indeß er nach der Zahnstecherschachtel langte.

Und itzo giebt Walter mir Priddons Brief an die Hand: ich kann ihn nicht gehörig lesen, *sagte ich*, weil mir die Brille zerbrochen, als ich sie bey St. Mary Woolnoth an den Boden fallen gelassen. Aber Er mag das vor mich verrichten, Walter; schreib Er dem braven Pfarrer, daß er den widrigen Einfluß jener heidnischen Altare nicht befahren muß: bedeut Er ihm, daß wir der Christenheit ein so treffliches Gebäude errichten, als er zu London nur jemal vor Augen kriegt. Walter nahm seine Feder auf und wartete, wohl wissend, daß noch was mehr kommen sollte. Und hat Er dem Maurergehülfen vermeldet, *fügte ich an*, daß meine Tafel von hartem Gestein und strenge nach dem Entwurf gefertiget seyn muß?

Das ist alles bereits abgeledigt, *sagte er* seuftzend.

Und wann die Tafel fertig ist, Walter, so mach Er deutlich, daß keiner ihr nahe kommen darf: ich bin gesonnen, darüber die Obsicht zu halten und mein eigner Bildhauer zu seyn. Die Tafel soll meine Inschrifft tragen. Walter wandte sich, mir sein Angesicht zu verbergen, zum Fenster, allein ich wußte, welche Gedanken ihm durch den Kopf schwermeten. Er besorgt, ein Gegenstand des Spotts und Argwohns zu werden, indem er meinen Unterweisungen folget und gar zu traulich mit mir erscheinet. Weßhalb so mißvergnügt? *frug ich ihn.*

Ich? Ich bin nicht mißvergnügt.

Ich merke es sogar Seiner Postur ab, Walter, aber es braucht solcher Trübsal nicht. Dann *setzte ich nach*: Man singt mir wohl itzt noch kein Lob, allein man wird mein Werck nimmermehr vergessen.

Hierauf drehte er sich gählings um: Oh, und *ich* habe gänzlich vergessen, *sagt er*, Sir Christopher läßt bestellen, daß er

Eure Grundplatten und Stützen ohngesäumt besichtigen muß: er macht morgen der Commission seine Aufwartung und muß mit diesen Materien vollauf vertraut seyn.

Wer hat Ihm solches berichtet?

Master Hayes, *versetzte er*, ein wenig erröthend.

Und wo mag Sir Christopher seyn?

Er ist auf dem Crane Court, daselbst eine Lesung zu halten. Soll ich Mr. Hayes Bescheid geben, daß man die Plane dorthin spediret? Denn verhielt er im Nu, indem er meine Miene sahe. Oder soll ich sie selber mitbringen?

Nein, *versetzte ich*, ich nehme sie alsogleich mit auf den Weg, da ich noch fernern Handel mit Sir Chris. auszurichten. Allein ich konnte mich nicht enthalten, anbei zu fügen: Mr. Hayes soll nicht angesprochen werden, und habe ich Ihn überdas nicht bereits unterwiesen, keinem zu vertrauen, als sich selbst?

Solchergestalten kutschete ich recht außer Fassung auf den Crane Court, woselbst die Greshamisten; item, die Mitglieder der Royal Society; item, die Virtuosi; item, die Markschreier; item, die Hundsfötter die Maden im Käse seciren und sich über Atome bereden: sie sind solche Quecksalber, daß man sie bald möchte bepissen, und ich würde ehe auf meinem Cabinette verbleiben, als eine ihrer Versammelungen auszudauern, allwo sie von ihren Gedanken und Wahrnehmungen faseln, von ihren Muthmaßungen und Meynungen, Wahrscheinlichkeiten und Begriffen, Erzeugungen und Verderbnissen, Vermehrungen und Verminderungen, von ihren Instrumenten und Quantitaeten. Jedennoch hatte ich vonnothen auf Sir Chris. zu warten: so bald ich ihm die Entwürfe veroffenbarte, so würde er sie wohl alsogleich billigen, doch wofern ich sie ihm vorenthielt, so würde er sie hernachmals gar eiferig examiniren und allerley scheinbare Fehler erfinden.

Ist Sir Christopher Wren darinne? *frug ich* einen fadensichtigen Pfortner, als ich bey der Thüre einlangte.

Er beräth sich mit Gentlemen von höchster Importantz, *sagt er*, und ich darf Euch keinenfalls vor ihn lassen. Und demnach fügte er mit anmaaßlicher Miene anbei: etliche Ausländer sind zugegen.

Ich habe Papiere von höchster Importantz, *versetzte ich*, und mit gestrenger Geberde (maßen ich mir in die Lippe gebissen) wischte ich ihm vorbey.

In dem Saal enthielten sich gar viele Leute, deren ich manche von Angesicht kannte, und ich marchirete zu dem oberen Treppenstuhl, um von niemandem beachtet zu seyn: siehe da, würden sie wohl sagen, Master Dyer ist hier, ein keinnütziger Baumeister, so sich unserm Discours nicht schicket. Ich vernahm die Stimme von Sir Chris., und selbige setzte mich plötzlich in solche Furcht, daß ich nicht mehr im Stand war, zu ihm heranzutreten, sondern hinauf schritt in das Museum und in die Librarey (es handlet sich eigentlich um drey Räume, gefüget in einen). Dortselbst satzte ich mich auf einen Stuhl und besichtigte, mich zu beruhigen, die Bücher rings um mich her: Eine *Abhandelung über das Luft-Register* lehnte gegen eine *Muthmassung über Erdbeben*, so hinwiderum bald an eine *Abhandelung über Feuer und Flammen* verkippte. Und ich hätte können lauthalsig lachen über solche in weisliche Dispute verwickelte Raisonneurs. Ich nahm Dr. Burnets *Neu System von der Welt* vom Bord und vermerkte auf dem Frontispice die Inschrifft eines gewitzigten Philosophen: ZUR WIDERLEGUNG VON MOSES; eben so leicht ließe sich ein Mausfallenmacher gegen einen Ingenieur setzen.

Das Museum roch von Dunst und Kohlstaub, doch als ich mich eilends erhub, mir einen plötzlichen Krampf vom rechten Bein zu benehmen, so stieß ich den Schedel an irgend ein lebendiges Wesen ober mir; ich hätte bald wollen aufschreien, aber indem ich furchtsamlich emporspickte, sahe ich einen wunderlichen Vogel, als welcher versteinert war und an einem Drahte hieng. Ihr habt da eine unsrer Raritaeten betroffen, sagte eine Stimme in einer Ecke zu mir, und als ich ins Dunkel schielte, so vermerkte ich einen alten Mann von befremdlicher Gestalt und melancholischer Miene, welcher nach dem Vogel am Drahte hinwies. Das ist eine Bläßgans aus Egypten, *sagt er*, und gilt dermalen vor gänzlich ausgestorben. Allein, *setzt er anbei* und schreitet mir zu, Ihr kennet wohl das Dichterwort:

Es stirbt nicht aus, was erst einmal gestaltet ward,
Es währet ewig, wenns perfect in seiner Art.

Immer und ewig, *sagt er* und bestreicht die herabhangende Vogelschwinge mit dem Finger, immer und ewig, ein für allemal: ob schon, *setzte er* hurtig *nach*, das Thier auch vor unsre Aeromechanicer hochnutzlich ist. Indem mir keine Antwort beyfallen wollte, rührte ich die Vogelschwinge ebenfalls an. Ihr sehet um Euch, *fährt er fort*, die Reste aus vielen Reichen der Natur: in dieser Flasche könnt Ihr eine Schlange besichtigen, so man in den Ingeweiden eines lebendigen Menschen befunden, und hier, in dem Behältniß da, Insecten, als welche in Zähnen und Fleisch der Menschen erwachsen; in der Holztruhe beinebenst ersehet Ihr allerlei Mooße und Piltze, und hierinne, auf diesem Bord, manche versteinerte Pflanzenleiber. Dort in der Ecke, *redet er fort* und dreht sich hinum, findet sich ein Aff aus Indien, welcher so hoch gewachsen als ein Mensch, und in solchem Cabinette dahier einige oceanische Edelgesteine von denen Barbados-Insuln: die Geheimniße der Natur werden alsbald keine Geheimniße mehr seyn; und unterm Parliren schnaubet er was weniges. Aber ich vergesse mich gänzlich, *fügt er an*, habt Ihr schon das in Essich eingelegte abortiv Wesen besichtiget, so erst neulicher Zeit angekommen? Nein? Denn müßt Ihr über solchen Homunculus den Augenschein einnehmen. Worauf er mich beym Arm zu einem auf einem Tisch stehenden Glasgefäss geleitete, darinne das Wesen schwebte. Wann alles gut geht, *sagt er*, so wollen wir morgen seciren; ich bin selber interessiret für seine mathematischen Verhältnisse.

Und demnach gedachte ich: solcher Embryo hat keine Augen, und scheinet mich gleichwohl anzublicken. Doch um meine Confusion zu verhehlen, sprach ich laut: Was sind das vor Instrumenta, Sir?

Ihr ersehet hier, Sir, *versetzte er*, die Gerethe unsrer Profession; dahier ein Hygroscop, welches eine nutzliche Erfindung, die Feuchte oder Dürre der Luft zu erweisen; und auf solches entkömmt ihm ein leises Husteln. Und indem er auf den Hauptpart seines Vortrags verfiel, das ist: über Selenoscope, moscovitische Gläser, wissenschaftliche Scalen, Gradbogen, Senckwaagen et caetera parlirete, schweiffte mein Sinn zu den folgenden Reflexionen: sie geben sich mit so eitlen Forschungen und fruchtlosen Arbeiten ab, da sie im einfältigen Glauben, sie könnten den Anfang und Urgrund der Dinge ausmitteln. Allein die Natur läßt sich dergestalt nicht entdecken; man sucht besser den labyrinthischen Faden aufzudröseln, als sich Hoffnung auf Errathung des Weltbaus zu machen.

Und Ihr seyd bewandert in der Wissenschaft der Optick? *fragt er* und erhält seine Miene hart an die meinige.

Kann ich damit Visionen sehen, Sir? Solche Erwiderung brachte ihn alsogleich ins Stecken, und er gab keine Antwort, denn diejenigen, welche nicht in die sogenannte angewandte oder nutzliche Wissenschaft begriffen, werden dermalen als blosse Wortklauber und als Scholasten schattichter Gegenstände abgethan. Allein wofern Nutzlichkeit der Richtscheit seyn soll, so mag wohl auch ein Bäkker oder gewiegter Roßartzt mithalten. Ich besitze allerdings mancherley Kenntnisse, *versetzte ich nunmehr*, da er bereits Miene machte, sich von mir zu verziehen, als welche ich zu geschickter Zeit dem Publico übergebe.

Ei, Sir, *sagt er*, indem er die Ohren aufknöpfet, und welche möchten das seyn?

Meine Kenntnisse, *beschied ich ihn,* Über Das Bräunen Von Käs Vermög Einer Kerze Ohne Verbrennung Der Finger. Und der Alte gab mir eine verdatterte Miene, indeß ich das Museum verließ und auf leichten Sohlen die Treppe hinabschritt.

Sir Chris. hatte seinen Vortrag an die Versammelung noch nicht begunnen, allein als ich den hinteren Saal betrat, so führte er eben ein Experiment mit der Luftpumpe vor: eine springlebendige schwartze Katz ward in die gläserne Cammer gestackt, und so bald Sir Chris. die Luft ausgetrieben, so fiel das Thier gählings in Krämpfe und hätte sein Leben ausgehauchet, wann nicht wieder die Luft wäre eingelassen worden. Sir Chris. verbeugte sich nicht gegen die viel applaudirende Versammelung, sondern entnahm aus seiner Tasche etliche Papierbogen, indem die Katz mir schreiend durch die Beine und demnach zur Thüre hinaushuschte.

Die Gesellschaft surrte umher wie Fliegen ober dem Koth, allein als sie sich wieder beruhigt hatte, so begunn Sir Chris. wie folgt: Mr. Bacon, Mr. Boyle und Mr. Lock legten den ersten Grundstein zu dieser illustren Societaet, welche die Royal Society heißet. Solche Männer sind Bewegung genug, uns dahier zu versammlen, denn ihrem Exemplo haben wir abgelernet, daß die experimental Wissenschaft dem Menschen ein Instrumentum an die Hand giebt, Dunkelheit und Afterglauben zu übermögen (und unter währender seine Anrede schreie ich innerlich auf: *sieh blos einmal hinter dich*), und daß wir so wohl durch Hülfe der Mechanick, Optick, Hydrostatick, Pneumatick, als vermittelst der Chymie, Anatomia und Mathematick allgemach die Wercke der Natura begreifen *(aber nicht deine eigne Verderbniß).* Solches freilich ist nicht blos Verdienst eines absonderlichen erleuchteten Geschlechtes: in Ansehung der Luft, so sind Lord Bacon, Des Cartes, Mr. Boyle und andere zu einer umständlicheren Beschreibung der Winde und Meteore gelangt. In Ansehung der Erde, so wurden neu Länder ausgemittelt durch Columbus, Magellan und die übrigen Entdecker, und der universall gelahrte Kirchner hat die unterirdische Welt in summa abgeschildert *(hör nur auf die etlichen Seuftzer aus der Hellen)*. Die Wissenschaft von den Pflanzen ward sehr befördert durch Bauhinus und Gerhard, und obendrein durch den Bericht über engelländische Vegetabilia, unlengster Zeit publiciret durch Dr. Merret, einem andern fürtrefflichen Virtuoso dieser Societaet *(einem andern schwindlichten Hurensohn)*. Die Naturwissenschaft findet unterzwischen eine reichliche Menge Material in denen Einzelnheiten der Venae Lacteae, der Vasa Lymphatica, in den etlichen neu entdeckten Drüßen und Röhren, im Sitz der Nerven sowie in der Circulation des Blutes *(wer unrein ist, der sey immer hin unrein)*. Wir machen Vorschritte vermittelst dem razionalen Experiment und der Beachtung von Ursach und Würckung: die Alten drungen blos in die Rinde und Außenseite der Dinge, allein das Einzige, darinne der Mensch getreulich beharren darf, ist gegründet auf die unerschütterlichen Fundamenta der Geometry und Arithmetick: der Rest bestehet in ungestaltichten Schutthaufen und Labyrinthen *(das ist eine platte Lüge)*. Dergestalten finden sich manche verstackte Wahrheiten, so die Alten uns zur Entdeckung überlieferten: wir haben unter der Weil die Flecken der Sonne besichtiget, sowie deren Conversion um die eigene Achse; wir kennem die Trabanten von Saturn und Iupiter, die verschiedenen Phasen des Mars, die Sichelgestalt von Venus und Mercur *(und verstokket dir nicht das Hertz ob der unermätzlichen Leere, so sie umgiebt?)* Und letztlich, Gentlemen, hat sich die Astronomia noch eine Gehülfinn zugezogen, die Magnetick, so daß die wahrhaffte Wissenschaft die Geheimniße der Gezeiten und der magnetischen Richtung der Erde allendlich aufgedecket *(oh, das Grausen der Wellen und der Nacht)*. Schrecken setzen nur Schwachköpfe in Confusion, allein solche Hirnschellereyen erwuchsen aus der Speculation und obherrschten absonderlich in gewesener

Zeit, da noch der alte Begriff von Wissenschaft florirete *(wie kannst du von gewesener Zeit schwatzen, der du ganz nicht das Wesen der Zeit erkennest?)* Der Mensch begunn sich von der Wiegen auf zu forchten, als welche Forcht ihn biß an sein Grab accompagnirete. Doch zeit dem Period, darinne die ächten Gelahrten erschienen, ist von solchen Schrecken kaum noch ein Hauch verblieben *(und dennoch ist den mehrsten Menschen die Existence blos ein Fluch)*, und keiner erschüttert sich mehr vor denen Ammenmährchen, davon seine Voraeltern noch erbebten: der Cours der Dinge fleußet geruhig dahin in seinem gehörigen Canal von Ursach und Würckung. Dieses danken wir denen Experimenten; denn ob die neu Wissenschaft gleich die Entdeckung der wahrhafften Welt noch nicht beschlossen, so hat sie doch die Innwohner falscher Welten lengst übermocht. Und solches bringet mich auf das andre groß Werck dieser Royal Society *(die Gesellschaft rutschet auf den Stühlen hin und wieder: die Herrschaften verlangts zu gehen, und ihre Kloden jückts nach Hurenweibern)*, das ist: Thatsachen zu urtheilen und zu erhellen – ob Campher von den Bäumen entkömmt; können Hörner Wurzeln schlagen und wachsen; läßt sich Holz in Gestein wandeln; wachsen Kieseln im Wasser; welche Bewandtniß hat es mit petrificirtem Gehölz; und dieserley Fragen sind uns von Belange *(solches sind blosse Wintermährlein vor Schulknaben)*. Wir nehmen über den gesammt Gang eines Experimentes wiederholt den genauen Augenschein ein, besichtigen sämptliche Veränderungen und Regulmäßigkeiten der Procedur, und unterhalten mithin eine critische und beharrliche Erforschung der Gegenstände, als welche unsern Augen ersichtlich sind *(ich, Nicholas Dyer, will ihnen schon was rechts zu besehen geben)*. Dieß ist eine gelahrte und wißgierige Epoque, Gentlemen, eine fürwitzige und arbeitsame Epoque, eine Epoque der Industrie: sie wird den künftigen Geschlechtern als ein Leitstern erscheinen, und solche Geschlechter werden unsre Wercke examiniren und demnach sagen, Dazumalen fieng die Welt von neuem an. Ich danke Ihnen.

Wie stets, verblieb Sir Chris. unter während Applaudissement geruhig als eine Statua, allein nachdem die Gesellschaft auf unterscheidliche Wege abgegangen, empfieng er die ihm Herzutretenden mit der erdenklichsten Artigkeit. Ich erhielt mich im hintern Saal gewärtig, aber indem ich alldort verharrte, schien er mir keinerley Achtung zu geben; demnach gieng ich, wie Espenlaub zitternd, mit den Entwürfen bereit in der Hand auf ihn zu. Ah, Nick, *sagt er*, Nick, solches kann mich itzt nicht anmuten: aber kommt einmal hier lang, und besichtigt etwas zu Euerm Amusement. Ich suchte nach Worten (sintemal ich so viel Ungemach ausgestanden, die Plane vor die Stützen zu spediren), allein ich folgte ihm mitsampt sehr wenig andern Personen in einen Nebenraum. Dahier findet sich ein curieuses Kunststück, *sagt er* bey unserm Eintritt, davon ich in meinem Fürtragen keine Erwähnung gethan; und er wies auf ein Landschaftsgemählde, welches vor einem Vorhang hieng. Wie Sie alsogleich sehen, *fährt er fort*, wird es vermög eines Uhrwercks beweget, und heißet dahero Bewegliches Bild. Demnach klatschte er in die Hände, und wir gaben Achtung: wohl sahe das Bild als eine gewohnte Schilderey, doch mit einem Male rührten sich die Schiffe und segelten über das Meer und allendlich außer Sicht; aus der Stadt entkam eine Kutsche, indem Pferde und Räder sich kennbar bewegten, und ein Gentleman in der Kutsche schien die Gesellschaft zu salutiren. Ich stund auf und sagte laut zu Sir Chris.: das habe ich bereits einmal gesehen, ich weiß nur nicht mehr, wo. Und vor den entgeisterten Mienen der andern verließ ich den Raum, und marchirete hinaus auf den Crane Court, woselbst ich, wenn auch unbehäglich, Athem schepfte. Demnächst verfügte ich mich gerades Wegs auf mein Losament, und fiel in einen tieffen Schlaf.

Bey Anbruch des Tags erweckte mich Nat. Mit Vergunst, Sir, *sagt er* und stackt den Kopf zur Thüre herein, unten wartet ein Gentleman, der zu Euch will.

Ich fuhr von meinem Bette auf mit dem Gedanken, daß itzund die Schlange Hayes bey mir vorgesprochen, mich zu einem völligen Geständniß zu pressen. Ich ersuchte ihn, so laut ich michs unterstund, herauf zu kommen, dieweil ich mir mit einem Linnentüchel schleunig den Schweiß von der Stirne abtreugte. Jedoch ich gewann gar bald wieder Fassung, denn ich kannte den Schritt auf der Treppe; er war ietzt nicht so fest, aber immer noch zielmäßig, und unter einer Verbeugung marchiret Sir Chris. herein: ich wollte sehen, wie's Euch ergeht, Nick, *sagt er*, da Ihr so plötzlich von uns geschieden. Und er gab mir eine obsichtige Miene, eh daß er mir zulächelte. Ich beforchtete, Ihr wäret unpäßlich, *fuhr er fort*, oder schwach geworden aus Mangel an Luft, indem das Collegium zu Zeiten von Spiritus und chymischen Processen dunstet.

Ich blieb vertruckt vor ihm stehen: ich war nicht unpäßlich, Sir, sondern hatte noch andere Verrichtungen und gieng deßhalben meiner Wege.

Es hat mich rechtschaffen vexiret, daß ich Eure Entwürfe vor St. Mary Woolnoth noch nicht besehen, *sprach Sir Chris.* lächelnd *fort* und redete sänftlich, als ob ich würcklich malade, habt Ihr sie dann zufällig bey Euch?

Sie sind hier, *versetzte ich* und entnahm von meinem Schreibepult die Stützen und Grundplatten.

Ist das neues Zeichenpapier? *frug er* und klaubte mir die Entwürfe aus der Hand. Es hat eine rauhere Oberfläche.

Es ist mein gewohntes Papier, *erwiderte ich*, doch er gab keine Achtung.

Er besichtigte die Risse nur flüchtig: die mit A bezeichnete kleine Fiale ist ein trefflich Stück Arbeit, *sagt er*, und das Gesims soll wohl von Stucco seyn?

Ja, so habe ichs mir vorgesetzet.

Brav, brav. Und die Stufen? Ich vermerke keine Stufen.

Sie sind nicht eingetragen, aber es giebt achte davon: sie messen vierzehen Zoll in der Queer, und funf Zoll in der Höh.

Recht wohl, so mag es beschlossen seyn. Eure Entwürfe sind artig gefertigt, Nick, und dieß Werck wird zweiffelsohn auch in einem Orcan die Probe ausstehn. Und denn fährt er nach einer Pause fort: ohne den groß Brand hätten wir gewißlich blos eine alte und verrottete Kirche. Er hatte freie Zeit, wie man zu sagen pfleget, und machte sichs itzo in meinem Armstuhl commode: ich bin lange schon der Meynung, *sagt er*, daß der Brand gar seegenreich gewesen, und die Pestilentz nicht minder; wir bekamen daraus Anlaß, die Geheimniße der Natur aufzudecken, so uns anders unfehlbar würden überweltiget haben. (Ich befleißigte mich, die Entwürfe in die rechte Ordnung zu bringen, und schwieg stille.) Mit wie trutzigem Sinn, *fuhr Sir Chris. fort*, sind die Menschen nicht der Verwüstung ihrer Stadt begegnet, und ich gedencke annoch daran, wie ihnen nach Feuer und Pest die Munterkeit alsobald wiederkehrte: Vergeßligkeit ist das groß Räthsel der Zeit.

Und ich gedencke daran, *sagte ich* und nahm einen Stuhl gegen ihm über ein, wie der Poebel die Flammen applaudirete. Ich gedencke daran, wie die Leute sungen und unter währender Seuche um die Cörper umhin tantzten: solches war keine Munterkeit, sondern Irrewitz. Und ich gedencke obendrein an die Raserey und die auf den Tod liegenden –

– Dieß waren die Fügniße des Schicksaals, Nick, denen das heutige Geschlecht so viel abgelernet.

Es gab Stimmen, Sir, die besagten, daß Pest und Brand keine Fügniße gewesen, sondern etwas Grundwesentliches, daß sie die Anzeigen des darinne obwaltenden Antichrist waren. Und Sir Chris. lachte darüber.

Demnach stackte Nat sein Angesicht herein: Wollt Ihr Auftrag thun, Sirs? Belieben die Herren ein Schälgen Thee oder einen Schluck Weyns?

Ei wohl, etwas Thee, *rief Sir Chris.*, denn das Feuer macht mir erschröcklichen Durst. Aber nicht doch, nein, *fuhr er fort*, so bald Nat wieder abgegangen, die Ursach von Pest oder

Brand dürft Ihr nicht geradhin der Sünd assigniren. Nur menschlicher Leichtsinn hat solches Unglück ausgewürcket, und Leichtsinn läßt sich curiren; wofern's nicht der Schrecken verhindert.

Der Schrecken, *sagte ich* leis, ist der Magnet unsrer Kunst. Allein er war gar zu sehr in seine Gedanken vertieffet, um mir noch Gehör zu geben.

Wir können lernen, Nick, das Feuer zu beherrschen. Da es sich hiebey um die Zersetzung von erhitzeter Schweffel-Materia handlet, so braucht es ausschließend gesettigter Luft, den Brand ganz zu erleschen. Aber derley mag künftigen Zeiten vorbehalten seyn. In Ansehung der Seuche, so habe ich mir dazumal ein Tagebuch gemacht, darinne ich Wind, Wetter und fernere Luft-Conditionen eingeschrieben, als Wärme, Kälte und Druck: dieß alles mitsammen ergiebt einen wahrhafften Bericht von den epidemischen Krankheiten.

Das dürft Ihr, *versetzte ich*, denen Todtsiechen sagen: es mag sie gar sehr getrösten. Demnach trat Nat mit dem Thee herein, und *ich fuhr fort*: Manch einer, Sir, wurde in Furcht gesetzet durch die zwo groß Cometen, so ausgehenden 1664sten und beginnenden 1665sten Jahres erschienen.

Ich besinne mich darauf, *sagt er* und ergreift das Theeschälgen ohne ein Wort gegen meinen Knaben, was ist damit?

Vorgeblich haben sie einen großen hohl Ton von sich gegeben, als welcher künftiges Unheil anzeigen soll.

Derley schnattern blos Schulknaben daher, Nick. Wir sind allbereits im Stand, die Positzion der Cometen zwischen den fixen Sternen fürzusagen, wir erfordern nur Linie, Abstand, Richtung und Inclination zur Ecliptick.

Mir gefiel der Gedanke, mein Gesicht liege im Schatten, indem *ich fortfuhr*: aber was ist mit denen, welche angeben, 1666 berge die Zahl des Antichrist und sey dahero ein böß und erschröckenlich Omen?

Es ist eine der ärgsten Heimsuchungen des Menschen, *be-*

schied er mich, daß er fürcht, wo es nichts zu fürchten giebt: diese astrologischen und aftergläubigen Grillen benehmen ihm den Muth, brechen seine Courage und verhelffen ihm darzu, sich die bemeldten Calamitaeten selber an den Hals zu schaffen. Demnach hielt er plötzlich ein und sahe mich an, allein mein Maaß war noch nicht erfüllet, daher ersuchte ich ihn, nur immer fortzufahren. Und *er sprach fernerhin*: Allervorderst bilden diese Leute sich ein, daß solches Unheil ohnfehlbar zutreffen muß, und machen sich somit erst recht geschickt darzu; es gereichet menschlicher Vernunft und Ehre zur Schmach, daß iedweder phantastische Bossnreißer sich erkecken darf, den Himmel zu interpretiren (anitzo gerieth er in Hitze und stellte sein Schälgen ab) sowie Epoquen und Dauer und Schicksaal von Königreichen auszulegen, indem er die Ursach von Pestilentzen und Bränden geradhin den menschlichen Sünden oder göttlichen Rathschlüssen assigniret. Derley schwächet die menschliche Thatkraft, und afficiret den Menschen mit Forcht, Zweiffel, Wanckelmuth und Schrekken.

Euer Bewegliches Bild hat mich geängstet, *sagte ich* gedankenlos, und deßhalben bin ich fort.

Es war blos ein Uhrwerck, Nick.

Aber wie steht es dann mit dem gewaltigen Treibwerck der Welt, darinne die Menschen mechanisch dahinziehn, indem aller Wege Gefahr vorhanden?

Die Natur ergiebt sich dem Trutzigen und Kühnen.

Sie ergiebt sich nicht, sie verschlinget: die Natur läßt sich nicht beherrschen oder bendig machen.

Jedennoch, Nick, unsre Epoque kann zum wenigsten den Schutt abschaffen und die Fundamente verlegen: drum müssen wir auf die Principien der Natur studiren, denn solche sind unser bester Grundriß.

Nein, Sir, Ihr müßt auf Temperament und Natur der Menschen studiren: dieselben sind verderbt, und dahero unser bester Führer zum Verstand der Verderbniß. Die irdischen Dinge müssen von der sinnlichen, nicht von der Verstandkraft begriffen werden.

Hierauf entstund zwischen uns ein Schweigen, ehe Sir Chris. sagt, Ist Euer Knab in der Küche? Ich bin rechtschaffen hungerig.

Er kann zu den Garköchen gehen, *versetzte ich*, und uns eine Mahlzeit zurichten lassen.

Das heiß ich mir eine Antwort, Nick, auf all unsre Fragen.

Er ruckte auf seinem Sitz, und ich roch einen Fartz, indem ich Nat hereinrief und ihm seinen Auftrag that. Und Nat macht gegen Sir Chris. einen tieffen Bückling und sagt, Und was vor Fleisch darf ich Euch anbringen, Sir – Rind, Hämmel, Kalb, Schwein oder Lamb?

Hämmel sollte mir recht seyn.

Und belieben der Herr es fett oder mager?

Fett.

Gut durchgebraten oder eher roh?

Gut durchgebraten.

Ganz wohl, Sir, und belieben der Herr ein wenig Saltz und Senff benebenst der Roulade, den Festschmaus gar schicklich zu machen?

Pack Er sich fort, Nat, *zischte ich*, eh daß dieser Gentleman Ihn anatomiret. Und mit entsatzter Miene wischte Nat aus der Stube. Er ist ein armer Knabe, *sagte ich*, Ihr müßt ihn excusiren.

Er hatte einsmals die Blattern, nicht wahr, Nick?

So ists.

Sir Chris. lehnte sich befriedigt zurück: ich merke das seinem Angesicht ab. Und übrigens höre ich noch das Residuum eines Gestotterns, wann ich es recht vernommen?

Er war dermaleinst damit heimgesuchet, allein ich habe ihn curiret.

Wodurch, Sir?

Durch Magie, Sir.

Darüber müßt Ihr Vortrag thun, *sagt er* lachend, und zwar vor der Societaet: gesetzt, Ihr laßt Euch bereden, dortselbst so lang zu verharren.

Über ein Weilchen brachte Nat die Speisen herein, und würde wohl gern in der Ecke verblieben seyn und uns bey dem Essen besichtiget haben, wenn ich ihn nicht hätte fortgewunkken. Um wieder ein Stück zurück zu gehn, *sprach Sir Chris. fernerhin*, nachdem er seine Portion vertilget, unter allen Nazionen, gieng meistens bey uns der Brauch, die Dinge durch Omen und Fürsagen richten zu lassen, eh daß wir allendlich in dieser aufgeklärten Epoque angelangt: itzo nehmlich ist die geschickteste Zeit vor aufkommende Experimente, uns die neu Wissenschaft zu lehren, als welche der Beobachtung, dem Augenschein, dem Verstand und der Methodick entspringet, und gleichermaaßen die Schatten abzuschüttlen und die Nebel zu zersteupen, so den Menschengeist mit vergebener Consternation erfüllen. Und hierauf that er seiner Beredsamkeit einen Einhalt.

Es hatte urplötzlich begonnen zu regnen, so daß ich mich vom Stuhl erhub, die Läden zu schließen, als was meine Cammer ausdermaßen verdüsterte. Allein ich sahe keinen Bedarf an einer Kerze, und accomodirete mich und gab Sir Chris. die folgende Antwort: Ihr sagt, es ist an der Zeit, den Nebel abzuschüttlen, aber die Menschheit wandelt einmal im Nebel einher; die Vernunfft, die Ihr als die Gloria dieser Epoque beschreyet, ist ein Proteus und Chamaileon, so fast bey jedermann eine ander Gestalt einnimmt: es giebt keine Narrheit, die sich nicht ließe mit tausendt Vernunfftgründen in den Stand der Weisheit befördern. Die Vernunfft stellet selber einen Nebel vor. Hierauf erhub Sir Chris. eine wehrende Hand, allein *ich fuhr fort*: Diese Philosophen und Experimentirer, welche so dreuste auf ihre Vernunfft oder Gescheidigkeit oder Erfindungen bauen, sind gleichwie Katzen, die ihre Ex-

crementa in der Aschen zu verstacken suchen, denn in dem
Staub ihrer Laboratorien verhehlen sie die wahrhafftige Beschaffenheit der Natur. Ich will Euch ein Beispiel anführen:
diesen Herren bleibts unfaßlich, daß der Foetus im Schooße
erwächset, so daß die Mutter den Embryo nach ihrem Laun
beschädigen kann, und doch ist es so –

– Das sind nichts als Fabeln, Nick. Demnach rief Sir Chris.
um ein Licht, und ohngesäumt brachte Nat eine Kerze und
versetzte sie in die Laterne; allein in seinem Ungestümm ließ
er die Fakkel fallen, und der Raum erfüllte sich mit Qualme.
Ich traue nicht auf solche Historien, *fuhr Sir Chris. fort*, sondern auf meine Wahrnehmung, als zu proben, ob dieß und
jenes wahr sey: ich setze meinen Glauben auf das Experiment.

Ihr sprecht vom Experiment, *erwiderte ich*, und vermeint,
selbiges stimmt mit der Vernunfft? Hierauf nickt er weislich
das Haupt. Aber möcht es nicht seyn, daß Experiment und
Vernunfft ganz unstimmig sind: die Wahrheit liegt in einem
grundlosen Schlund, und derselbe verschlinget alles, was man
hineinschleudert.

Indem die Kerze zittert und demnach aufflakkert, schüttlet
er den Kopf: das ist aber ein windichter Verstand von Wissenschaft, Nick, ein Irregang von Worten, darinne Ihr Euch bald
verlieret.

Unter währender seiner Anrede hockte Nat am Boden und
glotzte uns mit weiten Augen an. Wir leben gewiß im Zeitlauf
der Systeme, *sagte ich* endlich, doch von denen Wahrheiten, so
wir durch Glaub und Schrecken erfahren, lassen sich keine
Systeme schmieden: Ihr dürft wohl auf Plane sinnen, die
Würckung des Magneten, die Gezeiten des Meers oder den
Gang der Planeten darzulegen, aber Ihr könnt an keine Ursach gelangen, als welche der Wahrheit derjenigen ein Genügen thut, die allbereits in den Abgrund geblickt oder heilige
Visionen gesehen. Oder derjenigen, *fügte ich* zagend *anbei*, die
melden, daß die Menschen durch Dämone in Verzuckungen

und Ecstasen versetzt werden. Ich besichtigte den Schatten von Nat an der Wand und sahe, wie er zitterte.

Es giebt keine Gespänste, *sagt Sir Chris. leis*, indem er aufsteht und an mein Fenster tritt, die Straße darunter zu betrachten.

Ich lugte forschend nach ihm, allein sein Gesicht war mir verborgen. Aber wie giengs dann dazumal mit dem Teufelbännigen zu, *rief ich*, mit dem in Bedlam eingesperreten Schelm, der so wahrhafftig zu mir gesprochen, und der sagte – und hier wollte bald alles aus mir herausbrechen, dahero hielt ich an mich. Und mit einem Male wurde es stille im Raum, da der Regen aufhörte. Aber freilich, *fuhr ich*, wieder zu mir gelangend, *fort*, bin ich ja blos ein Kirchenmeister.

Demnach gab Sir Chris. dem in der Ecke geduckten Nat einen Blick, und ich sahe die beiden einander im Dunkel beobachten, eh daß er sprach: Ach wohl, Nick, was vor dustre und melancholische Besorglichkeiten können nicht den Mann überschatten, dessen Kopf immerzu so erfüllt ist von so viel unterschiedenen Verrichtungen, als der Eurige!

Ihr müßt mich nicht äffen, *sagte ich*, indem ich mich erhub und denn wieder hinsatzte.

Ihr lebt zu eingezogen, Nick.

Ich lebe auf meinem Cabinette nicht eingezogner, als Ihr auf Euerm Laboratorio: meine schnackischen und absonderlichen Sorgen, wie Ihrs benennet, sind nicht verschieden von denen Hypothesen, die Ihr in die Luft setzet, so bald Ihr jene eingebildete Welt von Atomen und Particuln beschreibt, die Ihr Euch ganz und gar selber gezimmert. Eure Welt und Euer Universum sind blos philosophische Romane: wie dürft Ihr mich da einen Unsinnigen nennen?

Ihr seyd im Kopf etwas unpäßlich, *versetzte er*, als was ich wohl zu curiren wüßte: ich kenne die Composition von Blut, dahero kann ich den Unterscheid zwischen Unsinn und Inspiration besser ermessen.

245

Demnach vermerkte ich, wie sich der Schatten von Nats Kopf allgemach gegen mich wandte. Ei, *sagte ich*, ja, und wie geht es dann mit Euern microscopischen Gläsern zu – was sehen wir dadurch anders, als erschröckliche Formen und Figuren? Der auf Glas condensirte Odem – erzeigt uns das Microscopium nicht Schlangen und Drachen darinne? Da findet sich nichts von mathematischer Schönheit oder geometrischer Ordnung, sondern blos Sterblichkeit und Seuche auf diesem Treckhaufen Erde.

Sir Christopher schritt her und trat vor mich, mir die Hände auf die Schultern zu legen: das ist nichts als ein Wortgemäng, Nick, als welches Ihr, zu Eurer Wohlfahrt, in die Ordnung bringen müßt. Keine Wahrheit ist so verborgen, noch so weit eleviret, als daß sie die menschliche Vernunfft nicht würde erfassen können: was man begreift, das läßt sich beherrschen. Beharret nur immer bey solcher Wahrheit, Nick, und alles mag gut seyn.

Indem war ich geruhiger: Und wenn uns die Vernunfft gute Nacht giebt, Sir, was dann?

Was soll diese Frage?

Nun machte er mich wieder mißvergnügt: Euer Eifer, *sagte ich*, gilt ehe denen Experimenten, als der Wahrheit, und somit verkehrt Ihr die Experimenta in eine Wahrheit nach Eurer Façon.

Das thut nicht ein Tüttelgen zu der Sach, Nick.

Jedoch, *fuhr ich fort* und lugte wieder zu Nat hin, indem Ihr Eure razionale Philosophey betreibet, erweist der gemeinigliche Gang der Welt, daß wir aller Wege im Einbrechen begriffen – gleichwie Leute, so in voller Carriere über das Eis stieben und schnurstracks in das gleiche Loch schliddern, darinne sie ihre Vorläuffer eben noch haben einbrechen sehen. Und ich hörte Nat darüber lachen.

Das setzt die sothane Narrheit auch nicht ins Recht, *erwiderte Sir Chris*.

Es giebt eine Hellen, Sir, es giebt Götter und Dämone und Wunderdinge: Gegen solche Schrecken ist Eure Vernunfft nichts als Tand, Eure Moral ein fertiger Irrewitz.

Für einen eben im Boden Verderbten besahe er mich stetig genug: Ihr habt da gar viel unzeitige Neigungen, *sagt er*, und ich möchte Euch wohl eine schicklichere Aufführung anwünschen. Allein die Jahre unsrer Bekannschaft lassen sich durch die Ausdrückung Eures melancholischen Temperaments nicht ausradiren.

Wohl, *versetzte ich* sänftlich, bin ich von melancholischer Humeur, doch solche ward unlengster Zeit vermehret durch viel Ungemach, davon Ihr keinen Bescheid wißt.

Itzo weiß ich Bescheid, Nick. Sogleich darauf schlug die Uhr zehen, und er trat ans Fenster, sich zu versichern, daß der Regen endgiltig abgelassen. Er stierte hinaus nach dem Mond ober den Häusern: ich habe mich recht spat verweilet, *sagt er* nach einem Moment, der Tag war ja wohl arg stürmisch, aber nunmehro hat er sich in eine allerliebste Nacht verkläret. Demnach schüttlete er mir in der traulichsten Manier die Hand, indem Nat sich aus der Ecken erhub und ihn nach der Treppe geleitete.

Ich satzte mich auf mein Bette, und blickte zu Boden. So bald ich die Thüre hinter Sir Christopher zugehen hörte, so rief ich, Nat! Nat!, und indem er auf meine Cammer zurück gehuscht kam, senkte ich meine Stimme und flisperte ihm zu, Nat, ich habe zu viel gesagt, ich habe alles ausgeplaudert.

Er trat dicht an mich heran und legte den Kopf an meine Schulter: das will nichts verschlagen, *sagt er*, er ist ein braver Gentleman, und wird Euch nimmer einen Harm bereiten.

Allein unter währender seiner Anrede sprach ich für mich: Was soll ich nur thun? Was soll ich nur thun? Doch denn besann ich mich auf des Vitruvius' Frase, *O zwergichter Mensch, wie vergänglich bist du in Vergleichung mit Stein*, und gedachte daran, daß dieser mein schwermütiger Laun sich alsobald wieder würde verändern, wie iedweder Laun dem andern Platz macht und, einmal dahin, ganz unerinnerlich bleibt. Ist einmal mein Nahme nicht mehr als Staub, und sind meine Leidenschaften, so dieß kleine Zimmer erhitzen, auf ewig verkühlet; gilt gar diese Epoche selber den nachkommenden Geschlechtern blos noch vor einen Traum: so werden doch meine Kirchen bleiben bestehn, und zwar dunkler und gediegener als die einbrechende Nacht.

Und Nat sagte zu mir: Eure Geschicht von denen armen durchs Eis schliddernden Geschepfen hat mich lachen machen, Herr, und sie rief mir ein Lied vors Gedächtniß, so ich irgends einmal als ein klein Kind vernommen, und ich wills itzo singen, Euch möglichst zu ermuntern. Und hierauf stellte er sich unversehens vors Fenster und fieng an:

> Drey Kindlein schlidderten hinaus
> Aufs Eis, das gar zu dünn,
> Drum fiel der Casus folgend aus:
> Sie fielen drunterhin.
>
> Ihr Aeltern, so ihr Kinder habt,
> Auch ihr, so noch allein,
> Wahrt eure Kindlein vor dem Grab,
> Lehrt sie, daheimb zu seyn.

Ich weiß nicht mehr den Beschluß von dem Lied, Herr, *sagt Nat* verdattert. Doch indem er so vor mir stund, fieng ich zuletzt an zu schluchtzen.

*

Um meine Geschicht fürwerts zu treiben: indem meine Besorglichkeit abgewichen (und von Sir Chris., wie sich erzeigte, nichts zu befahren war), führte ich mich gegen die Schlange Hayes in der unbeschwertesten Manier auf, eh daß die Zeit vor mein Absehen gekommen. Und eines Abends gegen sechs nach der Uhr, drey Wochen nach den eben geschilderten Begebenheiten, trat ich auf seinem Cabinette an ihn heran, und frug ihn mit der erdenklichsten Politesse, ob er wohl möchte ein Glas mit mir trincken? Er sagte, er habe noch viele Verrichtungen zu completiren, doch als ich ihm zu verstehen gab, daß die Kirche von St. Mary Woolnoth seine Beachtung verlange, so willigte er ohne Umschweiffe ein: Nun, gedachte ich, gehst du als ein Bär zum Tantzen. Anfangs verführete ich den Schelm auf das Hipolyto's in der Bridge-street, nahend dem Theatre Royal, allwo wir der ersten Flasche welschen Clarets den Hals brachen; Hayes stellte einen fertigen Knicker und Filzen vor, und wurde rechtschaffen durstig, indem er den von mir bezahlten Weyn trunck. Demnach marchireten wir weiter auf das Cock and Pye in der Drury Lane, woselbst eine zweyte und dritte Bouteille auf den Tisch nachfolgten; hernachmals spatziereten wir zu der Deville Tavern gegen über der Katherine Street, und all die Weil hatte ich ein achtsames Aug auf sein Glas. Hierauf kutscheten wir nach dem Black-Marys-Hole beineben dem Kirchhof von St. Pauls (denn zum Gehen war er allbereits zu bedüsselt). In solcher Budique fanden sich die Wände verzieret von vielen widrigen Fingertappsen und Schmieralien, die schußlichte Hände mit Kerzflammen und Holzkohle angebracht. Der Boden war zerbrockelt als in einem aʼten Stall, die Fenster gebessert mit Packpapier, und die Ecken voll Staub und Spinnengeweb. Auf einem klein Bord ober dem Camine stund ein halb Dutzet hohe Bouteilles Sonnenthau-Branteweins, benebst einem Fingerzeig über geschwinde Curirung des harten Schanckers. Hinter dem rostigen Roste brennete eine Handvoll Feuers, und beineben dem Camine fand sich ein groß irden Nachtgeschirr: die Geruchs-Mixtura, so uns bey Eintritt sogleich empfieng, bestund aus Toback, Piss, schmotzigen Hembdern und unreinlichen Leibern, allein Hayes war schon so voll, daß er darauf ganz keine

Achtung gab. Dahier mags mir gefallen, *sagt er*, indem er durch die Thüre daumelt, ob ich gleich nimmermehr wüßte, was mich hieher bestimmet.

Ich geleitete ihn an einen Tisch, und als der Schanckdiener hinzunahte, so verlangte ich nach Brantewein. Nun sagt mir einmal, *spricht Hayes*, wie die Liqueurs einen vermögen, alles gedoppelt zu sehn: also solches nehmlich (und er nahm eine Pfeiffe auf), solches erscheint mir itzo gedoppelt. Wie geht das zu?

Ihr müßt das Gewächs nahmens Fuga Demonum antragen, *beschied ich ihn*, um denen Visionen zu wehren.

Was? *sagt er* und schielt zu mir her. Und demnach fährt er fort: Aber es giebt doch viele, viele unterschiedene Dinge auf dieser Welt, nicht wahr, Herr? Dann wo ich würde sagen, Wenn ich Käse hätt, so wollt ich mich nach Zubiss nicht umsehen, so möcht einer von Norden es so sprechen (und nunmehro ließ er den Mund als ein Fisch seitwerts aufklaffen), Wann ech Keese hett, sou wult ech mech nach Tobiet nech umsein, und einer von Süden so (und hiebey legte er den Kopf in den Nacken), Wonn i Kaas hätt, so welt i mi noch Zubiss net umsähe. Seine Augen flatterten und sprüeten: mehr Brantewein, gedachte ich bey mir, ehe der Geist vollends versincket. Aber da müssen wohl Reguln her, Mr. Dyer, *sagte er*, sind wir uns dessen einig? Da müssen Reguln her, Sir. Demnach sunck er in seinen Stuhl zurück, und seine Augen verlohren ihren Glanz.

Unlengster Zeit sind an mich Briefe ergangen, *sagte ich*, ihn in seiner Unsicherheit auf die Probe zu legen.

An mich auch.

Aber absonderlich diese bedräuen mich, *versetzte ich*.

Sie bedräuen Euch? Und er gab mir eine ausdrucksleere Miene: der Schalck ist gar noch im Trunck abgefäumet, *gedachte ich*. Unterzwischen hatte er seine Perruque an den Stuhl befestigt, und suchte worgend zu speyen, indem ich ihn annoch belächelte; demnach blickte er um sich als ein plötzlich Erwachender, und so bald er etliche Sauffbrüder gegen die Wand pissen sahe, so machte er Anstalt, sich ihnen bey zu gesellen. Allein er vermochte nicht mehr zu gehen, blos noch zu schwancken, dahero hohlte er sein Geschirre herfür und bruntzte, wo er saß, unter den Tisch. Ich schenckte sein Glas ein: Nein, nein, genug, *sagt er*, Feierabend, mir thut schon der Bauch weh. Er stund abermal auf und verfügte sich, den Blick stierend nach vorn gerichtet, nach der Thüre; ich escortirete ihn und frug, wohin die Reise dann gehen solle. Auf mein Losament, *versetzte er*. Denn wollt Ihr gewiß durch die Lombard Street? Er willigte darein, und *ich sagte*: so will ich Euch Hülfe geben.

Es war schon weit in der Nacht, und die Uhr schlug eilfe, indem wir auf die Straße traten; ich wollte dem Aufmerken der Kutscher entgehn, dahero nahm ich ihn beym Arm und verführete ihn durch Gassen hindurch nach der Kirche. Er hatte, wie man zu sagen pflegt, so schwer geladen, daß er mir ganz williglich folgte, und es gar zu Wege brachte, lauthalsig zu singen, indem wir durch die dustren und leeren Gossen marchireten. Kennet Ihr dann das schon, he? *fragt er*:

> Holz und Thon spülen davon,
> Spülen davon, spülen davon,
> Holz und Thon spülen davon –

– Auf den Rest hab ich vergessen, *fügt er an*, indem er sich bey mir unterhaket. Und nach Erreichen der Lombard Street sahe er zu mir auf: Wo gehn wir dann hin, Nick?

Heimwerts, *sage ich* und bedeutete ihm die Kirche von St. Mary Woolnoth mit dem Gerüste daran.

Das ist doch kein Heim, Nick, zum wenigsten nicht vor einen lebendigen Menschen.

Er will schon lauthalsig auflachen, allein ich lege ihm die

Hand übers Maul: Stille, sagte ich, der Scharwächter mag uns hören!

Worauf er versetzte: Es giebt dahier keinen Scharwächter, der Scharwächter ist allbereits fort, wie so habt Ihr das nicht gewußt, wo Ihr die Lage doch eigen beschrieben? Und denn fährt er fort: ich will das Gerüste aufsteigen, ich will aufsteigen und den Mond besehn.

Ei nicht doch, *erwiderte ich* leis, wir wollen den neu Bau visitiren. Und diesergestalten creuchten wir, beide lachend, dorthin, wo die Röhren noch eben verleget wurden. Ob schon er nur wenig wahrnehmen konnte, so neigte er sich, solche Arbeit zu besichtigen, doch überher, und demnach gab ich ihm einen Schlag und legte ihm die Hände um die Gurgel. Ich bin Ihm noch was schuldig, *wisperte ich*, und das soll er anietzo kriegen. Er that keinen Schrey, jedoch mir selber entkam vielleicht einer: ich weiß es nicht. Dermaleinst las ich von einem Engelländer in Paris, so sich im Schlaf erhub, die Thüre eröffnete, seinen Degen nahm und hinunter marchirete nach der Seine, woselbst er einen Knaben betraf, solchen ertödtete und dann alleweil schlafend in sein Bette zurückkehrte: eben so giengs mit mir, denn so bald ich zu mir kam, so lag Hayes unter denen Röhren, und seinen Cörper bedeckten hölzerne Bolen. Hierauf erzitterte ich vor meiner That, und blickte, mir die Angst abzuscheuchen, empor nach dem neuen Gestein der Kirche. Solchergestalten verblieb ich eine gute Weil unter dem Schatten der Mauern, eh daß mich die Kälte empfindlich machte, und ich allendlich hurtigen Schritts auf die Lombard Street zurückmarchirete.

Ich war eben an die Grace-Church-street getroffen, als ich einem Constabeler vorübergieng, so mich frug, ob ich bey so finsterer Nacht nicht einer Fakkel bedürfe? Ich beschied ihn, daß mir mein Weg gar wohlbekannt sey, und weder Licht noch Scharwächter vonnothen hätte, indessen ich meine Kniebuxen bald würde in eine Stuhlpfanne gewandelt haben.

Euer Diener, Sir, *sagt er* allendlich, und eine geruhsame Nacht auch. Ich spickte beklemmet hinter mich, biß daß er in die Great Eastcheap entschwunden, und da ich mit dasigen Straßen vertraulich, legte ich zwischen uns einen tüchtigen Abstand. Am Cripple-gate wischte ich in eine Kutsche, und hieß sie forttreiben, als ob mir der Teufel im Nacken sitze; und erst als ich in dem Vehicul zurücke sunck, so fand ich, daß ich in der Hand noch des Todten Sacktüchel gefaßt hielt: ich ließ es hinaus zum Wagenschlag, welcher hart hinter dem Kutscher befindlich. Solchergestalten fuhr ich nach der Drury Lane, woselbst ich mich ohne Umschweiff auf eine Bierschenck verfügete, allein aus lauter Gehetz und erschröcklicher Furcht war ich von Schweiß bald so naß, als würde ich in die Themse gefallen seyn. Ich lehnte gegen die verrottete Wand der Taverne, doch so bald ich wieder Athem schepfte, so kam mich ein ungewohnt schnackischer Laun an: ich verlangte nach Brantewein, und machte mich mit der möglichsten Geschwindigkeit bedüsselt.

Ich wußte nicht, was die Uhr war, da eine Larve an meinen Tisch trat und mich gar wunderseltzam ermunterte: Capitan, *sagt sie*, mein hertzer Capitan, hat Er Lust, mit mir eine Runde zu machen? Und demnach wedelte sie mir ihren Fächer ins Angesicht, gab mir eine schmachtende Miene und erhub mein Glas an ihre Lippen.

Schämt Sie sich nicht, dergleichen zu thun? frug ich sie, indem sie sich neben mich satzte.

Unbesorgt, Herr Capitan, Dinge wie Schaam sind blosse Kindermährlein, *versetzte sie*. Ich treib mein Gewerb als ein ehrsames Frauenzimmer, und bin so bieder als ein Eunuch, und mehr muß man nicht verlangen. Geb Er mir einen Schmatz, Capitan, und ich wills Ihm erweisen.

Aber ist Sie dann auch vor GOtt unbesorgt?

Sie wich ein Endchen von mir ab: Pfuh, *macht sie*, solches Geseifer ist mir ein Graus.

Hierauf ergriff ich ihr Handgelenk und flisperte ihr zu: Hat Sie auch irgends Ruthen?

Sie gab mir Augenspiele, und lächelte denn: Ich sehe schon, Capitan, Er ist ein Geißelbruder. Ei mags, solches Geschäft hab ich artig am Schnürgen. Dergestalten verführete mich die Schlumpe, nach fernerem muntern Discours, auf die Dog Tavern, woselbst sie ihr Zimmer erhielt: frisch, *sagt sie*, nachdem ich hinter ihr die Treppe erstiegen und schon was müde war, immer hereinspatzieret, und mach Er sichs recht commode, weilen ich mich noch saubere. Und denn wusch sie vor meinen Augen die Zatzen, und parfumirete die Armhöhlen. So bald sie ihre Gewänder abgeleget, so roch sie so rantzicht als eine alte Geiß, allein ich kehrte meine Miene an die Wand, und rührte nicht einmal einen Finger, als sie sich endlich an mir zu schaffen machte. Er ist wohl neu im Geschäft, *sagt sie*, das Kerlgen ist ja noch frisch.

8

Die Haut wurde Hawksmoor in Streifen vom Rücken gezogen, und zitternd saß er in der Falle seines Traums, bis er aufschrie und der Schrei sich in das Läuten des Telefons neben ihm verwandelte. Erstarrt lag er da, zusammengeknickt wie ein Klappmesser; dann nahm er den Hörer ab und erhielt die Mitteilung: «Junge bei Kirche aufgefunden. Leiche noch frisch. Wagen unterwegs.» Und einen Moment lang wußte er nicht, in welchem Haus, an welchem Ort oder in welchem Jahr er soeben aufgewacht war. Aber als er schließlich aus dem Bett wankte, spürte er einen fauligen Geschmack im Mund.

Jetzt, im warmen Wagen, ließ er sich die Formalitäten durch den Kopf gehen, die er nun gleich wieder zu erledigen hatte; als er an St. George's, Bloomsbury, vorbeifuhr, dachte er an die Fotos, die er benötigen würde – um sowohl die Position der Leiche (mitsamt den einzelnen Knittern und Falten der Kleidung) als auch etwelche Gegenstände in den Händen bzw. Absonderungen aus dem Mund des Toten festzuhalten. Als er über die High Holborn und den High Holborn Viaduct fuhr, vorbei an der Statue von Sir Christopher Wren, gab der Polizeifunk plötzlich drei undefinierbare Geräusche von sich, worauf das Gesicht des Fahrers sich einen Augenblick lang aufzuhellen schien; als der Wagen die Newgate Street passierte, überlegte Hawksmoor, in welchem Maßstab er die Fotos und Detailzeichnungen brauchen würde, doch als er den Rücken seines Fahrers anstarrte, gingen ihm wieder ein paar Satzfetzen aus seinem Traum durch den Kopf und er rutschte nervös auf seinem Sitz hin und her; als er durch die Angel

Street fuhr, strahlten die Glasscheiben eines Bürohauses kurz auf, ehe die Morgensonne von einer Wolke verdunkelt wurde, und er sah, wie andere Gebäude sich in der Fassade spiegelten; und als er in die St. Martin's-le-Grand einbog, fiel ihm plötzlich ein Liedtext ohne die dazugehörige Melodie ein: Ein Mann soll wachen die ganze Nacht, die ganze Nacht, die ganze Nacht...

Die Sirene des Wagens hallte durch die Straßen der Stadt, und als er die Cheapside und anschließend die Poultry erreichte, war Hawksmoor endlich in der Lage, sich auf jene Dinge zu konzentrieren, nach denen er nun gleich wieder Ausschau halten würde – Textilfasern, Haare, Asche, verbranntes Papier und vielleicht sogar eine Waffe (obgleich er wußte, daß man bestimmt keine Waffe finden würde). Bei solchen Gelegenheiten betrachtete er sich gern als Wissenschaftler oder Gelehrter, denn nur durch genaue Beobachtung und rationale Deduktion ließ sich der jeweilige Fall gehörig erfassen; er hielt sich einiges zugute auf seine Kenntnisse in Chemie, Anatomie und Mathematik, denn mit Hilfe dieser Disziplinen vermochte er auch Situationen zu analysieren, wo andere klein beigeben mußten. Er wußte nämlich, daß die Gesetze von Ursache und Wirkung selbst in Extremfällen immer in Kraft blieben; so konnte er zum Beispiel durch eine sorgfältige Untersuchung der Fußspuren die geistige Verfassung des Mörders ausloten – nicht etwa dank seines Einfühlungsvermögens, sondern anhand der Prinzipien von Verstand und Methodik. Wenn die normale Schrittlänge eines Mannes achtundzwanzig Zoll betrug, so maß sie, nach Hawksmoors Berechnung, beim schnellen Gehen etwa sechsunddreißig und beim Laufen ungefähr vierzig Zoll. Auf der Grundlage dieses objektiven Sachverhalts ließen sich Panik, Flucht, Entsetzen oder Scham deduzieren; und was er einmal begriffen hatte, das konnte er auch beherrschen. All diesen Dingen wandte er während der Fahrt in Richtung St. Mary Woolnoth seine Aufmerksamkeit zu, um angesichts der Vorstellung, daß er nun gleich die Leiche in Augenschein nehmen und sich erstmals mit diesem Verbrechen befassen würde, seine Erregung im Zaum zu halten.

Doch als er die Ecke Lombard Street und King William Street erreichte, sah er auf einmal einen Polizisten, der eine weiße Folie in die Höhe hielt, während ein Fotograf bereits seine Kamera zückte. «Halt!» rief er und stieg rasch aus dem Wagen. «Lassen Sie alles noch so, wie es ist! Aber gehen Sie aus dem Licht!» Und er wies die beiden mit einer Gebärde an, die Treppe von St. Mary Woolnoth zu räumen. Der Leiche jedoch schenkte er keine Beachtung; statt dessen blieb er vor dem Eisentor auf dem Gehweg stehen und lugte hinauf zur Kirche: er sah ein Bogenfenster, dessen Gläser dick und dunkel wie Kiesel waren, und darüber noch drei schmalere quadratische Fenster, die im herbstlichen Licht schimmerten. Die Ziegel rings um diese Fenster waren rissig und verfärbt, als hätten Flammen an ihnen emporgezüngelt, und als Hawksmoor den Blick langsam aufwärts gleiten ließ, sah er sechs brüchige Pfeiler, die in zwei einzelne dicke Türme übergingen. Das Ganze wirkte auf ihn wie die Zinken einer Gabel, die die Kirche fest in den Erdboden spießten. Erst jetzt richtete er sein Augenmerk auf die Leiche des toten Jungen; sie lag ausgestreckt auf der vierten von insgesamt acht Stufen, und als er das Tor öffnete und auf sie zuschritt, gingen ihm gewisse komplizierte Gedankengänge durch den Kopf – worauf es mit seiner Ruhe zu Ende war. Trotz des leichten Frühregens zog er seinen dunklen Mantel aus und legte ihn über ein paar Plastikfolien, die man bereits ausgebreitet hatte.

Der Junge sah aus, als habe er die Augen in gemimtem Entsetzen weit aufgerissen, womöglich um andere Kinder im Spiel zu erschrecken; zugleich jedoch stand sein Mund offen, als ob er gerade gähnte. Die Augen glänzten noch, bis die erschlaffenden Muskeln ihnen den stumpfen und starren Blick

des ewigen Schlafes verleihen würden, und der Gesichtsausdruck des Kindes setzte Hawksmoor in Verwirrung. Er ließ
sich eine Rolle Klebeband bringen, wie man es zur Spurensicherung verwendet; dann bückte er sich über die Leiche und
drückte ihr einen Klebstreifen an den Hals: als er sich vor-
beugte, konnte er den toten Körper riechen und mit den Fingern durchs Band hindurch spüren. Doch als er dann den
Hals abtastete, mußte er wegsehen, und er starrte hinauf zu
einer Steintafel mit der Inschrift ‹Errichtet zur anglosächsi-
chen Epoque und zuletzt 1714 wieder auferbaut von Nicholas Dyer.› Die Buchstaben waren zum Teil schon dem Zahn
der Zeit zum Opfer gefallen; jedenfalls machte Hawksmoor
sich nicht die Mühe, sie zu entziffern. Mit einem Ruck stand
er auf: ‹Meine Schweißperlen sehen vielleicht aus wie Regen›, dachte er, als er dem Polizeibeamten das Klebeband
reichte. «Am Hals ist nichts», sagte er zu dem Mann. Anschließend stieg er die letzten vier Stufen hinauf und ging in
die stille Kirche hinein; es war noch dunkel in dem Gebäude,
und er stellte fest, daß die Fenster das Licht nur reflektierten,
gleich einem Spiegel. Rasch blickte er hinter sich, um sich zu
vergewissern, daß niemand ihn beobachtete; dann schritt er
auf das in einer Ecke befindliche Taufbecken zu, hielt die
hohlen Hände in das abgestandene Wasser und rieb sich damit das Gesicht ab.

Als er die Kirche wieder verließ, trat der junge Beamte an
ihn heran und raunte: «Sie hat ihn gefunden. Sie ist dann so
lange hiergeblieben, bis sie einen Polizisten vorbeikommen
sah» – er nickte in Richtung einer rothaarigen Frau, die direkt hinter dem Tor auf einem alten Stein saß. Hawksmoor
schenkte ihr offensichtlich keine Beachtung und betrachtete
die der King William Street zugekehrte Seite der Kirche:
«Was soll eigentlich dieses Gerüst da?»

«Das ist wegen der Ausgrabungen, Sir. Hier wird zur Zeit
irgendwas ausgebuddelt.»

Hawksmoor schwieg. Dann wandte er sich wieder dem Beamten zu: «Haben Sie sich die Wetterverhältnisse notiert?»

«Es regnet, Sir.»

«Das weiß ich auch. Aber ich brauche die genaue Temperatur. Ich möchte sehen, wie die Leiche abkühlt.» Er blickte hinauf zum Himmel, und der Regen fiel auf ihn herab, auf seine Wangen und in die geöffneten Augen.

Inzwischen war das Gelände, seinen Anordnungen gemäß, bereits abgesperrt; an den Gitterzäunen und rings um die Kirche hatte man breite Zeltbahnen angebracht, um den Polizeieinsatz vor den Blicken der Schaulustigen abzuschirmen, die sich unweigerlich immer dort einfanden, wo gerade ein Mord verübt worden war. Zufrieden, daß er das Gebiet, einschließlich der Leiche im Zentrum, korrekt abgesteckt hatte, nahm Hawksmoor die Ermittlung nun bis ins kleinste Detail in die Hand. Noch mehr Klebeband gelangte zum Einsatz, und zwar an Hosen, Socken, Pullover und Hemd des Opfers; man nahm Erde von den Schuhen, und hierzu Vergleichsproben vom umliegenden Boden; anschließend kamen die Schuhe in einen Plastikbeutel. Nun wurde die Leiche ausgezogen, und das Licht der Bogenlampen verlieh ihrer Haut einen fahlen Schimmer; jedes Kleidungsstück wanderte in einen gesonderten Beutel, und Hawksmoor bestand darauf, diese Beutel eigenhändig zu etikettieren, um sie dann an den Beamten von der Spurensicherung weiterzugeben. Nach der Entnahme von Fingernagelschmutz wurden die Hände ebenfalls in Beutel gehüllt, die man anschließend mit Klebeband fixierte. Gleichzeitig suchte man das Gelände nach Textilfasern, Fußspuren und Flecken ab: alles, was für das Ermittlungsteam auch nur entfernt von Interesse war, wurde fortlaufend numeriert, in die Spurenakte eingetragen und schließlich in einen gepolsterten Transportbehälter gelegt. Während dieses geschäftigen Treibens flüsterte Hawksmoor – trotz des anhaltenden Nieselregens weiterhin ohne Mantel – immerfort leise vor sich hin.

Wer sich mit der Arbeit der Polizei nicht auskannte, hätte glauben müssen, hier sei ein total Verrückter, der sich, keine zwei Fuß von einer Leiche entfernt, in irgendwelche Selbstgespräche vertiefte; in Wirklichkeit jedoch sprach Hawksmoor seine Beobachtungen in ein kleines Diktiergerät.

Er merkte eben noch an: «Sonst nichts mehr vorhanden hier», als der Gerichtsmediziner eintraf; es handelte sich um einen kleinwüchsigen, korpulenten Mann, der gleichwohl eine gewisse Würde ausstrahlte, als er jetzt bedächtig die Treppe von St. Mary Woolnoth hinaufstieg. Er nickte Hawksmoor zu und murmelte: «Ja, ich sehe die Leiche schon»; kurz darauf kniete er neben dem Toten nieder und öffnete eine schmale braune Tasche. Dann hielt er einen Moment lang mit zitternden Fingern inne.

«Tut mir leid, Sie so früh aufgescheucht zu haben», sagte Hawksmoor, doch der Pathologe hatte bereits sein Messer hervorgeholt und mit einer einzigen raschen Bewegung einen Schnitt durch den Unterleib gemacht; nun führte er neben der Leber des toten Kindes ein Thermometer ein und lehnte sich dann zurück, um sein Werk zu betrachten. Schließlich stand er, fast unhörbar pfeifend, auf und wandte sich Hawksmoor zu.

«Sie brauchen wohl kaum meinen Kommentar dazu, Superintendent, oder?»

«Nein, Sir, danke vielmals. Höchstens in Bezug auf die Zeit.»

«Ah, die Zeit – nun ja, die wartet auf niemand.» Er trat einen Schritt zurück und begutachtete die brüchigen Pfeiler. «Eine hübsche Kirche, nicht wahr, Superintendent? So baut man sie heutzutage gar nicht mehr...» Er verstummte, da seine Aufmerksamkeit wieder auf die Leiche gelenkt wurde.

«Ich weiß nicht, wer ‹man› ist, Sir.» Aber der Pathologe war bereits auf den Knien und blinzelte, als die Bogenlampen plötzlich ausgeschaltet wurden. Zwischen den beiden Männern herrschte eine gewisse Befangenheit, und während der Gerichtsmediziner darauf wartete, die Temperatur ein zweites Mal messen zu können, trat Hawksmoor hinter die Zeltbahnen und überquerte die Straße zur Poultry. Von der Ecke dort konnte er die gesamte Vorderfront der Kirche überblikken: er war auch früher schon hier vorbeigekommen, hatte das Gebäude jedoch nie beachtet, und nun erschien es ihm, in dieser Umgebung, auffallend fehl am Platz – auch wenn andere Gebäude es so dicht umdrängten, daß es fast eine Art Schattendasein führte. Er stellte sich vor, daß nur wenige Leute diese Mauern im Bewußtsein passierten, es handle sich dabei um die Mauern einer Kirche, und daß das Gebäude somit, seinem wuchtigen Äußeren zum Trotz, den Charakter einer Sehenswürdigkeit inzwischen eingebüßt hatte. Und auch er gewann erst jetzt, nach diesem Todesfall, jenen Eindruck von Klarheit und Präzision, den die Kirche dem Betrachter gleich nach ihrer Errichtung vermittelt haben mußte. Hawksmoor hatte schon oft die Beobachtung gemacht, daß beim Eintreffen am Tatort die Dinge rings um den Toten einen Augenblick lang verschwimmen und unwirklich werden – die Bäume, die über einer im Wald versteckten Leiche aufragen; der dahinströmende Fluß, der einen Leichnam an seine Ufer gespült hat; die Autos und Hecken auf einer Straße in der Vorstadt, wo ein Mörder sein Opfer hat liegen lassen – all dies kam ihm dann plötzlich bedeutungsleer vor, wie eine Halluzination. Nur diese Kirche hier war im Angesicht des Todes größer und deutlicher geworden.

Er ging wieder zurück zur Treppe, und der Pathologe nahm ihn ein paar Augenblicke lang beiseite; dann rief er die anderen Beamten zu sich herüber. «Es sieht folgendermaßen aus», erklärte er ruhig, während über den Gebäuden die Sonne aufging, «die Leiche kann jetzt ins gerichtsmedizinische Institut überführt werden, wo der Professor die Obduktion vornimmt. Wir müssen natürlich noch feststellen, ob unsere bisherigen

Ermittlungen hier etwas hergeben, was für den Professor von Belang sein könnte.» Er sah hinüber zur Leiche, an deren Handgelenken und Knöcheln nun jeweils ein Schildchen befestigt wurde. Daraufhin steckte man sie in einen Plastiksack, klebte diesen an beiden Enden zu, stülpte eine undurchsichtige Transportfolie darüber und schaffte sie dann zu einer Bahre; schließlich wurde sie zu einem Polizeiauto getragen, das an der Ecke zur Lombard Street parkte. Ein paar Frauen schrien vor Schmerz oder Entsetzen auf, als man die Bahre durch die kleine Menschenmenge bugsierte, die sich in der Zwischenzeit angesammelt hatte; und als ein junges Mädchen den Rand der Plastikfolie zu berühren versuchte, stieß ihr einer der Polizisten, die die Bahre trugen, barsch den Arm weg. Hawksmoor sah dies alles und lächelte; dann machte er kehrt, um sich der rothaarigen Frau zuzuwenden, die den Leichnam gefunden hatte.

Er musterte sie nun doch einigermaßen interessiert, wie sie dort am Gitterzaun der alten Kirche saß und, da sie sich inmitten dieses geschäftigen Treibens unbeobachtet glaubte, aus ihrer Handtasche einen kleinen Spiegel hervorkramte; sie richtete sich die Frisur und drehte sich dabei behutsam von einer Seite zur anderen. Dann stand sie auf, und er stellte fest, daß der feuchte Stein am Rücken ihres Kleids einen großen Fleck hinterlassen hatte. Hawksmoor interessierte sich deshalb für sie, weil er stets die Reaktionen von Leuten studierte, die sich zufällig mit der Leiche eines gewaltsam zu Tode gekommenen Menschen konfrontiert sahen – die meisten allerdings pflegten einfach davonzurennen, als wollten sie sich vor der Qual und Verderbnis schützen, die ein Ermordeter repräsentierte. Seiner Meinung nach konnte auch derjenige, der einen Ermordeten fand, mitschuldig werden an dessen Geschick und darüber hinaus von Schuldgefühlen geplagt sein, da er am Ende jener Entwicklung stand, die zur Entdeckung der Leiche führte. Doch diese Frau hier war geblieben. Er ging hinüber zu dem Beamten, der sie bereits befragt hatte: «Haben Sie was aus ihr herauskriegen können?»

«Ja, aber nicht viel. Sie kann uns keinen Anhaltspunkt liefern, Sir.»

«Das kann ich auch nicht. Wie steht's mit der Zeit?»

«An die erinnert sie sich nur insofern, als es geregnet hat, Sir.»

Hawksmoor schaute wieder hinüber zu der Frau; jetzt, aus der geringeren Entfernung, fiel ihm eine gewisse Schlaffheit ihrer Mundpartie auf und die verwirrte Anspannung, mit der sie auf die Zwillingstürme der Kirche starrte. Und auf einmal wurde ihm klar, weshalb sie nicht davongerannt war, sondern bei der Leiche des ermordeten Jungen Wache gehalten hatte, bis sie jemanden vorbeikommen sah. «Sie weiß die Uhrzeit nicht mehr, Sir», fügte der Beamte hinzu, als Hawksmoor zu der Frau hinüberging.

Er schritt behutsam auf sie zu, um sie nicht zu erschrecken. «Ach bitte», sagte er, als er herantrat, «es hat also geregnet, als Sie ihn gefunden haben?»

«Geregnet? Es hat geregnet, und es hat nicht geregnet.» Sie starrte ihm ins Gesicht, und er zuckte zurück.

«Und zu welcher Uhrzeit war das?» fragte er sie sanft.

«Uhrzeit? Da war keine Uhrzeit, nichts dergleichen.»

«Aha, so sehen Sie das.»

Und da lachte sie, als hätten sie beide gerade einen Riesenspaß hinter sich. «Ich sehe Sie», sagte sie und versetzte ihm mit der Hand einen Knuff.

«Haben Sie ihn denn auch gesehen?»

«Er hatte rote Haare – wie ich.»

«Ja, Sie haben hübsche rote Haare. Ihre Haare gefallen mir sehr. Und hat er mit Ihnen gesprochen?»

«Der redet ja nicht viel. Ich weiß nicht, was er gesagt hat.»

Einen Augenblick lang fragte sich Hawksmoor, ob sie noch von dem Jungen sprach. «Und was hat er gemacht?»

«Er schien sich noch zu bewegen – verstehen Sie, was ich meine? Und dann hat er sich nicht mehr bewegt. Wie heißt eigentlich die Kirche da?»

Er hatte es vergessen und fuhr in Panik herum, um einen Blick auf das Gebäude zu werfen; als er sich wieder umdrehte, spähte sie in ihre Handtasche. «Alsdann, Mary», sagte er, «wir sehen uns hoffentlich bald wieder.» Hierauf begann sie zu weinen, und er entfernte sich verlegen von ihr und trat auf die Cheapside.

Normalerweise wußte er instinktiv, wie lange eine Ermittlung aller Voraussicht nach dauern würde – diesmal jedoch nicht: während er noch nach Atem rang, sah er sich plötzlich so, wie andere ihn sehen mußten, und schlagartig wurde er sich der Unlösbarkeit seiner Aufgabe bewußt. Der Tod des Jungen war, gerade wegen seiner Alltäglichkeit, ein kompliziertes Ereignis, und wenn er dieses Ereignis zurückverfolgte, die Zeit langsam in Gegenrichtung ablaufen ließ (aber hatte sie überhaupt eine Richtung?), so wurde der Fall dadurch nicht klarer. Die Kausalkette reichte womöglich zurück bis zur Geburt des Jungen in einem bestimmten Ort und an einem bestimmten Tag – oder gar noch bis in die dahinterliegende Dunkelheit. Und wie verhielt es sich mit dem Mörder – welche Folge von Ereignissen hatte ihn dazu vermocht, an dieser alten Kirche vorbeizugehen? Nur der Zufall bestimmte diese Ereignisse, und doch hingen sie miteinander zusammen als Bestandteile eines übergeordneten Musters, das ob seiner Größe unbegreiflich blieb. Er müßte demnach anhand des verfügbaren Beweismaterials im Geist eine Vergangenheit herstellen – und wäre dann nicht auch die Zukunft ein Geistesprodukt, eine Fiktion? Es war, als starrte er auf eine jener Kippfiguren, wo Vorder- und Hintergrund auf einmal eine ganz andere Gestalt annehmen: man kann so ein Gebilde nicht lange betrachten.

Er ging wieder zurück zur Kirche, wo er zu seinem Ärger

feststellte, daß Walter ihn schon eine Weile beobachtet hatte. Die rothaarige Frau wurde weggeführt, und er sprach laut, damit sie ihn hören konnte. «Was für eine Uhrzeit haben wir denn jetzt?»

«Ich weiß nicht, Sir. Ich soll Sie hier abholen.» Im Licht des frühen Morgens wirkte Walter sehr bleich. «Man hat mir gesagt, Sie wären unterwegs zur Sonderkommission.»

«Danke für die Auskunft.» Und als sie nach Spitalfields fuhren, stellte Walter das Radio auf die übliche Frequenz des Polizeifunks ein, doch Hawksmoor beugte sich vor und wählte einen anderen Sender. «Zu viele Geschichten», sagte er.

«Ist es wieder derselbe Mann, Sir?»

«Derselbe Modus.» Hawksmoor betonte die beiden letzten Silben, und Walter lachte. «Aber ich will dazu noch nichts sagen. Lassen Sie mir Zeit.»

Aus dem Radio erklang inzwischen eine Schlagermelodie, und Hawksmoor starrte zum Fenster hinaus: er sah eine sich schließende Tür; einen Jungen, der eine Münze auf die Straße fallen ließ; eine Frau, die den Kopf wandte; einen rufenden Mann. Einen Moment lang fragte er sich erstaunt, weshalb diese Dinge gerade jetzt passierten: könnte es sein, daß die Welt erst dann um ihn herum entstand, wenn er sie Stück für Stück im Geist erschuf, und daß sie, sobald er sich vorwärts bewegte, wie ein Traum in jenes Dunkel entschwand, aus dem sie soeben gekommen war? Doch auf einmal begriff er, daß diese Dinge real waren: sie würden immer wieder passieren und sich immer gleichbleiben – so vertraut und ewig-wiederkehrend wie die Tränen, die er eben noch auf dem Antlitz der Frau gesehen hatte.

Walter war unterdessen mit einer anderen Frage beschäftigt: «Glauben Sie an Gespenster, Sir?» fragte er, während Hawksmoor düster zum Fenster hinausstarrte.

«Gespenster?»

«Ja, Sie wissen doch, Gespenster – Geister.» Nach einer

Pause fuhr er fort. «Ich frag eigentlich bloß wegen dieser alten Kirchen. Sie sind so, na ja, alt eben.»

«Es gibt keine Gespenster, Walter.» Er beugte sich vor, um den Schlager im Radio abzudrehen, und fügte dann seufzend hinzu: «Wir leben in einer rationalen Gesellschaft.»

Walter warf ihm einen flüchtigen Blick zu: «Sie klingen ein bißchen angegriffen, Sir, wenn ich mir die Bemerkung erlauben darf.»

Hawksmoor war überrascht, denn er wußte nicht, daß er überhaupt nach irgend etwas klang. «Ich bin nur müde», sagte er.

Schließlich trafen sie bei der Sonderkommission in Spitalfields ein, von wo aus die Ermittlungen in den fraglichen Mordfällen nach wie vor koordiniert wurden; in dem Raum schrillten ständig die Telefone, und eine ganze Anzahl von Beamten in Uniform oder Zivil huschten rufend und miteinander scherzend hin und her. Ihre Gegenwart entnervte Hawksmoor; er wollte, daß erst dann etwas geschah, wenn er die Gründe dafür kannte, und er wußte, daß er rasch die Leitung dieser Ermittlung übernehmen mußte, damit sie nicht außer Kontrolle geriet. In einer Ecke des Raums wurde nun eine Videoanlage aufgebaut, und Hawksmoor stellte sich davor, um eine Ansprache zu halten. «Meine Damen und Herren», sagte er sehr laut. Der Lärm verstummte, und als sie in seine Richtung blickten, fühlte sich Hawksmoor auf einmal ganz ruhig. «Meine Damen und Herren, Sie arbeiten künftig in drei Schichten, für deren Leitung jeweils ein Beamter der Sonderkommission zuständig ist. Darüber hinaus findet ab sofort täglich eine Lagebesprechung statt» – er hielt einen Augenblick inne, da die Beleuchtung flackerte. «Schon oft wurde behauptet, ein Mord lasse sich um so leichter aufklären, je ungewöhnlicher er sei, doch dieser Theorie kann ich mich nicht anschließen. Nichts ist leicht, nichts ist einfach, und Sie sollten Ihre Ermittlungen wie ein kompliziertes Experiment angehen: achten Sie auf das, was konstant bleibt, und auf das, was sich verändert, stellen Sie die richtigen Fragen und haben Sie keine Angst vor falschen Antworten – und vor allem: verlassen Sie sich auf Ihre Beobachtung und Erfahrung. Nur logische Deduktionen können unserer Ermittlungsarbeit eine Richtung geben.» Die Videoanlage war inzwischen ans Netz angeschlossen und wurde von einer Polizeibeamtin überprüft, und während Hawksmoor sprach, erschienen auf dem Bildschirm hinter ihm Aufnahmen von den verschiedenen Tatorten – Spitalfields, Limehouse, Wapping und nun Lombard Street –, so daß sich seine Silhouette momentweise gegen die Bilder der Kirchen abzeichnete. «Wie Sie wissen», erklärte er, «hat fast jeder die Anlage zum Mörder, und die Art und Weise, wie ein Mord begangen wird, sagt eine ganze Menge über den Täter aus: ein ungeduldiger Mensch tötet hastig, ein vorsichtiger geht bedachtsamer vor. Ein Arzt verwendet Medikamente, ein Arbeiter einen Schraubenschlüssel oder eine Schaufel, und im vorliegenden Fall muß Ihre Frage lauten: welche Sorte Mensch tötet rasch und mit bloßen Händen? Darüber hinaus müssen Sie bedenken, was alles nach einem Mord passiert: Die meisten Mörder werden von ihrer Tat vollkommen überwältigt. Sie schwitzen; manchmal werden sie sehr hungrig oder durstig; viele von ihnen verlieren im Moment des Todes die Kontrolle über ihre Schließmuskulatur – genau wie ihre Opfer. Unserem Mörder ist nichts dergleichen passiert: Er hat keinen Schweiß hinterlassen, keinen Kot, keine Abdrücke. Eines allerdings haben alle Mörder gemeinsam. Sie versuchen die Ereignisse in die richtige Reihenfolge zu bringen, sich exakt ins Gedächtnis zu rufen, was sie kurz davor und kurz danach getan haben –» Und hier stand Hawksmoor ihnen immer zur Seite, denn er ließ sich gern in die Geheimnisse von Menschen einweihen, die das Tor geöffnet und die Schwelle überschritten hatten. Er sprach mit ihnen sanft und manchmal sogar zögernd, damit sie erkannten, daß er sie nicht verurteilte. Er wollte nicht, daß sie in ihrer Aussage schwankend wurden, sondern daß sie ihm langsam, aber sicher entgegenkamen; anschließend konnte er sich in sie hineinversetzen, mit dem Wissen, das sie nun beide teilten, und indem er sich in sie hineinversetzte, lieferte er sie zugleich ihrem Schicksal aus. Und wenn sie dann, nach all den Anzeichen von Furcht und Schuld, ihr Geständnis ablegten, so war er geradezu neidisch auf sie. Sein Neid galt der freudigen Erleichterung, mit der sie ihn wieder verlassen durften. – «Aber an den eigentlichen Moment ihrer Tat können sie sich nicht mehr erinnern. Diesen Moment pflegt der Mörder zu vergessen, und deshalb hinterläßt er auch stets eine Spur. Und nach eben der, meine Damen und Herren, sind wir zur Zeit auf der Suche. Manche behaupten, das Verbrechen, das sich nicht aufklären läßt, muß erst noch erfunden werden. Aber wer weiß? Vielleicht ist das hier das erste. Ich danke Ihnen.» Und er blieb ganz ruhig stehen, während der an diesem Morgen zuständige Beamte der Sonderkommission die Männer und Frauen in verschiedene Arbeitsgruppen einteilte. Unterdessen trat jemand versehentlich eine als Maskottchen gehaltene Katze, und das Tier huschte schreiend hinaus; es streifte Hawksmoor am rechten Bein, als dieser zu Walter hinüberschritt, der auf die Tastatur eines Computers starrte.

Walter spürte ihn an seiner Schulter: «Ich weiß gar nicht, wie Sie's ohne die Dinger geschafft haben, Sir», sagte er, ohne sich umzudrehen, «früher, meine ich.» Nach einem leisen Geräusch, das auf Hawksmoor gleichwohl so beunruhigend wirkte wie ein menschlicher Puls, wanderten Buchstaben und Ziffern über den kleinen Bildschirm. Walter blickte nun eifrig zu Hawksmoor auf: «Sehen Sie, wie die Sache durchorganisiert ist? Es ist alles so einfach!»

«Das meine ich irgendwo schon mal gehört zu haben», antwortete Hawksmoor; er beugte sich vor und begutachtete die Namen und Adressen all derer, die ähnlicher Verbrechen bereits überführt oder verdächtig waren – und all derer, die sich eines entsprechenden *modus operandi* bedient hatten: manuelle Strangulation, wobei der Täter auf dem Rumpf des Opfers sitzt bzw. kniet.

«Aber so ein Computer arbeitet doch viel effizienter, Sir. Denken Sie nur an die ganze Plackerei, die er uns abnimmt!» Walter tippte nun einen anderen Befehl ein, wobei seine Hände sich kaum merklich über die Tastatur bewegten. Und doch hatte er, trotz seiner Begeisterung, den Eindruck, daß die Maschine die von ihm angestrebte Ordnung und Luzidität nur zum Teil widerspiegelte – daß die Anordnung dieser kleinen grünen Ziffern, die selbst im Morgenlicht noch ein wenig leuchteten, die grenzenlose Berechenbarkeit der Außenwelt wohl nicht einmal andeutungsweise wiedergab. Und wie klar erschien ihm diese Welt nun, da sich auf dem Bildschirm ein flimmerndes ‹Phantombild› herausformte – die grüne Schraffierung stellte die Schatten dieses Gesichtes dar, so daß es einer von Kinderhand gefertigten Zeichnung ähnelte. «Aha», sagte Hawksmoor, «der grüne Mann ist also der Täter.»

Und als ihm all diese Informationen langweilig wurden, hielt er die Zeit für gekommen, zu St. Mary Woolnoth zurückzukehren und die Ermittlungen an Ort und Stelle wiederaufzunehmen. Es war fast Mittag, als sie dort eintrafen, und im Licht der Herbstsonne hatten sich die Umrisse der Kirche verändert, so daß sie auf Hawksmoor erneut einen ganz merkwürdigen Eindruck machte. Er marschierte mit Walter noch um sie herum, in Richtung auf die der King William Street zugekehrte Seite, als ihm zum erstenmal ein Loch auffiel, das sich zwischen der Rückseite der Kirche und dem nächsten Gebäude befand – ein offenes Stück Boden, das teilweise mit einer durchsichtigen Folie abgedeckt war. Hawksmoor blickte hinunter auf das bloßliegende Erdreich und zog sich dann wieder zurück. «Ich nehme an», sagte er, «das sind die besagten Ausgrabungen?»

«Also mir kommt das wie ein Schuttabladeplatz vor.» Walter

begutachtete die tiefen Gräben, die schmalen Vertiefungen mit den quer darüberliegenden Brettern, den gelben Lehm sowie die Ziegel und Steine, die man offenbar wahllos an den Grubenrand geworfen hatte.

«Ja, aber wo kommt dieser Schutt her? Sie wissen doch, Walter, von Staub zu Staub...»

Und er verstummte, als er bemerkte, daß sie beobachtet wurden. Eine Frau in Gummistiefeln und mit einem hellroten Pullover stand in der entgegengesetzten Ecke der Grube. «Halli hallo!» rief Walter ihr zu. «Wir sind Polizeibeamte. Was machen Sie denn da so?» Es gab kein Echo, als seine Stimme über die frisch ausgehobene Erde schallte.

«Kommen Sie doch runter und sehen Sie sich's an!» rief die Frau zurück. «Aber hier gibt's nichts zu holen für Sie! Hier ist über Nacht nichts angerührt worden!» Zur Bestätigung stieß sie mit dem Fuß an ein Stück Plastikfolie, das unverrückbar an seinem Platz blieb. «Kommen Sie, ich zeig's Ihnen gern!»

Hawksmoor schien noch zu zögern, doch im selben Augenblick bog eine Kinderschar um die Ecke zur King William Street, und daraufhin stieg er unvermittelt über eine metallene Leiter in die Grube. Vorsichtig schritt er um den Rand der offengelassenen Vertiefungen herum, und dabei drang ihm der feuchte Erdgeruch in die Nase. Hier, unterhalb des Gehwegs, war es stiller, und als er auf die Archäologin zutrat, senkte er die Stimme: «Was haben Sie denn hier unten schon gefunden?»

«Oh, Feuersteinblöcke, ein bißchen Mauerwerk. Das hier ist nämlich die Baugrube einer Grundmauer.» Während sie redete, kratzte sie sich die Haut von der Innenseite der Hand ab. «Aber andersherum – was haben *Sie* denn schon gefunden?»

Hawksmoor zog es vor, die Frage zu ignorieren. «Und bis wohin reichen Sie mit Ihrer Grabung?» fragte er die Frau und spähte in ein dunkles Loch vor seinen Füßen.

«Nun ja, das ist alles ziemlich kompliziert; hier jedenfalls sind wir bis zum sechsten Jahrhundert gekommen. Es ist eine wahre Fundgrube. Also wenn es nach mir ginge, dann könnten wir ewig so weitergraben.» Und als Hawksmoor hinunterschaute auf eine Stelle, wo das Erdreich seiner Meinung nach frisch ausgehoben war, sah er sein Spiegelbild, wie es von der Plastikfolie her zu ihm heraufstarrte.

«Sie meinen, das hier ist sechstes Jahrhundert?» fragte er und deutete auf sein Spiegelbild.

«Ja, ganz recht. Aber so besonders überraschend ist das eigentlich nicht. Hier war nämlich schon immer eine Kirche. Seit eh und je. Und es gibt noch eine Menge mehr zu finden.» Daran hatte sie keinerlei Zweifel, denn für sie stellte die Zeit eine Felswand dar, die sie manchmal im Traum hinabstieg.

Hawksmoor kniete am Grubenrand nieder; als er ein Stück Erde in die Hand nahm und zwischen den Fingern zerrieb, sah er sich im Sturzflug durch die Jahrhunderte treiben, um sich am Ende in Staub oder Lehm zu verwandeln. «Ist das nicht gefährlich», sagte er schließlich, «so nah an der Kirche zu graben?»

«Gefährlich?»

«Na ja, könnte sie denn nicht einstürzen?»

«Auf uns herunter? Nein, das passiert bestimmt nicht – nicht jetzt.»

Walter, der noch die der Kirche als Stütze dienenden Balken inspiziert hatte, war inzwischen herzugetreten: «Nicht jetzt?» fragte er die Frau.

«Übrigens haben wir neulich ein Skelett gefunden. Natürlich keines, das für Sie von Interesse wäre.»

Aber Walter war dennoch interessiert. «Wo haben Sie's denn gefunden?»

«Da vorne, direkt neben der Kirche – wo zur Zeit die Rohre hergerichtet werden. Die sind übrigens auch noch ziemlich neu.» Hawksmoor warf einen Blick in die von ihr bezeichnete Richtung und sah Erde von rostroter Farbe. Er schaute weg.

«Und wie neu ist neu?» fragte Walter die Frau.

«Zwei- oder dreihundert Jahre; wir sind mit unseren Untersuchungen allerdings noch nicht ganz fertig. Vielleicht war das ein Arbeiter, den jemand umgebracht hat, als die Kirche wieder aufgebaut wurde.»

«Nun ja», sagte Hawksmoor, «das wäre eine Theorie, und eine Theorie kann nichts schaden.» Da die Zeit inzwischen drängte, gab er Walter das Zeichen zum Aufbruch, und die beiden stiegen hinauf zur Straße, wo sie wieder den Verkehrslärm hörten. Hawksmoor blickte hinauf zu einem gegenüberliegenden Bürogebäude und sah, wie sich die Leute in kleinen beleuchteten Räumen hin und her bewegten.

Und während Walter bei den Polizisten blieb, die noch immer systematisch die unmittelbare Umgebung des Tatorts absuchten, fiel Hawksmoor auf einmal ein Stadtstreicher auf, der an der Ecke zur Pope's Head Alley kniete, gegenüber der Nordseite von St. Mary Woolnoth. Zunächst sah es so aus, als bete er die Kirche an, doch dann stellte Hawksmoor fest, daß er gerade eine weiße Kreideskizze zu Ende führte – obwohl der Gehweg nach dem morgendlichen Regen noch feucht war. Hawksmoor ging langsam über die Straße und stellte sich neben den Knienden: Einen Moment lang betrachtete er entsetzt dessen zu dichten Knäueln verfitztes, wie Tabak aussehendes Haar. Der Stadtstreicher hatte einen Mann gezeichnet, der einen kreisrunden Gegenstand ans rechte Auge hielt und hindurchschaute, als sei es ein Fernrohr – es hätte allerdings ebensogut ein Stück Plastik oder eine Hostie sein können. Der Zeichner schenkte Hawksmoor zunächst keine Beachtung, doch dann blickte er auf, und die beiden starrten einander an; Hawksmoor wollte schon etwas sagen, da rief Walter herüber und winkte ihn zum Wagen. «Wir sollten lieber wieder zurück», sagte er, als Hawksmoor auf ihn zutrat. «Sie haben jemand gefunden. Jemand hat ein Geständnis abgelegt.»

Hawksmoor fuhr sich dreimal mit der Hand übers Gesicht. «O nein», murmelte er, «o nein. Noch nicht jetzt.»

Der junge Mann saß mit gesenktem Kopf in einem kleinen Warteraum; als Hawksmoor seine schmalen Hände mit den bis zum Fleisch abgekauten Fingernägeln sah, wußte er, daß das hier nicht der Richtige war. «Mein Name ist Hawksmoor», sagte er; «ich bin mit dieser Ermittlung befaßt. Wollen Sie bitte hineingehen?» Er öffnete die Tür zum Vernehmungszimmer. «Immer hereinspaziert. Nehmen Sie da drüben Platz. Wie geht es Ihnen? Hat man Sie gut behandelt, Mr. Wilson?» Es kam eine gemurmelte Antwort, die Hawksmoor gleichgültig überhörte: Der Mann setzte sich auf einen schmalen Holzstuhl und begann sachte hin und her zu wippen, als versuche er sich zu trösten. An dieser Stelle hätte Hawksmoor am liebsten gleich wieder aufgehört – er hatte nicht die geringste Lust, diese Folterkammer zu betreten und sich darin umzusehen. «Ich werde Sie jetzt vernehmen», sagte er sehr leise, «zu dem Mord an Matthew Hayes, dessen Leiche am Samstag, den 24. Oktober, um fünf Uhr dreißig bei der Kirche von St. Mary Woolnoth gefunden wurde. Der Junge wurde zuletzt lebend gesehen am Freitag, den 23. Oktober. Sie haben sich jetzt gestellt. Was wissen Sie über diesen Mord?» Während die beiden Männer einander über den Tisch hinweg anstarrten, kam Walter mit einem Notizbuch herein.

«Was wollen Sie denn von mir hören? Ich hab denen doch schon alles gesagt.»

«Na, dann sagen Sie's jetzt *mir*. Nehmen Sie sich Zeit. Wir haben jede Menge davon.»

«Die braucht's gar nicht. Ich hab ihn eben umgebracht.»

«Wen haben Sie umgebracht?»

«Den Jungen. Fragen Sie mich nicht, wieso.» Und abermals senkte er den Kopf; doch während des anschließenden Schweigens blickte er wieder auf zu Hawksmoor, als wolle er ihn bitten, ihn zum Weiterreden zu drängen, ihn zu einer umfassenden Aussage zu zwingen. Er hockte vornübergebeugt da und rieb seine Hände an den Knien, und im selben Augenblick sah Hawksmoor die Gedanken des Mannes wie einen Schwarm kleiner Fliegen, die in einem leeren Zimmer eingeschlossen sind und bei ihren Befreiungsversuchen aufgeregt hin und her schwirren.

«Tja, aber genau das frage ich Sie», sagte er sanft; «ich muß das nämlich wissen, Brian.»

Dieser registrierte überhaupt nicht, daß Hawksmoor seinen Namen kannte. «Was soll ich denn machen, wenn's nun mal so ist? Ich kann nichts dafür. Es ist nun mal so.»

Hawksmoor musterte ihn prüfend: er sah die Nikotinflecken an den nunmehr verkrampften Fingern; er sah die zu enge Kleidung; er sah die pulsierende Halsschlagader und unterdrückte das impulsive Verlangen, sie zu berühren. Dann fragte er ohne eine Spur von Ungeduld: «Und wenn die Gelegenheit einmal da ist, auf welche Weise töten Sie dann Ihre Opfer?»

«Ich halt sie einfach fest und bring sie um. Die verdienen's nicht anders.»

«Die verdienen's nicht anders? Das ist nun aber doch ein bißchen übertrieben, oder?»

«Ich versteh ja auch nicht, wieso. Sie sollten wissen...» Und er wollte noch etwas sagen, als ihm zum erstenmal auffiel, daß Walter hinter ihm stand; unvermittelt hielt er inne.

«Nur weiter. Möchten Sie vielleicht ein Glas Wasser, Brian?» Hawksmoor wies Walter mit einer raschen Gebärde aus dem Zimmer. «Fahren Sie fort, ich bin ganz Ohr. Jetzt sind wir völlig unter uns.»

Aber der Moment war schon wieder vorbei. «Na, nun müssen Sie ja wohl irgendwas unternehmen, oder? Jetzt, wo ich's

Ihnen gesagt hab, liegt die Verantwortung nicht mehr bei mir.»

«Sie haben mir nichts gesagt, was ich nicht bereits wußte.»

«Dann wissen Sie ja schon alles.»

Er war eindeutig nicht der von Hawksmoor gesuchte Mörder, aber im allgemeinen legten gerade Unschuldige gern ein Geständnis ab: Im Verlauf von vielen Ermittlungen hatte Hawksmoor schon des öfteren mit Leuten zu tun gehabt, die sich eines gar nicht von ihnen begangenen Verbrechens bezichtigten und verlangten, daß man sie aus dem Verkehr ziehe, damit sie kein Unheil mehr anrichten könnten. Mit solchen Leuten war er vertraut und durchschaute sie auf der Stelle – obwohl sie sich vielleicht nur durch ein leises Zucken am Auge oder durch den linkischen Gang, mit dem sie sich durch die Welt bewegten, zu erkennen gaben. Und sie wohnten in engen Räumen, zu denen Hawksmoor manchmal gerufen wurde: Räume mit nichts als Bett und Stuhl darin; Räume, wo sie die Tür abschlossen und anfingen, laute Selbstgespräche zu führen; Räume, wo sie allabendlich saßen und auf die Nacht warteten; Räume, wo sie bei der Betrachtung ihres Daseins in blinde Panik und anschließend in Raserei verfielen. Und wenn Hawksmoor solche Leute sah, dachte er manchmal: ‹Genauso ergeht es mir eines Tages auch, ich werde sein wie sie, weil ich es nicht anders verdiene, und nur ein klitzekleiner Zufall trennt mich jetzt noch von ihnen.› Er bemerkte an der Wange des jungen Mannes ein nervöses Zukken, und es erinnerte ihn an ein glühendes Stück Kohle, das beim Anblasen hell aufleuchtet. «Aber Sie haben mir doch noch gar nichts erzählt», hörte er sich sagen; «nun verraten Sie mir bitte mal, was passiert ist.»

«Wie kann ich denn ein Geständnis ablegen, wenn Sie mir überhaupt nicht glauben wollen?»

«Aber ich glaube Ihnen ja. Nur zu. Fahren Sie fort mit Ihrer Aussage. Hören Sie jetzt nicht auf.»

«Ich bin ihm also gefolgt, bis ich sicher war, daß uns keiner sieht. Es war auf der Straße da – auf der, die in der Zeitung steht. Er hat gewußt, daß ich hinter ihm her bin, aber er hat kaum einen Mucks gemacht. Wer sagt denn, daß er hätt weiterleben sollen? Also mir wär's egal, tot zu sein, wenn's einer auf die Art besorgt. Verstehen Sie, was ich damit sagen will?»

«Ja, ich verstehe, was Sie meinen. Wie viele haben Sie denn schon umgebracht, Brian?»

Und der Mann lächelte, während Walter mit einem Glas Wasser hereinkam. «Mehr als Sie glauben. Viel mehr. Ich kann es sogar im Schlaf.»

«Aber was ist mit den Kirchen? Können Sie mir etwas darüber sagen?»

«Was denn für Kirchen? Da sind keine Kirchen. Jedenfalls nicht, wenn ich schlafe.»

Nun wurde Hawksmoor allmählich ärgerlich. «Das ergibt doch keinen Sinn», sagte er, «das ergibt doch überhaupt keinen Sinn. Oder ergibt das für Sie einen Sinn?» Der Mann wandte sich Walter zu und streckte den Arm nach dem Glas Wasser aus, und da sah Hawksmoor an seinem Nacken ein paar blaue Striemen – Verletzungen, die er sich selbst beigebracht hatte. «Sie können jetzt gehen», beschied er ihn.

«Heißt das, Sie wollen mich nicht hierbehalten? Sie wollen mich nicht einsperren?»

«Nein, Mr. Wilson, das wird nicht nötig sein.» Er konnte dem Mann nicht in die Augen sehen, daher stand er auf und ging aus dem Zimmer; Walter folgte ihm lächelnd nach. «Schicken Sie ihn nach Hause», sagte Hawksmoor zu dem Polizisten draußen, «oder erteilen Sie ihm einen Verweis dafür, daß er der Polizei die Zeit stiehlt. Machen Sie mit ihm, was Sie wollen. Er nützt mir nichts.»

Er war noch immer ärgerlich, als er die Leitstelle der Sonderkommission betrat und auf einen der Beamten zuschritt: «Haben Sie inzwischen was für mich?»

«Wir haben ein paar Informationen, Sir.»

«Heißt das, es gibt Zeugen?»

«Na ja, wir wollen mal so sagen, Sir...»

«Nein, das wollen wir lieber nicht.»

«Ich meine, wir haben Aussagen, die wir zur Zeit noch überprüfen.»

«Dann lassen Sie mal sehen.»

Hierauf wurde ihm ein Bündel Fotokopien ausgehändigt, und Hawksmoor überflog sie der Reihe nach: ‹Gegen Mitternacht fiel dem Zeugen ein hochgewachsener, weißhaariger Mann auf, der durch die Lombard Street ging... die Zeugin sagte aus, um drei Uhr morgens einen Wortwechsel gehört zu haben, eine tiefe und eine hohe Stimme, und zwar aus Richtung Kirche. Eine der Personen klang, als sei sie betrunken... Dann sah er ungefähr eine halbe Stunde später einen kleinen, dicklichen Mann, der hastig in Richtung Gracechurch Street davoneilte... Gegen dreiundzwanzig Uhr hörte sie einen kleinen Jungen auf der Cheapside singen... Er sah einen mittelgroßen, mit einem dunklen Mantel bekleideten Mann, der über das Tor von St. Mary Woolnoth zu klettern versuchte... anschließend hörte sie die Worte: «Wir gehen heimwärts.» An die Uhrzeit kann sich die Zeugin nicht erinnern.› Keiner dieser scheinbaren Augenzeugenberichte interessierte Hawksmoor, denn es war durchaus üblich, daß Leute solche Aussagen machten und nichtexistente Personen beschrieben, die dann zufällig genauso aussahen, wie es in den Zeitungsberichten schon andeutungsweise zu lesen stand. Manchmal kam es sogar vor, daß eine ganze Anzahl von Leuten Augenzeugnisse über ein und dieselbe Person ablieferte – als brächten mehrere Halluzinationen im Verein etwas hervor, das sich dann eine Zeitlang in den Straßen von London festzusetzen schien. Und Hawksmoor wußte, daß bei einer Rekonstruktion des Verbrechens neben der Kirche noch weitere Leute ihre Versionen von Zeit und Tathergang vortragen würden; die eigentliche

Mordtat würde sich dann verwischen und sogar belanglos werden – gleichsam eine Fläche, die andere mit ihren Vorstellungen von Mörder und Opfer bemalten.

Der Beamte trat nun etwas zögernd an ihn heran: «Wir haben die übliche Post, Sir. Wollen Sie die auch noch sehen?» Hawksmoor nickte, gab ihm das Bündel mit den Zeugenaussagen zurück und beugte sich dann über einen neuen Stoß von Papieren. Hier fanden sich noch weitere Geständnisse sowie Briefe von Leuten, die sehr detailliert schilderten, was sie am liebsten mit dem Mörder tun würden, sobald dieser einmal gefaßt sei (der Zufall wollte es, daß einige in der Wahl ihrer Mittel ausgerechnet auf das Repertoire des Mörders zurückgriffen). Hawksmoor war derlei Mitteilungen gewohnt und las sie sogar gerne; zumindest ließ sich aus den großtuerischen Phantasien der Leute noch eine Art Vergnügen ziehen. Aber es gab noch andere, eher unpersönliche Briefe, die ihn immer wieder in Wut versetzten: Ein Schreiber zum Beispiel bat um mehr Informationen, der nächste bot seinen Rat an. Ob der Polizei bekannt sei, las Hawksmoor jetzt, daß Kinder oftmals andere Kinder umbrächten, und ob man nicht gut daran täte, die Mitschüler des armen Jungen zu vernehmen? Man müsse sie einem strengen Verhör unterziehen, denn Kinder seien ja solche Lügenbolde! Ein weiterer Schreiber erkundigte sich, ob die Leiche verstümmelt sei und, wenn ja, auf welche Art? Hawksmoor legte das Blatt hin, starrte auf die vor ihm befindliche Wand und kaute dabei am Daumennagel. Als er wieder auf den Schreibtisch blickte, fiel sein Augenmerk auf einen weiteren Brief. Oben stand in Druckbuchstaben das Schlagwort NICHT VERGESSEN, was darauf deutete, daß das linierte Blatt aus einem handelsüblichen Merkbuch herausgerissen war. Vier Kreuze waren darauf eingezeichnet, drei davon zu einem Dreieck verbunden, und das vierte ein wenig abseits, so daß das Ganze einem Pfeil ähnelte:

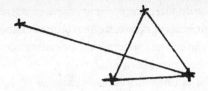

Die Anordnung kam Hawksmoor bekannt vor; und auf einmal ging es ihm auf: wenn jedes Kreuz das herkömmliche Symbol einer Kirche darstellte, dann lag hier eine Skizze der Tatorte vor – Spitalfields an der Spitze des Dreiecks, St. George's-in-the-East sowie St. Anne's an den Enden der Grundlinie und St. Mary Woolnoth im Westen. Darunter stand mit Bleistift gekritzelt: ‹Dies soll euch anzeigen, daß ich binnen kurzem ins Gespräch komme.› Und darauf folgte noch eine weitere Zeile in so undeutlicher Schrift, daß Hawksmoor sie kaum entziffern konnte: ‹O weh, sie werden sehr bald tot sein.› Anschließend drehte er das Blatt um, und da packte ihn ein Schauder, denn sein Blick fiel auf die Skizze eines knienden Mannes mit einer weißen Scheibe am rechten Auge: Eben dieses Bild hatte er den Stadtstreicher neben St. Mary Woolnoth zeichnen sehen. Darunter stand in großen Druckbuchstaben: ‹DER UNIVERSALE BAUMEISTER›. Und er wunderte sich darüber, während er den Brief klammheimlich in die Tasche steckte.

«Also, was halten Sie davon?» lautete die Frage, die er Walter stellte, als sie später zusammen in Hawksmoors Büro saßen und über die Pfeilzeichnung nachdachten, die nun auf dem Schreibtisch zwischen ihnen lag.

«Ich weiß wirklich nicht, was ich davon halten soll. Wenn der Computer...»

«Und der Penner?»

Walter grübelte angestrengt darüber nach. «Es könnte derselbe sein, der die Zeichnung gemacht hat. Und das Pfeilzeichen da ist womöglich ein Bettlerzinken, ‹Nichts Zu Holen Hier› oder so etwas. Soll ich es analysieren lassen?»

«Und einer von den Pennern wurde umgebracht. Da ließe sich vielleicht eine Verbindung herstellen.» Hawksmoor sah, wie sich allmählich ein Schema abzeichnete, aber dessen Verschwommenheit machte ihn mißmutig.

«Soweit ich es überblicken kann, Sir...»

«Soweit *Sie* es überblicken können, Walter – ja, was überblicken Sie denn?»

Daraufhin war Walter völlig perplex: «Ich wollte doch nur sagen, Sir, daß wir hier logisch vorgehen müssen.»

«O ja, immer schön logisch bleiben. Na, dann erklären Sie mir mal logisch das folgende: Woher wußte er von den Kirchen?»

«Die Kreuze stellen vielleicht gar keine Kirchen dar.»

Hawksmoor schenkte dieser Antwort keine Beachtung. «Ich habe die Kirchen nie erwähnt. Jedenfalls nicht gegenüber einem Außenstehenden. Selbstverständlich stellen sie Kirchen dar.»

Diese letzte Bemerkung galt wieder Walter, der unter Hawksmoors starrem Blick unruhig hin und her rutschte und zugleich in Gedanken nach etwas Positiverem suchte, das er hinzufügen könnte. «Und dieser Penner *war* schließlich dort, oder nicht?»

«Ich weiß, daß er dort war, Walter. Genau das macht mir ja Kopfzerbrechen.»

*

Es war neblig, als Hawksmoor abends das Büro verließ, und um den fast vollen Mond hatte sich ein rosenroter Lichtkreis gebildet. Er marschierte die Whitehall entlang und bog dann rechts ab in den Strand, wobei er merkte, wie sich der Dunst seines Atems mit dem Nebel vermischte. Irgend jemand hinter ihm sagte: «Ich habe zu viel gesagt!» Aber als er sich umdrehte, konnte er nur zwei Kinder sehen, die durch den kalten Abend auf ihn zuschritten. Und sie sangen:

Da sprach er zu dem Pfäffelein:
Wird's *so* mit mir im Tode sein?
O ja, o ja, sprach's Pfäffelein,
So wird's mit dir im Tode sein.

Doch dabei mußte es sich um eine Sinnestäuschung handeln, denn anschließend hörte er: «Kleine Spende fürs Feuerwerk! Kleine Spende fürs Feuerwerk!» Er spähte in den Puppenwagen, den die beiden Kinder vor sich herschoben, und sah eine Strohpuppe mit bemaltem Gesicht. «Was wollt ihr denn mit dem Kerlchen machen?» fragte er, während er in die geöffnete Hand des einen Kindes drei kleine Münzen fallen ließ.

«Wir wollen ihn verbrennen.»

«Na, aber dann wartet noch ein bißchen damit, tut's noch nicht gleich. Wartet noch.» Er marschierte weiter, und als er in die Katherine Street einbog, da war ihm, als höre er das Geräusch eines ihm nachfolgenden Schrittes: er stöhnte auf und drehte sich hastig um, doch er sah nur das Gedränge der abendlichen Passanten, die mit vorgeneigtem Oberkörper aneinander vorbeizogen. Als er dann ein Stück weitermarschierte, da hörte er wieder den gleichen Schritt – diesmal hallte er noch lauter durch den Nebel. «Ich werd's dir schon einsalzen», flüsterte er vor sich hin und eilte rasch weiter; dann machte er auf einmal eine scharfe Wendung nach links in Richtung Long Acre, schob sich durch den von der St. Martin's Lane kommenden dichten Verkehr und huschte durch die schmalen Gassen in der Umgebung. Als er sich schließlich wieder umdrehte, lächelte er, denn er konnte niemanden sehen, der ihn verfolgte.

Tatsächlich war Walter hinter ihm hergegangen. Das Verhalten seines Vorgesetzten machte ihm allmählich Sorge – nicht zuletzt deshalb, weil er eng mit Hawksmoor zusammenarbeitete und seine weitere Karriere fraglos von dessen Reputation abhängig sein würde. Es gab Amtskollegen, die Hawksmoor für ‹altmodisch› oder gar ‹ausgedient› hielten; und um eben diese Ansichten zu mäßigen, hatte Walter versucht, ihn für Computertechnologie zu interessieren. Doch Hawksmoors merkwürdiges Verhalten in letzter Zeit – seine plötzlichen Wutausbrüche und nicht minder abrupten Rückzüge ins Schweigen; seine Neigung, sich alleine abzusetzen, als wolle er sich von dem Fall insgesamt absetzen –, all dies, zusammen mit seinem offenkundigen Unvermögen, die Ermittlungen in den Mordfällen voranzutreiben, bereitete Walter einigen Kummer. Seiner Meinung nach litt Hawksmoor im Privatleben unter Problemen und ergab sich womöglich dem Trunk. Walter ging sehr zielbewußt vor: Die einzige Möglichkeit, sich über diese Dinge Klarheit zu verschaffen und darüber hinaus die eigene Karriere sicherzustellen, bestand darin, ihn gut im Auge zu behalten. Und Hawksmoor hatte seinem Verfolger mitnichten, wie er glaubte, ein Schnippchen geschlagen. Er war inzwischen zu seiner Wohnung in der Grape Street zurückgekehrt, und als er nun vor dem Fenster stand, erinnerte er sich bruchstückhaft an das Lied, das er vorhin gehört hatte. Und die ganze Zeit über starrte Walter zu ihm hinauf und musterte neugierig sein bleiches Gesicht.

9

Ich spickte hinunter auf die Straße, indeß daß die Sonne
ober den armseligen Losament-Häusern gegenüber auf-
gieng, allein ich gab darauf keine Achtung, maßen sich meine
Gedanken blos um den kürtzlich gewesenen Mordt an Mr.
Hayes und meinen geilen Umgang mit der Schlumpe drehten:
ein Strom von Bildern dräute mich schon zu übermannen, da
ward ich aus meinen stumpfen Sinnen dadurch erwecket, daß
jemand mich anglotzte. Ich wirblete hinum, jedoch es war nur
Nat, welcher auf die Stube geschlichen. Ihr habt fürwahr ein
bleiches Angesicht, Herr, *sagt er*.

Pack Er sich fort, *flisperte ich*, ich bin ungesund und wollte
gern ein Weilchen allein seyn.

Da ist Blut an Euerm Gewand, Herr, laßt mich –

Fort mit Ihm! Und den Augenblick bedachte ich mich der
Epistuln, die mich konnten nach wie vor an den Pranger bringen, unangesehn der Erleschung des Mr. Hayes. Nat! Nat! *rief
ich*, indem er daran, sich davonzustehlen. Kennt Er das Kästlein unter dem Bette, Nat?

Ich hab es heut und täglich gesehn, zeit daß ich in Eure
Dienste getreten, was schon eine gute Zeit her, und das Kästlein ist nie noch von der Stellen gerücket –

Nat, laß Er von seinen Umschweiffen ab, nehm Er den
Schlüssel da und mach Ers auf. Inwendig liegt ein Notirbuch,
so Er mir ausfinden soll. Wühl Er nur tief in die Leinewand,
Nat: Er mags aus dem Wachsüberzug erkennen. Und so bald
Er die Kärrner um den Blunder rufen höret, so geb Ers ihnen
her. Aber vorderst soll Ers mit stinckendem Unrath besudeln,
damit ihnen nicht einfällt, hineinzuspicken. Und alldieweilen

rumorete Nat in dem Kästlein, mit *Ich kanns nicht sehn* und *In
dieser Ecke ists nicht* und *Da findet sichs auch nicht*, biß daß er sich
gravitetisch aufrichtet und erkläret: Es ist weg.

Weg?

Es ist nicht hier, nicht da, nicht anderstwo. Es ist weg.

Ich legte mein Angesicht gegen die Scheibe, indem ich
ächtzte und solcher neuerlichen Wendung nachsann, biß daß
ich gleich einer Laus verzuckte: denn ob mein Rücken gleich
über und über abgestreiffet und bepflastert war, und mein
Kästlein seine Geheymnisse wer weiß wohin ausgespeyet
hatte, so durfte ich mich an einem Tag wie heut keineswegs
von dem Amt absentiren; dannenhero kleidete ich mich unter
vielen Schmerzen an, und kutschete nach dem Scotland Yard.
Allein so große Eilung wäre nicht vonnothen gewesen, da Mr.
Hayes erstlich gar nicht vermißt wurde; er hatte allezeit auf
die Arbeiten aufgesehn und überdas die Werckleute unterwiesen, indem er nach Gutduncken von Baustatt zu Baustatt zog,
und (allermaßen er ein Hagestolz ohne Gesippschaft, die
hätte können Alarme schlagen) die im Amte frugen blos, Hat
Mr. Hayes Meldung hinterlassen, oder einen Zeddel an seiner
Thüre, uns seinen Aufenthalt mitzutheilen? Es gieng die
Rede, Er hat doch wohl niemand umgebracht? Und wer
lachte da lauthalsiger, als ich?

Des Nachmittages ward der Leichnam unter denen neu
verlegten Röhren bey St. Mary Woolnoth befunden, davon
ich in der folgenden Manier erfuhr: Mr. Vannbrugghe, ein
fertiger Klatschgevatter, wehte zu meinem Cabinette herein
als ein trocken Blatt im Orcan. Er ziehet vor mir den Hut ab
und ruft, er sey mein ergebener Diener (alldieweilen der
Schelm jedoch denckt, Leck mich im Arsch). Es ist mir ein
Graus, *sagt er*, böse Zeitung zu bringen. Demnach satzte er
sich auf den Arm eines Fauteuils und nahm eine so gewichtige
Miene an, als ein Pfaffe am Feiertag: Mr. Hayes, Sir, ist todt,
er ist auf gar widrige Weis umgebracht worden.

Todt?

Maustodt. Wo ist dann Walter?

Ich erhielt meine Contenance: Mr. Hayes todt? Wenn das wahr, so habe ich noch nichts davon vernommen. Und in fingirtem Unglauben erhub ich mich vom Stuhl.

Ei, das ist zu verwundern, *erwiderte er*, denn Walter hat ja den Cörper gefunden. Wo ist er dann? Ich muß mit ihm reden.

Ich hockte geschwind wieder hin und antwortete ihm zitternd: Ich habe ihn heut noch nicht gesehn, Sir, aber er wird wohl in kurzen da seyn.

Ich bin so sehr eingenommen mit dem Abentheuer des Schelms, verstattet mir nur, ihn selber auszuhohlen.

Wie ist Hayes dann gestorben?

Als ein Diener Eurer Kirche, denn ein Meucheler muß ihn attaquiret haben, als er die Fundamenta von St. Mary Woolnoth besichtigte.

In der Lombard Street?

Das will ich schon meinen, Mr. Dyer. Hierauf gab er mir eine curieuse Miene, und in der That wußte ich kaum, was ich sagte, indem ich mir Walters Angesicht einbildete, da er den Cörper von Mr. Hayes anglotzt.

Habt Ihr mir schon berichtet, wie er gestorben?

Er wurde zu Tod erwürget.

Erwürget?

Strangulirt, als ein Bär an der Lein. Was vor ein Lebensalter ist das, *fährt er fort*, wo die Kirchen nicht mehr vor heilig gelten?

Demnach besahe er mich mit halbem Lächeln, und da kam es mich an, mit dem Feuer zu spielen (wie man zu sagen pflegt), wissend, daß aus dem Tod das Gelächter entspringet: wann Ihr auf Euer Lebensalter vergessen, *erwiderte ich*, so befragt Euer Stundenglas.

Auf solches fuhr seine Hand in gar artigem Bogen an die Cravat-Binde: Ich sehe schon, *sagt er*, Ihr laßt die Grimace der fingirten Trauer fahren, und rund heraus, auch ich war dem Manne nicht zugethan.

Ich war ihm aber recht zugethan, *erklärte ich*, und hätte ihm nicht wollen einen Harm zuwünschen. Neuerdings suchte ich mich vom Stuhl zu erheben und sagte, ich muß ietzund daran, die Wahrheit dahinter auszumitteln. Doch da kam mir gählings ein Schwindel ins Haupt: ein Duft von Pomerantzenwasser zog durch die Stube, und ich sahe Vannbrugghe das klein Maul bewegen, allein ich vernahm blos confuse Worte, indessen ich mich niederbog und den Staub am Fußboden begaffte.

So bald ich wieder zu mir gefunden, so erzeigte er lächelnd seine Zähne. Solcher Tod hat Euch die Sinne benommen, *sagt er*, jedoch es hilft zu nichts: wir alle müssen sterben, ob ich gleich (denn er konnte einer Donquixoterie niemalen widerstehn) concedire, daß ich meine Lebtage nichts mit eben so geringem Verlangen thun werde. Ich gab ihm einen schnellen Blick, und hierauf schlich er davon oder, wie's loose Zungen benennen, nahm Urlaub hinter der Thüre, nachdem er nunmehro den kürzern gezogen: gleichwie die Ruthe das best Argument vor den Hintertheil eines Schelms, so ist Verachtung das best Verfahren, so man gegen einen Narren erzeigen kann. *Euer Diener, Sir*, ruft er, indem er sich nach dem Corridor umwendet. Ja wohl, er liebt mich wie der Epheu den Eichbaum, und wird mich nimmer lassen, eh daß er mich hat zu Tod umschmeichelt.

So bald ich seinen Schritt nicht mehr hören konnte, so huschte ich nach dem kleinen Schreibepult, darauf Walter seine Schönschreiberey anfertiget, allein dortselbst fand sich nichts, als ein Zeddel, welcher mir seinen gewesenen und itzigen Aufenthalt veroffenbarte. Das Pult war verschloßen, jedoch ich hatte Walter belauert und wußte, daß er seinen Schlüssel unter einem Brett ohne Nagel verstackt hielt: ich nahm ihn in der größesten Muße und Gelassenheit ab, allein nach Eröffnung des Behältnisses vermerkte ich blos einen

Haufen Schrifften und Vermessungen. Aber demnächst fiel ein Zeddel an den Boden, und als ich mich nach ihm niederbog, so sahe ich scheinlich, daß Walter darauf geschrieben, *oh weyh, sie möchten gar balde todt seyn.* Ich verwirrte mich für einen Moment darüber, doch rings im Amte obherrschte so viel Gelerm und Geflister, daß ich nicht durfte alleine verbleiben, und aus Furcht vor Tadel marchirete ich auf den Corridor, mich dem Gedräng zu attachiren. Allda waren Mr. Lee, Mr. Strong und Mr. Vannbrugghe im Discours begriffen, und als ich ihnen zuschritt, so riefen sie, Wo stackt Walter? Was ist ihm geschehen? Ist er darinne? und solcherley Fragen.

Gewißlich wird er dermalen ins Verhör genommen, *versetzte ich*, und mag alsobald zu uns rückkehren. Zwischen währender meiner Ansprache gab Vannbrugghe mir keinen Blick, sondern wartete mit gleichgiltigen Mienen, biß ich geendiget, und hub demnach an, von Mr. Hayes seinem gählingen Tod zu parliren, wer seines Bedunckens der Mörder sey, und fernere Alfanzereyen. Indem giengen meine Gedanken einen andern Weg: Ist es nicht billich, *sagte ich* nach einer Weile, ihn dort zu begraben, wo er gefallen? Und in solches Erbieten willigte das Pack, als einen ziemlichen Cours vor einen der Arbeit des Amts so ergebenen Mann. Demnach marchirete ich auf den Hof, mich abermal auf den Verstand von Walters Inschrifft zu besinnen, da selbige mich gar sonderbarlich bedruckte. Und wie gieng das zu, daß Walter den Cörper so plötzlich gefunden? Ich wälzte die Frage hin und wider, nicht wissend, ob ich gehen oder stehen soll, und der Wind wollte mich nicht lassen zu Sinnen kommen, sondern blies mir die Düfte vom Fluß ans Gesicht; so trat ich allendlich in mein Cabinette und schloß die Thüre, indessen ich eine Vision hatte von Walter, wie er in Furcht und Schrecken durch die Lombard Street witschet.

Ich schrieb seine Worte auf ein Papier – *oh weyh, sie möchten gar balde todt seyn* –, allein ich konnte noch keinen Anhalt zur

Entdeckung ihres Verstandes erfinden. Denn fiel mir nach einer Weile bey, die Lettern anagrammatisch zu versetzen, und solchergestalten bildete ich mit Grausen heraus: *wenn dyer mich also boes getödet hat*, benebst den Initial-Buchstaben *yh* für den Namen von Yorick Hayes. Und ich stierte bestürzt auf mein Werck: wie gieng das zu, daß der Schalck sein Schicksaal vorauf gewußt, wo er doch nur Minuten vor seiner Erleschung noch munter im Trunck gewesen? Und wenn anders es sich um Walters eigne Worte handlete, wie hätte selbiger können communiciren mit dem Todten, wo nicht durch Eingebung von dessen Geist? Und wann hatte er dieß verdrüßliche Ge-mächt ausgefertigt? All diese blinden Ängste wirbleten um mich hin: Walter, Walter, *sagte ich laut*, rede ich nicht irre? Und hierauf ertönte an der Thüre ein Pochen, und ich fuhr auf als ein Hund, so die Peitsche besorget. Allein es war blos der Geck Vannbrugghe, welcher neuerdings seinen Bückling machte: Mr. Hayes, *sagt er*, hat gar gerne die Lust-Spiele frequentiret, und so bald wir ihm das Todtenhembde angeleget und dem Küster überantwortet, so gedachten wir uns zu seiner Memo-ria aufs Spiel-Haus zu begeben. Mag das abgemacht seyn, Mr. Dyer?

Ich wollte schon frey heraus sprechen, aber die Eitelkeit haftet diesem Manne an als ein Pantzer, welcher ihn unemp-findlich macht, so daß er alles Gesagte günstig aufnimmt. Topp, *versetzte ich*.

Doch um mein Thema fürwerts zu treiben: eine eingerufene Leichenschau-Commission trat zusammen zur Ausmittelung, wie das Individuum (also benennete man ihn) zu Tod gekom-men, und die nebenst Walter faßlichen Zeugen wurden ins Verhör genommen; allein ihre Aussagen erschienen in Mey-nung der mehrsten Leute gar unklar. Etliche Befragte versi-cherten, einen stattlichen, mit dunkelm Mantel angekleideten Mann besichtigt zu haben, welcher gegen Mittnacht am Ende der Pope's Head Alley gewartet habe, indem andere erklärten, sie hätten beyneben der neu Kirche einen Bezechten erspäht, und noch fernere glaubten im dämmernden Abend ein lauthalsig Gesinge vernommen zu haben. All solche Zeugen blieben gar verworren in Betreffe der Zeit, und es ward offenbar, daß sich nichts für gewiß erweisen ließ. Solchergestalten schafft sich die Welt ihre eignen Dämone, die hernachmals die Leute sehen.

Zwischen dieser Zeit wurde der Tropf Hayes gesaubert, barbiret und in sein Todtenhembde gestackt: man ließ ihn blos einen Tag in seinem Sarg liegen, mitsampt einem viereckten Flanell ober Gesicht und Hals, die Anzeigen seines Tods zu bedecken; demnach verführete man ihn durch die Cheapside und Poultry zur Bestattung beynebenst der ostlichen Mauer von St. Mary Woolnoth. Sir Chris. empfand grausamen Aberwillen gegen Leichenbegängniße, und blickte seuftzend lieber das neu errichtete Gemäuer an, als hinunter ins Grab. Mr. Vannbrugghe sahe mit melancholischen Mienen in die Gesellschaft, allein so bald wir Rosemarinzweiglein an den Sarg warfen, so repetirte er in jovialem Ton die Worte der Ceremonie: Von Staub zu Staub, *sagt er*, Von Staub zu Staub. Demnach bog er sich herüber, mir hinter der Hand zuzuwischeln: ich merke Euch gar keine Ergebung ab, Mr. Dyer.

Ich glaube blos an die wahrhafftige Religion, *versetzte ich* unbedächtig.

Ei wohl, *sagt er* lächelnd, in solchen Materien ist Mr. Hayes nunmehro unser Schulmeister.

Denn machten wir, in der gleichen Ordnung wie bevor, durch die Cheapside retour, indessen Walter noch immer aus war und, in Meynung aller, an melancholischem Übelseyn litt, nachdem die Entdeckung des erschröcklichen Cörpers ihm ein Grauen eingejaget. Allein wir andern (abgerechnet Sir Chris.) erhielten uns in gar munterm Laun, und zogen unsern Muth aus der Losung, *und ich noch am Leben!*: des selbigen Tags zeuchten wir um funf nach der Uhr via New Inn und Russell Court dem Spiel-Haus zu. Nachdem Mr. Vannbrugghe den Barbiren seine Aufwartung gemacht, ließ er sich über und über mit Puder, Seiffenkugeln und Parfum tractiren, so daß er so einnehmend düftete, als ein Lüftlein von denen Bermudas-Insuln oder als ein Räucherkissen: ein einbildischer Fuchsschwenzer, welcher als Knäblein gebohren und vor Erlangung der Mannbarkeit sterben wird. Indem wir zu früh zum Lust-Spiel gekommen, ergiengen wir uns im Foyer, als welches nichts ist, als ein Rendez-vous sämptlicher Extravagancen, oder vielmehr eine Fleischbank, woselbst jung und alt zum Verkauff exponiret sind. Denn den Pflastertrettern mit der Hand in der Ficke gesellen sich die Damen vom Zatzenstift bey: allesampt bepflastert und beschmincket, ob sie dahinter gleich abgelebt und gehl und blos noch geschickt, einem den Magen umzukehren. Und da vermerkte ich in einem Husch die Schlumpe, welche in jener fatalen Nacht auf mich gestoßen: ungesäumt wandte ich mich von ihr ab und verlegte mich auf die Lectura der an die Pfeiler befestigten Avertissements.

Ei, sieh da, *sagt sie*, indem sie nahe an mich herantritt und mit einem schwartzen verlarvten Teufel parliret, merkt Er, wie der Capitan uns anglotzt und mit den Zähnen knaschelt, wie wenn er uns wollte auffressen, weil wir ihn beachten? Capitan, *sagt sie* abermal und kömmt mir an die Seite, Er kehrt mir ja nach wie vor den Hintertheil zu. Und sie lachte, indessen ich zitterte und glühte. Holla, *fährt sie fort* und nimmt meine schwitzende Hand in die ihrige, solches sind gar mächtige Pratzen, die könnten vieles Unheil anrichten. Eh daß ich zu sprechen vermochte, stoltzirte der Portier durch die Compagnie und sagte, das Lust-Spiel beginnet Schlag sechs nach der Uhr, darf ich hinein bitten, darf ich hinein bitten? Denn auf einen andern Tag, Capitan, *sagt sie*, oder lieber auf eine andre Nacht? Und sie drehte sich lächelnd ab.

Nach einer Pause, Athem zu schepfen, marchirete ich ins Parterre, woselbst die übrigen bereit auf den Bänken hockten: solche stellten mit nichten die besten Sitze vor, indem die Gentlemen vor uns ihre Perruquen so grausam gepudert, daß sie gar meine Augen in Gefahr setzten, so bald sie sich umwandten, die Compagnie zu begaffen. Erst vermeinte ich, sie stierten meistens auf mich, da ich nach gehabtem Discours mit der Hure recht elende Mienen machte, allein meine Unruhe schwand alsobald dahin, indem ich vermerkte, daß ihre Blicke nichts galten, weder in Absicht auf sie selber, noch in Absicht auf alle andern. Also ließ ich mich etwas leichter nieder, diese Versammelung mit ihren zierigen Lächelmienen, ihrem Alamode-Grinzen und ihren possirlichen Bücklingen zu besichtigen – die Welt ist blos eine Masquerade, jedoch eine, darinne die Schauspieler ihren Part nicht kennen und aufs Spiel-Haus müssen, um auf solchen Part zu studiren. Möge der Zoten kein Ende seyn, auf daß die im Parterre sich können selber sehen; erfüllet die Bühne mit Schurckerey, mit Gefluch, Blasphemi und scheinlicher Unzucht. Die gröbste Aufführung wird die wahrhafftigste seyn.

Und nunmehro wurde der Vorhang aufgezogen, ein dustres Gemach zu erzeigen, allwo sich einer bey einer Spiel-Charte unterhielt; ober dem Manne fanden sich einige Dutzet schwartz zugerüsteter Wolcken benebst einem recht sehr vermoderten Neumond. Und solche bemahlten Scenen umringten mich für einen Moment, und ich lebte unter ihnen, ob ich gleich im Parterre saß: anitzo geleitet der gnädige Herr Hauptgockel die Jungfer Klunkermutz dahin, und die Scene verlegt sich zur Veroffenbarung einer Foltercammer, woselbst er sagt, Conveniret Euch solches Bändlein (er weiset auf eine Peitzsche), solcher Ärmelschnitt (er weiset auf ein Messer), solcher Strumpff (er weiset auf einen hangenden Strick)? Und ich war wieder ein Kind und besichtigte die prangende Welt. Allein der Zauber brach, weilen den Augenblick etliche Galans vom Parterre auf die Bühne entsprungen und sich unter den Schauspielern als so viele Hanswurste bezeigten, was alles in Confusion versetzte. Ich lachte ebenfalls mit, indem ich mich gern unter denen Gefallnen ergetze, und aus dem Anblick des Ungestalten läßt sich gar manche Vergnügung ziehen. Als mithin nach der Verstörung das Spiel seinen Fortgang nahm, so nur, um mit seinen bemahlten Fictionen, verderblichen Gleißnereyen und schurckischen Aufführungen meinen Spott zu kützeln; das Ganze ward endlich abgeschildert mit gar schnippischem Wortgeklimper und umschweiffiger Fröhligkeit, den Aftergeschmack und die Sterilitaet zu übertünchen. Aus solchem Anblick ließ sich nun freilich keine Vergnügung ziehen und hernachmals auch nichts im Gedächtniß behalten: gleich einem Praeludio gerieth das Spiel gänzlich in die Vergessenheit, nichts blieb einem eingedenck oder erinnerlich.

So bald sich diese Masquerade geendiget, so verführte der Schnepper Vannbrugghe uns auf die Grey Bear Tavern, woselbst die Grillenköpf und die Schepse und die Wassertölpel anhero kommen, ihren Brantewein zu schlürffen und über das eben Gesehene zu schwatzen. Nun also, Sir, *rief er*, indem wir dem Zapfjungen abwarteten, wie hat Euch das Lust-Spiel conveniret?

Ich hab's schon vergessen, Sir.

So rasch?

Ich frug ihn, was er gesagt, dieweil uns ein solcher Mischmasch von Conversation umtöhnte, daß ich den Kerl bald nicht verstund – die Besucher von Kneipschencken haben Hertzen von Quarg und Seelen von Milchbrei, allein ihre Mäuler gleichen Canonen und stincken von Toback und faulem Athem, indem sie brällen, Was Neues? Was ist die Uhr? Mich daucht es kalt heut! Solchergestalten ists eine *Narren-Herberg*:

Dramatis personae

John Vannbrugghe: Ein Alamode-Baumeister
Nicholas Dyer: Ein Nullum, ein Nebenmensch
Sir Philip Bareface: Ein Höfling
Moneytrap: Ein Actionarius
Unterschiedene Gentlemen aus der Stadt, Pflastertretter,
Hurenwaibel und Bediente

VANNBRUGGHE. *(Nimmt sein Glas auf)* Ich sagte, Sir, so rasch
vergessen?

DYER. *(Satzt sich nieder)* Ich besinne mich blos darauf, daß die
Sonne eine runde flache scheinende Scheibe und der Donner ein Gereusch von einer Trummel oder einem Kessel
gewesen.

VANNBRUGGHE *(à part)* Was ein Kind ist das! *(Zu Dyer)* Solches stellet doch nur unsre Erfindungskraft vor, und ist
gleich der Schmincke unsrer beschminckten Zeit.

DYER. Aber man muß sich die Sonne als einen ungeheuren
und glorieusen Cörper einbilden, und den Donner als das
gewaltigste und erschröcklichste Phaenomenon: man muß
dergleichen nicht höhnen, denn der Schrecken ist der
höchste Affect. Und wie geht das zu, daß dieses Schreiberlein auch die Religion gehöhnet? Das heiß ich mir einen
sarcastischen Casus.

VANNBRUGGHE. So sey es. In GOttes Nahmen. Ha, ha, ha,
ha, ha! Aber rund heraus, Sir, solches Schreiberlein war
gerecht; Religion ist blos die spitzfündige Gaukeley von
ertzgescheuten Staatsmännern, als welche das Bild eines
Strafers alles Menschenthuns ausgehecket, dem capricieu-
sen Wesen der leichtsinnigen Menge zu steuren.

DYER. *(à part)* Ein kleiner razionaler Herr Stutzer, das!

VANNBRUGGHE. Habe ich Euch schon die folgende Geschicht
mitgetheilet? Wenn eine Wittib, so einen Sermon von der

Kreuzigung angehöret, hernachmals zu dem Priester kam, dem selbigen einen Knix machte und frug, wie lang solche traurige Begebenheit her? Als er versetzte, gegen 15 oder 16 hundert Jahr, so fieng sie an aufzuleben und sagte, Denn mag sie durch göttliche Gnade vielleicht nicht wahr seyn. *(Lacht.)*

DYER. *(Leise)* Eigner Nutz ist der Gott Eurer Welt, so alsbald der Gleißnerey zum Opfer fället.

VANNBRUGGHE. *(à part)* Ich merke schon, er kennet mich! *(Zu Dyer)* Was war das?

DYER. Es war nichts. Ganz nichts.

Ein unbehägliches Schweigen obherrscht zwischen ihnen

VANNBRUGGHE. Und wie stehen Eure Kirchen, Mr. Dyer?

DYER. *(Erschrocken)* Sie stehen gar wohl, Sir.

VANNBRUGGHE. Ihr baut nächstkünftig in Greenwich?

DYER. *(Verwischet Schweiß von der Stirne)* Ich baue erstlich zu Bloomsbury, und demnach in Greenwich.

VANNBRUGGHE. Wie interessant. *(Er hält ein)* Das Lust-Spiel ist günstig aufgenommen worden, nicht wahr?

DYER. Das Publicum hatte heut abend eine so geringe Meynung von sich, daß es gedachte, was den Alamode-Leuten beliebe, das sollte auch ihm belieben.

VANNBRUGGHE. Jedennoch gabs etwas, männiglich zu belieben: Die Sprach war bereichert mit gar trefflichen Fügungen und unnachahmentlichen Bildern. *(Er starret Dyer an)* Wollt Ihr mir wenigstens hierin einstimmen?

DYER. Nein, das will ich nicht, indem der Dialogue zu fertig gemodelt war. Worte müssen von der Dunkelheit abgerungen und in Obacht gehalten, künstlich gebraucht und mit Fleiß gebessert seyn. Mühwaltung und Zeit sind die Instrumenta, iedwedes Werck zu perfectioniren. *(à part)* Eingerechnet Kirchen.

VANNBRUGGHE. *(Hustet in sein Glas)* Solche Anrede soll mich wohl in Grund hinein erschrecken! *(Zum Zapfjungen)* Heda,

schenck Er was Brantewein ein, Er Tropf! *(Zu Dyer)* Aber
die größeste Kunst bestehet doch darin, angenehm von denen kleinsten Dingen zu parliren, ein gemeines Gleich-
maaß von artigem Schertz auszubreiten sowie eine natürliche Schicklichkeit des Styls.

DYER. *(Besichtigt ihn spöttisch)* Derohalben wimmelt es von
Witzlingen, als von egyptischen Fröschen. Wäre ich dermalen ein Schreiber, so wollte ich das Wasser meiner Rede
wohl recht eindicken, damit sie weniger leicht oder traut
sey. Ich würde mich zu einem ausdermaßen üppigen Styl
bestimmen!

VANNBRUGGHE. *(Fällt ein)* Ah, die Music der Gelehrsamkeit,
sie bleibt denen Köpfen von schwacherem Witz uner-
dencklich!

DYER. *(Ignoriret ihn)* Ich würde fremdlendische Frasen an-
wenden, und phantastische Fügungen, um somit Schrekken, Ehrenfurcht und Sehnsucht wiederzubringen, als
einen grellen Blitz.

VANNBRUGGHE. *(Vergrätzt)* Mich verlanget nicht nach blos-
sen Worten, mich verlanget nach der Materia.

DYER. Und was ist, denen Greshamisten gemäß, die Materia
anders, als blinde Atome?

VANNBRUGGHE. *(Lacht)* Ei, so laßt uns solche Materia fahren.
Sie verharren neuerdings stumm, indem sie nur trincken

VANNBRUGGHE. *(Neigt das Haupt)* Beseht einmal die Manier
dieses Mannes, der eben vor mir übergegangen: er war unlengster Zeit in einem Pulverfaß von Ungemach befangen,
und solches hat seinen Schritt afficiret. *(Er ruft und lächelt
dem Manne zu)* Sir Philip, Sir Philip! *(à part zu Dyer)* Sein
Degen ist nehmlich biß an den Bund seiner Buxen geknüpf-
fet, und hat unterm Marchiren so wenig Raum, als ein Zollstock im Schurtz eines Zimmermanns. *(Zu Sir Philip Bareface)* Ich höre, Ihr seyd bey Hofe gewesen, was bringt Ihr
uns dann?

Sir Philip. Extraordinaire Zeitung, das will ich Euch versichern.

Dyer. *(à part)* Aber erst, wenn du wirst hangen, Bube.

Sir Philip. Die Begebenheiten zu Schlesien haben gar viel Consternation ausgewürckt: nach Abberufung von Mylord Peterborough durfte ich unsern Handel dort keineswegs approbiren. Wohl ist Mylord Galway ein braver General und ein Mann von trefflichen Talenten *(er bricht ab, sich fürsichtig umzusehn)*, aber was denn, wenn ihm das Glück nicht mehr zur Seite steht? *(Er flistert nun)* Habt Ihr von Mylord im *Spectator* gelesen?

Dyer. *(à part)* Ich habe Mr. Addison einsmals bey denen Sodomitern auf dem Essich-Lager gesehn: der ist fürwahr ein Mann von Talenten.

Sir Philip. *(Flistert noch)* Ich sehe nichts kommen, als endlos Tumult und Zwytracht. Aber hier wäre ja Master Moneytrap, der uns wohl fernere Zeitung bringt. Um Vergebung, Sir *(redet ihn an)*, habt Ihr Nachricht von der Stadt?

Moneytrap. Manche besorgen sich wegen der Zeitung aus Schlesien. Allein ich kann Euch das Geheimniß davon entdecken: Die Course mögen fallen, ich aber sage, kauffen.

Vannbrugghe und Sir Philip. *(unisono)* Kauffen?

Moneytrap. Ja wohl, kauffen, indem sie blos allgemach fallen, um hernachmals wieder zu steigen. Gestern stund der Südsee-Cours auf 95 ein Viertheil, und die Bank auf 130!

Sir Philip. Fürwahr, das ist was ganz Neues.

Chorus der Gentlemen und Bedienten. Was Neues ist das? Was Neues ist das? *(Und demnach singen sie)*

Bancorotto, Lotterie, Raub und Sicherheitspfand,
Ganz Neues aus Flandern und Petersburg;
Eil-Post von Frankfurt und Sachsenland
Bringt Schnickschnack, Maklerey, Klatsch und
Frantzosencur.

*Sir Philip und Moneytrap gehen conversirend ab. Vannbrugghe und
Dyer reden à part.*

DYER. *(Hat dem Lied achtsam gelauscht)* Habe ich nicht schon
gesagt, daß die Poesie dermalen gesuncken und grausam
verderbet? Sie steht itzo so nieder, als die Music der italiä-
nischen Opera, und erklinget nicht einmal so lieblich, als
unsre gewesenen Kinderlieder. Denn die besten Verfasser
sind, wie die größesten Bauwercke, die ältesten: wir leben
blos in einer kalten Epoque, welche ganz und gar bestimmt
ist von der Imperfection.

VANNBRUGGHE. Nein, nein, die Fabeln und Religionen der
Alten gehn recht auf die Neige: sie haben denen Poeten und
Baumeistern lange genug gedienet, und es ist nunmehro
hoch Zeit, sie in die Rappuse zu geben. Wir müssen die
gegenwertige Epoque abschildern, auch in unsern Liedern.

DYER. *(à part)* Seine Miene und Contenance erzeigen sich gar
verändert, denn solche Materia mutet ihn heftiglich an.
(Zu Vannbrugghe) Wofern wir, wie Ihr sagt, die gegenwertige
Epoque abschildern, so gleichen wir denen Leuten, die blos
nach der Ähnlichkeit urtheilen, und sich derohalben meistens an trauten Bildern delectiren. Wir gleichen dann denen Greshamisten, welche nur wollen handeln mit dem,
was sie *kennen* oder *sehen* oder *anrühren*: und diesergestalten
fangen Eure Commedien-Schreiber das Publicum so, wie
man Waldschnepfen fanget, nehmlich mit einer lauten
Schellen und trüben Funzen.

VANNBRUGGHE. *(à part)* Er macht gewichtige Mienen, höh-
net mich aber fort. *(Zu Dyer)* Wohl geredet, Sir, Ihr habt
Euch in gescheuter Manier davongeholfen. Und so seyd
Ihr leicht willens, die alten Aristoteles und Scaliger benebst
deren Commentatores vom hohen Bord zu hohlen, und die
Motten Euern Zwillich-Rock umfladdern zu lassen, um
hernachmals die Prosa ausziehren zu können mit Episo-
den, Erzehlungen, Raisonnements, Unterweisungen, pa-

thetischen Reden, Monologues, rhetorischen Figuren, Zwischenspielen und Catastrophen?

DYER. *(à part)* Er sucht seine Ansprache wohl glantzend zu machen, um die meinige desto mehr zu schmälen. *(Zu Vannbrugghe)* Ich sage nur das folgende: es giebt kaum eine Kunst oder Facultaet, darinne wir den Alten gleichkommen.

VANNBRUGGHE. *(Spukket an den Boden)* Aber die Gränzen des Geistes sind uns noch unbewußt: wir bilden unser Urtheil zu sehr aus dem schon Geschehenen, ohne zu erkennen, was dermalen geschehen könnte. Das Original muß empor in die Regionen der Freiheit.

DYER. Und demnach wieder herabfallen, indem seine Schwingen blos von Wachs. Wie so müßt Ihr Euern Verstand einig der Natur unterwerffen? Wir leben aus der vergangenen Zeit: sie enthält sich in unsern Worten und Sylben. Sie scheinet wider auf unsern Straßen und Plätzen, so daß wir bald nicht können über die Steine marchiren, ohne derjenigen erinnert zu werden, so vor uns darüber marchiret sind; die gewesenen Epoquen sind gleich einer Eclipse, als welche die Thurm- und Sackuhren unsrer gegenwertigen Kunstwercker austilget, und in solcher Finsterniß drängen die Geschlechter einander ab. Es ist die Dunkelheit der Zeit, daraus wir entkommen, und darein wir hernachmals zurückkehren.

VANNBRUGGHE. *(à part)* Was soll solcher Salbader über die Zeit? *(Zu Dyer)* Wohl geredet, allein diese unsre Epoque ist doch ganz neu. Nie noch war die Welt so thätig und jugendlich, als wie heut, und all diese Imitation der vergangenen Zeit stellt blos das Todtenhaupt unsrer Schrifft- und Baukunst vor. Aus den Unterweisungen des Vitruvius läßt sich das Bauen so wenig lernen, als aus einem Grabmahl gute Miene machen: solchergestalten gründet sich das würcklich Gefällige in der Schrifftkunst immerzu auf die Force

eines einigen Mannes. Es lieget in seinem sonderlichen
Vermögen, und er bringet es aus sich selber herfür, als wie
der Seydenwurm aus seinem Gederm herausspinnet. Und
wo die Rede von Gederm –

Sie brechen für eine Minute ab, indem Vannbrugghe sich auf die Ab-
tritte begiebt; und Dyer lauschet der versammleten Compagnie, die
itzo zu hören ist.

PFLASTERTRETTER. Heda, wie geht das zu, daß Frauenzimmer wie Frösch sind?

SEIN TISCHGESELL. Ei nun, wie so *sind* dann Frauenzimmer
wie Frösch?

PFLASTERTRETTER. Weilen dem Mann blos ihre unteren
Theile zur Verzehrung taugen. Ha, ha, ha, ha!

SEIN TISCHGESELL. Da will ich Ihm noch was anders geben.
Ein ehrenfester Landmann wurde von wegen einiger
Grundstücks-Händel als Zeuge zu denen Assisen in Nor-
folk berufen, woselbst der Richter ihn frug, Wie heißt Er
dann das Wasser, so auf der Sudseite des Hofs verlauffet?
Der Bärnhäuter versetzte, Mylord, unser Wasser kömmt
ohne Geheiß. Ha, ha, ha!

Dyer zieht düstere Mienen und blickt demnach in eine fernere Ecke zu
zwey Gentlemen, die vom Liqueur enflammiret sind und ungeberdig
reden.

ERSTER GENTLEMAN. Auf Ehr, Ihr habt solchs vernommen?

ANDER GENTLEMAN. Wohl. Es war sein Gesicht, und der
Poebel hats gesehn: es war in der Zeitung. So sicher, als ein
gelegtes Ei.

ERSTER GENT. Oho, aber solche Eier geben mir verzweiffelte
Träume ein, und machen mich ganze Tage melancholisch.

ANDER GENT. Und wißt Ihr auch, wie so Ihr die Eier nicht
mögt?

ERSTER GENT. Holla, wie so mag ich die Eier dann nicht?

ANDER GENT. Maßen Euer Vater so oft damit geworffen
wurde!

DYER. *(Bey sich)* Hierinnen findet sich nichts, als Corruption, wie in einem hohlen töhnenden Behältniß: was ich nur sehe, was ich nur höre, alles scheinet von Corruption zu töhnen! *(Er wendet sich gegen Vannbrugghe, der wieder an den Tisch gekommen)* Wo bin ich stehen geblieben?

VANNBRUGGHE. Ihr habt die Alten erhoben.

DYER. Ja, recht wohl. Die Alten schrieben von gemeinen Ge-müthsbewegungen, so sich immerzu gleichen, allein Euch verlanget blos nach dem *Lebhaften* und *Neuen* und *Erstaunen-den*. Doch die Alten wußten, daß die Natur ein dustrer Raum ist, und derohalben werden ihre Schauspiele noch bestehn, wann unsre Spiel-Häuser schon in Staub gesunk-ken: denn ihre Tragoedia reflectiret die Verderbniß, und die Menschen sind heut noch so, als sie jemalen gewesen. Die Welt ist allemal sterbenskrank. Habt Ihr unter währen-der gewesenen Pestilentz –

VANNBRUGGHE. *(Lacht)* Auf solche Maladie kann ich mich durchaus nicht mehr besinnen.

DYER. – Habt Ihr da von dem Opfer vernommen, welches eine Jungfer beredete, sie küßte und demnach sagte, Ich habe dir die Pest gegeben! Sieh einmal her! Und denn machte er sein Hembde auf, ihr die grausamen Flecken zu erzeigen. Solcher Schrecken und Eckel muß uns doch alle afficiren.

VANNBRUGGHE. *(à part)* Aber diesem Dégout menget sich auch was Ergetzliches bey. *(Zu Dyer)* Ich merke schon, Sir, Ihr beliebt, durch unfläthige Gossen und Aschgruben zu streinen, als die Irrlender durch ihre Kohlen.

DYER. Ja, denn an solchen Orten mag sich die Wahrheit fin-den.

VANNBRUGGHE. Und also gelten Euch die Dünste eines Ab-tritts für den Weihrauch von einem Altar: denn auch jene sind sich immer schon gleich!

DYER. Sollte ich wohl auf die zufälligen Krakeleyen und inwendigen Schmieralien an den Wänden studiren, um aus ihren Neuigkeiten meine Inspiration zu ziehen?

VANNBRUGGHE. *(Wird ungedultig)* Es giebt nichts pedantischers, als das viele Citiren, und Eure Hochachtung gegen die Alten ist eine Entschuldigung von dem Plagiat.

DYER. Das ist nicht so. *(Er erhebt sich vom Tisch, marchiret unbequem umhin, und nimmt demnach wieder seinen Sitz ein)* Sogar der glorwürdige Vergil hat bald seine sämptlichen Wercke entlehnet: die Eclogen von Theocritus, die Georgica von Hesiod und Aratus, die Aeneide von Homer. Aristoteles selber hat vieles hergeleitet von Hippocrates, Plinius von Dioscorides, und wir leben versichert, daß sich auch Homer auf einen Vorgänger gründet. Ihr indessen wollt Abwechselung und Neuigkeit, was nichts ist, als ungeregelte Grillenfängerey. Nur aus der Imitation –

VANNBRUGGHE. *(Lacht)* Aus dem Plagiat!

DYER. *(Mit gewichtiger Contenance)* – Nur aus der Imitation ziehen wir Ordnung und Festigkeit.

VANNBRUGGHE. *(Seuftzet)* Worte, Worte, Worte, die nichts auswürcken, als Wortfülle, die ihres Theils blos eine confuse Einbildung von Erhabenheit und Schrecken vorstellet. So redet doch nur einmal verständlich, Mr. Dyer: Es heißt, eben darzu sey die Sprache da.

DYER. So soll ich wohl deutlich reden, so bald daß meine Worte Euch könnten verderben! *(Hierauf hebt Vannbrugghe die Augenbrauen, und Dyer fällt in einen leisern Tohn)* Die Realité ist nicht so deutlich, Sir, und mag Euch echappiren, als der Nebel dem Grasaffen, der mit der Hand danach greiffet.

Der Zapfjunge kömmt

ZAPFJUNGE. Wollt Ihr Auftrag thun, Sirs, wollt Ihr Auftrag thun? Caffé oder Brantewein, Gentlemen? Ich hab eben eine frisch Kanne anrichten.

VANNBRUGGHE. Schaff Er Brantewein, die Verrichtungen hier machen durstig.

Er nimmt, sich zu erkühlen, für einen Moment die Perruque ab, und Dyer merkt auf sein Haar.

DYER. *(à part)* Es ist gar wundersam schwartz unter seiner Perruque: das klare Wasser bringt da wohl insgemein Abhülfe.

VANNBRUGGHE. *(Starret ihn an)* Und Eure Rede war von?

DYER. *(Confus und in Ängsten, gehört worden zu seyn)* Ich habe meinen Faden verloren. *(Er geräth ins Stecken)* Ich bin von vielen Gedanken verstöret.

VANNBRUGGHE. Wie das? Entdeckt mir Euer Elend: denckt Ihr an Mr. Hayes?

DYER. Der ungestalte Hundsfott! *(Er hält gählings ein)* Nein, ich dencke an den maladen Walter.

VANNBRUGGHE. Ihr seyd verdammt –

DYER. Verdammt? Zu was? Sprecht zu! Geschwind!

VANNBRUGGHE. – Ihr seyd verdammt dazu, immerzu forchtsam zu seyn. Es liegt Euch in der Natur.

DYER. *(Hastig)* Mags, genug davon. *(Ungeschickt, das Schweigen zwischen ihnen zu brechen)* Und ich kann mein Thema noch fort treiben, denn Milton copirte Spenser –

VANNBRUGGHE. Gewißlich hat Euch Miltons Hellen mehr bezaubert, als sein Paradys.

DYER. – Und Spenser copirte seinen Lehrmeister Chaucer. Die Welt ist eine dauernde Allegorie und düstere Vorstellung.

VANNBRUGGHE. Und welches ist dann Eure Allegorie, Sir?

DYER. *(Nunmehro etwas besuffen)* Ich erbaue in Hieroglyphen und im Schatten, gleich meinen Alten.

VANNBRUGGHE. *(Fällt ein)* So sprecht Ihr endlich von Euern Kirchen!

DYER. Nein! Aber ja, wohl, wohl. Denn gleichwie wir in denen Fabelgeschichten seltzame Gestalten und Gänge erblicken, welche uns an unsichtbarliche Thore geleiten, so enthalten meine Kirchen noch fernere thätige Mächte. *(Er*

erwärmt sich an seinem Thema, wie der Brantewein ihn erwärmt)
Meine Bauwercke sollen erfüllet seyn vom Geheimniß,
und solche Hieroglyphen verbergen dem Poebel die My-
steria der Religion. Dieses occulte Verfahren schreibt sich
her von dem Abt Trithemius, und zwar von seinem gar gelahrten und ingenieusen Discours de Cryptographia...
(Er bricht hier plötzlich und erregt ab)

VANNBRUGGHE. Nur immer in guter Ruh, Mr. Dyer.

DYER. *(Leiser)* Allein solche Kunst wird heutes Tags, gleich
der Glasmahlerey, blos wenig practiciret, und ist bald
gänzlich verloren. Unsre Farben sind nicht mehr so reich.

VANNBRUGGHE. Aber anderswo sind sie nur reich genug.

DYER. Wie das?

VANNBRUGGHE. Im Laboratorio, heißt es, nimmt man
Saltz, um blau in roth zu wandeln, und roth in grün.

DYER. Ich merke wohl, Ihr habt diesen Discours nicht
erfaßt.

Beide Männer werden unruhig, und wenden sich gegen die Com-
pagnie; allein es ist nach Mittnacht, und die Kneipschenck leer,
ausgenommen den Zapffjungen, der die Tische saubert.

VANNBRUGGHE. Ich bin nun müde: ich muß eine Sänffte
finden, mich heimwerts zu bringen.

Er tritt vor, indem Nicholas Dyer unbehäglich seinen Rausch ver-
schläft, und wendet sich gegen das Publicum mit einem

LIED

Was hat der Kerl vor schnackisch Phantaseyen,
Hält an die Alten und erhofft Gedeyen?
Bringt alten Brauch auf unsre heutge Bühn,
Wo itzund blos Verstand und Sinn erblühn!

Gut Nacht denn, Mr. Dyer.

*Er macht einen tiefen Bückling gegen ihn und geht ab. Dyer erwacht
unvermittelt und stieret wild um sich. Demnach steht er daumelnd auf
und giebt dem Publico ein ander*

LIED

Allein wer war die schnöde Creatur,
Die hofft auf Sinn, copirt dabey Natur?
Wie läßt erwärmen sich die stumpffe List,
Wo's Feuer blos im Dunkel sichtlich ist?

Er geht ab.

ZAPFJUNGE. *(Ruft ihm hinterher)* Was, kein Epilogue?

Nein, und es giebt keinen, indem solchem Schauspiel eine
Masquerade nachfolget. Als ich, von Vannbrugghes Anrede
höchlich entzündet, auf mein Losament zurückkehrte, so
bund ich ein Sacktuch um mein Haupt, machte etlich Löcher
in eine wollne Haube sowie in Rock und Strümpffe, und sahe
accurathe so, wie ichs mir vorgesetzet: als ein Bettelbruder,
und zwar einer, welcher wohl den gerechten Spott der Welt
verdienet. Um zwey nach der Uhr, da das ganze Hauswesen
zu Bett, wischte ich aus meinem Cabinette und gedachte,
ohne Laterne durch die Straßen zu marchiren. So bald ich das
Schlafgemach von Mrs. Best passirete, so hörte ich sie rufen,
Herrgott, was ist das vor ein Gelerm? Und ein Mann (aha,
sage ich für mich selber, sie hat ein frisch Opfer gefunden) versetzte hierauf, Vielleicht der Hund oder die Katz. Alsobald
stund ich im Eingang und entkam ohne fernere Disturbation
aus der Hausthüre. Und als ich die Straße dahinwandelte, so
schwand der furchtbarliche Wanckelmuth, welcher mich so
niedergeschlagen, mit einem Mal hinweg, und in solchem
Bettler-Habit fühlte ich mich wieder fest an die Erde gebunden: diesergestalten fiel alle Angst und bange Verwirrung von
mir ab.

Des Morgens um dreye langte ich, den Mond zur Linken, an ein altes Haus beineben den Tottenham Fields, und daselbst sunck ich, das Kinn an der Brust, in eine Ecke: ein fernerer Bettler trat herzu, allein ihm mißfielen meine Mienen, und er war alsobald wieder weg. Demnächst ermunterte ich mich, und marchirete auf die Weyden bey dem Montagu House, dicht hinter meiner neu Kirche zu Bloomsbury. Die Nacht war stille, blos daß der Wind ein leis Gereusch machte, als ein stöhnendes Frauenzimmer: ich legte mich, eingerollt wie ein Embryo, ans Gras und besann mich auf weit vergangene Tage, da hörte ich ein mir vom Wind zugetragnes Pfeiffen. Ich erhub mich auf die Kniee, krümmte mich bereit zum Sprung und sahe demnach einen jungen Gesellen mir über die Weyde entgegenkommen: er hätte können ebenso wohl stracks der Bloomsbury-Kirche zumarchiren, auf welchen Weg ich ihn dann würde geleitet haben. Ich stund aufrecht, und trat lächelnd auf ihn zu: Ei, wie befindet Er sich, mein Kleinelein, *sage ich*, wie geht es Ihm dann, mein Kerlgen?

Auf solches gerieth er in arge Furcht und sagte, Um GOttes willen, wer seyd Ihr?

Ich bin Sein artiger Junker, Sein munterer Zaunkönig. Und will Er mir wohl die Kirch dort erzeigen, so daß wir uns können in ihren Schatten hocken?

Ich sehe keine Kirche, *sagt er*. Allein diese Worte entkamen aus der Desperation, denn er war gebunden, gleich einem todten Vogel an einen Baum. Und etliche Zeit hernach kehrte ich zurück auf mein Losament, indem ich über die stillen Felder marchirete und alte Lieder sung.

Funf Tage hernach ersahe ich ein Avertissement vor diesen braven jungen Gesellen: Den gewesenen Freytag auff dem Queen's Square entlauffen von seinem Herrn, Mr. Walsall, ein gegen 12 Jahre zählender Knabe, *Thomas Robinson*; er trug dunkelgraue Kleidung, sämptlich von gleichem Stoff, die Rockärmel schwartz besetzet, eine braune Perruque, und auf einer seiner Hände findet sich ein rothes Mal. Derjenigen Person, so ihn dem vorbemelten Mr. Walsall oder dem Red Gates am Grape Court verbringet, wird eine Belohnung von 5 Pfund zu Theil, ohne ferners befragt zu werden. Das ist recht gefüget; befrage niemand, so erfährst du keine Lügen, Mr. Walsall, und ich will dir das folgende auch ohne Belohnung entdecken: dein Knabe hat itzo noch weitere Male.

Und solchergestalten machte ich mich leichteren Hertzens an meine Kirchen zu Bloomsbury und Greenwich, unangesehn, daß Walter nicht wieder aufs Amt gekommen, und vorgeblich von so arger hypochondrischer Melancholey befallen sey, daß er wohl bald daran, zu Grunde zu gehen. Etliche Tage hernach visitirete ich ihn auf seinem Losament in der Crooked Lane, an der ostlichen Seite der St. Michael's Lane, allwo mir seine Wirthinn, eine gar schädliche Vettel, bey Eintreten zuflisperte: Er lieget fieberkrank, und wir verzweifeln an ihm, Sir (hierauf verschrenckte sie die Hände, als wär Silber darinnen), und er redet kreutzwunderlich und plerret und schreiet zu Zeiten als ein Knäblein, dem man soeben die Ruthe gegeben. Was ist da zu thun, Sir?

Demnächst verführete sie mich auf sein elendes Gemach, welches von Schweiß und Piss stunck als eine Kärrner-Hütte; so bald Walter mich ins Gesichte bekam, so suchte er sich vom Bett zu erheben, allein ich legte ihm meine Hand auf: Nein, nein, *flisterte ich*, bleib Er, bleib Er nur liegen, Walter. Denn veroffenbarte er Anzeigen von großem Schrekken, als was mich perplex machte: Kennet Er mich? *frug ich* ihn.

Euch kennen? Ja, gar gut.

Wie befindet Er sich dann?

Ausdermaßen übel, Meister. Ob ich es gleich nicht viel achte, was aus mir wird. Hier hielt er ein und seuftzte.

Ich suchte ihn zu ermuntern: Und denn, Walter, was denn? Er kann nicht immerzu seuftzen, und was hat Er denn mit sich vor?

Das weiß ich doch nicht; mich vielleicht aufknüpffen. Ich wüßte mir nichts bessers.

Red Er nur zu, Walter, was ists? Ists so ein Geheimniß, daß Ers mir nicht zu entdecken getrauet? Er hat doch wohl keinen Mord begangen.

Allein Er lachte nicht, wie gehofft: Ich bin mir nicht gewiß, *versetzte er*, und der Casus ist nunmehro gar nicht so drängend.

Kein drängender Casus, und dennoch parliret Er davon, sich aufknüpffen zu wollen! Hierauf hielt ich ein, und indem ich den Blick von seinem wunderbar bleichen Angesicht wandte, sahe ich etliche Plane und Riße von meinen Londoner Kirchen, so mit Stifften an die Wand angefestet; und solches rührete mein Hertz vor den armen Kerl, denn so stumm er im Amt auch sey, so erzeigte er mir hier nun doch seine Devotion. Und ietzt, da er malade inmitten meiner Bilder lag, erhub er den Kopf von dem Küssen: ich gedachte, *sagte er* endlich, daß Ihr Eure Stelle vielleicht wollt fahren lassen und mich hernachmals vergessen.

Wie das, Walter, wo ich Ihm vor Seine Arbeit auf immer obligiret seyn muß? Er ist meine rechte Hand.

Nein, nein, ich wollte Euch verlassen: ich wollte aus Euern Diensten entkommen.

Er ist erfüllt von verstöhrenden Gedanken und melancholischen Vapeurs, Walter. Er muß liegen bleiben und Ruhe pflegen.

Jedoch auf solches erhub er den Kopf noch was höher: Wie weit ist es mit dem Pfeiler in Bloomsbury schon gediehn, *sagte er*, laßt ihn nicht an der kalten Erde stehn, sondern erhöht ihn über den Thurm! Und habt Ihr das Model der Greenwich-Kirche bereit ausgefertiget? Demnach nahm er Feder und Dinte auf, und brachte eine gar große Menge Zeug zu Papier, und zog Linien mit einem kurtzen messingen Zollstock, allein ich verstund nichts davon.

Laß Ers nur einmal gut seyn, *sagte ich*, Er ist zu malade, zu ungesund.

Hierauf gab er mir einen starren Blick: Ihr habt meine vordem geschriebenen Zeilen gelesen?

Ich habe eine abgeschmackte, in Anagramm versetzte Schmieralie gelesen, so sich in dem Behältniß unter Seinem Stuhl gefunden, *erwiderte ich*, allein sie war nicht der Beachtung werth.

Walter wurde noch angeregter: ich versichere Euch, da war kein Anagramm. Ich spreche von denen Briefen, die ich Euch hinterlassen.

Das ist mir nicht klar, Walter.

Ich wollte Euch dahin bringen, aus dem Amt zu gehen, indem ich daselbst so sehr in Eurer Gewalt gewesen, *sagte er* und gab mir heftige Mienen, aber zugleich wollte ich Euch niemalen solche Pein machen. Ich stackte in einer Celle, und konnte mich nicht daraus entwinden: mich verlangte, frei zu seyn, aber anstatt dessen habe ich mich selber angefesselt.

Diese Briefe waren das Werck von dem Schalck Hayes, *versetzte ich* (ohne mich auf meine Worte zu besinnen), und sind also nicht von Ihm.

Allein auf solches zog er unter dem Küssen einen gesiegelten Brief herfür und händigte ihn mir ein, und als unsre Blicke einander begegneten, so sunck er erschrocken zurück. Ich will Euch ein Geheimniß entdecken, *sagt er*, ich bin Euch nachgefolgt, und habe Euch hernachmals verloren. Jene Nacht träumte mir, ich hätte Mr. Hayes getödtet, und den andern Tag fand ich dann seinen Leichnam. War da Wahrheit in solchem Traum? Und was bleibt mir zu thun?

Die schädliche Vettel erschien wieder auf der Stube: Er ist immerzu so verrucket, *sagte sie*, zeit daß er den Cörper aufgefunden. Und sein wirres Gesprech handlet von Euch und Mr. Hayes.

Das Fieber ist so ahnsehnlich gestiegen, *beschied ich sie*, daß Ihr ihn feste ans Bett binden müßt. Die Zeit soll ihn demnach curiren.

Walter lag stöhnend da, und ich betrachtete sein Angesicht das letzte Mal, eh daß ich ihm den Rücken kehrte und meiner Wege gieng. Solche Besuchung hatte mir fürwahr was Neues gegeben, und als ich die enge Treppe hinabstieg, so entsiegelte ich den Brief, den Walter mir eingehändigt: alsofort erkennete ich die Epistul als eine von denen, die mir gedräuet und die ich Mr. Hayes zur Last geleget. Mithin hatte mein eigner Gehülfe mich belauert und wider mich intriguiret: er war es, einig er, so meiner ledig seyn wollte. Er also machte Cabalen, mich zu entfernen. Und wer weiß, was er in seinem Fieberwahn noch alles würde zu Papier gebracht haben! Ich war ungewiß, wohin der nächstfolgende Wind mich wohl möchte verschlagen, und indem ich auf mein Losament zurückkehrte, spickte ich um mich wie einer, der auf verbotene Örter geht.

Als ich den andern Tag aufs Amt kam, so vermeldete ich nichts von meiner Besuchung bey Walter, sintemalen ich zu sehr auf mich selber gestellet, und meine Redensart gegen die übrigen zu bündig war, als daß ich ihnen (wie man zu sagen pflegt) hätte eine Ruthe an die Hand gegeben, mich zu steupen. Allein sie sahen mich irgends mit Argwohn an, und um Walters Absein wurde, gleichsam als Schlag wider mich, viel Wesens gemacht: sie flisperten über mich, um nicht erlauschet zu werden, jedoch ich brauchte keiner posaunenstimmigen Teufel, ihre Cabalen und Intriguen gänzlich zu verstehn. Sie giengen mir aus dem Weg, wie wenn mein Athem ansteckend, oder ich mit einer Pestbeule behaftet wär. Und drey Tage hernach verlangte Sir Chris. mich zu sprechen: er veroffenbarte mir nicht sein Vorhaben, und ob ich gleich meinen Untergang vor ausgemacht achtete, so entschlug ich mich doch jeder Frage aus Angst, ihn zum Argwohn zu bewegen. Ich marchirete zaddernd auf seine Stube, allein er machte nicht die wenigste Andeutung über Walter, sondern parlirete in der trautesten Manier von Mr. Vannbrugghes Planen.

Ich blieb eine Weile geruhig, aber hernachmals wurde der Vorsatz hinter seinem Discours gar deutlich, indem ich die nachfolgende Woche eine so ausdermaßen empfindliche Kränkung empfieng, daß ich sie bald nicht hätte verwinden können. Denn ich las in der Gazette das folgende: *Seine Majestät geruhten Sir John Vannbrugghe zum Bau-Aufseher Seiner Majestät in England zu bestimmen.* Einer merkwürdigen Passage hätte ich fast vergessen: der neue König hatte Vannbrugghe ehedessen zu Ritter geschlagen, allein solches war nichts in Vergleichung mit diesem neuen Casus. Wo kommen wir hin, und was steht zu erwarten, wann jemand wie dieser kreuchende Ritter vor mir befürdert wird? Zugleich erhalte ich mich in solchem Widerwillen, daß ich den Schelm nicht kann übermögen, und dahero muß ich verbrennen. Diesergestalten geht es mit der ganzen Welt: wer nichts zu recommendiren, als die Anzeigen von Stoltz und hoher Selbstschätzung, der erwirbt sich hohe Achtung; wofern ein Hanswurst nur Anspruch an einen Verdienst macht, so stoltzirt er als der Storch im Salat, indessen die andern mich unter der Hand verlachen. So bald die Königinn todt, so verlieret Sir Chris. alle Gunst bey denen itzund Mächtigen, und was Hoffnung verbleibt dann für mich? Sie suchen mich abzutreiben und somit zu vernichten, und solchem Vorhaben schickt sich eine berufene Maxime: Wirff nur wacker mit Dreck, was wenigs bleibt immer kleiben. Dahero muß ich mich ihren Wegen von ferne halten: argwöhnige und neidige Menschen haben gute Augen, und selbige werden itzund auf mich geheftet seyn.

Solche Gedanken bedrängten mich heftiglich, da ich der

Commission das folgende über meine Bauwercke vermeldete:
Wir ersuchen die hochachtb. Commission, Kenntniß zu nehmen, daß die Mauern der Bloomsbury-Kirche ausgefertiget
und alles zugerüstet vor die Stuccateurs; es mag geziemlich
seyn, daß sie mit den Decken und Wänden zwischen währender wärmsten Winterszeit anfangen, um solche Arbeit gänzlich trocken zu halten, ehe der Frost sie angreiffen kann. Die
Kirche wird gegen Norden von der Russell Street begränzet,
gegen Westen von der Queen Street, und gegen Südosten vom
Bloomsbury Market; indem solches Gebiete in denen Som-
mermonathen starck bevolkt und die Felder nahebey liegen –
welche Fürkehrungen wären also vonnothen, die Kirche vor
dem Janhagel zu verschließen? Der westliche Thurm ist zwischen 25 und 28 Fuß über das Kirchdach getrieben, und ich
will meinen historischen Pfeiler darauf versetzen, als welcher
in viereckter Form und mit roh Gestein errichtet seyn soll.
(Und das folgende füge ich nicht anbei: an die Spitze dieses
Schafts kömmt der siebenstrahlige Stern, welcher das göttliche Auge vorstellet. Der Kayser Constantin ließ zu Rom
einen gleichso gewaltigen Pfeiler errichten, aus einem einigen
Stein, und placirete an dessen Spitze die Sonne. Allein solches
Perhelion, oder vielmehr falsche Sonne, durfte nicht lange
scheinen: mein Gefüge indessen wird 1000 Jahre ausdauren,
und der Stern wird dann noch nicht erleschet seyn.) Über das
theile ich der Commission ergeben den folgenden Bericht von
dem dermaligen Stand der *Kirche zu Greenwich* mit, viz. das
Mauerwerck an der sudlichen sowie Theile an der ostlichen
und westlichen Seite sind bereit gegen vier Fuß höher, als im
gewesenen Jahr, und die Maurer haben schon eine stattliche
Menge Gesteines bearbeitet, so an der Mauer beinebenst der
Straße zu verlegen. (Und das folgende erhalte ich in Verbor-
genheit: Dr. Flamsteed, königlicher Astronom und ein Mann
von kläglich begieriger Natur, sagt auf den 22ten Aprilis 1715
eine totale Sonnenfinsterniß vorauf: zu solcher dunkeln Zeit,

da die Vögel sich zu den Bäumen schaaren und die Leute in ihren Häusern Kerzen tragen, will ich ingeheym den letzten Stein verlegen, und bringe pünctlich das Opfer dar.) Ferners hat die hochachtb. Commission mir Auftrag gethan, Derselben einen umständlichen Kostenanschlag vor die Errichtung der *Kirche von Little St. Hugh* auf der *Black Step Lane* zu prepariren und vorzulegen. Nach gehabter Prüfung der proponirten Preise befand ich dieselben gleich mit denen vor die Kirchen von Limehouse und Wapping. Die blaßbraun schattireten Grundstükke sind allbereit bewilliget, und die in privat Vermögen befindlichen Parcellen sind gehl schattiret. Das leere Gelende an der Stirnseite kömmt auf 3 Pfund per annum, das ist: in 20 Jahren auf 60 Pfund; die Gebäude an der Hinterseite kommen auf 72 Pfund per annum, das ist: in 6 Jahren auf 432 Pfund, *viz*, der Tobackkrämer, der Lichtzieher, die Zinnhändler sowie die Weber. Die Gebäude derselben sind blau angestrichen. Als welches sämptlich ergeben vermeldet wird, *N. Dyer*.

Und über solche geringe Behausungen in der Black Step Lane, woselbst ich als Knabe eine Weile gewohnet, wird denn der Schatten meiner letzten Kirche fallen: was der Poebel eingerissen, das will ich gar prechtiglich wiederauferbauen. Und solchergestalten fertige ich die Figura aus: Spittle-Fields, Wapping und Limehouse machen anfangs das Dreyeck; Bloomsbury und St. Mary Woolnoth bilden demnächst den großen funfstrahligen Stern; und mitsampt Greenwich stellen sie alle die sechstheilige Wohnstatt von BaalBerith vor, oder dem Herrn des Bundes. Denn erhebet sich, mit der Kirche von Little St. Hugh, die siebenstrahlige Figura ober der Black Step Lane, und solchergestalten weist iedwede gerade Linie und iedwede Fläche nach der Unendlichkeit. Der Verständige mag die Zahl beachten wie folgt: die sieben Kirchen sind erbauet in Verbindung mit denen sieben Planeten in den niedrigern Spheren des Firmaments, mit denen sieben Himmelskreißen, mit denen sieben Sternen in Ursa Minor und denen sieben Sternen in den Pleiaden. Little St. Hugh ward in die Grube geworffen mit sieben Wunden an Händen, Füßen, Seiten und Brust, als welche dahero die sieben Dämone vorstellen – Beydelus, Metucgayn, Adulec, Demeymes, Gadix, Uquizuz und Sol. Ich habe an meine Bauwercke eine immerwehrende Ordnung gewendet, die ich lachend durchlauffen werde: niemand kann mich ietzt mehr kriegen.

10

Und Hawksmoor lachte darüber. «Sie können die Sache drehen und wenden, wie Sie wollen, Walter – wir kriegen ihn trotzdem. Er ist allerdings ein gerissener Bursche.» Dann deutete er auf seinen eigenen Kopf. «Ein ganz gerissener Bursche.»

«Die Zeit wird's weisen, Sir.»

«Die Zeit wird's nicht weisen. Die Zeit weist überhaupt nichts.» Erneut hob er unwillkürlich den Arm, wie zum Gruß. «Dann wollen wir mal wieder anfangen. Wo wurden die Leichen gefunden?»

«Bei St. Alfege's, Greenwich, und bei St. George's, Bloomsbury.»

Hawksmoor stellte fest, daß sich der Himmel schlagartig, wie ein plötzlich sich öffnendes Auge, aufgeklärt hatte und von Grau in Blau übergegangen war. «Und wie war noch mal die Reihenfolge?»

«Einer nach dem andern, innerhalb von wenigen Stunden.»

«Laut Bericht waren es vielleicht nur Minuten.»

«Minuten? Unmöglich, Sir.»

«Ja, mit Minuten kommen wir wohl nicht weiter.» Und doch – was konnte in einer Minute nicht alles hinter seinem Rücken geschehen! Er betrachtete das Staubmuster auf dem Teppich und vernahm dabei Geräusche im Kopf, die sich anhörten wie eine in der Ferne brüllende Menschenmenge. Als er aufblickte, sprach Walter weiter.

«Ich könnte höchstens – nein, lieber nicht –, ich meine, der Papierkram bringt uns sowieso nichts ein.» Und sie warfen beide einen Blick auf die Unterlagen, die auf Hawksmoors

Schreibtisch verstreut lagen. «Ich kann's nicht glauben», fuhr Walter fort, «ich kann's einfach nicht glauben.» Und er nahm den gerichtsmedizinischen Bericht über die beiden jüngsten Mordfälle zur Hand. Beide Opfer waren mit einem nicht zusammengeknoteten Drosselwerkzeug – jedenfalls fand sich keine von einem Knoten herrührende Spur – stranguliert worden, und zwar durch eine mindestens fünfzehn bis zwanzig Sekunden dauernde Zuschnürung des Halses in einem ungewöhnlich weit oben befindlichen Bereich. Die Drosselmarke stammte offenkundig von einem gefalteten festen Tuch und verlief in vier ausgeprägten Furchen quer über die Vorderseite des Halses. Zu den Seiten hin, vor allem nach rechts, wurden die Male breiter, verjüngten sich jedoch im Nacken, was darauf deutete, daß beide Opfer von links hinten erdrosselt wurden. Trotz sorgfältigster Untersuchung war der Pathologe nicht in der Lage gewesen, ein Gewebe oder Muster zu entdecken, das über die tatsächliche Beschaffenheit des Drosselwerkzeugs hätte Aufschluß geben können. Und trotz eingehender gerichtsmedizinischer Untersuchungen war es nicht gelungen, Abdrücke, Spuren oder Flecken nachzuweisen, die sich womöglich mit dem Täter in Verbindung bringen ließen.

Zwei Tage zuvor war Hawksmoor in einem Polizeiboot über die Themse nach Greenwich gefahren, und während sie am Pier anlegten, beugte er sich über den Bootsrand und ließ den Zeigefinger durch das ölige Wasser ziehen. Vom Hafen aus ging er zu Fuß weiter, und als er einen Kirchturm erblickte, bog er in eine schmale Gasse ein, die in diese Richtung zu führen schien. Ziemlich rasch sah er sich umgeben von kleinen, nur sehr spärlich beleuchteten Läden: sie waren von alter Bauart und neigten sich vor über den Gehweg, und er eilte verwirrt durch eine andere Gasse – um dann abrupt stehenzubleiben, da die Steinmauer der Kirche die Mündung der Gasse augenscheinlich blockierte; aber dies erwies sich als Täuschung, denn kurz darauf ging ein Kind singend an der

Mauer vorüber. Und schließlich erreichte Hawksmoor die Straße – um sogleich die über ihm aufragende Kirche zu sehen. Er beruhigte sich damit, daß er die Inschrift las, die in Goldbuchstaben auf einer Tafel am Portikus prangte: ‹Diese Kirche wurde an der überlieferten Stätte des Martyriums von Alfege errichtet. Sie wurde wiederaufgebaut von…› Sein Blick wanderte über die kunstvoll geschwungenen Schnörkel, doch solche Dinge langweilten ihn, und außerdem lenkte ihn ein Vogelschwarm ab, der soeben zu den Zweigen eines einzelnen Baumes zurückflog, wobei jeder einzelne Vogel sich deutlich gegen den Winterhimmel abzeichnete.

Hawksmoor ging um die Kirche herum, wo eine Gruppe von Polizeibeamten bereits auf ihn wartete – aus der Art, wie sie dastanden und sich dabei gehemmt und mit gesenkter Stimme unterhielten, wußte er, daß die Leiche hinter ihnen im Gras lag. Er schritt hinüber, und in den ersten Momenten, als er auf sie hinunterstarrte, fragte er sich, wie *er* wohl die Fremden anblicken würde, die um *seinen* Leichnam herumstanden; und würde der Atem aus seinem Körper entwichen sein wie ein Nebel – oder wie die Luft aus einer von einem Kind aufgeblasenen und zum Platzen gebrachten Papiertüte? Dann machte er kehrt und wandte sich den Beamten zu: «Zu welcher Uhrzeit wurde er gefunden?»

«Heute früh um sechs, Sir, als es noch dunkel war.»

«Weiß man…»

«Er könnte genausogut vom Turm gefallen sein, Sir. Niemand weiß von was.»

Hawksmoor spähte hinauf zum Turm von St. Alfege's, und als er sich mit der rechten Hand gegen die Sonne abschirmte, sah er die weiße Kuppel des Observatoriums, die von dem dunklen Gemäuer der Kirche halb verdeckt wurde. Und da fiel ihm ein, daß es hier etwas gab, von dem er vor vielen Jahren gehört hatte und das er sich schon immer einmal anschauen wollte. Wenig später konnte er sich, Entschuldigungen murmelnd, von den anderen losmachen, und als er am Fuß des Hügels anlangte, begann er zu laufen; er rannte über das niedrige Gras, bis er schließlich die Kuppe erreichte. Am Eisentor vor dem Observatorium hielt sich ein Wärter auf, und Hawksmoor blieb atemlos vor ihm stehen. «Wo», fragte er, «wo ist der Nullmeridian?»

«Der Meridian?» Der alte Mann deutete auf die andere Seite der Kuppe. «Da drüben.»

Doch als Hawksmoor an der bezeichneten Stelle ankam, konnte er nichts entdecken. «Wo ist der Meridian?» fragte er erneut, woraufhin er ein Stück hügelab dirigiert wurde. «Da drüben!» rief auf einmal noch jemand. «Nein, *da* drüben!» rief wieder ein anderer. Und Hawksmoor war völlig verwirrt; ganz gleich, wie er sich drehte und wendete – er konnte den Meridian nicht sehen.

Walter hatte den gerichtsmedizinischen Bericht wieder weggelegt und grinste Hawksmoor an. «Wir stecken also fest», sagte er. Und dann fügte er hinzu: «So sicher wie ein gelegtes Ei.»

Hawksmoor strich die Blätter des Berichtes glatt, die Walter zerknittert hatte. «Wo kommt der Ausdruck wohl her?»

«Keine Ahnung, Sir. Von nirgendwo. Ich meine, das sagt man doch ganz allgemein so.»

Hawksmoor schwieg einen Moment und fragte sich, was man ganz allgemein über *ihn* sagte. «Was war das noch mal, was Sie mich gerade eben gefragt haben?»

Walter gab sich nun keine Mühe mehr, seine Ungeduld zu verbergen. «Ich fragte ganz grundsätzlich, Sir, welchen Kurs schlagen wir jetzt als nächstes ein?»

«Den nach vorn. Welchen sonst? Es gibt kein Zurück. Es gibt für niemand ein Zurück.» Er hatte den Ärger aus Walters Stimme herausgehört und versuchte nun seinen Assistenten zu trösten. «Ich krieg ihn schon zu fassen. Keine Angst, ich brauch nur noch die Finger nach ihm auszustrecken. Das hab ich im Gefühl.» Und als Walter wieder gegangen war, trommelte er mit den Fingern auf den Schreibtisch und grübelte dabei über die neuen Aspekte dieses Problems nach: Zur gleichen Zeit, als man die Leiche des Kindes auf dem Gelände von St. Alfege's entdeckt hatte, war an der rückwärtigen, parallel zur Little Russell Street verlaufenden Mauer von St. George's, Bloomsbury, ein weiterer Leichnam gefunden worden. Auch diesen Tatort hatte Hawksmoor bereits inspiziert, wobei er auf die dort im Einsatz befindlichen Beamten einen irgendwie gleichgültigen Eindruck gemacht hatte; es war jedoch keine Gleichgültigkeit, sondern Qual. Das Schema, das Hawksmoor sah, zeichnete sich allmählich deutlicher ab; und während es sich ausformte, kam es ihm vor, als schließe es ihn und seine fruchtlosen Ermittlungen mit ein.

Inzwischen war es dunkel; das Licht von den Gebäuden unter seinem Fenster strahlte ihm ins Gesicht, und er gähnte herzhaft. Leise ging er aus dem Büro und verließ den Yard, und als er durch die klare Nacht in Richtung St. George's, Bloomsbury, marschierte, verwandelte die kalte Dezemberluft seinen Atem in Dunstwolken, die über seinen Kopf emporstiegen. An der Ecke Russell Street und New Oxford Street blieb er stehen; ein Stadtstreicher starrte ihn wütend an und murmelte: «Himmelherrgottscheiße! Himmelherrgottscheiße!» Erschrocken eilte er weiter zur Kirche und öffnete das Eisentor, das zu dem kleinen Kirchhof führte. Kurz darauf stand er unter dem weißen Turm und schaute mit jenem traurigen Gesichtsausdruck, der ihm in gelassener Stimmung stets eignete, nach oben: einen Moment lang stellte er sich vor, wie er an dem rissigen und bröckligen Stein emporkletterte und dann von oben herunter die schweigende Stadt anschrie – wie ein Kind ein angekettetes Tier. Doch sein plötzlicher Zorn verrauchte, als er ganz in der Nähe ein Geräusch hörte. Er verharrte reglos; rechts schien sich eine Holztür im Wind zu bewegen, und als er hinüberspähte, sah er über dem Eingang ein Schild mit der Aufschrift ‹Zur Krypta›. Der Wind schob die Tür sanft hin und her: Um zu verhindern, daß sie plötzlich aufschwang, eilte Hawksmoor hinüber und hielt sie mit der Handfläche zu. Doch das Holz fühlte sich unnatürlich warm an, und rasch zog er die Hand wieder zurück. Daraufhin ging die Tür abermals ein Stück auf, und Hawksmoor faßte sich ein Herz und zog sie mit den Fingerspitzen sehr behutsam und ganz langsam zu sich her, so daß er nur ganz allmählich wahrnahm, daß innen ein leises, aber anhaltendes Gelächter erklang.

Als er die Tür weit genug geöffnet hatte, schlüpfte er hindurch und hielt dabei den Atem an, obwohl der Duft nach Holz und altem Gemäuer ihm in der Kehle bereits einen metallischen Geschmack verursachte. Der Durchgang zur Krypta war warm, und in seiner Beklemmung malte Hawksmoor sich aus, wie ihn eine Menschenmenge umdrängte – ohne ihn zu berühren, aber dicht genug, um ihm jede Bewegungsfreiheit zu nehmen. Da sich seine Augen noch nicht an das Dunkel gewöhnt hatten, schritt er nur langsam weiter, hielt dann aber inne, als er glaubte, irgendwo vor sich scharrende Geräusche zu hören. Er schrie nicht auf – aber er ließ sich zu Boden sinken und legte die Hände vors Gesicht. Die leisen Geräusche klangen inzwischen gedämpfter, und nun hörte er eine Stimme hauchen: «O ja, o ja, o ja, o ja.» Ruckartig fuhr Hawksmoor auf, drehte sich aus der Richtung dieser Stimme und der gehauchten Laute weg und machte sich bereit zur Flucht. Doch auf einmal wurde es still, und Hawksmoor wußte, daß man seine Anwesenheit inzwischen bemerkt hatte; er hörte ein kurzes streichendes Geräusch, und das Licht am Ende des Durchgangs ließ ihn vor Schreck zurückzucken, denn im gleichen Augenblick sah er einen jungen Mann, dessen Hose um seine Knöchel drapiert lag und der sich an ein gegen die steinerne Wand gestütztes Mädchen klammerte. «Verpiß dich!» brüllte der junge Mann. «Schieb bloß ab, du alter Wichser!»

Und Hawksmoor lachte erleichtert auf: «Verzeihung», rief er dem Pärchen zu, während das Streichholz flackernd erlosch und die beiden wieder im Dunkel verschwanden, «tut mir leid!» Als er anschließend ins Freie trat, lehnte er sich an die Mauer der Kirche und rang nach Atem; erneut hörte er Gelächter, doch als er in die Runde spähte, sah er nur den Unrat der Stadt, der gegen die Treppe der Kirche geweht wurde.

Langsam trottete er zurück zur Grape Street und neigte dabei den Kopf gegen den Wind; als er vor der Haustür stand, schaute er hinauf zum Fenster von Mrs. West und sah zwei Schatten, die das Licht des Kaminfeuers an die Decke warf. Hat sie also endlich einen Kerl gefunden, dachte er, als er den Hausflur betrat; es war dunkel hier – gleichwohl fiel sein Blick sofort auf ein Päckchen, das an ihn adressiert war und so dalag, als hätte es jemand über die Schwelle geworfen. Die Hülle bestand aus einfachem Packpapier: er nahm es in beide Hände, hielt es vor sich hin und stieg die Treppe zu seiner Wohnung hinauf. Anschließend setzte er sich, noch immer im Mantel, in sein karges Vorderzimmer und riß das Päckchen gierig auf: Es enthielt ein kleines Buch, dessen schimmernder weißer Deckel sich klebrig anfühlte – als hätte man ihn erst kürzlich mit Wachs oder Harz überzogen. Als Hawksmoor das Buch aufschlug, sah er wieder die Zeichnung: ein Mann auf den Knien, der eine Art Fernrohr ans rechte Auge hält. Auf anderen Seiten fanden sich Verse sowie Skizzen in der Form eines Kreuzes, und auf wieder anderen bestimmte Redewendungen, die jemand mit brauner Tinte eingetragen hatte –: ‹Der Einfluß der Sterne›, ‹Die Macht der Bilder›, ‹Die Sieben Wunden›. Schließlich las Hawksmoor: ‹O weh, sie werden bald tot sein›, und vor Entsetzen ließ er das weiße Buch auf den Boden fallen – wo es noch lag, als die Dunkelheit der Nacht dem Grau einer winterlichen Morgendämmerung wich. Zu eben dieser Zeit dachte er an den Mann, der neben St. Mary Woolnoth die kniende Figur gezeichnet hatte; als Hawksmoor mit weit geöffneten Augen auf seinem Bett lag und sich streckte, schwebte die Gestalt des Stadtstreichers direkt über ihm – als wären sie beide versteinerte Ebenbilder der Toten, die in einer leeren Kirche übereinanderliegen.

＊

«Ich interessiere mich noch immer für diesen Stadtstreicher», sagte er, als Walter das Büro betrat.

«Welchen meinen Sie jetzt, Sir?»

«Den Stadtstreicher bei der Kirche. Den, der die Zeichnung gemacht hat.» Er drehte sich von Walter weg, um seine Ungeduld zu verbergen. «Haben Sie den Brief noch?» Und nach kurzer Suche in den sorgfältig auf Hawksmoors Schreibtisch gestapelten Akten fanden sie ihn. Er nahm sich so dürftig aus: nur ein aus einem Merkbuch herausgerissenes Blatt mit dem am oberen Rand aufgedruckten Stichwort ‹Nicht Vergessen› – und in diesem Moment stellte Hawksmoor eine einfache Verbindung her: es war, als sei er ein Stück höher gestiegen und als sei angesichts des nun viel besseren Fernblicks alle Furcht von ihm abgefallen. «Wo», fragte er, «befindet sich von dieser Kirche aus die nächste Pennerherberge?»

«Die von der City aus nächste ist die in der Commercial Road; es ist dieses alte Gebäude –»

«Das zwischen Limehouse und Wapping?»

Als sie durch London in Richtung Commercial Road fuhren, fühlte sich Hawksmoor ganz ruhig und ließ die Finger sacht über den in der Innentasche seines Jacketts steckenden Brief gleiten. Doch als sie ankamen, stieg er hastig aus dem Wagen und eilte die Treppe eines rußigen Backsteinbaus hinauf: Walter schaute ihm nach, wie er unter dem grauen Himmel vorausrannte, und hatte Mitleid mit ihm. Dann lief er Hawksmoor hinterher und öffnete die Holztüren der Herberge, sah die verblichene grüne Farbe der Innenwände und den mit Fett- und Schmutzflecken bedeckten Linoleumboden, roch die Mixtur aus Desinfektionsmitteln und verdorbenen Lebensmitteln und hörte die leisen Rufe und Geräusche, die aus dem Inneren des Gebäudes drangen. Und unterdessen klopfte Hawksmoor an eine Trennscheibe aus Glas, hinter der ein ältlicher Mann saß und gerade ein Sandwich verspeiste: «Verzeihung», sagte Hawksmoor, «Verzeihung»; der Mann stellte bedächtig seine Mahlzeit ab, schob mit offensichtlichem Widerstreben die Trennscheibe zur Seite und murmelte: «Ja bitte?»

«Ich nehme an, Sie arbeiten hier?»

«Was glauben Sie wohl, was ich sonst hier mache?»

Hawksmoor räusperte sich. «Ich bin Polizeibeamter.» Er reichte dem Mann den Brief. «Kommt Ihnen dieses Blatt Papier bekannt vor?»

Der Mann musterte es mit gespieltem Interesse. «Ja, solche Blätter hab ich schon oft gesehen. Die benutzen sie bei der Verwaltung. Fragen Sie mich aber nicht, warum.» Er holte aus einer Schublade ein Merkbuch hervor, auf dem die gleichen Worte aufgedruckt waren. «Was kann man an einem Ort wie dem hier schon vergessen?»

«Und kennen Sie auch die Handschrift?» Walter stellte fest, daß Hawksmoor inzwischen ganz ruhig geworden war.

«Na ja, also *meine* ist es mal nicht.»

«Das weiß ich auch. Aber erkennen Sie sie wieder?»

«Nicht daß ich wüßte.»

Und Walter sah, wie Hawksmoor nickte – als hätte er genau diese Antwort erwartet. «Dann sagen Sie mir doch noch folgendes: Ist Ihnen mal ein Stadtstreicher untergekommen, den sie den Baumeister nennen oder so ähnlich?»

Der Mann blinzelte und hob den Finger in die Luft. «Wir haben den Prediger, den Fliegenden Holländer und den Pilger. Aber von einem Baumeister weiß ich nichts. Der wäre mir neu.»

Hawksmoor starrte ihn an. «Hätten Sie was dagegen, wenn wir uns hier mal umschauen?»

«Nur zu.» Sein Blick begegnete kurz dem von Hawksmoor. «Im Moment werden Sie allerdings bloß zwei hier antreffen. Angeblich sind sie krank.»

Walter folgte Hawksmoor durch einen Korridor und anschließend in ein geräumiges Zimmer, in dem sich ein paar Tische aus Resopal sowie einige Stühle aus Metall befanden: Auf einem hoch an der Wand angebrachten Brett stand ein großer Fernsehapparat; er war eingeschaltet, und die Geräusche eines Kinderprogramms klangen so leer wie ein Eiskrem-Wagen auf einer verlassenen Straße. Hawksmoor blickte flüchtig zu dem Gerät hinauf; dann ging er weiter in einen angrenzenden Raum, wo mehrere in Plastik gehüllte Matratzen zu einer Zweierreihe angeordnet waren. Auf einer davon lag bäuchlings ein Penner, während ein zweiter Mann rauchend in einer Ecke hockte. «Hallo», rief Walter, «wen hätten wir denn hier?» Keiner von den Männern rührte sich. «Wir sind nämlich Polizeibeamte. Ihr wißt, was ich meine?» Und schließlich fügte Walter, ins Schweigen hinein, laut hinzu: «Die sind nicht gerade besonders freundlich, Sir, was?»

Der Penner in der Ecke wandte den Kopf: «Ich weiß schon, was Sie meinen. Ich weiß sogar sehr gut, was Sie meinen.»

Hawksmoor schritt auf ihn zu, ohne ihm jedoch zu nahe zu kommen: «Ach, tatsächlich? Dann kennen Sie vermutlich auch einen, den man den Baumeister nennt?»

Eine Pause entstand: «Ich kenne keinen, der so heißt. Keinen einzigen. Man spioniert nicht den Leuten nach. Man stellt keine Fragen.» Es war nicht klar, ob diese Bemerkungen ihm selbst galten oder Hawksmoor, der sich nun in dem verwahrlosten Raum umsah.

«Der Baumeister!» Der Penner auf der Matratze hatte sich auf den Ellbogen gestützt und rief zu ihnen hinüber. «Der Baumeister! Heiliger Herrgott im Himmel!»

Hawksmoor trat an das Fußende der Matratze und stand mit gefalteten Händen da, wie zum Gebet. «Kennen Sie ihn?»

«Wie? Ob ich ihn kenne? Ja, allerdings.»

«Und wissen Sie auch, wie er heißt? Ich meine, mit richtigem Namen?»

«Seine Namen sind Legion.» Als der Penner lachte, wurde Hawksmoor klar, daß er nur deswegen auf der Matratze lag, weil er betrunken war, womöglich noch von der Vornacht.

«Und wo kann ich ihn finden?»

«Hätten Sie vielleicht ein Zigarettchen für mich, Officer?»

«Im Augenblick nicht, aber später kriegen Sie eins. Wo, sagten Sie, kann ich ihn finden?»

«Der ist nicht zu finden. Der findet einen. Mal läßt er sich blicken, mal bleibt er fort.»

Daraufhin herrschte allgemeines Schweigen, und als Hawksmoor sich auf den Rand der Matratze setzte, hörte er irgendwo oben ein Flugzeug vorüberziehen. «Und wann haben Sie ihn zuletzt gesehen?»

«In der Hölle. Er hat ganz schön geschmort.»

«Ach was, Sie waren doch nicht in der Hölle, oder? Also jetzt überlegen Sie noch mal.»

Hierauf schlug die Stimmung des Mannes um; er rollte sich auf der Matratze ein und drehte sich gegen die Wand. «Ich war mit ihm zusammen da», sagte er, und die ganze traurige Last des Alkohols schien ihn nun so niederzudrücken, daß er kaum noch zu sprechen vermochte.

Hawksmoor berührte sacht den schmuddeligen Mantel des Penners. «Sie waren also mit ihm zusammen da, ja? Sie sehen aus wie einer, der ordentlich was austeilen kann.»

«Am Arsch. Ab jetzt. Ich sag kein Wort mehr.»

Walter trat herzu und blieb dann neben ihm stehen, als Hawksmoor flüsterte: «Sie müssen keine Angst haben. Ich will doch niemandem angst machen.» Im Korridor fing jemand zu weinen an.

«Ich hab keine Angst. Ich hab schließlich nichts verbrochen.» Daraufhin stellte er sich schlafend oder schlummerte vielleicht tatsächlich; Hawksmoor deutete auf den ausgestreckt daliegenden Arm des Penners, und Walter zog ruckartig daran, so daß der Mann von der Matratze rollte.

«Sie müssen verhört werden», erklärte ihm Hawksmoor, jetzt mit erhobener Stimme, während Walter den Penner auf die Beine hievte. «Ich will Sie ja nicht verhaften. Ich bitte Sie nur ganz höflich, mitzukommen.» Der Penner glotzte ihn an. «Es springt auch was für Sie raus dabei, Sie werden schon sehen. Wir wollen lediglich eine kleine Spritztour mit Ihnen machen.»

Sie schleiften ihn hinaus, vorbei an dem Aufseher, der sie beobachtete und dabei noch immer sein Sandwich kaute, und als sie ins Freie gelangten, starrte der Penner zur Kirche von St. Anne's, Limehouse, und hob dann den Blick zum Turm, der drohend über die drei Männer auf der dunklen Straße ragte. Auf einmal machte der Stadtstreicher die Augen zu, als wolle er gleich in Ohnmacht fallen. «Helfen Sie ihm, Walter», murmelte Hawksmoor, während sie ihn auf den Rücksitz ihres Wagens bugsierten. Aber von alledem bekam der Penner nichts mit – und es bekümmerte ihn auch nicht, denn eines Tages würde er sich ohnehin nicht mehr daran erinnern. Und nun befand er sich in einem kleinen, weiß getünchten Raum, und ihm gegenüber am Tisch saß der gleiche Mann und blickte ihn an, während Walter hinter einem Einwegspiegel Notizen machte und die folgende Szene beobachtete:

HAWKSMOOR. Wie fühlen Sie sich jetzt?

PENNER. Wie ich mich fühle? Och, gar nicht so übel. Ehrlich, gar nicht so übel. Hätten Sie eventuell 'n Glimmstengel für mich?

HAWKSMOOR. Gar nicht so übel? Das hört man gern. (*Er nimmt die Brille ab*) Dann kann ich also jetzt mit Ihnen reden?

PENNER. Ja. Ja, ich glaub, das läßt sich schon einrichten. Hätten Sie vielleicht erst noch 'n Glimmstengel? So ganz zufällig?

Pause.

Hawksmoor zündet eine Zigarette an und gibt sie ihm.

HAWKSMOOR. Also *ich* amüsiere mich glänzend. Und Sie? (*Schweigen*) Sie haben mir vorhin was über den Baumeister erzählt. Liege ich richtig mit dieser Annahme?

PENNER. (*Aufrichtig verblüfft*) Ja, das könnt stimmen. Ich glaub, das hab ich. Ja.

HAWKSMOOR. Ja?

PENNER. (*Nervös*) Ja, sag ich doch. Ja.

HAWKSMOOR. Sie kennen ihn also? Liege ich richtig, wenn ich sage, daß Sie ihn kennen?

PENNER. Ich denk schon, daß ich ihn kenne. Da liegen Sie bestimmt richtig. Ich denk schon, daß ich ihn kenne.

HAWKSMOOR. Können Sie mir vielleicht auch noch seinen Namen angeben?

PENNER. Oh, also davon hab ich keine Ahnung. Den Namen weiß ich nicht.

HAWKSMOOR. Aber Sie haben ihn schon gesehen?

(*Schweigen.*)

PENNER. Wann?

HAWKSMOOR. Genau das frage ich Sie ja. Wann haben Sie ihn gesehen?

PENNER. In der bewußten Nacht.

HAWKSMOOR. (*Begierig*) In welcher Nacht?

PENNER. Na, in der bewußten.

(*Schweigen.*)

HAWKSMOOR. Aha, und zu welcher Uhrzeit war das?

PENNER. Ach du lieber Gott, da fragen Sie mich vielleicht was.

HAWKSMOOR. *(Sanft)* War es sehr dunkel?

PENNER. Stockdunkel.

HAWKSMOOR. Ich will Ihnen doch nichts Böses. Ich hätte nur gern, daß Sie sich erinnern.

PENNER. Als nächstes war dann die Polizei da und so weiter. Ich glaub, ich war nicht mehr ganz nüchtern. Als nächstes war dann die Polizei da drin.

HAWKSMOOR. Wo drin?

PENNER. Ich hab Sie doch schon mal gesehen, oder?

HAWKSMOOR. Wo drin?

PENNER. In der bewußten Kirche.

HAWKSMOOR. Das ist aber mal ein Zufall, was?

PENNER. Sonst kann ich mich an nichts mehr erinnern. Ohne Flachs. Sonst an nichts mehr. (*Er schweigt einen Moment*) Wann lassen Sie mich denn wieder raus? (*Pause*) Mir langt's jetzt. (*Schweigen*) Ich bin verdammt müde.

HAWKSMOOR. (*Unvermittelt*) Wie sieht er denn aus?

PENNER. Oh, keine Ahnung. (*Pause*) Das ganze Haar da. Ist doch widerlich, oder? Haare wie Tabak. Und dann zeichnet er noch. Zeichnet einem das Leben aus dem Leib. Ich hab solche Zeichnungen noch nie gesehen. (*Schweigen*) Kann ich jetzt gehen? (*Schweigen*) Na, dann will ich mal wieder.

Er macht sich bereit zum Aufbruch, wirft einen Blick auf Hawksmoor und geht dann zur Tür hinaus, während Walter hereinkommt.

HAWKSMOOR. (*Aufgeregt*) Es ist derselbe Mann. Meinen Sie nicht auch, daß das derselbe Mann ist?

Er las die knappen Notizen, die Walter in seine Kladde eingetragen hatte, und eine kleine Fliege setzte sich auf das linke Blatt – angelockt von dem Schimmer, den die Neonbeleuchtung den Seiten verlieh. Hawksmoor sah, daß die Beine des Insekts sich krümmten wie Staubfäden bei plötzlicher Hitze, und die Umrisse der Flügel warfen einen Schatten auf das weiße Papier. Dann tötete er das Tier, indem er die Seite umblätterte; und der über die Tinte verschmierte Insektenkörper wurde zu einem Symbol, denn im gleichen Moment hatte Hawksmoor eine Vision von dem Penner, wie er um ein Feuer herumtanzte und der Rauch dabei an seiner Kleidung haftete, bis er ihn schließlich vollkommen in Nebel hüllte.

«Es ist derselbe Mann», wiederholte er, «er muß es sein.»

Walter nahm seine Gedanken vorweg: «Und *wir* müssen endlich mal zeigen, daß wir nicht untätig sind.»

Und somit begaben sie sich zur Leitstelle der Sonderkommission, von wo aus eine sorgfältig formulierte Presseerklärung abgegeben wurde mit dem Hinweis, daß die Polizei bestrebt sei, im Zusammenhang mit den Morden einen bestimmten Stadtstreicher zu vernehmen; zugleich lieferte man eine Beschreibung der fraglichen Person. Und Hawksmoor rief den Beamten der verschiedenen Einsatzgruppen zu: «Ich möchte, daß Sie die Herbergen durchkämmen, und die Parkanlagen, und die leerstehenden Häuser. Und außerdem noch die Kirchen…» Ein junger uniformierter Beamter mit einem ausgedehnten Muttermal auf der Wange trat auf ihn zu: «Ein Problem, Sir, wird dabei sicher der Umstand sein, daß es vermutlich mehrere von seiner Sorte gibt – mehrere, die so aussehen wie er.» Hawksmoor vermied es, auf das Muttermal zu achten: «Ich weiß, aber das läßt sich nun mal nicht ändern…» Und dann verstummte er wieder, denn er wußte, sobald er den Mörder erkannte, würde dieser auch ihn erkennen.

Inzwischen war die Dämmerung hereingebrochen; er marschierte die Brick Lane entlang in Richtung Christ Church, Spitalfields, passierte dabei die Monmouth Street und bog in die Eagle Street ein, wo die östliche Mauer der alten Kirche zwischen den zerfallenen Häusern emporragte. Als er so dahinschritt, ging auf einmal flackernd die Straßenbeleuchtung an, und in dem plötzlichen Licht veränderte die Kirche ihre Gestalt. Hawksmoor erreichte das Gittertor, durch das er den verlassenen, nun wieder mit Brettern vernagelten Schacht erkennen konnte, und im Widerschein des Neonlichts schienen das Gras und die Bäume neben der Kirche förmlich zu glühen. Er öffnete das Tor, und als er den Weg entlangging, schrak er ganz kurz zusammen vor einem weißen Nachtfalter, der um seine Schultern herumflatterte: Hawksmoor machte längere Schritte, um dem Tier zu entkommen, aber es ließ erst von ihm ab, als er die Ecke der Kirche umrundet hatte und die Hauptstraße und den Marktplatz vor sich sah. In der zunehmenden Dunkelheit bewegte er sich auf die kleine Pyramide zu und legte seine Hände darauf, als wolle er sie daran wärmen; doch im selben Moment durchströmte ihn ein Gefühl der Unruhe – und zugleich hatte er den Eindruck, daß ihn jemand mit starrem Blick fixierte. Rasch fuhr er herum, aber bei der plötzlichen Bewegung fiel ihm die Brille herunter; gedankenlos machte er einen Schritt nach vorne und zerbrach sie. «Na», sagte er laut, «jetzt werd ich ihn wohl nicht mehr sehen können.» Und höchst eigenartigerweise empfand er darüber Erleichterung.

Freudig erregt bog er in die Commercial Road ein und marschierte in Richtung Whitechapel; in einer Seitengasse fand eine Schlägerei statt: Ein Mann trat mit den Füßen nach einem zweiten Mann, der bereits am Boden lag; am Straßenrand stand eine blinde Frau und wartete darauf, daß ihr jemand hinüberhalf; ein junges Mädchen summte leise einen Schlagertext vor sich hin. Und da fiel Hawksmoor auf der anderen Straßenseite eine hochgewachsene, aber undeutliche Gestalt auf, die sich in Gegenrichtung bewegte, auf die Kirche zu; sie schien den Schutz der Ladenfassaden und dunklen Backsteinmauern zu suchen. Die Kleidung des Mannes wirkte abgerissen und alt; sein Haar war zu einem Knäuel verfitzt und sah aus wie Tabak. Hawksmoor überquerte die Straße und ging im Abstand von ein paar Metern hinter dem Stadtstreicher her, doch vor lauter Aufregung mußte er husten: die hochgewachsene Gestalt drehte sich um und schien zu lächeln, ehe sie ihren Schritt beschleunigte. Erschrocken rief Hawksmoor: «Halt! Warten Sie auf mich!» Dann eilte er dem Stadtstreicher nach. Beide befanden sich nun in unmittelbarer Nähe der Kirche, und die noch immer undeutliche Gestalt lief über die angrenzende Grasfläche; Hawksmoor blieb dem Mann auf den Fersen, aber als er an der Pyramide vorbeirannte, stieß er auf einmal mit einem kleinen Jungen zusammen, der sich in ihrem Schatten aufgehalten hatte. Und als der Junge zu ihm aufblickte, sah Hawksmoor, wie bleich sein Gesicht wirkte. In diesem kurzen Moment der Unachtsamkeit war die hochgewachsene Gestalt um die Ecke der Kirche geeilt und, als auch Hawksmoor die Ecke umrundet hatte, bereits verschwunden. Er lief zurück, um das Kind zu fragen, ob es den flüchtenden Mann gesehen habe, doch der kleine Park war inzwischen vollkommen leer: Das Gras und die Bäume hatten nun aufgehört zu glühen, und in der Dunkelheit nahm es sich aus, als sänken sie zurück in die Erde. Wenn er jetzt nicht gleich etwas unternahm, dann würde die Atmosphäre des Kirchhofs ihn übermannen und er wäre verloren: Er machte sich auf den Weg in Richtung Limehouse, denn wenn es eine Gegend gab, in der sich ein Penner vor Verfolgern sicher glaubte, dann waren das die verlassenen Grundstücke und leerstehenden Häuser in der Umgebung von St. Anne's.

Er winkte ein Taxi herbei und ließ sich zur Limehouse-Kirche fahren; als er ausstieg, schlug ihm der kalte Wind ins Gesicht, und er suchte einen Moment lang Schutz hinter einer Plakatwand, auf der mehrere Computer zu sehen waren, die über der Stadt schwebten. Schließlich ging er auf St. Anne's zu, bog dann jedoch rechts ab und überquerte ein an die Kirche angrenzendes Stück Brachland: Der Wind blies hier noch heftiger, denn er wehte direkt vom Fluß her, und führte Hawksmoor die gelegentlichen Ausrufe und Schreie der Spiritustrinker zu, die sich ein paar hundert Meter entfernt aufhielten. Im Weitergehen sah er die von einem Feuer aufsteigenden Funken, und als er näher rückte, konnte er die dunklen Gestalten ausmachen, die offenkundig um dieses Feuer herumtanzten. Die sind glücklich, dachte er, denn die erinnern sich an nichts; dann eilte er unvermittelt auf sie zu: «He!» rief er. «Sie! Was machen Sie da? Was haben Sie hier zu suchen?» Er trat an sie heran, aber sie tanzten einfach weiter: Ihm war, als hätte jemand nach ihm gegriffen, um ihn womöglich in den Kreis zu ziehen, doch er riß sich mit einem Schrei wieder los. Daraufhin verstummten sie und starrten ihn an, während er sie fragte: «Kennt jemand von Ihnen den sogenannten Baumeister? Er ist einer von Ihnen. Haben Sie ihn schon mal gesehen?» Sie waren alle alt, ramponiert und müde – nun, da der Zauber des Tanzes sich verflüchtigt hatte. Sie sprachen kein Wort, sondern glotzten nur in die Flammen; einer begann zu stöhnen. Auf einmal sah Hawksmoor den Kopf eines Stoffbären: Er steckte auf einem Pfahl und lag auf der verkohlten Erde. Da brüllte er sie ungeduldig an: «Ich bin Polizeibeamter! Machen Sie mal das Feuer da aus!» Keiner rührte sich, worauf Hawksmoor selbst in das Feuer trat und wütend so lange darauf herumstampfte, bis nur noch Asche und angebrannte Zweige übrigblieben. «Wo ist er?» brüllte er sie abermals an, und sie wichen allmählich vor ihm zurück, «weiß jemand von Ihnen, wo er sich aufhält?» Doch sie gaben noch immer keinen Laut von sich, und Hawksmoor wandte sich ab – voller Ekel gegen sich selbst und sein unkontrolliertes Verhalten. Als er zurückmarschierte, rief er in die Luft: «Ich will hier kein Feuer mehr sehen! Verstanden? Kein Feuer mehr!»

Er fand den zum Fluß führenden Weg, und während er, um sich gegen den Wind zu schützen, den Mantel noch enger um sich raffte, kam er an einem alten Stadtstreicher vorbei, der am Wegrand kauerte und mit den Fingern in der feuchten Erde herumbuddelte. Hawksmoor schaute ihn sich genau an, aber es war nicht der Mann, den er suchte. Der Penner erwiderte seinen Blick – und starrte ihm noch nach, als er bereits wieder abrückte: Hawksmoor hörte ihn noch irgend etwas brüllen, doch die Geräusche des Flusses waren nun schon so nah, daß er die Worte nicht verstehen konnte. Das trübe Wasser eilte unter seinen Füßen dahin, und die Lichter der Stadt hatten den Himmel in flüchtigen Purpur verwandelt, aber er dachte nur noch an die Gestalt, die in Spitalfields vor ihm geflohen war, und an das bleiche Gesicht des Jungen, der im Schatten der Kirche zu ihm aufgeblickt hatte.

Und er kam nicht mehr los von diesen Bildern, während die Zeit verstrich und die Verwirrung immer größer wurde. Der Umstand, daß man eine Beschreibung des Verdächtigen in Umlauf gebracht hatte (was in den Zeitungen die unvermeidlichen Gerüchte und Spekulationen nach sich zog), war für die Ermittlung in den sechs Mordfällen nicht sonderlich hilfreich gewesen; im Gegenteil, die Sache hatte nur dazu beigetragen, die Gemüter derjenigen zu erhitzen, für die die Beschreibung des Stadtstreichers offenbar alles Verabscheuungswürdige und Böse symbolisierte. Bereits am ersten Tag nach der Veröffentlichung des ‹Phantombilds› gingen von überallher Dutzende von Augenzeugenberichten über den Mann ein, und der Zustrom dieser Berichte riß erst ab, als sich die Aufmerksamkeit der Öffentlichkeit wieder auf andere Dinge richtete. Schlimmer wog jedoch, daß eine ganze Anzahl von Stadtstreichern beschimpft oder mißhandelt wurde von Banden, die den ‹Kindsmörder› zum Vorwand nahmen, ihren Unmut an harmlosen Tippelbrüdern auszulassen. Eine Horde von kleinen Kindern brachte einen solchen Landstreicher sogar um: Der Mann lag betrunken auf einem brachliegenden Grundstück und schlief, und die Kinder zündeten ihn einfach an. Nach diesen Vorfällen gelangte man zu der Einsicht, daß Hawksmoor sich mit der Veröffentlichung von derartig unzureichendem Material einer ‹Fehleinschätzung der Lage› schuldig gemacht hatte – und Hawksmoors Situation gestal-

tete sich um so prekärer durch den Umstand, daß man trotz
intensivster Nachforschungen und Ermittlungen auf keinerlei
Spur von dem Mann gestoßen war. Es hatte den Anschein, als
sei er einfach verschwunden – das heißt (so jedenfalls ging die
Rede bei den mit dem Fall befaßten Beamten), wenn er überhaupt existierte.

Doch Hawksmoor wußte, daß er existierte, und obwohl er
niemandem auch nur die leiseste Andeutung über seine
abendliche Verfolgungsjagd gemacht hatte, wußte er auch,
daß der Abstand zwischen dem Mörder und ihm geringer war
denn je. Mitunter hielt er sich sogar selbst für den Verfolgten,
und als er eines Nachts wach lag, verfiel er auf den verrückten
Gedanken, sich, um den Mann zu überrumpeln, ebenfalls wie
ein Penner zu kleiden – aber kaum war ihm diese Idee gekommen, da verwarf er sie wieder und zitterte dabei. Um solche
Hirngespinste zu vermeiden, machte er abends ausgedehnte
Spaziergänge – und stellte fest, daß er stets die gleichen Wege
einschlug. Manchmal zum Beispiel ging er in den Park hinter
St. George's-in-the-East und setzte sich in der Nähe des verlassenen Museums auf eine Bank – auf eben dieser Bank hatte
er mit dem Vater des ermordeten Kindes gesprochen und
einen Blick auf die Illustrationen des Buches geworfen, das
der weinende Vater vor sich hingehalten hatte. Und während
er die Bäume neben der Kirche betrachtete, stellte er sich den
geruhsamen Verlauf eines Lebens vor, das einem menschen-
leeren Park glich – da könnte er dann bis ans Ende seiner Tage
sitzen und die Bäume anstarren. Doch diese momentane Gelassenheit machte ihn nervös, denn sie schien zugleich zu bedeuten, daß sein Leben bereits vorüber war.

Wenn er dann spätabends von seinen Streifzügen heim-
kehrte, nahm er das weiße Notizbuch in beide Hände und
hielt es dicht an die Nase, um sich an dem zarten Wachsduft
zu laben, der den starren Deckeln noch immer anhaftete.
Dann las er wieder die einzelnen Redewendungen und kon-

zentrierte sich schließlich mit starrem Blick auf die Zeichnungen, als könnten sie irgendeinen Anhaltspunkt liefern. Aber sie lieferten gar nichts, und eines Nachts riß er die Seiten wütend heraus und schleuderte sie quer über den Fußboden. Als er am anderen Morgen aufstand, geriet er in Panik; er blickte hinunter auf die verstreut daliegenden Blätter und sagte laut: «Was ist das für eine Raserei? Was soll diese Wut? Was hat das zu bedeuten?» Anschließend hob er die Blätter auf, strich sie mit der Handfläche glatt und befestigte sie mit Stecknadeln an den Wänden – so daß ihn nun, wenn er dasaß und auf die Grape Street hinunterschaute, die Redewendungen und Bilder umringten. Und während er fast reglos so dahockte, befand er sich in der Hölle, und niemand wußte davon. Und da wurde die Zukunft so klar, daß er sich gleichsam an sie erinnerte, sich an die Zukunft erinnerte statt an die Vergangenheit, die er nicht mehr beschreiben konnte. Aber es gab ja ohnehin weder Zukunft noch Vergangenheit, sondern nur das unaussprechliche Elend seines eigenen Ichs.

Aus diesem Grund vermochte er kaum zu sprechen, als er mit Walter im Red Gates saß; er blickte hinab auf sein Glas, während Walter besorgt sein Gesicht betrachtete. Er trank jetzt nur, um sich die Zunge zu lösen, denn ihm war, als habe er die Verbindung zur Welt verloren und sich in eine jener Pappfiguren verwandelt, wie man sie in Puppentheatern findet und die ein wenig zittern – wie die Hand, die sie hält. Aber wenn er reden könnte und die Stimme nicht von einem unter ihm kauernden Wesen käme, sondern aus ihm selbst ... «Wissen Sie», murmelte er, und Walter reckte den Kopf, um ihn zu verstehen. «Wissen Sie eigentlich, daß Mörder, die Selbstmord verüben, es so zu drehen versuchen, daß es wie ein weiterer Mord aussieht? Aber wissen Sie auch, wie viele von ihnen vom Blitz erschlagen werden? Eine ganze Menge. Mehr als Sie glauben.» Er sah sich verstohlen um. «Sie erinnern sich noch an das, was wir vor langer Zeit, es muß schon Jahre her sein, gelernt haben – nämlich daß sich das Bild des Mörders dem Auge des Opfers einprägt und folglich sichtbar ist? Verstehen Sie, ich müßte da nur einmal nah genug rankommen. Und ich will Ihnen noch etwas verraten. Manche Leute haben so große Angst vor dem Umgebrachtwerden, daß sie schließlich vor lauter Furcht sterben. Was meinen Sie dazu?» Walter spürte, wie der unterdrückte Wunsch, davonzulaufen, seine Beine zittern machte, und er stand auf, um noch etwas zu trinken zu bestellen. Als er zurückkehrte, starrte Hawksmoor ihn an. «Ich weiß es, Walter, ich kann es spüren. Wissen Sie, daß ich in ein Haus gehen kann und sofort wittere, ob dort einmal ein Mord geschehen ist? Ich hab das im Gefühl.» Und er stieß ein lautes Lachen hervor, worauf die anderen Gespräche im Lokal einen Moment lang verstummten.

Ein zerbrochenes Glas wurde vom Boden aufgekehrt, und während Hawksmoor beobachtete, wie die einzelnen Splitter im Licht ganz unterschiedlich glänzten, nahm Walter die Gelegenheit wahr, etwas zu sagen. «Meinen Sie nicht, wir sollten uns aus dem Fall mal zurückziehen? Richtiggehend zurückziehen?»

Hawksmoor war sichtlich alarmiert: «Wer hat Ihnen aufgetragen, mir das zu sagen?»

Walter versuchte ihn zu beruhigen. «Niemand hat mir das aufgetragen, aber die Geschichte läuft jetzt schon acht Monate. Sie verdienen mal eine Ruhepause.»

«Ein sonderbares Wort, dieses ‹verdienen›, nicht wahr? Wissen Sie, was es bedeutet?»

«Es bedeutet, daß man etwas braucht, oder nicht?»

«Nein, es bedeutet, daß man einer Sache würdig ist. Ich bin also der Ruhe würdig.»

Walter bemerkte, wie seine Hand zitterte, und Hawksmoor umklammerte sein Glas noch fester. «Ich weiß nicht, was ich dazu sagen soll, Sir.» Er warf Hawksmoor einen fast freundschaftlichen Blick zu. «Sie fangen ja schon bald an, davon zu träumen, Sir», gab Walter ihm sanft zu bedenken.

«Was bringt Sie denn zu der Annahme, daß ich *jetzt* noch nicht davon träume?» Er hatte zu laut gesprochen, und erneut herrschte im Raum plötzlich Schweigen.

Hawksmoor senkte verlegen den Blick, und auf diese Gelegenheit hatte Walter gewartet. «Ich hab einfach den Eindruck, Sir, daß wir überhaupt nicht weiterkommen.»

«Haben Sie wirklich den Eindruck?»

«Den Eindruck haben alle, Sir.» Hawksmoor bedachte ihn mit einem scharfen Blick, und von diesem Moment an hatte sich das Verhältnis zwischen den beiden Männern leise, aber dauerhaft verändert. «Uns fehlen die Fakten», sagte Walter, «und das ist unser Problem.»

«Sie wissen doch wohl, wie das mit Fakten ist – mit all diesen Fakten, die uns fehlen.» Hawksmoor war inzwischen sehr erbittert. «Was meinen Sie, Walter – ist es möglich, daß zwei verschiedene Leute das gleiche sehen?»

«Nein, aber…»

«Folglich besteht Ihre Aufgabe darin, das von beiden Gesehene zu interpretieren – also die Fakten zu interpretieren. Hab ich recht?»

Das Gespräch setzte Walter in Verwirrung, und er beschloß, sich daraus zurückzuziehen. «Ja, Sir.»

«Und somit sind die Fakten erst dann von Bedeutung, wenn man sie interpretiert hat, stimmt's?»

«Richtig.»

«Und wer liefert nun diese Interpretation? Sie und ich. Und wer sind wir?» Hawksmoor erhob die Stimme. «Ja, glauben Sie denn, es macht mir keine Sorge, wenn mir alles aus den Händen gleitet? Aber diese Sorge bezieht sich nicht etwa auf die Fakten. Sie bezieht sich auf mich.» Er hielt inne und fuhr sich zitternd mit der Hand übers Gesicht. «Es ist heiß hier – oder geht das nur mir so?» Er holte ein Taschentuch hervor, um sich den Schweiß von der Stirn zu wischen, und als Walter noch immer nichts sagte, fügte er hinzu: «Ich werd ihn schon finden.»

Später dann hörte er sich sagen: «Ich hab Ihnen doch von dem Notizbuch erzählt, oder?» Aber er konnte sich gerade noch beherrschen, murmelte eine Entschuldigung und trat wieder an die Bar; dort saßen drei Frauen, und als er sie ansprach, wandten sie sich ihm zu und lachten. Walter musterte die schwitzende, schlurfende Gestalt, wie sie zwinkerte und sagte: «Ich zeig Ihnen etwas, was Sie nie wieder vergessen werden. Wollen Sie mal etwas sehen?» Und da lachten die Frauen erneut: «Was ist es denn?» fragte eine. «Haben Sie uns was mitgebracht? Bestimmt was Kleines.» Und sie gackerten. Doch auf einmal verstummten sie, denn er zog aus der Jackett-tasche ein paar Bilder und hob sie triumphierend ins Licht. «Tun Sie die bloß wieder weg!» rief wieder die eine Frau empört. «Von diesen Schweinereien wollen wir nichts wissen!» Daraufhin blickte Hawksmoor seinerseits auf das, was er da in den Händen hielt, wobei er sich niederbeugte wie zum Gebet; im selben Moment trat Walter auf ihn zu und sah, daß es sich um die Fotos der Mordopfer handelte. «Stecken Sie die mal lieber weg, Sir», murmelte er, «ich bring Sie jetzt heim.» Hawksmoor stöhnte und stopfte die Fotos in seine Tasche; dann begleitete Walter ihn nach Hause.

*

Hawksmoor saß an seinem Schreibtisch, und das Klingeln des Telefons schreckte ihn auf: es war der Assistant Commissioner, der ihn sofort zu sprechen wünschte, doch als Hawksmoor sich dann von seinem Stuhl erhob, wurde er auf einmal ganz ruhig. Und diese Ruhe empfand er auch noch, während er im Lift in den dreizehnten Stock hinauffuhr; und als er ein weiträumiges Büro betrat, stand der Assistant Commissioner am Fenster und starrte hinaus in den grauen Regen: So stellt sich einmal deine Verdammnis dar, dachte Hawksmoor, du hältst fortwährend und traurig Ausschau. Doch dann drehte die Gestalt sich ruckartig um. «Verzeihen Sie mir, Nick.»

«Verzeihen? Was soll ich Ihnen denn verzeihen?» Hawksmoors Gesicht war in Aufruhr.

«Verzeihen Sie mir, daß ich Sie auf diese Art und Weise herbeizitiert habe.» Daraufhin nahm er Platz und räusperte sich. «Wie läuft es mit dem Fall, Nick? Wie nah sind Sie am Täter dran?» Das Telefon klingelte, aber er ignorierte es und wartete auf Hawksmoors Antwort. Dann fügte er, in das sich vertiefende Schweigen, hinzu: «Ich habe das Gefühl, wir kommen überhaupt nicht weiter, Nick.»

«Das Gefühl habe ich nicht. Wir brauchen nur Zeit, Sir.» Hawksmoor stand da und hielt die Arme steif nach unten, beinahe wie in Habachtstellung.

«Aber wir sind doch noch um keinen Deut schlauer. Wir haben doch noch keinerlei zusätzliche Erkenntnisse, oder?» Hawksmoor wich dem Blick des Mannes aus und starrte an ihm vorbei aus dem Fenster. «Ich hätte da noch was anderes für Sie, Detective Superintendent – es liegt zwar nicht ganz auf Ihrer üblichen Linie, aber...»

«Heißt das, Sie wollen mir den Fall entziehen?»

«Nur insofern, als ich Ihnen einen neuen zuteile.»

Hawksmoor trat einen Schritt zurück. «Sie entziehen mir also den Fall.»

«Sie sehen die Dinge nicht mehr in der richtigen Perspektive, Nick. Sie haben die Fundamente gelegt und dabei gute Arbeit geleistet; aber jetzt brauche ich jemand, der die Geschichte Steinchen für Steinchen aufbaut.»

«Aber die Leichen liegen nun mal im Keller», erwiderte Hawksmoor, «allgemein gesprochen, meine ich.»

Der Assistant Commissioner senkte ein wenig die Stimme: «Sie sind in letzter Zeit ins Gerede gekommen. Man sagt, Sie stehen ziemlich unter Streß.»

«Und wer ist *man*?» Sobald er dieses Wort hörte, stellte er sich eine von Ort zu Ort ziehende Horde von Schatten vor.

«Warum nehmen Sie sich nicht mal ein paar Tage frei? Bevor Sie sich auf den neuen Fall stürzen? Warum gönnen Sie sich nicht mal eine ordentliche Ruhepause?» Der Assistant Commissioner stand auf und bedachte ihn mit einem eindringlichen Blick, den Hawksmoor hilflos erwiderte.

Er kehrte wieder in sein Büro zurück, wo Walter bereits auf ihn wartete: «Na, wie ist es gelaufen?»

«Sie wußten also längst Bescheid.»

«Alle wußten Bescheid, Sir. Es war nur noch eine Frage der Zeit.» Und Hawksmoor hörte, wie ihn ein gewaltiges Meer umbrauste: In aller Deutlichkeit sah er eine kleine Kreatur, die in panischer Angst mit den Armen ruderte, während das Wasser sie wie Sturmwolken mit sich riß. «Ich hab noch versucht, zu helfen...» begann Walter nervös.

«Verschonen Sie mich damit.»

«Aber Sie haben mich ja nicht gelassen. Irgendwas mußte sich einfach mal ändern, Sir.»

«Alles hat sich geändert, Walter.» Er nahm die Akten vom Schreibtisch. «Und ich übergebe nun alles Ihnen. Jetzt liegt das Ganze bei Ihnen.» Hawksmoor reichte ihm die Akten, und Walter erhob sich; sie standen einander gegenüber am Schreibtisch, und als sich beide gleichzeitig vorlehnten, berührten sich zufällig ihre Fingerspitzen.

«Verzeihung», sagte Walter, zog rasch die Hand zurück und entschuldigte sich.

«Schon gut, war nicht Ihre Schuld. Es mußte so kommen.»

Nachdem Walter das Büro verlassen hatte, blieb Hawksmoor völlig regungslos sitzen; er wollte sich Klarheit verschaffen über seinen nächsten Schritt, und im Verlauf des Nachmittags versuchte er sich so zu sehen, als sei er ein Fremder. Die Zeit vergeht, und er betrachtet seine Hände und fragt sich, ob er sie wohl wiedererkennen würde, wenn sie abgetrennt auf einem Tisch lägen. Die Zeit vergeht, und er lauscht dem Geräusch seines sich hebenden und senkenden Atems. Die Zeit vergeht, und er holt eine Münze aus der Tasche, um nachzuprüfen, ob sie sich beim Weiterreichen von Hand zu Hand abgenutzt hat. Als er endlich die Augen schließt, gleitet er langsam vornüber und erwacht im Moment seines Falls. Gleichwohl fällt er weiter; und der Nachmittag verwandelt sich in den Abend, und auch die Schatten um Hawksmoor verwandeln sich.

Schließlich verließ er das Büro und kehrte zurück in die Grape Street. Er setzte sich in sein Zimmer und schaltete den Fernseher ein: Ein Mann hockte in einem dunklen Alkoven und legte eine Patience, und Hawksmoor beugte sich gespannt nach vorne, um dieses Dunkel abzusuchen; er sah an dem Darsteller vorbei und musterte den Stuhl, den samtenen Vorhang und die Vase mit den staubigen Blumen darin. Dann ging er, der Fernseher lief noch, nach nebenan, ließ sich nieder auf sein Bett und wachte nicht auf, als das Morgenlicht sich wie ein Band über sein Gesicht legte.

I I

Die Morgenstrahlen wollten mich nicht erwecken, und als ich mich endlich ermunterte, so wußte ich bald nicht, in welchem Haus, an welchem Ort oder in welchem Jahr ich mich fand. Und ob ich mich gleich resolvirete, mir mein Elend aus dem Leib zu marchiren, so langte ich blos an die Ecke, indem ich neuerdings über die Maaßen ermüdete: auch gieng ein leiser Regen hernieder, welcher mich verängstete; denn nistelt die Influenza sich erst einmal ein, so darf man sie vor den Anfang einer sterblichen Krankheit achten. Solchergestalten kehrte ich bange zurück auf mein Losament, woselbst ich aufs Sinnen verfiel über die Gestalt meiner neuen Kirche, als welche sich soeben ober dem Koth und Stanck dieser Stadt erhub.

Um acht nach der Uhr gieng ich zu Bette, allein zwischen eins und zweye, nach blos vier Stunden Schlafs, kams mit mir zum Speyen: ob von dem Übelseyn, oder von der grausamen Forcht, so mich des Nachts angreiffet, ich wüßte es nicht zu sagen. Ich schlurffte zwey Leffel Kirschbranteweins, welcher mich schlummern ließ, biß daß Nat mich um sieben erweckte. Doch hernachmals fiel ich wieder ins Speyen, und alldieweilen mein Urin so roth als Blut, legte ich mich seuftzend aufs Bette und sagte: Was will aus mir werden? Was will aus mir werden?

Demnächst schrieb ich unter argem Zaddern von eigner Hand an den kreuchenden Ritter: Sir John, ich ersuche Euch um die Gunst, der Commission zu vermelden, daß ich willens gewesen, den heutigen Tag auf dem Amte zu seyn und die Materien in Absicht auf die Kirche von Little St. Hugh in der

Black Step Lane zu bereden, allein mein ziemliches Übelseyn bewegt mich zu dem Wunsch, noch ein oder zwey Tage zu verharren, um somit mein Aufkommen zu beeilen. Euer gehorsamster und ergebener Diener etcetera. Ich rief um Nat, daß er sollen mit dem Brief auf die Whitehall lauffen, und er tritt über und über schwitzend herein: Ein Mann ist wieder gekommen, *sagt er*, aber ich habe ihn abgeweiset. Ich lasse keinen herein, als wie Ihr mirs befohlen, und wenn er sagt, *Ist Sein Herr darinnen*, so versetzte ich, Ja, er ist darinnen, allein er sitzet dermalen zu Frühstück, und darf sich zu solcher Zeit nicht lassen verstören; und ein andermal denn geb ich Bescheid, Ihr seyd malade, und solchergestalten ändere ich windgeschwind meine Kniffe. Ich bin eine ächte Barricade gegen iedweden Ankömmling!

Unter währender seiner Ansprache kratzete er sich am ganzen Leib, als ein Ferge: Was erhält Er denn da vor Gesellschaft in Seiner Gewandung, Sir, *rief ich*, daß sie Ihn durchaus beißen muß?

Es sind meine Freunde, *erwiderte er*, weil sie mich niemalen verlassen.

Ei, was giebt Ihm dann die Melancholey ein? Sein Gesicht ist so lang als mein Zeichenstifft, und nicht ebenso nutzlich.

Sie sind meine einzigen Freunde. Demnach hält er ein, indem ihn seine eignen Worte beunruhigen, und sahe hinab an den Boden. Und in solcher Haltung, sagte ich zu mir selbst, will ich mich immer auf dich besinnen, mein Knabe Nat: nach plötzlichem Einhalt verwirrt an den Boden blickend. Doch ietzt läßt er davon ab, mit dem Fuß im Staub zu scharren, und fragt: Was ist dann eine Hyaene, Herr?

Das ist ein Gethier, welches lachet und menschliche Stimmen imitiret.

Gut, gut, *sagte er* und wischte mit meiner Epistul hinaus.

Ich weiß gar wohl, aus was Ursach sie mich visitiren wollen: sie suchen mich in meinem Übelseyn zu besichtigen, auf daß sie können über mich triumfiren. Noch immer sehen sie mich mit Argwohn an, und auf dem Amt murmeln sie wider mich wegen des neulichen Tods von Walter; mein eingezognes Leben vermehret ihren Argwohn, aber wie so sollte ich ihr Gespreche leiden, wo ihr Anwesen mich blos in Confusion setzet und meine Zunge verlähmet? Doch um die Leiden zu lassen und die Thatsachen zu befördern: Walter erhenkte sich selber an der Thür seines Schlafgemachs; solches geschahe an einem Sonntag, in der meiner Besuchung nachfolgenden Woche, zwischen neune und zehn in der Früh, und er wurde erst des Abends von der vettelischen Hauswirthinn aufgefunden. Er hatte blos sein Hembde, und solchergestalten hieng er biß in den Abend zwischen sieben und acht, als der zu Besichtigung beygerufene Leichenschauer vermeldete, daß Walter ehedessen nicht mehr bey Sinnen gewesen. Allein ich war gar ruhig bey Sinnen: ich veroffenbarte der Leichenschau-Commission, daß er in seinem Aberwitz die Ertödtung von Mr. Hayes gestanden, daß ich solches indessen erst nach seinem Selbstmord glauben durfte. Diesergestalten hatte ich neuerdings zwey Fliegen unter einer Klappe; ich war ein wackerer Tischler und werckte mit Holz, und hernachmals wandelte ich mich in einen braven Gypser und werckte mit Stucco: der Tod von Mr. Hayes wurde Walter zur Last geleget, als was mich den fürwitzigen Fragern entzog, und Walter hat sich selbst abgeledigt, als was mir die Arbeit versparte. Ich würde ihm williglich die Geheimnisse meiner Kunst allgemach überliefert haben, allein er belauerte, verfolgte, bedräuete und mißleitete mich. Und indem er nun gänzlich zu Grunde gerichtet – wie so sollte ich Schuld verspüren? Wenn ein Hund mich von ungefehr anklafft, muß ich ihn denn nicht auf den Zagel treten?

Gegen eilfe zur Nacht ward Walter splinternackend zur Erde bestattet: ich hätte ihn viel lieber unter Little St. Hugh liegen, aber der Casus ist so gewichtig nicht. In menschlichen

Affairen enthält sich ein Nebel, ein kleiner niselnder Regen, als welcher sich nicht läßet von diesem oder jenem in einzel Tropfen unterscheiden, sondern sich um die Menschen mehret und dieselben voneinander verdunkelt – doch im Gebäu meiner neu errichteten Kirche nimmt er Gestalt an. Indem ich von meinem Bette etwan an die Zimmerdecke aufblicke, so ersehe ich den Kirchthurm und spüre den Wind um mein Angesicht blasen; rühre ich an die Hand oder an den Arm eines Nebenmenschen wie Nat, so vermerke ich unterm Streichen den rohen Stein; so bald mir heiß, so trete ich in Gedanken ins Kirchschiff, und demnach ist mir wieder kühl. Ich bin empfindlich gegen das Ungemach, welches mir solches Werck ausgewürcket, doch warum sollte ich wider derley Kränkungen murren und keifen: mögen die Leute von Eigennutz, Narrheit oder Arglist geleitet seyn, so sind sie doch blos ihre eigen Widersacher und nicht die meinen, denn gleichwie Basiliscen begehrlich, den Spiegel zu beschinden, so zernichten sie sich selber an ihren zurückprallenden Vapeurs. Ich habe meinen Handel nunmehro verrichtet, und indem ich vor mir den ungebrochnen Stein und dessen Muster ersehe, mag denn die Welt zum Teufel gehn.

Sechs Entwürffe vor meine letzte Kirche habe ich allbereit ausgefertiget, und mit Stifften an die Wand meines Cabinettes angefestet, so daß mich die Bilder umringen und ich wieder geruhig seyn darf. Der erste enthält die umständliche Darstellung des Grundplans, gleich dem Prologue einer Geschicht; im andern findet sich der gesammt Plan in Miniatür, gleich der Anordnung von Figuren in einer Erzehlung; der dritte erzeiget den Aufriß, gleich dem Symbol oder Thema einer Erzehlung; der vierte veroffenbaret die Facciade, gleich dem Hauptpart einer Geschicht; im funften finden sich gar viele und irregulaere Thüren, Treppen und Gänge, gleich denen vielen doppelsinnigen Wendungen, Tropen, Dialogues und metaphorischen Redensarten; der sechste erweiset den Porticus und den Thurm, welche durch Erhabenheit staunen machen, gleich dem Beschluß eines Buchs.

Allein überdas findet sich eine den Blicken verhohlne Geschicht, allermaßen ich an einer eingezognen Stelle das Bildniß des Frater Bacon placiret, welcher mit ertzener Stirne sprach: *Zeit ist.* Und ferners will ich solche Stätte, so bald sie fertig errichtet, nimmer verlassen: Hermes Trismegistus erbauete einen Sonnentempel, und er wußte sich allen Blicken zu verbergen, ob er gleich annoch im Tempel verblieb. Dieß mag vor einen gegenwertigen Bericht zureichen, denn meine Historia stellet ein Muster vor, dem andere Menschen am fernen Ende der Zeit folgen dürfen. Und ich schlinge die Arme um mich und lache, indem ich gleichsam in einer Vision aus dem dunkeln Irrgang einer unbekannten künftigen Zeit jemand sehe, so auf die Black Step Lane tritt, und das still und geheym Verborgene aufdecken wird. Ich will nunmehro abbrechen –

*

Und nunmehro zerbreche ich. Im Lauff der gewesenen sieben Nächte kamen mich gar wilde furchtbarliche Träume an, und in meiner Nase ist ein neuer Geruch, als wie von verbrenneten Lumpen. Ich weiß, daß eine Veränderung mit mir vorgeht, indem ich Geister zu hören vermeine, als welche mit sehr gedämpfter Stimme reden, wie erkältete Personen. Jedennoch erklingen die Stimmen nicht heiser, sondern deutlich verstehbar, und sie sagen, *Welcher Wind hat Ihn denn hieher verschlagen, Nick, Nick? Kennet Er uns, Nick, Nick?*, und so bald ich rufe, O GOtt, ja, so fahren sie fort, *Wann sind wir, Nick, Nick?*, und solche Frage wird zu einem Brausen in meinen Ohren.

Ich besorge den Tod nicht seiner Pein halber, da ich versichert, daß ich im Leben ebenso grausame Pein ausgestanden, als ich im Tod möchte finden; doch mag es auch seyn, daß ich gar nicht sterben kann. Man darf solches verspotten, aber es begaben sich schon gleichso große Wunderdinge: den gesterigen Morgen gegen eilf machte ich meinen ersten Gang, und bey der Hogg Lane traf ich an meine eigne Erscheinung – Habit, Perruque und alles fernere, wie in einem Spiegel. Kenne ich Ihn? rief ich, zur argen Verwirrung der Vorübergänger, allein das Ding wollte nicht antworten, und marchirete geschwinde hinweg. Ich erstaunte gar sehr, aber forchtete mich nicht. Den heutigen Morgen denn vermerkte ich in meinem Gemach eine Gestalt vor mir – von cörperlicher Statura mir gleich, jedoch in einem wunderlichen Habit, welcher wie ein Unterkleid sahe, und überdas hatte das Wesen keine Perruque auf. Es kehrte mir immerzu den Rücken her, und so bald ich den Kopf wandte, so wandte es den seinigen auch, so daß ich sein Angesicht nicht konnte erblicken: mein Nachtgewand war dunkel von Schweiß, als ob ein Schatten darüber gefahren, und ich muß wohl was wenigs gebrället haben, denn Nat rief, Herr! Herr! Macht doch die Thüre auf und laßt mich herein!

Noch etwas Gedult, und Er darf sogleich herein, *versetzte ich*, und indem ich der reglosen Gestalt einen dauernden Blick gab, gieng ich hinüber zur Thüre.

Ihr werdet noch Mrs. Best bekümmern, wann Ihr so lauthalsig schreiet, *sagt Nat* und wischet ins Zimmer.

Ich nickte den Kopf gegen die Gestalt: den heutigen Morgen, Nat, habe ich ein abortiv Kind ausgespeyet.

Ei wohl, *sagt er*, unwissend, was solches bedeuten möchte, soll ich Euch Wasser anbringen, den Mund zu waschen? Mrs. Best sagt –

Um GOttes willen, so halt er das Maul, sieht Er dann nicht, daß jemand bey mir ist? Und ich wies nach der Gestalt, die immer mit dem Rücken zu mir dahockte, sich aber itzunder vorbog, und aus ihrem Mund kam ein Stöhnen herfür, wie Rauch aus einer Lampe. Ich weiß nicht, Nat, *sagte ich*, doch das Ding mag wohl real seyn.

Und Nat hörte oder erblickte etwas, denn hierauf erröthete er sich, und ward von grausamem Gezitter ergriffen: Gütiger GOtt, *rief er*, ich will nichts sehen! Und demnach lieff ihm der kalt Schweiß vom Angesicht, und er stolperte nach der Treppe. Aber so bald die Gestalt allgemach dahinschwand, so murmelte ich für mich: *Ich bin nun bereit für meine nahende Wandlung.*

*

Ich bin von der Zeit abgeschnitten, und drehe und wende mich auf dem Bette: was sagt dann der Almanach von Mr. Andrewes vor diesen Monat, Nat? Und er verliest mir die *Zeitung von denen Sternen*: in diesem Monat steht Mars im Scorpion, und wann er nicht wird gebissen, so verbleibt er in solcher Motion biß in den sechsten Tag. Demnächst laufft er retrograde, das ist: rückwerts –

Verspar Er mir Seine Anmerkungen, Nat!

– und zwar den ganzen Monat hernach, und findet sich auf den andern Tag im gevierten Schein zur Venus. Bey der Erwähnung von Venus erröthet Nat, und fährt denn fort: den Augenblick, Herr, sind die Sterne dem Bauen nicht günstig, und London laboriret unter gar lästigen Pressuren und Nöthen, so noch nicht ausgestanden. Ich muß solches zu Mrs. Best verbringen, indem sie den Hexenschuß hat und noch Ungemach in den Lenden –

Nat, Nat, seh Er nach, ob sich hier Propheceyen von Cabalen und fernern schädlichen Vorhaben enthalten.

Er besichtigt mit Fleiß die Seiten, und hält mit einem Mal ein: Ja wohl, dahier im *Sternenboten* wird vermeldet, daß etliche Geister sich rühren und also zu Haus Gefahr dräuet. Demnach biegt er wieder den Kopf: Ei, hier im Poor Robin's *Vox Stellarum* findet sich ein gar sinnreicher Reim. Und schon erhebt er sich mit gewichtigen Mienen, hält das Blatt vor sich hin und fängt an zu recitiren:

Ich sah einen Kirchthurm sich zwölff Yards erheben
Ich sahe, wie Thränen zu Staub sich weben
Ich sah einen Stein, ganz in Flammen von Feuer
Ich sah eine Treppe, groß als der Mond und höher
Ich sahe die Sonne, roth noch zur Mittnacht,
Ich sahe den Mensch, der diese Schrecken beacht'.

Wie mag das dann ausgehen, Herr? Ich kanns nicht ergründen.

Es gehet nicht aus, Nat, indem es zu solchem Reim keinen Beschluß giebt.

Und demnach schlummerte ich, und nunmehr bin ich in meinem Siechthum emporgehoben über den erbermlichen Globus dieser von Zeit zerbrochenen Welt: die Aufrührigen stehn schon vor Lancaster, gewesene Nacht ein Feuer am Tower Hill, ein Hund heulet die Mondnacht an, und itzunder macht mir das Trincken von Brantewein keine Zufälle mehr, und Hannovers Trouppen ziehn zu Warrington zusammen, die Wolcken nun unter mir, die Aufrührer zu Preston denn aufgerieben, und ich kann die Kälte nicht dran verhindern durch alle aufs Bette gelegete Kleider zu drängen und Mylord Warrington fället bey solchem Scharrmützel indem meine Hand die Lacken anrühret und als ich suche in einem von Menschen verlaßnem Gelend mich inmitten der Felsen zu bergen so hallen die Stimmen der Kämpfenden wider und bey meinem steigenden und nachfolgends sinckenden Fieber ruft Nat und weilen ich schwitze fället der Schnee und die Aufrührer werden gefangen nach London verbracht und ich öffne die Augen und nunmehr liegt artiger Frost auf der Themse.

Und an solchem Tag schwand mein Fieber dahin: ich erhub mich vom Bette und rief, Nat, Nat, wo stackt Er?, aber er hatte sich irgends wohin entfernet, und ich war allein. Ich ermunterte mich durch den festen Vorsatz, meine neu errichtete Kirche zu visitiren, dahero kleidete ich mich in möglichster Hast und zugleich umsichtiglich an: der kalte Wind hatte Eis auf den Fenstern lassen, und ich verhüllete mich in meinen zwey-reihichten Rock, ob dieser gleich mit Unschlitt beschunden. So bald ich auf die Straße langte, so versetzte mir ein Sänften-träger mit seiner Stang einen Stoß an die Kniee, was mich unter Flüchen wieder in die Thüre spedirete, und Herr des Himmels! die Kutschen und Fuhrwercke erschütterten der-maaßen den Boden, daß es bald hätte einem natürlichen Be-ben oder Zucken der Erde geglichen: und wie viele Tage und Nächte, *gedachte ich*, habe ich dann in meinem grausamen Fie-ber gelegen? Was vor eine Zeit ist das? Auf der Nebenstraße rollten etliche Lehrjungen einen Fuß-Ball daher, doch als ich ihnen zurief, Was ist die Uhr?, so gaben sie keine Antwort, als ob ich unsichtbar und nicht zu hören gewesen. Allein mehrere Werckleute mit Bretern und Leitern schienen heimzukehren, was mir eingab, daß ich mich gegen Beschluß des Tages erho-ben, aber ich durfte nicht sicher seyn. Ich passirete die Leicester Feelds, und hörte den Quecksalber brällen *Was habt Ihr? Was habt Ihr?* Ich habe das, gedachte ich, was deine Trop-fen nicht können curiren. *Mach Er Platz da*, sagt ein Kerl mit einem Schiebkarren, *oder will Er sich lassen die Caldaunen auspres-sen?*, und ich trat von ferne, und gerieth in ein Gedräng von gemeinen Frauenzimmern mit fetzigen Sacktücheln, blauen Schurtzen, und ihre Angesichter erzeigten, wie meines, ein Herkommen von unbekanntem Urbilde. Ich marchirete durch die Cranborn Street, woselbst die Köche träuffend an ihren Thüren stunden, und demnach auf die Porters Street, allwo die Awstern und Nüße in rollenden Krambuden hoch aufgehäuft lagen. All dieß wird vergehen, und all solche Dinge zerfallen und schrümpfen zu Staub, jedoch meine Kirchen bleiben bestehn. Von dorten begab ich mich auf die Hogg Lane, woselbst ein Lumpenmann mich bey meinem Arm ver-hielt und frug *Weß wöllt Ihr gebrauchen, Sir?* Ich? Ich gebrauche der Welt, indem ich sie als ein Geist durchwandele.

Das Gelerm der Stadt setzte mich in so arge Confusion und Schwachheit, daß ich bald nicht mehr stehen konnte, sondern gerades Wegs auf die Fenchurch Street kutschete, allwo ein an die Straße umgekippter Karren mich abzusteigen nöthete. Neuerdings vernahm ich um mich die Rufe: *Wohlfeyle fette Aale*, brällete einer, und als dessen Widerhall fieng ein andrer an zu winseln *Küchengerethe gefällig, die Damen Jungfern?* Und ich wisperte solche Rufe vor mich hin, indem ich über die Steine trottete. So bald ich an die Lime Street langte, so verdunkelte sich der Himmel, und es wurde kalt; jednoch fand sich dahier ein altes Frauenzimmer mit einem Kind auf dem Buckel und sung: *Feine Dinte zum Schreiben! Feine Dinte zum Schreiben!*, und ich hätte selber wieder können ein Kind seyn, so traut erklang mir das Lied. Demnach erhub sich der Ruf, den ich die Zeit meines Lebens immer vernommen, *Habt Ihr was zu bessern? Habt Ihr was zu bessern?*, und ich passirete weinend durch die Leadenhall Street, allermaßen ich wußte, daß ich dergleichen nimmermehr hören würde. Ich marchirete durch die St. Mary Axe nach der London Wall, und meine Thränen fielen ans Mooß, indem ich mich niederbog, es anzurühren; denn giengs durch die Bishopsgate und dem alten Bedlam vorüber auf die Moorfields, und dahier war mir, als hörte ich das Jubiliren der Unsinnigen, die an die Zeit nicht dencken wie ich; demnach durch die Long Alley, woselbst ich den großen Tanzpalast passirete, allwo der Poebel an der Thüre nach der neulichsten Melodey tanzte, und bey meinem Vorübergehen pochte ein kleiner Geselle mit rothem Gesicht auf dem Zahltisch den Tact.

Und denn wendete ich mich nach der Gegend, so man Great Feeld benennet. Etliche Kinder mit blauen Wämsern und bunten Papiermützen wischten mir hinterher: *Ihr werdet todt seyn, eh daß ich zurückkehre*, gedachte ich, indem ich in den Eingang zur Black Step Lane starrte. Mit gleichem Schritt gieng ich fürbaß, und allendlich erhub sich über mir meine

Kirche: selbst mich durchfuhr es gleich einem Donnergerolle, da mich ein Hauch von nie noch geschauter Erhabenheit streiffte. Ein Mann mit Peltzmütze und grauen Strümpffen gieng mir vorüber und sahe erstaunend um sich, so sehr überwältiget stund ich im Anblick des ungeheuren Gemäuers; und sämptliche Rufe erstarben, indem ich die Treppe aufstieg und an das Portal von Little St. Hugh gelangte. Die Kirche war nunmehr über mir, und ob ich gleich in den Schatten getaucht, so rührte ich mich nicht, sondern wartete, biß meine Augen sich was wenigs gekläret. Denn öffnete ich die Thüre und trat über die Schwelle. Ich marchirete fürwerts und sagte *Von meinen ersten Jahren habe ich Deine Schrecken unter Nöthen ausgestanden,* und ich verharrte im Kirchschiff und blickte hinauf, biß daß ich noch mehr erblicken konnte: ich hatte das Ende meiner Zeit erreicht, und war zu Frieden. Ich sunck vor dem Licht auf die Kniee, und mein Schatten dehnte sich über die Welt.

12

Der Schatten wanderte langsam über sein Gesicht, bis Mund und Augen im Dunkel lagen: Nur die Stirn empfing noch die Sonnenstrahlen, und diese Strahlen ließen die Schweißperlen erglänzen, die sich dort vor dem Aufwachen gebildet hatten. Selbst im Schlaf noch wußte er, daß er krank war, und er hatte geträumt, daß das Blut aus ihm herausströmte wie Münzen; eine Auseinandersetzung auf der Straße unten hatte ihn aufgeweckt, und während er aufrecht kniete und sich die Hände an die Ohren hielt, überlegte er, ob er inzwischen womöglich verrückt geworden war. «Aber wieso sollte ich denn verrückt sein?» sagte er und lächelte über das Geräusch seiner Stimme; gleich darauf hörte er, wie es an der Tür dreimal klopfte. Er ließ die Hände sinken und wartete schwer atmend ab – erst als es erneut dreimal klopfte, erhob er sich vom Bett, trottete langsam zum Flur und rief: «Wer ist da?»

«Ich bin's nur, Mr. Hawksmoor!»

Er öffnete Mrs. West die Tür und hörte ihr mit abgewandtem Blick zu: «Ich dachte, ich hätte Sie rufen hören, Mr. Hawksmoor. Haben Sie gerufen?» Er schwieg, und sie trat einen Schritt vor: «Gestern abend war jemand für Sie da. Ich hab grad die Flaschen rausgestellt, obwohl ich mich ja kaum noch bücken kann, und der Mann hat in einem fort geklingelt, und da hab ich gesagt, daß Sie nicht daheim sind. War das richtig? Und jetzt hab ich Sie rufen hören, und da dachte ich, man kann ja nie wissen, oder? Deswegen bin ich einfach mal raufgekommen.» Und während sie redete, musterte sie mit unverhohlener Neugierde sein Gesicht. «Ich dachte, das hat vielleicht irgendeinen Grund, Mr. Hawksmoor.»

Er sprach noch immer kein Wort und lächelte, und als er schon im Begriff stand, die Tür wieder vor ihr zu schließen, fiel ihm auf einmal ein: «Ach übrigens, Mrs. West, ich will demnächst verreisen...»

«Sie brauchen mal eine kleine Ruhepause, stimmt's?»

Er bedachte sie mit einem argwöhnischen Blick. «Ganz recht. Ich verdiene mal eine Ruhepause. Wenn also wieder jemand kommt – würden Sie ihm das dann bitte ausrichten?»

«Mach ich.» Ihre Hände waren zu Fäusten geballt.

Hawksmoor schaute ihr nach, wie sie die Treppe hinunterstieg und sich dabei schwerfällig ans Geländer stützte; erst als sie außer Sichtweite war, machte er die Tür wieder zu. Er ging zurück ins Schlafzimmer, blickte hinab auf seine Arme und sah die länglichen Kratzer, die er sich im Schlaf selbst beigebracht hatte: und im selben Moment verzehrte ihn der Haß gegen die Leute, mit denen er zusammenarbeitete. Sie wollten nicht, daß er Erfolg hatte, sie hatten ihn hintergangen und betrogen – und nun hatten sie über ihn triumphiert. Auf einmal bekam er keine Luft mehr; erschrocken eilte er hinüber zum Fenster und machte es auf: es war ein kalter Dezembertag, und als er sich hinauslehnte, spürte er, wie die Hitze seinen Körper wie ein ausströmendes Gas verließ, worauf er sich wieder beruhigte. Von hier oben gesehen, schien den Bewegungen der durch die Straßen wandelnden Leute etwas sonderbar Schicksalhaftes zu eignen – als würden sie von einem für sie unsichtbaren Faden gezogen; und als er auf ihre Gesichter hinabblickte, fragte er sich, was so ein Gesicht wohl bedeutete und welchem Urbild es entsprach.

Es war nun Zeit, sich diesen Leuten anzuschließen. Er trottete in den Flur und verharrte dort nur, um sich Mantel und Schuhe anzuziehen; dann ging er langsam die Treppe hinunter und trat auf die Straße. Es regnete ein wenig; an der Straßenecke angekommen, warf er einen Blick hinauf zu den Wolken und faßte plötzlich den Entschluß, wieder umzukehren.

Als er kurz darauf am Red Gates vorbeikam, sah er im beschlagenen Fenster, unter einer Reklame für Bier und Spirituosen, sein eigenes Spiegelbild. Es wandte sich ihm zu und starrte ihn an, ehe es schließlich weitermarschierte: Hawksmoor fuhr sich mit der Hand übers Gesicht und rief: «Kenne ich dich?» Und mehrere Passanten blieben verwundert stehen, denn er rannte auf die Straße und brüllte: «Kenne ich dich? Kenne ich dich?» Keine Antwort kam, und als er der entweichenden Gestalt zu folgen versuchte, hemmte das Gedränge in der Stadt seinen Lauf und schloß ihn zuletzt ganz ein. Schließlich marschierte er zurück zur Grape Street: Er war mittlerweile so müde, daß es ihn überhaupt nicht mehr interessierte, ob ihn bei seiner Rückkehr jemand beobachtete oder ob er bereits erwartet wurde. Er legte sich auf sein Bett und deckte mit der Hand die Augen ab, doch der Verkehrslärm drang durchs geöffnete Fenster, so daß er nicht einschlafen konnte. Schließlich schlug er die Augen wieder auf: Und das ist auch noch so ein Problem, dachte er, wieso eigentlich haben Kirchen ausgerechnet diese Gestalt? Und er wiederholte das Wort – Kirchen, Kirchen, Kirchen, Kirchen, Kirchen – bis es nichts mehr bedeutete.

*

«Huhu! Huhu!» Die Stimme hätte von irgendwoher im Zimmer kommen können, und als er aufwachte, wußte er zunächst gar nicht, was er soeben gehört hatte. «Mr. Hawksmoor!»

Er sprang aus dem Bett und rief: «Was gibt's? Was ist passiert?» Dann kauerte er sich an die Schlafzimmertür und stemmte sich mit seinem ganzen Gewicht dagegen – für den Fall, daß Mrs. West einzudringen versuchte.

«Ihre Wohnungstür war offen, und man kann ja nie wissen, oder? Ich dachte, Sie wollten verreisen...» Und nach einer Pause fragte sie: «Darf man hereinkommen?»

Sie stand noch immer direkt vor seiner Tür, und er hätte vor Wut am liebsten dagegengehämmert. «Einen Moment noch!» rief er und stellte erstaunt fest, daß er immer noch Mantel und Schuhe anhatte. Wo war er gewesen, während er schlief? Schließlich öffnete er die Tür, eilte an Mrs. West vorbei ins Badezimmer und ließ kaltes Wasser aus dem Hahn laufen; eigentlich wollte er sich das Gesicht naß machen, aber statt dessen musterte er die Oberfläche des rauschenden Wassers. «Ich will in der Tat verreisen», rief er ihr zu. «Demnächst.»

«Und wohin?»

«Oh, keine Ahnung», murmelte er, «wo man eben so hinfährt.» Und er hörte sie in der Wohnung herumtappen. Leise trat er aus dem Badezimmer und sah, wie sie die Blätter aus dem weißen Notizbuch anstarrte, die er an den Wänden seines Vorderzimmers befestigt hatte. Er bemerkte ihr immer noch glänzendes Haar und wollte es schon streicheln; da fiel ihm auf, daß sie, wenn sie sich von einem Bild zum nächsten wandte, den ganzen Oberkörper bewegen mußte: «Was ist denn mit Ihrem Nacken passiert?» Er versuchte seinen Ekel zu verbergen.

«Och, das hat nichts zu bedeuten. Das kommt von meiner Arthritis. Daran bin ich gewöhnt.» Sie begutachtete noch immer die Zeichnungen mit den Versen und Redewendungen darunter. «Was soll denn das werden? Sind die von Ihnen?»

«Von mir? Nein, die sind nicht von mir.» Er versuchte zu lachen. «Die gehören zu einer Geschichte, an der ich gerade arbeite. Ich weiß nur noch nicht das Ende.»

«Ich hab eine Schwäche für ein harmonisches Ende.»

«Da könnten Sie genausogut sagen, Sie haben eine Schwäche für einen harmonischen Tod.»

Hierauf war sie verwirrt und murmelte nur: «Ach ja?» Dann machte sie Anstalten, zu gehen.

«Aber was meinen Sie denn nun zu den Bildern, Mrs. West?» Er blockierte ihr den Weg zur Tür. «Sehen Sie irgend etwas Besonderes darin?» Er war aufrichtig interessiert an ihrer Antwort.

«Lieber Gott, fragen Sie mich nicht so was. Ich seh überhaupt nichts.»

Sie schien beunruhigt. «Schon gut, nehmen Sie sich's mal nicht zu Herzen», sagte er, «es war ja nur eine Frage.»

Bei dem Wort ‹Herzen› erbebte sie, und für einen Moment fiel das Gewicht der Jahre völlig von ihr ab. «Was sind Sie für ein Zeichen, Mr. Hawksmoor?»

«Zeichen? Ich weiß nichts von Zeichen.»

«Na ja, Sie wissen doch, Zeichen. Sternzeichen. Ich wette, Sie sind Fisch – wie ich. Verschlossen. Hab ich recht?» Er gab keine Antwort, sondern blickte erneut auf die Zeichnungen. «Es heißt nämlich, daß uns ein gutes Jahr bevorsteht, wenn die Venus unser Sternzeichen durchläuft.»

Er errötete. «Also davon hab ich nun wirklich nicht die geringste Ahnung.»

Sie seufzte und rüstete sich abermals zum Aufbruch. «Na, dann wünsch ich Ihnen eine schöne Zeit, Mr. Hawksmoor.» Und sie zwinkerte ihm zu. «Für den Fall, daß Sie sich mal entscheiden, wo die Reise hingehn soll.»

*

Er malte seinen Namen in den Staub auf dem Fensterbrett; dann wischte er ihn wieder aus. Anschließend schaltete er das Radio ein, aber da hörte er die Stimmen flüstern: «Was hat dich denn hierher verschlagen? Was hat dich denn hierher verschlagen?» Wenn er in der Mitte des Zimmers saß, konnte er aus den Augenwinkeln manchmal Gestalten erkennen; sie bewegten sich, waren dabei aber so undeutlich wie Schatten auf einem Gewässer, und sobald er den Kopf in ihre Richtung drehte, waren sie wieder verschwunden. Bei Einbruch der Dämmerung rezitierte er einen der Verse aus dem weißen Notizbuch:

Ich sah eine Türe sich öffnen zum Feuer
Ich sah eine Grube, die hob sich noch höher
Ich sah ein Kindlein im Tanze sich drehen
Ich sah ein Haus unter der Erde stehen
Ich sah einen Menschen in der ewigen Ruh'
Sieh ihn dir an, denn dieser Mensch bist du.

Und als Hawksmoors Stimme durchs Zimmer hallte, fielen vom Kaminsims ein paar Münzen herab. Den rezitierten Versen folgten in dem Buch noch weitere, aber da das Gedicht sich endlos fortzusetzen schien, verlor er das Interesse daran. Dann schaltete er den Fernseher ein und reckte begierig den Kopf vor, denn er sah die Gestalt eines Mannes, der ihm den Rücken zukehrte. Er stellte den Kontrast schärfer, doch die Gestalt wurde dadurch nicht deutlicher. Und Hawksmoor starrte auf den Bildschirm, und die Zeit verging.

Nun wurde eine Morgenandacht übertragen, und da wußte er, daß es Sonntag war. Der Priester überragte seine Gemeinde. «Sie mögen also vielleicht sagen, daß das moderne Leben kompliziert und gefährlich ist und daß die künftigen Zeiten dunkel erscheinen und unsere Vorfahren weit entfernt. Aber Sie müssen auch wissen, meine lieben Freunde, daß jedes Zeitalter sich für dunkel und gefährlich hielt, daß jedes Zeitalter um seine Zukunft bangte und daß jedes Zeitalter seine Ahnen verloren hat. Und so wandten sich die Menschen denn Gott zu, indem sie sich dachten, wo Schatten ist, da muß auch Licht sein! Und jenseits der Jahre, meine Freunde, gibt es eine Ewigkeit, die wir durch Gottes Gnade erschauen dürfen. Und das Wunderbare ist, daß diese Ewigkeit und die Zeit sich überschneiden, so wie in dieser Kirche hier –» Hawksmoor richtete sein Augenmerk auf eine Fliege, die aus dem geschlossenen Fenster zu entkommen versuchte, und als er sich wieder dem Fernseher zuwandte, war der Priester mit seiner Predigt bereits ein Stück weiter – «wenn eine Mutter ihr

Kind mit Liebe anblickt, dann gewährt das Licht von ihren
Augen dem Kindlein Schutz und Trost; auch die Stimmen,
die wir in dieser Kirche erheben, können ein Instrument des
Lichtes sein, die Schatten zu verbannen; Sie müssen lernen,
dieses Licht zu erkennen, meine Freunde, und Sie müssen sich
darauf zubewegen, denn dieses Licht ist ein Widerschein vom
Lichte Gottes.»

Als auf dem Fernsehschirm das Bild der schweigenden Gemeinde erschien, glaubte Hawksmoor das Innere der Kirche
wiederzuerkennen; kurz darauf wurde die Fassade der Kirche
gezeigt, und dabei machte die Kamera einen Schwenk vom
Glockenturm hinunter zur Treppe und verweilte dann hinter
dem Portal auf einer Tafel mit der Inschrift ‹Christ Church,
Spitalfields. Errichtet anno 1713 von Nicholas Dyer.› Und die
Zeit davor war ein Traum gewesen, denn auf einmal wußte er
Bescheid: er blickte hinab auf die Leiche vor St. Mary Woolnoth und sah wieder die Tafel mit der Inschrift ‹Errichtet zur
anglosächsischen Epoque und zuletzt 1714 wiederauferbaut
von Nicholas Dyer.› Der gleiche Name fand sich auch an der
Greenwich-Kirche, und Hawksmoor erkannte die Symme-
trie.

Während das Bild auf dem Fernsehschirm nun in sehr ra-
sche Bewegung geriet und sich schließlich in eine Reihe von
Einzelbildern auflöste, ließ Hawksmoor das Wissen um das
übergeordnete Schema auf sich einwirken. Hatten ihn die
Kirchen zuvor noch in Angst und Wut versetzt, so betrachtete
er sie nunmehr mit wohligem Staunen, da er erkannte, wie
machtvoll sie ihre Aufgabe erfüllt hatten: Die gewaltigen
Steine der Christ Church, die geschwärzten Mauern von
St. Anne's, die Zwillingstürme von St. George's-in-the-East,
die stille St. Mary Woolnoth, die ungebrochene Fassade von
St. Alfege's, der weiße Pfeiler von St. George's, Bloomsbury –
all diese Kirchen gewannen nun, da Hawksmoor über sie und
die in ihrem Namen verübten Verbrechen nachdachte, eine

umfassendere Bedeutung. Zugleich spürte er, daß das Schema noch nicht komplett war; daher sah er in fast freudiger Erregung der Vollendung entgegen.

Als er am nächsten Morgen das Haus verließ, war es kälter geworden; der Frost trübte die Fensterscheiben der Stadtbibliothek, und Hawksmoor nahm ein Lexikon aus dem Regal und blätterte bis zum Eintrag DYER, Nicholas. Und dann las er das folgende: ‹1654–ca. 1715. Englischer Architekt; bedeutendster Schüler von Sir Christopher Wren. Mitarbeiter von Wren sowie von Sir John Vannbrugghe im Bauamt von Scotland Yard. Dyer wurde 1654 in London geboren. Seine Herkunft liegt im dunkeln; es wird vermutet, daß er zunächst eine Maurerlehre absolvierte, ehe ihn Wren zu seinem persönlichen Schreiber machte. Später bekleidete er unter Wren diverse öffentliche Ämter, unter anderem das des Bauaufsehers von St. Paul's. Seine bedeutendste eigenständige Leistung erbrachte er, nachdem man ihn zum leitenden Architekten der 1711 gebildeten *Commission for New London Churches* ernannt hatte; seine Kirchen waren die einzigen, die für diese Kommission fertiggestellt wurden, und Dyer konnte sieben seiner Bauvorhaben verwirklichen: Christ Church, Spitalfields; St. George's-in-the-East, Wapping; St. Anne's, Limehouse; St. Alfege's in Greenwich; St. Mary Woolnoth in der Lombard Street; St. George's, Bloomsbury; und, als Krönung des Ganzen, die Kirche von Little St. Hugh neben den Moorfields. Diese Gebäude zeigen überaus deutlich Dyers Fähigkeit, ausgedehnte abstrakte Formen zu bewältigen, sowie sein Geschick in der (fast romantischen) Verteilung von Flächen und Schatten. Er hatte jedoch zu Lebzeiten offenbar keinerlei Schüler bzw. Jünger, und ein Geschmackswandel in der Architektur bewirkte, daß sein Baustil kaum Einfluß ausübte und nur wenige Bewunderer fand. Er starb im Winter 1715 in London, vermutlich an der Gicht; Unterlagen, die über das Datum seines Todes bzw. seiner Beisetzung Aufschluß geben könnten, existieren nicht mehr.› Hawksmoor starrte auf die Buchseite und versuchte sich die von diesen Worten repräsentierte Vergangenheit vorzustellen, aber er sah vor sich nur Dunkelheit.

Als er die Bibliothek verließ, herrschte auf der Straße bereits dichtes Gedränge, und er kehrte wieder zurück in die Grape Street. Trotz der durchdringenden Kälte schwitzte er; er nahm die Blätter aus dem weißen Notizbuch von der Wand, ordnete sie sorgfältig und steckte sie sich schließlich mit einer ungeduldigen Gebärde in die Tasche. Dann dachte er angestrengt nach, was als nächstes zu tun wäre, doch seine Gedanken waren unstet und schweiften ab in die Schatten der noch unsichtbaren Kirche von Little St. Hugh. Wie von ungefähr war er nun ans Ziel gelangt, ohne sich dessen bewußt zu sein, und dieser unvorhergesehene und nur vage erfaßbare Höhepunkt wollte in ihm kein Triumphgefühl aufkommen lassen: sein Wille war wie ausgeleert, ersetzt durch ein hin und her waberndes Gebilde, während er in seinem dunklen Mantel dahockte und beobachtete, wie sich die Sonne über den Dächern dahinwälzte. Dann schüttelte er auf einmal den Kopf und stand ruckartig auf – was darauf schließen ließ, daß er die Absicht hatte, einem weiteren Mord zuvorzukommen. Aber als er auf die Straße trat, packte ihn plötzlich ein Angstgefühl; jemand rempelte ihn an, und er hätte am liebsten wieder kehrtgemacht – wäre nicht im selben Moment der zwischen Bloomsbury und Fenchurch Street verkehrende Bus eingetroffen und wäre Hawksmoor nicht blindlings eingestiegen. Er saß zusammengekauert auf seinem Sitz, und vor ihm schlief ein Kind mit dem Kinn auf der Brust: Und so, dachte Hawksmoor, wirst du schlafen, wenn du alt bist. Seine Stirn brannte; er preßte sie gegen die Scheibe und starrte auf den Dunst, der aus den Mündern der Leute aufstieg, die durch die Straßen der City eilten.

In der Fenchurch Street stieg er in der Erwartung aus, irgendwo über sich den Kirchturm zu erspähen; aber hier waren nur die polierten, im winterlichen Licht schimmernden Türme der Bürogebäude. An der Ecke zur Gracechurch Street stand ein Mann und bot heiße Maronen feil, und Hawksmoor betrachtete einen Moment lang die Kohlen in seinem Rost, wie sie aufglühten und dann ihren Glanz wieder verloren – je nachdem, wie der Wind durch die verkehrsreichen Straßen wehte. Hawksmoor trat auf den Mann zu und fragte: «Little St. Hugh?» Und der Mann deutete, ohne im Rufen innezuhalten, in Richtung Limestreet. Und der Refrain *Heiße Maronen! Heiße Maronen!* mündete in einen weiteren Ruf *Wehe! Wehe!* und schließlich in einen dritten *Zeitung! Zeitung!* Und ebendiese Ausrufe hatte Hawksmoor zeit seines Lebens vernommen, und als er von der Limestreet in die St. Mary Axe weitermarschierte, wurde er melancholisch. Er passierte einen Schallplattenladen, aus dem laute Schlagermusik drang, und als er einen Blick in den Laden warf, sah er an der Kasse einen jungen Mann, der mit dem Finger den Takt klopfte. Und während Hawksmoor diesen jungen Mann beobachtete, verlor er plötzlich den Boden unter den Füßen, und ein Auto schrammte gerade noch an ihm vorbei. «Wie spät ist es?» fragte er eine neben ihm gehende alte Frau, doch sie starrte durch ihn hindurch, als sei er auf einmal unsichtbar geworden. Das Gedränge der Leute zog ihn mit sich, und er gelangte weiter zur Bishopsgate; dort fragte er einen Budenbesitzer nach dem Weg zur Kirche: «Immer der Mauer nach», sagte der Mann, drehte sich langsam um und deutete in Richtung Wormwood Street, «immer der Mauer nach.» Und als Hawksmoor sich der London Wall näherte, stieg ihm plötzlich ein Duft wie von Heu oder Schnittblumen in die Nase – ein Duft, der sich mitten im Winter sehr ungewöhnlich ausnahm; er konnte eigentlich nur von dem Moos herrühren, das die alten Steine fast überall bedeckte. Und von der London Wall aus bog er in die Moorfields ein, wo eine geisteskranke Frau mitten auf der Straße stand und irgend etwas rief – doch ihre Worte gingen im Verkehrslärm unter. Dann bebte plötzlich der Boden unter seinen Füßen, und er eilte weiter durch die Long Alley: Ein paar Kinder mit blauen Mützen und Blazern marschierten an ihm vorbei, und im Sog ihrer Bewegung drehte er sich um und sah auf einmal die Black Step Lane vor sich. Vollkommen reglos blieb er stehen; ein junger Mann mit Pelzmütze ging an ihm vorüber und drehte sich erstaunt nach ihm um; schließlich schritt Hawksmoor auf Little St. Hugh zu.

Die Kirche stand am hinteren Ende eines mit Pflastersteinen bedeckten verlassenen Platzes; zwischen den Pflastersteinen sprossen Unkraut und hohes Gras empor, und die Steinplatten an den Mauern der Kirche wiesen Risse und Vertiefungen auf. Als Hawksmoor zur Fassade hinaufblickte, stellte er fest, daß ihre gewaltigen Steine ebenfalls beschädigt waren, und an einer Stelle war die Oberfläche so schwarz, als hätte die Dunkelheit sie bemalt. Über dem Portal befand sich ein kreisrundes, wie ein Auge wirkendes Fenster, und als Hawksmoor weiterging, glitzerte es im Widerschein der schwachen Sonne. Langsam stieg er die Treppe hinauf und blieb dann im Schatten einer über ihm kauernden Steinplastik stehen. Aus dem Inneren der Kirche drang kein einziges Geräusch. Er bemerkte eine rostige Metallkette, die von einem alten Ziegelstein herunterhing; dann warf er plötzlich einen Blick nach oben und erspähte eine Wolke, die einen Moment lang aussah wie ein Gesicht. Dann öffnete er die Tür und trat über die Schwelle. Abermals blieb er stehen, um seine Augen an die Dunkelheit zu gewöhnen, und über den zum Hauptschiff führenden Holztüren zeichnete sich das Bild eines in einer Grube liegenden kleinen Jungen ab; es war bedeckt von Staub, doch Hawksmoor konnte die Inschrift darunter noch entziffern: ALL DIESE NÖTHE HABE ICH UM DEINET-WILLEN AUSGESTANDEN. In diesem Vorraum roch es nach Feuchtigkeit, und Hawksmoor senkte den Kopf; dann trat er in das Hauptschiff der Kirche.

Wo plötzlich alles um ihn herum zum Leben zu erwachen schien, denn das Knarren der Tür und das Geräusch seiner Schritte auf dem Stein hallten durchs Innere der Kirche. Er befand sich in einem gewaltigen rechteckigen Raum; über ihm dehnte sich eine Stuckdecke, die wie eine flache Schüssel gebogen war und Licht von kreisrunden Fenstern aus einfachem Glas erhielt; er blieb im Mittelschiff stehen, auf drei Seiten umgeben von Galerien, die auf dicken Pfeilern aus altem Stein ruhten; den Altar überdeckte ein Baldachin aus dunklem Holz, und das Geländer davor war aus Eisen. Die Düsterkeit von Holz, Stein und Metall bedrückte Hawksmoor – er suchte nach Erleichterung, vermochte jedoch keine zu finden; und die Stille der Kirche senkte sich wieder hernieder, während er sich auf einen schmalen Stuhl setzte und sein Gesicht bedeckte. Und er ließ es dunkel werden.

Und neben ihm saß sein Ebenbild, grübelnd und seufzend, und als er die Hand ausstreckte und ihn berührte, da erzitterte er. Aber man sage nicht, daß er ihn berührte, man sage, daß sie ihn berührten. Und als sie den leeren Raum zwischen sich sahen, da weinten sie. Die Kirche bebte, während die Sonne auf- und unterging, und das Halbdunkel strömte über den Boden wie eine rasende Flut. Sie saßen sich direkt gegenüber, und doch blickten sie aneinander vorbei auf den Schatten, den sie auf den Stein warfen; denn es gibt kein Bild ohne Widerbild, und es gibt kein Licht ohne Schatten, und es gibt keinen Laut ohne Echo, und wer könnte sagen, wo das Ende des einen und der Anfang des anderen liegt? Und als sie sprachen, da sprachen sie mit *einer* Stimme:

und ich muß geschlafen haben, denn all diese Gestalten begrüßten mich gleichsam im Traum. Das Licht hinter ihnen ließ ihre Gesichtszüge im Dunkel, und ich konnte nur sehen, wie sie die Köpfe wandten, nach links und nach rechts. Ihre Füße waren bedeckt von Staub, und ich konnte nur sehen, wie sie tanzten, vor und zurück. Und als ich mich ihnen anschloß, da faßten sie sich an den Fingern und formten um mich einen Kreis; und immer wenn wir uns näherten, so rückten wir wieder auseinander. Ihre Worte waren die meinen und doch nicht die meinen, und ich befand mich auf einem gewundenen Pfad aus glattem Stein. Und als ich zurückschaute, da sahen sie einander schweigend an.

Und dann blickte ich im Traum an mir hinunter und sah, in welchen Lumpen ich dastand; und ich bin wieder ein Kind, ein bettelndes Kind an der Schwelle der Ewigkeit.

Nachbemerkung

Jede Ähnlichkeit mit lebenden oder verstorbenen Personen wäre rein zufällig. Bei den Vorarbeiten zu *Der Fall des Baumeisters* habe ich viele Quellen benutzt, doch die vorliegende Version von Geschichtsschreibung ist meine eigene Erfindung. Verpflichtet fühle ich mich Iain Sinclairs Gedicht *Lud Heat*, weil es meine Aufmerksamkeit erstmals auf die weniger bekannten Charakteristika der Londoner Kirchen lenkte.

Glossar

7 *Spitalfields* – Stadtteil im Osten von London.

11 *Ordnungen* – Gliederung des Bauwerks bzw. der Säulen.

13 *Smithfield* – Ehemalige Hinrichtungsstätte in der Londoner City.

17 *Scientia Umbrarum* – (lat.) ‹Wissenschaft der Schatten›.

18 *Limehouse* – Östlicher Stadtteil von London.

19 *Wapping* – Matrosenviertel im Osten von London.

20 *Kersey-Rock* – Rock aus Kersey, ein nach einem Fabrikdorf in der engl. Grafschaft Suffolk benannter grober Wollstoff.

21 *Stepney* – Östliches Stadtviertel von London.

24 *Peter Baco* – Roger Bacon (1214?–1294); brit. Franziskanermönch und Universalgelehrter.
Vor dem Brand – Die große Feuerbrunst, die am 2. Sept. 1666 in London 13 200 Gebäude verzehrte.

31 *Morischgentänze* – Auch ‹Mohren-› bzw. ‹Maurentänze› genannt (von franz. ‹danse moresque›); in moderner Schreibweise ‹Moriskentanz›: mäßig schneller, meist mit Schellen an den Füßen getanzter pantomimischer Tanz.
Pfingstbieren – Im Original ‹Whitson-ales›: Bier, das bei

einer (Gemeinde-, Zunft-) Schmauserei zu Pfingsten getrunken wird, ein Volksfest zu Pfingsten.

40 *Glastonbury* – Stadt in der engl. Grafschaft Somerset.
Bath – Ältestes Heilbad Großbritanniens, ca. 20 km südöstlich von Bristol.

40 *Mr. Hobbes* – Thomas Hobbes (1588–1679); engl. Philosoph und Systematiker des Rationalismus.
Greshamisten – Mitglieder der Londoner Royal Society (1662 begründete Akademie der Wissenschaften), die anfangs noch im Gresham College – benannt nach dem Gründer der Londoner Börse, Sir Thomas Gresham (1519–1579) – tagte.

41 *Cirencester* – Stadt in der engl. Grafschaft Gloucestershire.

44 *Contusion* – Quetschung.

45 *Whitechapell* – Die östliche Einfallsstraße nach London; damals noch nicht das Elends- und Verbrecherviertel späterer Zeit.

63 *präparierten sie für die Verbrennung* – Am 5. November 1605 scheiterte ein Versuch, King James I. sowie die Mitglieder des Ober- u. Unterhauses bei der Parlamentseröffnung mit Schießpulver in die Luft zu jagen (‹Gunpowderplot›); die

Verschwörung flog auf, und Guy Fawkes, der die Pulverfässer zünden sollte, wurde rechtzeitig gefaßt; seither feiert man in England alljährlich diesen Tag durch Verbrennung von Puppen (‹Guys›) und durch ein öffentliches Feuerwerk.

78 *Cantharidenpflaster* – ‹Spanischfliegenpflaster›: eine Mischung aus grob gepulverten Spanischen Fliegen (Kanthariden), Olivenöl, gelbem Wachs und Terpentin; messerrückendick auf Leinwand gestrichen und mit Heftpflaster auf der Haut befestigt, zieht das Pflaster nach sechs bis zwölf Stunden eine Blase.

80 *Leicesterfields* – Heute Leicester Square; damals ein Platz, der von Marktschreiern bevorzugt wurde.
Newgate – Das Londoner Stadtgefängnis.

81 *Leitgeb* – Wirt, der geistige Getränke ausschenkt.

82 *St. Giles* – Kirchspiel in London (damals ein verrufenes Viertel).

84 *Westminster-Hall* – Vorhalle zum Londoner Parlamentsgebäude.
Temple-bar – 1670 von Christopher Wren erbautes Tor, auf dem die Köpfe enthaupteter Verbrecher auf eisernen Piken aufgesteckt wurden.

86 *Glashütten-Knabe* – Junger Vagabund, der in der Nähe von Glashütten nächtigte (wegen ihrer Wärme).

86 *Watfort* – Stadt in der engl. Grafschaft Hertfordshire.

87 *so wurde London dem Ofen übereignet* – Vergl. Anmerkung zu S. 24.

92 *Reigate-Stein* – Stein aus der Umgebung von Reigate, einer Stadt in der engl. Grafschaft Surrey.

94 *Chris. Wren Kt.* – Kt. = Knight (Ritter).

100 *Salisbury-Ebene* – Flache Heidelandschaft in der engl. Grafschaft Wiltshire.

100 *Lands-End* – Granitberg, südwestlichster Punkt Englands.

106 *Architrave* – Auf den Säulen liegende Querbalken.

107 *Lincolns-Inn-Fields* – Platz zwischen Kingsway und Lincoln's Inn, einer der vier großen Rechtsanwaltsschulen in London.

108 *Corollarium* – Zusatz, Ergänzung.
Portland-Stein – Stein von Portland, einer felsigen Halbinsel an der Kanalküste in der engl. Grafschaft Dorset.

109 *Tyburn* – Bis 1783 der öffentliche Richtplatz in London.
verkehrten Egypter – Als ‹Egyptians› bezeichnete man damals Zigeuner und umherziehendes Volk.

110 *Farthing* – Kleinste engl. Münze, ein Viertelpenny.

113 *Guildford*–Hauptstadt der engl. Grafschaft Surrey.
Isle og Dogs–‹Hundeinsel›: im Osten von London gelegenes Hafenviertel; durch eine scharfe Biegung der Themse gebildete Halbinsel.

116 *Bridewell*–Zuchthaus in London.

130 *Keynsham*–Stadt südöstl. von Bristol.

142 *Watercress Joe*–‹Brunnenkresse-Joe›.
Harry the Goblin–‹Harry der Kobold›.
Mad Frank–‹Der irre Frank›.

150 *Ripon*–Stadt in der engl. Grafschaft York.

151 *Cripplegate*–Altes, 1760 niedergerissenes Tor.

153 *Seven Dials*–Platz in London (so genannt, weil dort sieben Straßen zusammentreffen).

157 *Ratclife Dock*–Damals berüchtigtes Matrosenviertel am Ratcliff Highway.

163 *Southwark Reach*–Anlegeplatz in Southwark, einem Londoner Stadtteil am Südufer der Themse.
Billingsgate–Der Londoner Fischmarkt, sprichwörtlich für grobianische Ausdrucksweise.

165 *Pleuresie*–Rippenfellentzündung.

167 *Bedlam*–Ehemalige Irrenanstalt in London.

176 *im 39. Regierungsjahr von Eliz.*–Elisabeth I., Königin von England (1558–1603).

Statute Primo Jacobi–James (Jacob) I., König von England (1603–1625).
quondam malum spiritum negotiare – (lat.) etwa ‹einen bösen Geist beschäftigen›.

184 *örtlichen CID*–Untergeordnete Dienststelle der Kriminalpolizei (Criminal Investigation Department).

188 *Petechialblutungen*–Punktförmige Blutungen der Haut.
Asphyxie–Erstickung.
livide–Bläulich.

189 *Oesophagus*–Speiseröhre.

195 *De Quincey*–Thomas de Quincey (1785–1859), engl. Schriftsteller.

221 *Quadrille*–Kartenspiel für vier Personen.

222 *Blundermänner*–Müllwerker.
Gleichförmigkeit-Acte–Die sog. ‹Neue Uniformitätsakte› (Act of Uniformity), ein 1662 verabschiedetes Gesetz, das die Gleichförmigkeit des Kultus in allen anglikanischen Kirchen festlegte und die Staatskirche wiederherstellte.

223 *DEO MOGONTI CAD*–Etwa ‹Dem Hausgott Magon›.

226 *Zatzenmutter*–Bordellmutter, Kupplerin.

245 *Kirchenmeister*–Laut Grimmschem Wörterbuch ein ‹baumeister beim kirchenbau›.

249 *welscher Claret*–Französischer Rotwein.

281 *Kleine Spende fürs Feuerwerk*–Vergl. Anmerkung zu S. 63.

Long Acre–Straße in der City von London.

288 *Spiel-Haus*–Damalige Bezeichnung für ein Theater; im allgemeinen auch ‹Kontakthoß der Prostituierten.

290 *Ficke*–Heute ganz außer Gebrauch gekommene Bezeichnung für Tasche, Hosensack.

293 *Sir Philip Bareface; Moneytrap*–Sprechende Namen; etwa ‹Glattgesicht›; ‹Beutelschneider›.

313 *Ursa Minor*–Sternbild des Kleinen Bären.

347 *Poor Robin's*–Poor Robin's Almanack war ein nicht ganz ernst gemeintes astrologisches Kalendarium.

Vox Stellarum–(lat.) ‹Die Stimme der Sterne›.

348 *Die Aufrührigen*–Anhänger des 1689 vertriebenen Königs Jacob II. von England, ‹Jakobiten›, die 1715, nach der Thronbesteigung Georges I., einen Aufstand unternahmen.

Lancaster–Hauptstadt der engl. Grafschaft Lancashire.

Tower Hill–Nordwestlich vom Tower gelegener Platz, auf dem damals das Schafott für Hochverräter stand.

Hannovers Troupen–Truppen des engl. Königs George I., des Kurfürsten von Hannover.

Warrington; Preston–Städte in der engl. Grafschaft Lancashire.